Waldtraut Lewin

Die Frauen von Kolchis

Roman

Deutscher
Taschenbuch
Verlag

dtv

Von Waldtraut Lewin
sind im Deutschen Taschenbuch Verlag erschienen:
Federico (11946)
Die Ärztin von Lakros (12023)
Herr Lucius und sein Schwarzer Schwan (12146)
Die stillen Römer (12201)

Originalausgabe
November 1996

Umschlaggestaltung: Dieter Brumshagen
Gesetzt aus der Stempel Garamond 10/11'
Satz: KCS GmbH, Buchholz/Hamburg
Gedruckt auf säurefreiem, chlorfrei gebleichtem Papier
Druck und Bindung: C. H. Beck'sche Buchdruckerei, Nördlingen
Printed in Germany · ISBN 3-423-12289-7

Sie haben Rom verlassen und sich als Siedler ans Schwarze Meer werben lassen; die Kolchis, das Land, in dem Milch und Honig fließen, hatte man ihnen versprochen. Jetzt sitzen sie in einer unwirtlichen Gegend fest, in der es meistens kalt und neblig ist. Tabea versucht den kargen Boden zu bestellen, Pamphilus trägt mit seinen Webkünsten zu ihrem Unterhalt bei. Vor allem bei den geheimnisvollen skythischen Reiterinnen aus dem Hinterland sind Pamphilus' Kleider überaus beliebt. Immer öfter kommen sie, tauschen Lebensmittel gegen seine Kunstwerke und stehlen ihm seine Nähnadeln, die sie für kleine Wunder zu halten scheinen. Und eines Tages entführen sie Pamphilus. In der römischen Kolonie herrscht Verwirrung und Aufregung, und Pamphilus widerfährt bei den Skythinnen Erstaunliches – von so einem Leben hätte er in seinen kühnsten Phantasien nicht zu träumen gewagt. Nur eins wundert ihn: Er hat bei diesen zauberkundigen, reitenden Kriegerinnen noch keinen einzigen Mann gesehen ... Mit diesem Roman um den Mythos vom skythischen Matriarchat führt Waldtraut Lewin ihre Antike-Tetralogie zu einem ebenso überraschenden wie atemberaubend spannenden Ende.

Waldtraut Lewin, am 8. Januar 1937 in Wernigerode geboren, lebt als freischaffende Schriftstellerin in Berlin. Weitere Werke: ›Herr Lucius und sein Schwarzer Schwan‹ (1973), ›Die Ärztin von Lakros‹ (1977), ›Die stillen Römer‹ (1979), ›Gaius Julius Caesar‹ (1980), ›Kuckucksrufe und Ohrfeigen‹ (1983), ›Federico‹ (1984), ›Ein Kerl, Lompin genannt‹ (1989); außerdem Märchen, Kindergeschichten, Hörspiele, die Libretti zweier Rock-Opern. 1970 Händel-Preis, 1978 Lion-Feuchtwanger-Preis, 1988 Nationalpreis der DDR.

I

Das schräge Feld ist voll Nebel.

Er ist so kalt, daß er beißt. In die Hände. In die nackten Beine unterm Rock.

Sie schaudert schon jetzt, wenn sie daran denkt, daß sie gleich die Finger aus dem Umhang wickeln muß. Ihre Hände sind rot und aufgesprungen, voller Schrunden und Blasen.

Als sie sich hier noch nicht auskannte, ist sie bei Frost aufs Feld gegangen, ohne Handschuhe anzuziehen, und so bekam sie Erfrierungen an den Händen.

Frauen, die hier länger lebten, zeigten ihr, was man dagegen tun kann: abwechselnd heißes und kaltes Wasser. Weißkäse mit Früchten zu einem Brei verrühren und über Nacht wirken lassen. Draufpinkeln.

Trotzdem. Im Sommer juckt es und im Winter tut es weh.

Die Sonne kommt von der Seite, bewegt den Nebel. Lichtinseln sind da und Schatten, Gestalten, die zu leben scheinen.

Man kann nie sicher sein, was es ist. Geister? Ein Baum? Ein Mensch oder eine verirrte Bergziege?

Oder einfach nichts.

Sie fürchtet sich.

Sie tastet sich den schlammigen Hohlweg entlang. Ihre Füße sind eingehüllt in diese unförmigen verschnürten Felle. Der Schlamm schmatzt unter ihren Sohlen, es ist rutschig. Man sieht keine Armlänge weit. Aber wenn sie beginnt, statt des Schlamms Steine unter den Zehen zu fühlen, muß sie sich nach links wenden und ihre Schritte abzählen, damit sie nicht etwa das Feld eines anderen hackt.

Den Grenzstein kann man erkennen. Ihr Freund hat ihn mit roter Krappfarbe angestrichen. Damals hat sie über ihn gelacht. Nun ist sie ihm dankbar.

Sie ist da, bleibt stehen. Legt ihr Bündel in den Feldrain. Die Brotfladen, die geronnene Milch im Bocksbeutel, den Krug mit dem Wein.

Wein ist sehr teuer. Man bringt ihn von einem anderen Teil der Küste her, hier gedeiht so was nicht. Aber den Wein muß sie haben. Sie entkorkt die Kruke, nimmt einen Schluck und noch einen. Schiebt die Hände schnell noch einmal unter den Umhang.

Eigentlich müßte man von hier aus alles sehen. Hinter ihr die bewaldeten, hochgebuckelten Berge. Vor ihr, zwischen Feld, Brache und Wald, einen Streifen Meer.

Aber da ist nur Nebel.

Plötzlich fällt ihr ein, daß sie nachts geträumt hat, den immer wiederkehrenden Traum.

Sie steht am Rand dieses Feldes, auf ihre Hacke gestützt, so wie jetzt. Es weht ein warmer, nach Rosmarin duftender Wind. Sie öffnet die Augen und sieht über Olivenhaine und Weingärten auf das in der Sonne glitzernde Wasser. Die Luft ist klar. Irgendwo da draußen sind Inseln. Sie ist zu Haus. In Italien.

Sie beginnt zu schniefen. Dann weint sie.

Sie fängt an zu arbeiten.

Sie wartet auf jemanden.

Wenn sie geht, schläft er noch, vielmehr stellt er sich schlafend. Er hat einen leisen Schlaf, ihn weckt ein Käfer im Gebälk, der erste Windstoß oder das beginnende Rieseln des Regens.

Am Anfang war er mit ihr gemeinsam aufgestanden, hatte Feuer gemacht, ihr eine Ziegenmilch aufgewärmt oder einen Brei gerührt. Aber immer öfter wies sie ihn zurück, in jener Mischung aus Verachtung, Ungeduld und Zorn, mit der sie ihn behandelt: Laß das! Ich will nichts! Du störst, du stehst im Wege! Geh ins Bett!

Ihre Nahrung am Morgen war der Zug aus dem Weinkrug, und sein Herz wurde ihm noch schwerer vor Sorge und Mitleid, als es ohnehin schon war. Aber er läßt sie gewähren.

Wenn sie die Tür hinter sich zugezogen hat, lauscht er ihren Schritten nach, diesem Gestapfe in den Fellschuhen. Bevor er unter den Decken hervorkriecht, legt er sein Gesicht an die warme Stelle, wo ihr Körper war, und wittert ihren Dunst nach Erde und Schweiß. Sie wäscht sich selten.

Die Katze streicht um seine Beine. Er öffnet ihr die Tür. Der Tag ist feuchtkalt und macht einen frösteln.

Es ist Herbst hier.

Schnell und geschickt macht er Feuer, setzt Wasser auf den Herd und Milch, ißt von dem groben, salzlosen Brot, das man hier bäckt, krümelt sich Käse dazu und trinkt die warme Milch. Er hat keinen Hunger. Man muß es eben tun.

Dann füttert er die Ziege, melkt, versorgt das Federvieh und sammelt die Eier ein. Alles, wie sie es ihm beigebracht hat.

Wenn er durchgefroren zurückkommt, singt der Wasserkessel. Es ist warm.

Er wäscht sich mit wohlig warmem Wasser, läßt den Kessel am Feuer. Für seine Arbeit braucht er geschmeidige Finger und muß sie von Zeit zu Zeit im Wasser erwärmen.

Er entzündet die beiden Kienfackeln und steckt sie in die Halterungen an der Wand. Es ist zu kalt, die Luken von den Fensteröffnungen zu nehmen, um bei Tageslicht zu arbeiten.

Sein Webstuhl ist ein klägliches Ding, roh zusammengeschustert aus schrägen Holmen, die Steine an den Kettfäden ungleich groß – geradezu barbarisch gegen das schöne Gerät, an dem er die Kunst erlernte. Aber das war in Rom, und hier ist nun mal Barbarenland. Die feinen Arbeiten, wie jene Tücher, die er machen kann, die braucht hier niemand. Die kann auch niemand bezahlen. Hier brauchen sie dicke, grobe, klobige Gewänder aus der ungleichmäßig versponnenen Wolle, die ihm seine Kundschaft bringt.

Bei dieser Arbeit muß man nicht denken.

Während er sich zurechtsetzt, die Elle einlegt, den Baum bewegt mit den schnellen Bewegungen dessen, der sein Handwerk versteht, ist er schon gar nicht mehr da.

Wir leben in der Fremde. Zuhaus sind wir in unserem Kopf.

An ihrem Hunger spürt sie, daß es gegen Mittag sein muß. Das ist die Zeit, wo sich ihr Magen nicht mehr vom Wein betäuben läßt.

Sie wirft die Hacke zu Boden und richtet sich auf. Ihr Kreuz schmerzt. Hat sie wirklich so wenig geschafft seit heute früh?

Sie stapft zu ihren Vorräten, hockt sich nieder, streift die Fäustlinge ab und öffnet das Bündel. Die Dickmilch aus dem Bocksbeutel schüttet sie sich auf den Fladen und trinkt dazu Wein. Ein kaltes, ein elendes Mahl. Aber es lohnt nicht, zum Essen nach Haus zu gehen. Der Tag ist kurz. Ewige Dunkelheit herrscht bei den Hyperboräern.

Anfangs hatte er ihr das Mittagessen aufs Feld gebracht. Aber er mochte es noch so sehr in Stroh oder Wolle wickeln – es war doch kalt, wenn er ankam. Und er verlor die Arbeitszeit. Er ist der Ernährer. Was er webt, das wird verkauft.

So sitzt sie da, schweißnaß und kälteschauernd in einem, ißt und starrt in den Nebel.

Gegen Mittag wird es immer windig. Man hofft, die Sonne kommt durch, die Nebel steigen. Aber meistens verändern sie nur die Farbe. Gelb statt grau.

Sie reckt den Hals. Wirklich, die trübe Brühe teilt sich. Freundliche Götter schieben den Vorhang auf. Ein Sonnenblitz läßt das Stückchen Meer da unten aufleuchten.

Sie hält inne im Kauen.

Ein Segel soll kommen, sie sollen das Ufer erreichen.

Argo, die Glorreiche, soll ihren Rumpf ans fremde Ufer heben, wo an einer Eiche aufgespannt das Goldne Vlies hängt. Führt mich fort, erlöst mich, ihr Helden mit den Schwertern.

Aus. Vorbei. Wieder zugewachsen.

Ihre Hände sind inzwischen steif vor Kälte. Sie zittert am ganzen Leibe. Sie muß wieder an die Arbeit. Schiebt den Fladen in den Mund, trinkt aus. Leer, der Krug.

Nein, er wird nichts sagen. Wird seufzen vielleicht und das Geld zählen, jenes Geld, das er an seinem Webstuhl verdient, und sie läßt es sich durch die Kehle laufen, um dies verfluchte Feld zu beackern.

Wie lange noch, und es kommt Frost. Ob sie es noch schafft, die Erde zu wenden? Andre haben einen Hakenpflug. Andre haben ein Gespann. Wütend rammt sie ihre lächerliche Hacke in den Boden.

Erlöst mich, ihr Helden mit den Schwertern. Argo, wann landest du?

Das Land, so hat man ihnen gesagt, heißt Kolchis.

Aber man zählt die Jahre nach den Wintern.

Als sie damals zu Schiff gingen, in dem anderen Leben, das in Wahrheit erst vier Winter her ist, da hatten ihnen die alten Geschichten geholfen.

Der Palast des Aietes ist schimmernd, umgeben von Gärten, hohe Weinstöcke bilden eine Laube, vier Bäche entspringen da. Einer führt Milch, der andre Wein, puren Honig der dritte, so gelb wie Sonne, der vierte kristallklares Wasser.

Im Gezweig eines Eichbaums hängt das Goldene Vlies.

In der Geschichte war auch von Nebel die Rede und von Drachensaat, von Stieren mit eisernen Fesseln, von grausamen Listen und tückischem Volk. Aber das wollten sie nicht wissen.

Denn was konnte grausamer sein und tückischer, als das, was ihnen wirklich widerfahren war?

Der Princeps der größten Stadt der Welt, deren Bürger sie einst waren, hatte sich in seinem feinen Geschmack gekränkt gefühlt. Denn es gab in dieser Stadt allzuviele häßliche, verkommene und unsaubere Gassen, in denen häßliche, verkommene und unsaubere Menschen wohnten. Der Princeps fand, daß dieser weltbeherrschenden Stadt Parks und Gärten viel besser anstehen würden als diese elenden und verwahrlosten Quartiere. Und der Senat des Römischen Volkes beschloß – spontan und einstimmig –, den Wünschen des Ersten unter Gleichen nachzukommen.

Um die Leute, die in den Insulae hausten, machte man sich keine großen Sorgen. Das waren meist Syrer und andre Barbaren, Zuhälter, Schankwirte, Gladiatorenliebchen. Plebs jeder Art. Die würden schon irgendwo unterkriechen. Die großen Miethaie hatten von diesem Gesindel ohnehin kaum Profit. Die zahlten selten oder nie, diese Leute. So machte man das Terrain dem Princeps erfurchtsvoll zum Geschenk. Es würde sich schon anderswo wieder auszahlen.

Den herrlichen Augusteischen Gärten, mit denen der Herrscher sein Volk beglücken wollte, stand nur der Starrsinn einiger Hausbesitzer entgegen. Kleine Leute in kleinen Häusern, die partout nicht einsahen, warum sie für nichts und wieder nichts weg sollten, und dem Princeps eine Schenkung machen, wollten sie schon gar nicht. Eigentlich erwarteten sie, daß für sie ein bißchen was herausspringen sollte, so bescheiden auch immer es sei.

Geld jedoch schien nicht vorhanden zu sein. Dafür brannte es immer häufiger in der Gegend. Irgendwo fing so ein Brand an, und da die Städtische Feuerwehr nur gegen Vorauskasse löschte, aber kaum jemand bezahlen wollte oder konnte, brannte es dann meist sehr gründlich.

Das Unglück wollte es, daß er und sie in einem schmalen Haus in dieser Gegend wohnten. Er hatte es von der Frau geerbt, die er liebte und die man ermordet hatte.

Als er sah, worauf es hinauslief, verkaufte er den Webstuhl, mit dem er ihren Lebensunterhalt verdiente, obgleich sie, mit der er nun zusammen war, wütend protestierte.

Es war keinen Tag zu früh.

In der nächsten Nacht konnten sie sich, nur mit dem Notwendigsten versehen, aus den Flammen retten.

Der Princeps hatte ein großzügiges Entschädigungsprogramm für die Brandopfer vorgesehen.

Jedem wurde Raum in einer großen Insula versprochen, die der Augustus zu bauen versprach, vorausgesetzt, man konnte eine Bestätigung der Feuerwehr vorweisen, daß man sie zum Löschen gerufen habe.

Es erwies sich dann, daß die Insula gar nicht erst gebaut werden mußte.

Dann wurde den Opfern noch angeboten, mit den Veteranen, die vom Princeps Land bekamen, gemeinsam zu Schiffe zu gehen. Fern von Italiens Fluren, auf einem Stück Land, das einem Volk und Senat von Rom schenkten, konnte man eine neue, gesunde bäuerliche Existenz aufbauen. Die einzige Voraussetzung war, daß man das römische Bürgerrecht besaß und die Überfahrt selbst bezahlte.

Sie (die Frau, das Mädchen) hatte als Kind auf dem Lande gelebt. Diese Zeit war für sie wie ein sonnendurchfluteter Traum. »Ich bringe es dir bei!« hatte sie ihn beschworen. »Und weben kannst du dort auch.«

Das Geld aus dem Erlös des Webstuhls reichte gerade für die Überfahrt.

Fort, nur fort. Das alte Leben vergessen. Die alten Wunden. Woanders sein. Nicht mehr jene Plätze sehen, jene Luft schmecken, wo alles Erinnerung war.

In der Kolchis, wo immer das sein mochte, entsprangen vier Bäche im Garten des Königs Aietes, der eine von Wein, der andre von Milch, der dritte …

Hand in Hand standen sie am Bug des Schiffes, als der entsetzliche Pontos sie freigab, geschleudert von Neptuns tiefsten Stürmen, nach berghohen Wogen, vorbei an Seeungeheuern, die sie mehr erahnten als sahen. Mit grauen und versteinerten Gesichtern erblickten sie die Nebel, unter denen sich ihr ersehntes Land verbarg.

Hier sollte des Aietes Palast stehen, hier? Hier die vier Brunnen fließen?

In ein Winterland hatte man sie gebracht, und wahrscheinlich war es ja gleichgültig, was man den römischen Habenichtsen versprach. Hauptsache, man hatte sie vom Hals. Kolchis, das war nur ein Name. In Wahrheit wußten sie nicht, wo man sie an Land gebracht hatte, römischer Abschaum, der sie waren, unwissendes Volk, das nicht einmal gelernt hatte, seine Lebensjahre zu zählen. Sie waren zwanzig vielleicht. Mehr oder weniger. Dies Land war Kolchis. Mehr oder weniger. Tabea vor allem war nicht willens, sich von dem Traum zu trennen. Kolchis, das war das goldene Vlies und die vier Brunnen des Aietes. Kolchis, das war Argo, das waren die Helden und ihre Schwerter.

Wir erschaffen die Länder in unseren Träumen. Wenn auch die Träume noch aufhören, was bleibt da?

Pamphilus ist es gleich, wo sie siedeln. Es ist kalt, der Acker ist steinig, die verstehen nichts von dem, was sie vorhaben. Also gut. Soll es die Kolchis sein und bleiben. Wo auch immer es ist. Fort von hier können sie nicht gehen. Sie sind gefangen. Arme Leute sind immer gefangen, gleich, wie das Land heißt.

Meist kommen sie gegen Mittag zu ihm, wenn der Wind auffrischt und Breschen in den Nebel reißt. Entweder, um eine bestellte Arbeit abzuholen gegen Lebensmittel oder um neue Wolle zu bringen, die sie irgendwo eingetauscht haben. Geld haben sie in den seltensten Fällen.

Er weiß nicht, zu welchen Stämmen sie gehören: Skythen? Geten? Sarmaten?

Zumindest reicht sein Getisch, das er – im Gegensatz zu

ihr – inzwischen nicht ganz ungeschickt redet, um mit ihnen auszukommen.

Sie stehen vor der Tür, zwei sind es diesmal, vermummt in ihre Pelze, sie kichern und treten ein, ohne zu fragen und öffnen als erstes die Fenster. Hell soll es sein! Luft soll hereinkommen!

Er fröstelt. Sie beugen sich zueinander, immer kichernd, und lösen die Tücher von ihren Köpfen. Massen schwarzen Haares, Spangen und Bänder drin, Knochen und Federn; blitzende Augen, tollkirschendunkel. Lustige Dämoninnen mit gelblicher Haut. Barbarenweiber, würde seine Gefährtin sagen, mißtrauisch und verächtlich.

Er mißtraut ihnen nicht, noch weniger hat er Grund, sie zu verachten. Er erwidert ihr Lächeln.

Sie streifen durch die Hütte, berühren alles ungeniert, stecken den Finger in den Ölkrug und lecken ihn danach genießerisch ab, machen sich gegenseitig mit spitzen Entzückensschreien auf die Stoffbahnen aufmerksam, die neben dem Webstuhl – die feinen Sachen, die er hier sowieso nie verkaufen wird, die er am Anfang gewebt hat, als er noch dachte, man könne Kunden gewinnen mit kunstvollen Mustern und erlesenen Garnen. Dann war der Vorrat an bunten Garnen, die er mitgebracht hatte, zu Ende.

Sie staunten die Dinge an, die er da gemacht hatte, und sie kamen mit ihrer groben, auf der Handspindel gedrehten Wolle, die sie nicht einmal selbst hecheln können, mit ihrem unvollkommen gekämmten Nessel, und zeigten ihm, zu Anfang noch stumm, dann mit Worten, was sie wollten und brauchten: Umhänge mit einem Loch für den Kopf, an den Seiten mit Bändern zu schließen, weite Hosen, die sie mit gedrehten Stricken gürten und deren Beine sie fest an den Waden umwickeln. Alles gut, sich damit auf dem Pferd zu bewegen.

Als Entgelt trugen sie ihm gepökeltes und luftgetrocknetes Fleisch ins Haus, mit Kräutern vergorenen, säuerlichen Kohl, an dessen Geschmack sich Tabea nicht gewöhnen kann, Milch ihrer Stuten, frisch, als Käse oder als berauschendes Getränk, das er fortschüttet, damit es ihr nicht in die Hände gerät (Wein reicht), und immer Sommerfrüchte aus den Bergwäldern.

Er zeigt den beiden, was er ihnen gewebt hat aus der Wolle, die sie vor ein paar Tagen gebracht haben: Kitteláhnliche Gewänder, am Hals hat er sie verziert mit den letzten paar Fäden seiner Vorräte in Rot und Grün und hat, um ihnen und sich eine Freude zu bereiten, die Seiten ebenfalls bunt vernäht, schön fest, mit einer Nadel aus Metall geht so was nur, nicht mit den gelöcherten Knochenspitzen, die sie hier haben und mit denen man die Wolle durchs Gewebe quält.

Sie stehen und staunen. Sie schlagen die Hände vor den Mund vor Freude. Und dann beginnen sie, sich unter Gekicher und Geschnatter auszuziehen, um die neuen Stücke zu probieren und möglichst gleich auf dem Leib zu behalten.

Er kennt das inzwischen. Aber er weiß nicht, ob das bei ihnen so Sitte ist und sie keine Scham vor Männern empfinden, wenn sie sich entblößen, oder ob sie ihn reizen wollen.

Er zieht sich zurück in die dunkelste Ecke, aber die Augen niederzuschlagen, das bringt er nicht über sich.

Hälse und Arme von der Farbe gebrühten Tees, Brüste, kaum verborgen unter diesem netzartigen Gestrick, das mit Holzstäben geknüpft wird und das sie unter ihren Kitteln und Pelzen tragen, apfelrunde Titten mit terrakottabraunen Warzen, die ihn anstarren, aufgerichtet vor Kälte oder Erregung.

Sie lösen sich gegenseitig die Knoten der Hosenbänder.

Nun wendet er sich doch ab, hört ihr Kichern ansteigen wie Wasser, das überläuft, ihn schwindelt, er preßt die Nägel in die Handballen; ihr Geruch dringt bis zu ihm herüber.

»Fillo, Fillo, o wie ist das schön!« rufen sie und klatschen in die Hände.

Fillo, so nennen sie ihn, das haben sie aus seinem Namen gemacht.

Offenbar sind sie nun angezogen, so kann er sich umwenden.

Sie stehen da, strahlen in den schlichten Kitteln, streicheln mit den Händen so an sich wie an der andern, betasten die bunten Nähte, beschnuppern sie wie junge Stuten, lecken daran. Ihre Sturzbachhaare, schwer von den Fetten, die sie hineinschmieren, Zöpfe und Strähnen gemischt, klirren von Zierden und schwingen hin und her wie schwere Vorhänge. Ihre Augen glänzen.

Er weiß schon, sie wollen von ihm wissen, wie er das genäht hat, und er zeigt ihnen seine beiden Nadeln, blitzende Minidolche aus gehärtetem Metall, für ihn hier wertvoller als Gold. Er hat nur vier mitgebracht aus Rom, er wußte nicht, daß dergleichen hier nur in den Römerkolonien zu haben ist, und teuer, teuer! Eine hat er gleich zu Beginn verloren, eine andre hat unzweifelhaft eine seiner begeisterten getischen Kundinnen mitgehen heißen.

Sie befühlen das Wunder, erproben die Spitze an der Fingerkuppe, schreien ungläubig auf und führen die Hand zum Mund, als hätten sie sich verbrannt.

Er verwahrt die wertvollen Dinger wieder in einem Stück Stoff, durch das er sie mehrfach stößt, und hüllt sie in einen Umschlag aus Birkenrinde.

Sie stehen ehrfürchtig.

Dann danken sie ihm mit Gesten, die er, bevor er hierher kam, nie in seinem Leben gesehen hat, klatschen in die Hände, neigen und drehen sich, holen schließlich aus den Faltenbündeln der abgelegten Gewänder seinen Lohn hervor: Honigwaben von wilden Bienen, verpackt in Tierdärmen, gedörrtes Fleisch in langen Streifen, Wurzelwerk und Grünzeug, das oben im Gebirge wachsen muß und aromatisch duftet.

Sie legen es vor ihn auf den Boden, und er bedankt sich in ihrer Sprache und mit ihren Gesten, wie er es sich von ihnen abgesehen hat.

Es ist hier nicht Brauch, über den Preis zu feilschen. Das ist auch unnötig, denn wenn er es in seinem rechengewandten Kopf überschlägt, ist es nach römischen Verhältnissen stets reichlich.

Freilich tauchen fast nie Münzen auf. Damit können sie nicht umgehen.

Sie behalten die neuen Kleider gleich an. Um ihre unförmigen Hosen darunter zu ziehen, raffen sie die Kittel, und noch einmal blitzt ihr Fleisch auf, Beine von der Farbe herbstlichen Eichenlaubs, das schwarze Dreieck der üppig gekrausten Haare. Dann hocken sie nieder und schnüren ihre Schuhe und Wadenbinden, beginnen, die Pelze anzulegen.

»Wo ist Tawa?« fragt die eine und schaut ihn von unten her an.

»Tawa« ist das, was sie aus dem Namen seiner Gefährtin gemacht haben.

»Tawa arbeitet auf dem Feld«, entgegnet er, und sie lachen. »Auf dem Feld! Wozu ein Feld? Ach ihr Römer! Alles, was der Mensch braucht, wächst ohne sein Zutun. Früchte, Honig, Milch, Wild – wozu ein Feld?«

»Bist du viel allein, Fillo?« fragt die andere, die Kleinere, die mit den schmalen Augen und dem Grübchen auf der Wange. »Brauchst du keine Frau?«

Sie geht auf ihn zu, streift den Fausthandschuh, den sie bereits übergezogen hatte, mit den Zähnen wieder ab und läßt ihren rauhen Handrücken über sein Gesicht gleiten, mit festem Druck, von einem Ohr über Wange, Mund, Wange zum anderen Ohr. »Du bist jung und hübsch, Fillo.«

Das ist deutlicher als ihre Enthüllung. Aber nichts Laszives haftet dieser Werbung an.

Er lächelt. »Nein, Frau«, sagt er. »Danke. Ich habe alles, was ich brauche.«

Sie kichern wieder, laufen zur Tür, winken. Er nickt ihnen zu.

Bevor er die Holzklappen wieder vor die Fenster legt –

es ist unerträglich kalt geworden, er muß nachheizen –, sieht er noch, wie sie ihre kleinen struppigen Pferde erreichen, die stets unangebunden grasen, und sich auf den sattellosen Rücken ihrer Tiere schwingen. Sie haben nicht einmal Trensen, nur Stricke um die Pferdehälse. Mit hellem Geschrei treiben sie die Tiere in einen flinken Galopp.

Er wendet sich den Schätzen zu, die sie gebracht haben. Gutes Essen für Tabea, wenn sie heute nach Hause kommt.

Dann fallen ihm die Nadeln ein.

Vorsichtig öffnet er das Rindenbehältnis.

Es war zu erwarten. Nur noch eine Nadel.

Im Dunkeln geht sie aufs Feld, im Dunkeln kommt sie nach Haus. Unterm Nebel hackt sie die Erde auf, die fruchtbar werden soll, und die sich boshaft sträubt.

Sie haßt sie, sie schlägt mit ihrer Hacke auf sie ein, mit diesem armseligen und unzulänglichen Werkzeug. Sie wollte, sie könnte ganz anders auf sie einschlagen, auf diese verfluchte Erde. Verbrennen und versengen möchte sie sie, um- und umkehren und ihr die Eingeweide verletzen, das Unterste zuoberst kehren, damit sie sich in Wehen krümmt und ausspuckt, was da in ihrem Innersten ist.

Aber Tabea ist eine Frau.

Tawa, wie sie hier mit barbarischer Zunge lallen, ist ein Weib. Sie kann nicht zeugen. Sie kann nur zuschlagen mit ihrer Hacke. Verletzen. So, wie die Männer sie verletzt haben.

Wo sind die Grenzen zwischen Mitleid und Liebe?

Es legt sich ihm wie ein Reif um die Brust, wenn sie durch die Tür tritt, Finsternis hinter sich, die Hacke beiseite tut, die erdverkrusteten Fellschuhe abstreift und dasitzt mit hängenden Schultern, die Hände zwischen den Knien, er muß sich abwenden und in seinem Suppentopf herumrühren und kann sie nicht ansehen.

»Gib mir Wein«, sagte sie mit ihrer vom Stillschweigen des Tages verrosteten Stimme. Es ist stets das erste, was sie sagt.

»Laß uns erst essen«, bittet er. »Merkst du, wie gut das riecht?«

»Ich rieche vor allem Weiberfleisch«, entgegnet sie. »Waren wieder welche hier von den Skythenhuren?«

»Sonst wär nicht dies Essen im Topf«, bemerkt er friedfertig und tischt auf und schafft es tatsächlich, daß sie zunächst einmal ißt und statt des Weins Ziegenmilch trinkt.

Während des Essens schweigen sie.

Er ißt viel weniger als sie, versucht aber seine Mahlzeit so auszudehnen, daß er mit ihr gemeinsam fertig ist, und so hat er Muße, sie zu betrachten, ihr müdes, trauriges Gesicht eines alten Kindes, die Narbe quer über ihrer Wange, die er meist nicht mehr wahrnimmt (aber wenn er es tut, fällt ihm ein andres Gesicht und eine andre Narbe ein, und es schmerzt), ihr zerzaustes, glanzloses Haar, das nichts von der Kraft der Skythinnenhaare hat.

Von der Anstrengung des Essens bilden sich kleine Schweißtropfen auf ihrer Oberlippe. Ein bißchen Farbe steigt in ihre fahle Wangen.

Vielleicht geht es heute Abend einmal ohne den Weinkrug. Sie schiebt die Schüssel von sich. »Und?« fragt sie. »Was war mit deinen Weibern?«

»Sie haben mir eine Nadel geklaut«, gesteht er.

Sie zuckt die Achseln. »Du bist dumm. Eines Tages werden sie uns noch die Hütte anzünden, diese Wilden. Was läßt du dich mit ihnen ein!«

»Wir leben von ihnen, Kind. Und mit ihnen.«

»Gewiß könnten wir noch besser leben, wenn du sie ficken würdest. Wollen sie, daß du's tust?«

»Ich denke schon, daß manche es gern hätten«, räumt er ein. »Aber damit verdiene ich nun mal kein Geld mehr.«

Sie sprechen über diese Dinge ganz sachlich, Kinder der römischen Straße, die sie sind, von früh an gewohnt, sich zu verkaufen. Manchmal ist es notwendig. Immer ist es lästig oder tut weh.

»Willst du dich waschen?« fragt er. »Ich habe warmes Wasser.« In ihre müden Augen kommt ein Lächeln.

»Ach, Pamphile. Ich bin viel zu müde. Gib mir jetzt Wein, bitte.« Er geht, ihr den Becher vollzuschenken.

»Du auch?« fragt sie, wie immer, und er, wie immer, schüttelt den Kopf. Sie trinkt gierig.

»Die Arbeit auf dem Feld ist zu schwer für dich«, sagt er mit einer Fürsorge, die sie reizt. Immer kommt es ihr vor, als meine er eigentlich jemand anderes.

»Was quatschst du«, erwidert sie grob. »Es ist Bauernarbeit. Ich bin die Bäuerin, du der Weber. Ich gehöre nach da draußen, du sitzt hier drin. Ich hacke das Holz und du wärmst deine verdammten Finger für die Weberei. Und außerdem ist sowieso bald Frost im Boden. Jeder Tag ist kostbar.«

Er bringt ihr von den Honigwaben, aber sie wirft keinen Blick darauf. Inzwischen ist sie beim nächsten Becher Wein angelangt.

»Im Winter webst du wieder«, versucht er sie zu ermuntern, »und ich gehe hinaus und versuche bei den Skythen oder in der Garnison unser Zeug zu verkaufen.«

Sie schneidet eine Grimasse. »Da muß ich in dieser verfluchten engen Hütte hocken und am Webstuhl herumstümpern, und du ziehst durch die Welt und machst Männern wie Weibern schöne Augen.« Sie wird schnell betrunken in letzter Zeit. Ihr Kopf sinkt auf die Arme.

»Tabea!« bittet er.

»Mir tun die Schultern weh von der Arbeit.«

»Komm«, sagt er freundlich. »Leg dich aufs Bett. Ich massier deine Schultern mit Öl.«

Sie schnaubt verächtlich durch die Nase, aber sie läßt ihn gewähren.

In der Hütte ist es warm. Sie fühlt den sanften Zugriff seiner geölten Finger, stöhnt leise. Nach und nach bewegen sich seine Hände von ihren Schultern herunter über ihren ganzen Körper, und ihre Atemzüge werden tief und gleichmäßig wie kurz vorm Schlaf.

Noch einmal benetzt er die Finger mit Öl und schiebt sie vorsichtig zwischen ihre Beine.

Sie verändert weder Atem noch Lage. Ihr Leib erwidert seine Liebkosungen nicht, als wäre sie nicht lebendig.

Leise beginnt er ihren Namen zu flüstern, immer wieder. Beschwörend, bittend, besänftigend, drängend.

Aber als er in sie eindringen will, schüttelt sie ihn mit einem Aufbäumen ab.

»Nein. Das nicht. Es tut weh.«

Er wechselt die Stellung auf diesem armseligen Bett, dreht sie sanft auf den Rücken und schiebt seinen Kopf zwischen ihre Beine.

Jetzt öffnet sie sich.

Inbrünstig läßt er seine Zunge über die Rose aus bräunlichem Fleisch gleiten, saugt an der prallen, üppig vorspringenden Knospe und saugt den Geschmack dieses ihres Lebens: den ranzigen Geruch von Schweiß, das Salz ihrer Ausscheidungen, das sich mit dem Öl von seiner Hand vermischt. Aber so tief er auch seine Zunge in den Spalt zwischen den jugendlich frisch durchbluteten Lippen schiebt – er kann ihr keinen einzigen Tropfen entlocken.

Sie liegt ohne Bewegung. Als er zu schluchzen beginnt, erbarmt sie sich seiner und umschließt ihn mit den Lippen. Aber das sind nicht die Künste der Fellatrix, die sie einst gewesen ist, sondern etwas wie das Saugen eines Kälbchens.

»Danke, kleine Tabea«, flüstert er und will sie küssen auf ihre von seinem Saft befeuchteten Lippen, aber sie dreht den Kopf beiseite.

»Ob ich am Daumen lutsche oder an deinem Schwanz«, sagte sie traurig, »das ist alles gleich.« Und er weiß, daß sie ihn nicht kränken will.

»Ach, Pamphile, du mühst dich vergeblich mit mir ab.

Da sind nun hundert und aberhundert Männer drin gewesen, und immer war diese Pflaume so frisch und saftig wie vom Baum. Und nun, wo ich es gut haben könnte mit einem einzigen Kerl, da bin ich dürr. Hab genug vom Ficken. Für immer.«

Sie spricht voller Unschuld.

»Ich möchte so gern, daß du wieder etwas fühlst.«

Sie zuckt die Achseln.

»Ich fühl ja was. Wenn du deinen Haken in mich stößt, muß ich schreien – ist das kein Gefühl? Danke, daß du's nicht tust. Tut mir leid für deinen Schwanz. Geh zu den Skythenweibern, bums sie mit all deinen Künsten, und du bekommst noch was dazu.«

»Nein«, sagte er, »das mach ich nicht mehr. So wenig wie du.«

Sie legt den Kopf an seine Schulter. Ihr Rauchnebelhaar ist bitter.

»Alles liegt an diesem verfluchten Land, wo wir nicht sein können, die wir sind. Fillo und Tawa!« wiederholt sie höhnisch die getischen Verballhornungen ihrer Namen. »Dort, wo wir Pamphilus und Tabea waren, dort können wir leben!«

Er schweigt. Es ist nicht so. Das sind ihre Träume. Sie beide waren nichts weiter als Rotzlappen für jedermann, der bereit war, eine Sesterze zu spendieren; arme Luder auf dem Kinderstrich. Nicht das hier hat sie so gemacht, wie sie sind. Jenes war es, vor ihm sind sie davon gelaufen.

Darf er ihre Lügen zerstören? Sie ist elend genug.

Gleich wird sie von ihrem Bruder anfangen, er kennt das. Von Mamercus, dem Mordgesellen und Waldkönig, der sie liebte, den sie liebte, der ihren Leib verletzte und der Schatz ihrer Seele ist. Mamercus, der sich für sechzehn Jahre verdingte in Roms Heer – fort und weg für alle Zeiten.

Fort und weg nicht für sie. Er lebt in ihrem Kopf.

Und da ist sie auch schon, die Flüsterstimme, die sie nur dann bekommt, wenn sie von ihm redet.

»Wie lange ist es her, daß Mam weg ist? Sag mal?«

Und er beantwortet die Frage, wie so oft, mit ›acht Jahre vielleicht?‹, obwohl er weiß, daß es höchstens fünf sein können.

»Acht Jahre, bald neun«, hakt sie gleich nach. »Über die Hälfte. – Vielleicht dient er auch hier, an dieser Küste?«

Das ist eine neue Abart des Wahns.

Bisher hieß es immer, man müsse in den verbleibenden acht Jahren das Geld für eine Überfahrt nach Rom beisammen haben, um »Mam« dort zu treffen und ihn hierher mitzunehmen. Als wenn der nicht geflohen wäre bis zu den Antipoden vor der Liebe zur kleinen Schwester. Und selbst wenn er nach Rom zurückkommen könnte, wenn er überlebt hätte in all dem Morden und Gemordet werden – ihn in der Stadt zu finden wäre, als wollte er, Pamphilus, losziehen und seine gestohlene Nähnadel in den Heuhaufen aller Getenstämme suchen.

Der Gedanke, der Bruder sei vielleicht hier, jagt ihm, so absurd er ist, einen ordentlichen Schrecken ein.

In seiner Erinnerung lebt der abgöttisch geliebte Mamercus als ein finsterer Desperado, besitzergreifend, gewalttätig, unberechenbar. Hat sie's vergessen? Ihr »Mam«, von dem sie ihm vorschwärmt, hat ihn einmal vor ihren Augen grundlos und aufs grausamste verprügelt.

»Warum sagst du nichts?« drängt sie. »Nicht wahr, Mam könnte an dieser Küste sein!«

»Sicher, auch an dieser Küste könnte er sein«, erwidert er vorsichtig, um sie nicht zu erzürnen.

Hier und an jeder Küste der Welt. Am besten da, wo der Pfeffer wächst.

»Ob wir ihn suchen müssen?«

»Wenn er dich finden will, findet er dich.«

Das leuchtet ihr ein.

Sie seufzt, ihre Atemzüge werden tiefer. Sie schläft.

Er zieht seine Schulter unter ihrem Kopf weg, deckt sie zu mit Fellen und Wollen. Nachts wird es kalt.

Er legt noch einmal Holz nach, entzündet zwei neue Kienfackeln an den herabgebrannten und befestigt sie neben dem Webstuhl.

Das Geräusch wird sie nicht wecken. Es ist ihr vertraut. Während er mit der Arbeit beginnt, können seine Augen abwesend sein. Er guckt irgendwo hin. Er ist weit weg. Er ist besser dran mit seinen Hirngespinsten als sie. Seine Geister können nicht zurückkommen. Sie sind unwiederbringlich tot. Nur Schatten.

Alles spielt im Kopf.

II

Sie haben keine freundlichen Nachbarn.

Als die Parzellen aufgeteilt wurden, hat Tabea einzig auf das Stück Boden geachtet, das sie haben wollte. Ob die Hütte nah der Quelle oder am Brunnen ist und ob sie Sonne hat für die paar Kräuter im Garten, und sie hatte auch bekommen, was sie wollte. Wer rechts und links von ihnen siedelte, war egal.

Aber dann bemerkten sie, daß neben ihnen das hauste, was sie nach Verlassen des Schiffs am wenigsten wiederzusehen hofften.

Am Berghang, im Schatten, auf dem schlechtesten, steinigsten Stück, sitzt jener Mann, der sich den Poeten nennt. Er ist bereits vor ihnen gekommen und behauptet, vor dem Zorn des Princeps geflohen zu sein, der ihn sonst ob seiner frechen Verse unfehlbar verbannt hätte, noch weiter fort als in die kolchischen Landstriche.

Der Poet ist lang und hager, sein Gesicht überschatten die Wülste der Stirnknochen mit den buschigen Brauen, und sein Blick weicht dem der anderen aus.

Bei ihm ist sein Adlatus oder Schreiber, ein ebenfalls

großgewachsener, schattenbleicher Kerl, den er mitgebracht hat, ungewiß, ob als Sklaven oder Lohndiener.

Beide verstehen absolut nichts von Landwirtschaft.

Ihr Feld verlottert, ihre Hütte läßt alle Winde durch, an ihren Ziegen kann man die Rippen zählen. Wovon sie so richtig leben, weiß man nicht.

Aus Hochmut spricht der Poet nicht mit dem kleinen stumpfen Volk ringsumher, nur wenn er etwas benötigt. Ein paar Eier, ein Beil, um Holz zu schlagen, einen Tiegel, weil der seine zerbrochen ist. Dann läßt er sich herab, abgewandten Blicks und mit schiefem Maul das Wort an seine Nachbarn zu richten. Das, was Pamphilus ihm freundlich leiht oder schenkt, fordert Tabea irgendwann wütend zurück und sinkt damit immer tiefer in der Meinung dieses Sonderlings.

Andererseits hat er ein Maultier, das man auch manchmal braucht.

Sein Gehilfe übrigens wagt es selten, das Wort an jemanden zu richten. Mit einem Lächeln, das gleichsam für sein Dasein um Verzeihung bittet, geht er durch die Gegend.

An sonnigen Tagen, wenn der Wind vom Meer kommt, sitzt der Poet im dünnen Schatten einer Zirbelkiefer, malerisch einen großen Hut aufgestülpt, und diktiert dem devot vor ihm Hockenden etwas, was der auf einer Wachstafel notiert. Bestimmt seine berühmten frechen Verse.

Schlimmer ist der Nachbar zur Meerseite.

Ein ausgemusterter Centurio, stämmig, mit hellen Augen und lauter, quäkender Stimme. Er saß auf dem gleichen Schiff wie Pamphilus und Tabea, und sie hatten die Docks von Ostia noch nicht aus den Augen verloren, als er sich bereits mit Kennermiene an den jungen Mann heranmachte und um gewisse Dienste ersuchte.

Als Pamphilus sich sanft, aber entschieden weigerte, lachte er hämisch.

»Erzähl mir nichts, Schwanzlutscher. Ich wette zehn zu

eins, daß du's um Geld machst, seit du weißt, wozu die Männer ihn haben. Warum mußt du dich ausgerechnet bei mir zieren?«

Zu allen anderen Widrigkeiten war die Überfahrt eine einzige Flucht vor diesem lästigen Freier gewesen, und erst Tabeas unflätige Schimpfereien, mit denen sie ihn zum unendlichen Vergnügen des Schiffsvolks abkanzelte, bremsten ihn ein bißchen.

Als sie erfahren, daß ausgerechnet der ihr Nachbar ist, hat Pamphilus schlicht Angst. Er fürchtet alles Erdenkliche, von Überfällen bis zu vergiftetem Vieh und angesteckter Hütte. Aber nichts dergleichen geschieht.

Der Centurio läßt zwar keine Gelegenheit vorübergehen, dem jungen Nachbarn, wenn er ihn sieht, die Feige zu zeigen, auszuspucken oder sich grinsend zwischen den Beinen zu reiben, aber das ist auch alles.

Da er mit seiner Armee-Abfindung weit mehr Kapital hat als die beiden armen Leutchen neben ihm, bringt er es bald zu einer ansehnlicheren Hütte, zu Ochsen, einem Hakenpflug und mehr Land. Er fängt an, Sklaven zu beschäftigen und gibt ihnen zu Pamphilus' Entsetzen kräftig den Stock, wenn sie es ihm nicht recht machen.

Seit einem knappen Jahr hat er eine sarmatische Frau im Haus, ein kleines, katzenhaft schnelles, schwarzbraunes Geschöpf, das er erbarmungslos prügelt.

Anfangs hat Pamphilus versucht, sich über den Zaun hinweg mit ein paar freundlichen Brocken seines lustigen Getisch an sie zu wenden, wenn er sie gerade trifft, wie sie mit aufgeschlagener Lippe oder verstriemten Armen nach den Hühnern sieht oder die Ziegen melken geht.

Aber sie ist wohl abgerichtet, nicht zu antworten. Sie hebt nicht einmal den Blick.

So verwundert es ihn doch, als es an einem dieser nebeltrüben Vormittage an seiner Tür kratzt und auf seine Frage, wer da sei, die Antwort kommt: »Fabia.«

Da der Centurio Fabius heißt, wird er sie wohl so benennen.

Er legt das Kleidungsstück zusammen, an dem er gerade näht, und verstaut seine letzte Nadel sorgfältig an seiner Tunica.

Der Centurio ist auf dem Feld. Er sah ihn vorhin mit dem Ochsengespann bergwärts ziehen, begleitet von einem Sklaven. Trotzdem ist ihm unbehaglich, als er öffnet.

»Darf ich?« fragt sie, und er verändert die Frage: »Darfst du?«

Sie gleitet über die Schwelle, scheu, wild, ernst, sieht sich um, als lauere an jeder Ecke eine Gefahr. Oder eine Beute. Und verbleut ist sie wieder, daß es einen Hund jammern kann.

»Was macht Fabius, wenn er dich hier erwischt?« fragt er besorgt, und sie erwidert: »Oh.«

Es ist nur der Tonfall.

Und dann hängt sie an ihm, ein harter, dürrer, streng riechender Körper.

»Hilf mir«, murmelt sie. »Hilf mir, Fillo.«

Reichlich beunruhigt, schiebt er sie von sich. Sie hat am Hals einen dicken Scheuerstriemen, als wenn der versucht hätte, sie anzubinden oder zu strangulieren.

»Ich kann dir da eine Salbe drauftun, wie sie die Sklaven in Rom benutzen. Schweinefett, Kräuter und Lampenruß. Aber ich kann dich nicht hier behalten oder verstecken, wenn du an so was gedacht hast. Ich hab' zuviel Angst vor deinem Mann.«

»Nein, nein«, erwidert sie. »Nicht verstecken.«

Wieder schaut sie sich um, als suche sie etwas im Raum Verborgenes.

Wie sie da steht, so hochgereckt und dünn, geht eine dunkle Kraft von ihr aus, etwas, das sich offenbar nicht kaputtprügeln läßt und den Centurio sicher jedesmal aufs Neue reizt, es zu versuchen.

Er holt den Salbentopf. Das Zeug stinkt, wie er merkt, ranzig. Er rührt noch ein bißchen gutes Öl unter, um es geschmeidiger zu machen und tritt dann zu ihr, indes sie mit der Unbefangenheit der Frauen hierzulande ihren Oberkörper entblößt – spitze Schultern, Kinderbrüste mit kleinen, verschrumpelten Warzen. Sie ist noch übler zugerichtet, als er dachte. Vorsichtig bestreicht er die Striemen und Schrunden mit einem Finger. Aus eigner Erfahrung weiß er, wie es brennt, aber sie steht wie ein steinernes Bild, scheint den Atem anzuhalten, zuckt und schauert nicht.

Ihre grobe Wolltunica ist innen übersät von verkrusteten Blutflecken.

»Du mußt diesen rauhen Stoff nicht tragen«, sagte er. »Hast du kein anderes Hemd? Eins aus Leinen?«

Sie schüttelt den Kopf, und er denkt, sie versteht vielleicht nicht, und holt ihr ein Baumwollunterkleid, um es ihr zu zeigen, aber sie nimmt es gleich und streift es sich über – was soll man machen, auch wenn man bloß noch ein halbes Dutzend davon hat.

Während er seine alte Sklavensalbe wieder auf dem Spind verstaut, schickt er ein Stoßgebet zu den Göttern, daß Fabius in seinem Stumpfsinn nicht bemerkt, daß sie ein fremdes Hemd auf dem Leib hat.

Sie steht noch immer im Raum und läßt die Augen schweifen. Was will sie denn noch? Eine lindernde Paste und eine lindernde Hand hatte sie, mehr kann sie hier nicht kriegen, bei mir nicht.

Und nun zieht sie die Falten ihrer Röcke auseinander und nestelt zu seinem Schreck an ihren barbarischen Hosen, aber nein. Sie hat nicht vor, sich auszuziehen. Sie holt nur etwas hervor, ein Bündel aus weichem Leder, vielfach umwickelt und verschnürt mit Bastfäden, die in einem schwer überschaubaren Knoten über einem glitzernden Stein enden.

Irgendein Fetisch, vermutet er.

Die Frau hebt das Päckchen gegen die Stirn. Sie scheint sich ganz dagegenzustemmen. Dann reißt sie es mit beiden Händen ab, als sei sie dieses Lidschlags Länge damit verwachsen und es bereite ihr Schmerzen, es abzulösen.

Mit weit ausgestreckten Armen hält sie es Pamphilus hin.

»Verstecken.«

»Was ist das?« fragt er. »Etwas Göttliches?«

Sie nickt ernst.

»Vor wem verstecke ich es? Vor Fabius?«

»Vor allen.«

»Ist es wertvoll?«

Sie lacht auf.

»Nein, nein. Nicht wertvoll für Römer. Kein Geld. Kein Geschmeide. Nur für meinen Stamm.«

»Aber warum soll es versteckt sein?«

»Er zerstört es.«

Irgend ein barbarisches Götterding. Ein heiliger Stein vielleicht oder ein paar Blätter von einem Baum.

Pamphilus nimmt es entgegen.

Es ist leicht wie Daunen und sonderbar warm, aber das kann auch von den Händen der Frau sein.

Indes er noch überlegt, wohin er das seltsame Bündel tun soll, gleitet sie aus dem Raum wie eine schwarze Viper und sagt kein Dankeschön.

Er ruft ihr nach, aber sie ist schon fort.

Das Ding, den Fetisch, tut er in einen selten benutzten, weil oben angeschlagenen Krug hinten auf dem Bord.

Soviel Verstecke gibt es ja hier nicht.

Daß seine letzte Nadel weg ist, bemerkt er erst nach ein paar Stunden, als er ein Webstück zusammennähen will und die Ränder seiner Tunica vergeblich nach etwas Spitzem und Hartem absucht.

Er denkt, er hat sie verloren, und rutscht auf Händen und Knien durch den Raum, aber als es dämmrig wird, ist ihm klar, daß sie nur bei Fabia sein kann und findet es ziemlich unverschämt, ihn um alle möglichen Hilfeleistungen anzugehen und ihn dann zu beklauen. Und kurz und gut, seine Nadel muß er wiederhaben.

So gibt er sich einen Ruck und geht zum Anwesen des Nachbarn, richtig durchs Tor – zunächst noch in der stillen Hoffnung, der Centurio könne vielleicht nicht zu Haus sein. Aber das Herz sinkt ihm in die Kniekehlen, als er die Ochsen bereits ausgeschirrt und wiederkäuend unterm Schuppendach stehen sieht.

Er überlegt noch, ob er vielleicht umkehren und die ganze Aktion auf morgen vormittag verschieben soll, als die Hüttentür aufgeht und Fabius sich breitbeinig an der Schwelle aufpflanzt. Die von der Feldarbeit noch ungewaschenen Pfoten hängen wie Schaufeln an ihm und er mümmelt an irgendwas Fettigem, so wie sein Kinn glänzt.

Pamphilus schluckt seine Spucke herunter, bietet einen Guten Abend und fragt, ob er die Fabia mal kurz sprechen dürfe. Der Centurio mustert ihn schweigend von Kopf bis Fuß und knurrt schließlich: »Was hast du mit der zu kungeln?«

»Sie hat sich von mir eine Nadel geborgt«, erwidert er, »und die wollte ich gern wiederhaben.«

»Eine Nadel, so«, sagt der langsam. »Was soll das dumme Luder mit einer Nadel, sie kann ja nicht einmal nähen.«

Sie stehen sich gegenüber. Pamphilus beginnt zu frieren, er hat in der Eile seines tapferen Entschlusses nicht einmal einen Mantel umgenommen, aber ohne seine Nadel will er eigentlich nicht zurück.

»Wenn du was mit dem Weib anfängst, du ausgedienter Schwanzlutscher, dann kannst du dich freuen. Dann bind ich dich hinten in meinem Stall an, wo uns keiner hört, und mache was mit dir, was meine Kerls mit solchen wie dir anstellten – eine ganze Zehnerschaft, was denkst du? Du hast hinterher deinen Namen vergessen.«

»Ich will nichts von deiner Frau, und sie will nichts von mir«, sagt Pamphilus und spürt die Angst in seinem ganzen Leib, sein Bauch schmerzt und sein Geschlecht wird winzig. »Sie hat sich was geborgt, und ich will es zurück. Das ist alles, Fabius.«

»Scher dich mit deiner Nadel. Bei dir ist eine Nadel verschwunden, bei mir gleich eine ganze Möse. – Ja, sie ist weg. Kein Essen auf dem Tisch und der Herd kalt. Na, wenn die wiederkommt – da wird sie sich wünschen, sie wär gleich ganz weggeblieben.«

Damit schlägt er seine Tür zu und läßt Pamphilus allein mit dem ganzen Bauch voll Angst und ohne Nadel.

Und während er zu sich hinübergeht, wird ihm klar, daß diese Angst nicht nur mit der sicher höchst realistischen Drohung des ehemaligen Soldaten zusammenhängt, sondern daß da noch etwas anderes ist, etwas nicht Beschreibbares.

Es ist in der Luft wie eine Raubvogelschwinge, die einen Pferch überschattet.

Als Tabea müde und verdreckt vom Feld kommt, ist er noch gar nicht so sicher, ob er ihr die Nadelgeschichte erzählt. Aber merkwürdig. Sie fragt ihn, was sie sonst selten tut, wie er den Tag verbracht hat, und da offenbart er's denn und vergißt auch das Päckchen nicht.

»Zeig mal«, fordert sie und bewegt das verschnürte Ding in den Händen.

»Es ist ganz warm«, sagt sie überrascht. »Und so leicht!«

Sie betastet die Konturen.

»Knochen oder Kugeln«, rätselt sie. »Und wenn es mit ihren Göttern zu tun hat, soll man es ehren. Sonst tun sie uns noch was an.«

Was könnten sie uns antun, denkt er, das schlimmer ist als das, was wir haben. Aber er sagt es nicht.

»Tu es weg und versteck es wieder. Ich will nicht wissen, wo es ist«, sagt sie. »Im übrigen, was deine Nadel angeht: Soll ich morgen mal rübergehn und dieser Barbarenschlampe und ihrem fiesen Typen Bescheid stoßen? Ich schrei die ganze Siedlung zusammen!«

»Das arme Weib ist eine einzige Beule«, sagt er mitleidig. »Wir sollten ihr nicht noch mehr Ärger machen. Laß nur. Ich hab' mir überlegt, daß ich vorm ersten Schnee sowieso noch mal ins Castellum muß, buntes Garn kaufen und Wein. Da kann ich auch versuchen, Nadeln zu erhandeln.«

»Schieb mich nicht vor und den Wein, um deine Schusseligkeit zu bemänteln«, sagt sie ärgerlich. »Haben wir denn das Geld?«

Er nickt.

Was die Verwaltung ihrer geringen Barschaft angeht, ist er der Meister. Sie kann nicht haushalten.

»Und den Maulesel vom Dichter? Den müssen wir auch ausleihen.«

»Ja, aber wenn ich ihm Waren mitbringe, läßt sein Adlatus mit sich reden.«

So ist es an diesem Abend ausgemachte Sache, daß Pamphilus, je eher, desto besser, in die Garnison reitet, in die römische Besatzerstadt, wo man kaufen und verkaufen kann; nicht alles, aber vieles.

Tabea hofft auf den Weinschlauch, den der Freund für sie mitbringen wird, und Pamphilus kann bei allen Fährnissen einer solchen Reise nun mal nicht ableugnen, daß er gern ein bißchen Stadtluft schnuppert. –

Die Nacht ist mondlos, Wind macht sich auf und fegt um die Hütte, die Balken knarren, die Glut auf dem Herd zischt und knistert.

Pamphilus hört es zuerst, aber noch während er sich im Bett aufrichtet, öffnet auch das Mädchen die Augen. »Hörst du?« flüstert sie überflüssigerweise.

Ganz zu Anfang, als das Land hier vermessen und verteilt wurde, als alle noch auf einer Laubschütte und auf dürren Fichtenzweigen schliefen unter einem schnell errichteten Dach, hatte es alle römischen Siedler in Angst und Schrecken versetzt.

Zuerst hatten sie gedacht, die Barbaren bereiteten einen Angriff vor, und ein paar Beherzte, darunter natürlich Ex-Centurio Fabius, wollten schon mit Schanzarbeiten und

Lagerbefestigungen beginnen. Man schickte auch ins Castellum, nachzufragen, aber auf Geräusche geben die nicht allzuviel, da muß es schon härter kommen, wenn die eine Hundertschaft rausschicken.

Und so plötzlich, wie es begonnen hatte, hörte es auch auf. Alles lag und lauschte in die Nacht. Mitternacht vorüber, und es blieb still.

Dann kam es noch zweimal in diesem ersten Jahr, ohne daß die verschreckten Römer einen Zusammenhang herstellen konten mit irgend etwas, das sie taten oder unterließen.

Und immer, wenn man angefangen hatte, sich daran zu gewöhnen, hörte es auf, und man wartete auf den Wiederbeginn. Aber nach diesem Jahr war nichts mehr, und sie hatten es vergessen.

Es ist wie ein gleichmäßiges Trommeln, zuerst fein und leise wie Regen auf einem Dach, anschwellend dann, daß die Ohren gellen. Dazwischen hohe schrille Laute gleich Vogelrufen, so was wie Lachen und Zirpen, dann, als blase jemand in ein Rohr oder wirble eine Rassel herum.

Es kommt von überall her, von den fernen Bergen und aus dem Dach der Hütte, aus dem Boden und aus dem Bettgestell, das zu vibrieren scheint.

Sie hatten es lange nicht mehr gehört. Nun ist der Schrecken vollkommen.

Die beiden Kinder Roms klammern sich aneinander und pressen sich gegenseitig die Hände auf die Ohren, ziehen die Decken über die aneinandergeschmiegten Köpfe.

»Was wollen sie? Was wollen sie nur von uns? Was haben wir ihnen getan?« murmelt Tabea am Hals ihres Freundes in den auf- und abschwellenden Lärm.

Er streichelt ihr Rücken und Schultern.

Vielleicht meinen sie uns gar nicht. Vielleicht sind wir ihnen so gleichgültig wie dem Wind, dem Meer, so wie wir dieser Erde gleichgültig sind. Eindringlinge, die man zur Kenntnis nimmt oder nicht.

»Ich denke, es will uns nichts Böses«, begütigt er, obwohl er selbst zittert.

Plötzlich fährt sie hoch.

»Das Ding! Das Ding hat es gemacht! Wo hast du den verfluchten Wildenabgott versteckt? Ich werd ihn ins Feuer werfen, dann werden sie uns schon in Ruhe lassen!«

»Nein«, widerspricht er. »Ich hab' versprochen, es zu bewahren. Davon kann es nicht kommen. Früher gab's dies hier doch auch schon. Ich kann es ja morgen wieder zurückgeben, wenn du meinst.«

Sie beruhigt sich.

»Gut«, sagt sie. »Es passiert einem ja nichts, außer dem Schreck. Was machen sie nur, diese Barbaren? Wollen uns Angst einjagen! Und Nadeln klauen sie auch.«

Letzteres ist nicht zu leugnen. Über das andre weiß Pamphilus zu wenig, um zuzustimmen.

Als es etwas nachläßt, legen sie sich eng umschlungen wieder zurück, ziehen die Decke über die Ohren und schlafen schließlich ein, ganz gleich, wie laut oder wie leise es ist.

Er kann es dann doch nicht zurückgeben, das Ding.

Wegen der nächtlichen Störung erwachen sie später als sonst, es ist schon hell, sehr hell, Sonne dringt durch die Ritzen am Fenster und die Hütte erbebt unter den Stößen des Sturms.

»Grejus«, sagt Tabea und lauscht.

»Grejus, ja«, bestätigt er.

Sie nennen ihn mit dem einheimischen Namen, diesen rasenden, erbarmungslosen Nordost, der wie eine Todesdrohung über das Land herfällt und die Schiffer auf dem Pontus um ihr Leben bangen läßt.

Nichts hat er gemein mit Boreas, dem rauhen, poltrigen Gesellen, der im Herbst durch Roms Straßen tobt – ein grober Kobold, der zum Zuschlagen eine hölzerne Pritsche hat. Grejus peitscht mit eisernen Ketten und mit Geißeln voll knöcherner Haken.

Sie drücken sich aneinander.

Das erste, was sie hier lernten, waren die Namen der Winde.

Maistrus, der heftige, warme Nordwest, hatte sie über das Meer geblasen an diese Küste; damals glaubten sie noch, er bringe Glück.

Aber kein Wind hier bringt Glück.

Serekos nicht, der fauchende glutende Südost, der die Erde ausdörrt und die Pflanzen tötet mit Feuerhauch, noch Dramidan, der Nordwind, der sich von den Bergen stürzt und Mensch und Vieh zu Eis erstarren läßt. Metemmia, Zephir, fächelt nur lieblich, und dennoch fürchten die Schiffer ihn mehr als alle anderen, denn in seinem Gefolge naht Bunaza lada, die Windstille, die das Wasser so schwer und glatt macht wie Olivenöl und den Segeln die Kraft nimmt.

Die winterliche Finsternis aber bringt Bonenti, der Schwarze Wind aus Westen, der die Wolken so tief dahinjagt, daß die Berge in ihnen verschwinden. Endlose Regenfluten, endlose Nächte.

Grejus also.

Tabea zieht die Decke noch einmal bis zur Nasenspitze. Sie denkt dran, wie sie frieren wird auf dem Feld.

Pamphilus erhebt sich seufzend; er schließt die Lüftungsklappe des Herdes, damit der Sturm ihm nicht das Feuer ausbläst, und legt den Kapuzenmantel an, um Wasser zu holen – da hören sie von draußen das Schreien und Fluchen.

Es ist unverkennbar Fabius.

Sein Weib hat er gefunden, im Brunnenschacht, die Füße nach oben, ersoffen, so tot wie eine erschlagene Ratte. Hat sich ertränkt.

Die halbe Siedlung, soweit sie noch nicht auf dem Feld draußen war, kommt herbei und sieht zu, wie der Centurio eine Seilschlinge macht, sie über die Füße der Toten gleiten läßt und sie mit der Winde aufzieht wie einen Wassereimer. Helfen mag ihm keiner. Er ist nicht gerade beliebt. Leiht seine Ochsen nur gegen Wucher her, legt sich mit jedem an.

Fabius' Weib war schmal und dünn, aber das ist der Brunnen auch, und er muß sich ganz schön mühen.

Roh zerrt er den Körper aus der engen Röhre, und bei seinem Publikum werden Stimmen laut, ob er sie nicht, verdammt nochmal, in Ruhe lassen könne, einfach den ganzen Schacht zuschütten und Schluß.

»Damit ich mir einen neuen Brunnen graben muß, was?« flucht er. »Packt euch, was haltet ihr Maulaffen feil? Soll ich euch mit dem Ochsenziemer vertreiben?«

Aber sie warten doch noch ab, was er da herauszerrt – triefend und blutig; ob die Abschürfungen und Wunden nun dem Brunnenrand zuzuschreiben sind oder schon vorher da waren, ist ja nun nicht mehr auszumachen.

Zum allgemeinen Erstaunen trägt die Tote, die alle nur als armseliges Lumpenweib kennen, reichen barbarischen Goldschmuck um Arme, Hals und Brust.

(Woraus die guten Leute schlußfolgern: Wenn sie einer abgemurkst hätte, wär doch das erste gewesen, ihr die Klunker wegzunehmen. Also hat sie's wirklich selbst getan.)

Fabius scheint genauso überrascht wie die anderen und vertreibt die Zaungäste fluchend, schimpfend und das Seil schwingend, das er von den Füßen seines Weibs gelöst hat. Im Weggehen sehen sie, wie er der Leiche das Gold abzerrt. Scheußlich, aber daß er es nicht mit ihr zu Grabe tragen würde, der Lumpenkerl, war ja klar. Da bringt ihm seine tote Frau im nachhinein auch noch eine nette Mitgift für neues Land oder Ochsen oder Sklaven. Manche haben ein Glück.

Pamphilus und Tabea haben Hand in Hand gestanden, beide unter einem Mantel wegen des Grejus.

Nicht, daß sie allzu erschüttert sind, sie kennen beide Tod und Tote, aber ein guter Tag ist nicht, was so anfängt.

Das Land ist klar, man sieht bis aufs eisige sonnenbeschienene Meer und, wie immer, können sie einfach nicht verstehen, daß es bei hellem Sonnenschein so kalt sein kann.

»Vielleicht«, sagt Tabea, während sie zur Hütte zurückgehen, »haben sie ihretwegen den Krawall gemacht in der Nacht, was meinst du?«

Er zuckt die Achseln. Sie werden ja sehen, ob es diese Nacht wiederkommt.

»Aber nun wirfst du das Ding weg, hörst du!« fordert sie, und er nickt.

Als sie aufs Feld gegangen ist, holt er es aus dem Versteck, bewegt es in den Händen, fühlt die merkwürdige Wärme und Leichtigkeit, und ihm ist, als bewege sich etwas unter der Hülle.

Und da wirft er es doch nicht ins Feuer, noch vergräbt er's in der Erde, sondern er versteckt es aufs neue, diesmal im Stall in der Heuraufe ganz hinten zwischen alten Lederstücken, mit denen sie manchmal was ausbessert an der Tür oder an der Bettstatt.

Grejus weht den ganzen Tag und die kommende Nacht, doch sonst bleibt es still; außerm Sturmgetobe kein Krawall in den Lüften.

Tabea kommt blaugefroren nach Haus, aber am Herd beginnt sie zu glühen wie angezündet. Der Sturm hat ihr das Blut angepeitscht, so daß ihr Gesicht bräunlich und rosig leuchtet. »Etwas liegt in der Luft!« sagt sie. »Etwas ist anders, wer weiß, was.«

Er schweigt, will nicht zerstören, was er noch nicht zu benennen wagt. (Etwas liegt in der Luft? Ja, der Winter. Etwas ist anders? Gewiß, es wird kälter.) Kann ja sein, die kleine erfrorene Tabea taut auf, und diesen Winter wird ihre verschneite Hütte so warm und traulich wie ein Vogelnest im hohlen Baum. Alles, was sie braucht, ist Zeit.

Am nächsten Morgen haben sich die Lüfte beruhigt. Noch einmal, bevor Levanti und Bonenti die Welt in Eis hüllen werden, gibt es eine Atempause, sie kennen das nun schon aus Erfahrung. Maistrus und Metemmia fächeln, der Spätherbst tut sich trügerisch-verheißungsvoll auf. Es ist wie daheim in Rom zur Zeit der Saturnalien.

Und wenn man noch etwas besorgen und besehen will vor dem Winter, dann muß es jetzt geschehen. Sonst ist es zu spät.

So zählt Fillo-Pamphilus noch einmal sorgfältig das Geld nach, bevor er es in eine elegante, modisch aus Haaren geflochtene Börse tut, die er aus den Wechselfällen des Lebens von Rom hier herüber gerettet hat, und diese dann in der Innentasche seiner Tunica, gleich überm Herzen, verstaut. Er legt seinen Proviant bereit und die einzige Waffe, die er hat, einen Knotenstock aus Stechpalmenholz.

Nicht, daß er dergleichen bei einem Angriff zu seiner Verteidigung würde handhaben können oder wollen, aber es beruhigt doch, zumindest wenn man an Wölfe denkt. Obwohl es die nur im tiefen Winter gibt.

Dann geht er, vom Nachbarn auf der Bergseite, dem Poeten, die Mauleselin auszuleihen, die da im Verschlag steht. Wozu, weiß keiner so recht, denn der Mann benutzt sie nicht einmal zum Ackern, und das Vieh ist so klapprig, daß man befürchten muß, es nicht lebendig durch die Reise zu bringen. Der Nachbar ist äußerst ungefällig, aber da er stets dringend dies und das aus dem Castellum braucht, gibt er das Tier gegen Ausführung seiner Besorgungen her. Daß das dürre Gestell jedesmal dank der gewissenhaften Pflege und mitleidvollen Fütterung des jungen Nachbarn stattlicher nach Hause kommt, als es auszog, ist ein zusätzlicher Vorteil für ihn.

Pamphilus verhandelt nie mit Publius, dem Poeten. Immer nur mit Rufo, dem Gehilfen, von dessen Namen er nicht weiß, ob das die getische Version eines lateinischen Namens ist oder ob er wirklich so heißt. Der geht dann und redet mit seinem Patron und überbringt dessen Meinung, und das geht so hin und her, bis sie einig sind.

Diesmal ziehen sich die Verhandlungen nicht hin wie sonst üblich. Pamphilus hat geradezu das Gefühl, man habe auf ihn und seine Reise gewartet. Der Grund zeigt sich bald: ein großes Konvolut Briefe, sorgfältig in gewachstes Tuch verschnürt und versiegelt. Und das muß unbedingt mit amtlicher Kurierpost nach Rom. Die Kosten dafür würde ein bedeutender Bankier übernehmen, zu dem er dann müßte.

(Fillo kann sich gar nicht vorstellen, was ein bedeutender Bankier hier am Ende der Welt will.)

Rufo händigt ihm eine knapp bemessene Summe für die erbetenen Einkäufe aus. Fillo weiß rechnerische Genauigkeit zu schätzen und meint, es wird ausreichen.

Im übrigen sind diese Leute so zugeknöpft wie eh und je, auch die nachbarliche Wasserleiche ist für Rufo kein Gesprächsthema. Man erntet nur einen verachtungsvollen Blick wie zu Anfang, als man sich herausgenommen hatte, zu fragen, ob der Herr Rufo auch Freigelassener sei wie man selber.

Nachdem sich Pamphilus darüber noch ein bißchen geärgert hat, aber in Grenzen, nimmt er Abschied von seiner kleinen Bäuerin, die sich bereits anschickt, aufs Feld zu gehen, und er bittet sie, gut auf sich aufzupassen, obwohl er es ja ist, der sich hier ins Abenteuer stürzt. Er werde sich bemühen, rasch wieder bei ihr zu sein.

Sie zuckt die Achseln. Ob er da ist oder nicht, ist ihr eins, dann ißt sie eben Brot statt Suppe, das macht ihr nichts aus.

So schwingt er sich denn auf das klapprige Muli, stößt ihm die Hacken in die Flanken und begibt sich im Zuckeltrab auf die steinige Bergstraße.

Und Tabea, immerhin, sieht ihm nach, eh sie hinausgeht, nicht ahnend, daß ihr heut noch etwas begegnen wird.

Das Wetter ist angenehm.

Tabea kann bei solchen sanften Winden die Handschuhe am Feldrain liegen lassen.

Die Erde, sonst stumpf und bröckelig, hat heute feuchten satten Glanz, und die junge Frau bewegt ihre Hacke mit schnellen, kraftvollen Schwüngen, so wie man nur arbeiten kann, wenn einem der Boden freudig entgegenkommt und sich nicht sträubt.

Heute geht es ihr gut von der Hand.

Als sie an der Furche wendet und sich das Haar aus dem Gesicht streicht, liegt der Pontus sanft gekräuselt und sieht ganz so aus wie Unser Meer in Ostia oder Baiae, wenn man einen Ausflug macht an den Floralien. Man könnte denken, man ist zuhaus.

Von der Mitte aus wird das Wasser plötzlich glatt und träge wie ein schweres Tuch – das ist Bunaza lada, die Windstille.

Auch hier schweigt schon der Hauch, so daß dem Mädchen augenblicklich der Schweiß aus den Poren bricht; es hat sie ereilt, irgend etwas breitet sich aus, sie weiß nicht, kommt es von außen oder geschieht es in ihr.

Vom Boden, aus den frisch aufgebrochenen Schollen, steigt ein zugleich dumpfer und würziger Geruch auf – mehr als ein Geruch: Es wird sichtbar, Dämpfe, Nebel, das ganze Feld ist urplötzlich zugenebelt.

Ihr ist zum Ersticken, zum Niedersinken, sie muß sich am Stiel ihrer Hacke festhalten und meint schon, der Orcus tue sich auf.

Und kann ja sein, er hat sich wahrhaftig aufgetan. Aber nicht, um sie zu holen, sondern um ihr etwas zu geben.

Denn nun tritt es aus dem Dunst hervor: Die Gestalt eines hochgewachsenen Mannes, langsam und wie auf Stelzen schreitend, dunkel aus dem Dämmrigen kommend, nähert sich ihr.

Sie empfindet keinerlei Furcht. Seit sie hier draußen dieses armselige Feld beackert, bei Regen, Frost, Schnee und Sonnenhitze, hat sie drauf gewartet, daß es geschieht.

Argo muß nicht landen. ER ist ja da, schon lange da. Mußte sie nur finden.

Gott-König-Heros-Spartacus-Mamercus-Iason. Sie lacht vor Glück.

»Wie darf ich dich nennen?«

Er schüttelt den Kopf, legt den Finger auf die Lippen. Jetzt ist er so nahe, daß sie seine Augen zu sehen glaubt. Groß legt sich sein Schatten über sie.

III

Nicht, daß er erwartet, gleich hinter der ersten Wegbiegung würde ihm das Abenteuer begegnen, aber ein bißchen aufgeregt ist er schon bei dieser Reiserei zur Garnison, immer wieder. Es ist eine wilde Gegend, wenn auch Geten und Sarmaten ihm in seiner Eigenschaft als Weber und Kleidermacher stets nur freundlich begegnet sind. Es gibt da Gerüchte über ungezähmte Bergstämme, die dem Reisenden, insonderheit wenn er römischer Herkunft ist, ohne viel Federlesens die Kehle durchschneiden, um an sein Hab und Gut zu gelangen.

Fillo, im Besitz von ein paar Münzen in der Innentasche, kann sich des Gefühls nicht erwehren, ein bißchen gefährdet zu sein.

Andererseits weiß er vom Umgang mit seiner Kundschaft, daß Gemünztes für sie eigentlich nur als Schmuck von Wert ist, neben Knochen, Federn und geflochtenem Leder, und daß sie eher Waren wünschen als Barschaft. So versucht er, seine Ängste auf die Rückreise zu verschieben.

Zephyr-Metemmia bläst sanft und beflügelt sogar des Nachbarn müdes Muli zu einem kleinen Trab. Und nach einer Weile, während er in einen Fichtenhain einreitet, wird es ganz windstill und warm. Er entledigt sich des Kapuzenmantels, schüttelt sein Haar, reckt die Nase in die Sonne und fühlt sich wohl.

Licht ist der Fichtenwald und überschaubar, wenig Unterholz. So was freut den Reisenden aus Gründen der Sicherheit, und wie hübsch die Herbstsonne zwischen rötlichen Stämmen und braunem Waldboden hereinscheint! Das kann einen beinah fröhlich machen – ein Luxus, den er sich letztlich recht selten geleistet hat.

Manchmal knacken Äste, und Kienzapfen fallen herab bei völliger Windstille.

Erst fährt er herum, um zu sehen, woher so ein Geräusch rührt, aber dann überlegt er sich, daß ja der Wind vorher, der Grejus, das Gehölz ausgetrocknet haben mag, und nun fällt eben hier und da etwas runter.

Nur, es ist nicht hier und da. Es ist ständig, und es nimmt zu. Es begleitet ihn, als habe er eine Phalanx von Wächtern, die sich mit den Kienzapfen Signale zusenden. Ihn trifft es nie, was ihn noch mehr beunruhigt. Auch das Muli schnaubt und spielt mit den Ohren.

Er hält an, und sofort ist es um ihn ganz still. Kein Ästchen regt sich, kein Zapfen fällt. Der Wald hält mit Fillo den Atem an.

Er nimmt seinen ganzen Mut zusammen.

»He, ist da jemand?« ruft er und reckt den Hals.

Nichts.

Sonnenluft und Fichtenduft. Eine Stille, die auch wieder nicht geheuer ist.

Hoffentlich fangen sie nicht auch noch an zu singen. Sonst muß Pamphilus die Reise beenden, bevor sie begonnen hat, das Maultier umdrehn und was-hast-du-was-kannst-du zurückreiten. Irgendeine dumme Ausrede wird ihm schon einfallen.

Aber nichts geschieht.

Er treibt das Muli wieder an – mit dem Erfolg, daß das Krachen und Knacken, das Abbrechen und Herumschmeißen wieder losgeht. Hält er an, tritt augenblicklich

Ruhe ein, seine unsichtbare Eskorte pausiert. Bewegt er sich weiter, gleich sind sie munter.

Gut oder schlecht, irgendwann büßt jeder Schrecken seine Frische ein. Wenn es nicht weitergeht, wenn außer diesem merkwürdigen Bombardement nichts passiert … Er zieht seinen Mantel wieder an, verhüllt sich mit der Kapuze und begibt sich auf den Weg, ohne nach rechts oder links zu sehen.

Seine Standhaftigkeit wird belohnt.

Er läßt den unheimlichen Wald hinter sich. Von seinen vorigen Reisen kennt er ja die Strecke zum Castellum. Es kommen ein paar Felsennasen ohne Baumbestand, da gibt's weder Zweige noch Früchte zum Rumschmeißen. Dann folgt der Weg eine Weile dem Verlauf des Ufers, weitet sich danach, der Fels tritt zurück, da ist die bebaute Ebene mit Siedlungen, auch von Römern. Da kann man ausruhn, wenn man will, und dann noch bis zum Einbruch der Dämmerung ein paar Meilen machen bis zur öffentlichen Straße. Übernachtung ist im staatlichen Rasthaus möglich. Aber wenn man dableibt, in der Siedlung, ist es billiger. Und es wird so früh dunkel. Andererseits, vom Rasthaus aus kann man bis zum nächsten Mittag das Castellum erreichen, meist in beruhigender Gesellschaft …

Indes er noch so hin und her überlegt, geschieht, was ihm die Entscheidung abnimmt.

Oben auf einer Klippe stehen Roß und Reiter, skythisch so gewiß wie er lebt, eine unverwechselbare Silhouette gegen den hellen Himmel, behelmt, gewappnet, Wurfspieß quer überm Sattel, der große Bogen ragt martialisch über die Schulter der Person. Schmuck und Metall glitzern im Licht.

Fillos Herzschlag setzt fast aus.

Er fühlt schnell nach, ob sein Geld sicher verwahrt ist, und sagt sich im gleichen Moment, daß er es dümmer ja gar nicht machen kann, denn so weiß der Wegelagerer, wo er suchen muß. Eigentlich will er gleich umkehren, denkt an den unheimlichen Wald in seinem Rücken und beschließt trotzig weiter zu reisen, komme, was da wolle.

Der da oben läßt einen gellenden Ruf hören, wendet sein Tier (aus Fillos Perspektive sieht es aus, als tänzele es auf einem Grat überm Abgrund hin) und ist verschwunden.

Na, Glückwunsch. Nun wird er wohl seine Spießgesellen verständigen, und an der nächsten Wegkrümmung ist er dran.

Aber als er um die Ecke biegt, liegt die weite Ebene ruhig da, um die Dächer der Siedlung wölkt traulicher Rauch, und kein Räuber ist zu sehen.

Er atmet auf.

Aber eins steht fest: Weitergereist wird heute nicht.

Er ist schließlich kein wandernder Heros.

In der Siedlung gibt man sich erstaunt.

Barbarische Aktivitäten hat es hier das ganze Jahr keine gegeben, die Ebene ist praktisch skythenfrei. Die netten Wirtsleute, Kleinbauern ebenfalls, bei denen Fillo gegen geringes Entgelt Essen und Bettstelle bekommt, bezichtigen ihn spaßhaft, Gespenster zu sehen. So als Alleinreisender, und der Allermutigste ist er wohl nicht …

Gespenster! Ihm fallen gleich wieder die Stimmen ein, die Nachbarin im Brunnen, ihr seltsames Geschenk, und er hat nicht die geringste Lust, darüber zu reden. Auch über die merkwürdigen Begleiterscheinungen im Wald hält er den Mund. Läßt sich von dem Pärchen etwas über die Ernte des Herbstes, den bevorstehenden Winter und die Marktlage für Hanf vorplaudern, gibt der Frau ein paar Fachhinweise für das, was sie da recht und schlecht auf dem Webstuhl verfertigt, kümmert sich um das Maultier des Poeten und geht früh auf seiner Liege im Anbau schlafen, damit er morgen zeitig aufbrechen kann und den zweiten Reisetag so nutzt, daß er abends im Castellum ist.

Und er schläft ein und hat einen Traum.

Dazu muß gesagt werden, daß sich Fillo-Pamphilus seit Jahren nur eines einzigen, stets wiederkehrenden Traumbilds erinnert, das ist jene Frau, die ihn lieben und leben gelehrt und ihm die Freiheit gegeben hat und die unter dem Messer von Meuchelmördern fiel; eine Frau, die man die Königin nannte. Der Traum, den er hier in der Siedlung träumt, beginnt wie immer mit der süßen, der herzerwärmenden und sehnsuchtstillenden Erscheinung der Frau, was ihm sogleich die Tränen in die Augen treibt vor Glück.

Aber während sie sonst stets in jenem Haus umhergeht, das sie gemeinsam bewohnten damals in Rom und das in den Flammen dahingegangen ist – während sie also sonst durch die bekannten Räume schreitet, ist sie diesmal ganz woanders.

Da sind hohe Hallen, Portici, verfallene, von Efeu überwucherte Altane. Zerschlissener Brokat hängt von den Säulen, Brücken ohne Geländer führen über schilfumsäumte Quellen.

Sie geht hin und her in den strengen Tüchern, in die sie sich zu hüllen pflegte, so schmal und zart und körperlich wie dereinst, ihre Schulterblätter bewegen sich und die Gelenke ihrer Hüften, alles ist mit Händen greifbar, ja, er vermeint, sie zu riechen. Aber sie sieht ihn nicht an.

»Meine Königin, ich bin hier«, sagt er ehrerbietig in diesem Traum, aber sie streift ihn mit keinem Blick.

Trotzdem ist er nicht beunruhigt und ihrer Liebe ganz sicher. Er weiß jetzt, daß sie beide aus Rom hierher versetzt worden sind. Das ist der Palast des Aietes auf Kolchis. Alles ein bißchen heruntergekommen, und von Bächen mit Wein, Milch und Honig kann gar keine Rede sein. Auch ein Goldnes Vlies ist weit und breit nicht zu entdecken. Da sieht man mal wieder, wie die Leute übertreiben in ihren Erzählungen.

Er geht ihr nach.

Es ist ein seltsames Abendlicht über allem, und sein Herz ist beglückt und gleichzeitig schwer in seiner Brust, denn er weiß ja, daß es ein Traum ist und daß seine ewig Geliebte auf der Begräbnisinsel im Tiber liegt, ein verschwindend kleines Häufchen Knochen inmitten dunkler Erde.

Es hat schon Träume gegeben, in denen sie zu ihm geredet oder ihn etwas gefragt hat – freilich waren es immer sehr seltsame Gespräche. Die Wärme des Wassers in den Brunnen vor den Toren wollte sie wissen oder nach der Haartracht der Vestalinnen fragte sie. Wer weiß, was die bewegt, die da jenseits sind.

Sie geht mit ihrem unverwechselbaren Gang vor ihm eine Treppe hinauf und trägt jetzt ein anderes Kleid, gemustert wie hierzulande, mit Schmuck behangen. Aber erst als sie sich umdreht und die dunklen Augen auf ihn richtet wie Pfeilspitzen, erkennt er, daß sie jemand anderes ist: eine wahre Königin, nicht nur dem Namen nach eine, gewappnet zur Schlacht, behangen mit Fetischen um und um, das Vlies, das goldne, um die Schulter, die Beine nackt bis zum Knie. Bedrohlich, fremd, vertraut. Fabia als Königin, seine Geliebte als Medea.

Sie will etwas sagen, aber er ist jetzt nicht mehr bereit, Botschaften zu empfangen. Er fährt hoch aus seinem Schlaf, reißt die Augen auf, starrt in den dämmrigen Morgen.

Die Tür knarrt, und eine hohe, dunkle Gestalt scheint nach draußen zu entweichen. Unruhig schnaubt das Tier, von draußen antwortet das schrille Gewieher eines Pferdes, erst nah, dann weiter weg.

Wie der Blitz ist er auf und tastet nach seiner Barschaft und den Briefen und dem Schreibkram des Poeten. Alles ist an Ort und Stelle.

Er schlüpft wieder aufs Lager und zieht die Decke bis zum Kinn.

Bitte nicht so was. Ich bin dergleichen nicht gewachsen. Sucht euch jemand anderen für das, was ihr vorhabt. Mich nicht. Ich hab' nichts verloren auf der hohen Ebene und eigne mich nicht für die großen Belange. Ich bin ja nicht mal in der Lage, einem armen römischen Dreckskind, das man kaputtgemacht hat, ein bißchen Freude an ihrem

Körper und an ihrem Leben wiederzugeben. Nicht mal das kann ich.

Königin meines Herzens, kehr wieder in meine Träume. Nur dich brauch ich. Laß dich nicht weghexen oder verdrängen von barbarischen Kriegerinnen und Göttinnen. Ich hab' keinen Bedarf an dergleichen. Ich bin Fillo, der Weber, der versucht, hier in der Einöde mit seiner Gefährtin Tawa auszuharren, weiter nichts.

Die ganze Traumgeschichte hat ihr Gutes: Da er so früh wach ist, kann er zeitig weiter und erreicht ohne Zwischenfälle natürlicher oder übernatürlicher Art die Staatsstraße und dann sein Reiseziel.

Fillo, als Pamphilus in Rom geboren und in Roms Straßen großgeworden, ist richtig gern im Castellum, dieser provinziellen Pseudo-Stadt, wo es nur eine gepflasterte Straße gibt, eine Präfektur, eine staatliche Poststelle, ein paar Kneipen und Läden und zwei oder drei Zeilen Häuser im römischen Stil, die freilich aus Holz sind und nicht aus Stein.

Und obwohl er mit der Weltstadt die allerschlechtesten Erfahrungen gemacht hat, treibt es ihm beinah das Wasser in die Augen vor Rührung, wenn er irgendwo die Insignien der Macht – SPQR – entdeckt oder einen römischen Adler sichtet.

Das ganze ist nur eine mickrige Garnison, aber ein Hauch von Stadt ist da.

Mit geblähten Nüstern und weit aufgerissenen Augen geht er, nachdem er das Muli in der Herberge versorgt hat, durch das mäßige Gewühl der paar Straßen, saugt Gerüche, Geräusche, Farben und Lichter ein, beguckt sich vor dem Bordell die auf ihren Stühlen, Preisliste zu Häupten, aufgereihten Mädchen und Jungen mit der herzlichen Anteilnahme dessen, der ein ähnliches Schicksal hinter sich hat, lauscht dem lebhaften Streit zweier Seefahrer, die sich in einem Kreis von Sympathisanten in Lügenmärchen über das andre Ufer des Pontus überbieten, leistet sich an der Ecke eine Handvoll gerösteter Kastanien. Seine Besorgungen will er morgen früh machen. Heute will er nur flanieren und das Stadtleben genießen. Allerhöchstens, daß er das Briefpaket des Dichters los wird, falls er zufällig auf die Behausung dieses Bankiers stößt, der dafür das Geld geben soll.

Nun ist das Haus wahrlich nicht zu übersehen, offenbar die erste Adresse am Platz. Ein Gebäude mit buntbemalten Säulen und Schmuck am Giebel und an den Türpfosten weist sich aus als Filiale des angesehenen römischen Bankhauses Plotius, geleitet von einem der plotinischen Söhne. So jedenfalls steht's geschrieben zwischen den Kapitellen. Fillo hatte fast vergessen, daß er ja lesen kann, so lange ist es her, daß er's zuletzt getan hat.

Vom Türsteher zunächst mit Mißtrauen betrachtet, gelingt es ihm doch mit sanfter Beharrlichkeit, vorgelassen zu werden zum Prokuristen des Dominus Plotius jr., und wie es der Zufall will, der Herr ist gerade da, etwas zu besprechen. Im Nebenzimmer, bei offener Tür, unterhalten sich sehr lebhaft ein paar offenbar hochmögende Herren, alle zwar in lässige Synthesis gekleidet, nicht etwa in offizielle Toga oder Uniform, aber an ihrem Benehmen wie an den selbstsicheren Stimmen kann man merken, daß sie höhere Tiere sind.

Der Herr Plotius jr., graumeliert und Halbglatze (er ist eben jr. nur in Hinblick auf den sen.), mit hängender Unterlippe, wirft einen Blick auf das Briefbündel des Poeten, sagt in einer Mischung aus Verachtung und Langeweile: »Ach, ihr barmherzigen Götter!«, befiehlt dem Prokuristen, die Schnüre zu lösen und greift mit angewidertem Gesichtsausdruck nach dem an ihn adressierten Brief.

Das andre schiebt er in einer Art beiseite, daß sich Fillo nicht sicher ist, ob es nicht im Papierkorb landet statt per Kurier nach Rom zu gehen.

Während des Lesens verändert sich seine Miene, und er

wirft dem Überbringer mehr als einmal einen scharfen Blick zu. Er hat helle Augen unter überhängenden Brauen. Dann sagt er halblaut: »Na, das ist ja …!« und geht mit dem Brief zu den anderen Herren hinüber.

Fillo steht unschlüssig, ob er nun gehen kann und seine Mission als beendet ansehen darf oder ob er dem Poeten Publius noch irgendeine Botschaft übermitteln soll, aber da ruft der Hausherr schon: »Junge, komm doch mal her!«

Mit gemischten Gefühlen betritt Fillo den Nebenraum, ein in urbanem Geschmack ausgestattetes Zimmer mit hauptstädtischem Komfort; in der Ecke stehen Erfrischungen, der Tisch ist mit Agenda, Schreibtafeln und Papieren bedeckt.

Er läßt sich höchst ungern »Junge« nennen, das beschwört ungute Erinnerungen in ihm herauf, und zudem findet er, daß er aus diesem Alter heraus ist. Außerdem ist ihm das feine Milieu alles andere als angenehm. Zwar hat er sich in der Herberge gewaschen und umgezogen, aber trotz des weißen Stirnbands, der Lederkordel um die Tunica und der leichteren Sandalen fühlt er sich in dieser Umgebung als der ärmliche, ungeschliffene Tölpel vom Land, der er ist.

»Kennst du den Schreiber dieser Zeilen näher?« fragt Plotius jr. inquisitorisch und hält ihm den Brief unter die Nase. Auf die Antwort, er sei sein Nachbar, fährt der Herr ungeduldig fort: »Ja, und?«, als erwarte er wer weiß was für Aussagen. Fillo zuckt die Achseln, verständnislos. Was will man von ihm wissen?

»Er versteht nicht viel von Landwirtschaft, seine Parzelle ist ziemlich verkommen«, entschließt er sich schließlich zu sagen und erntet ein ärgerliches Lachen.

»Das kann ich mir lebhaft vorstellen«, sagt Plotius jr. nervös. »Hast du was beobachtet? Was ist bei euch in letzter Zeit vorgefallen? Rede doch! Unruhen? Umtriebe der Ureinwohner oder so? Na, Junge?«

»Mein Name ist Pamphilus«, wirft er bescheiden ein

und wird dafür mit einer Entrüstung angesehen, als hätte er den Herrn Bankier um ein zinsloses Darlehen ersucht.

»Pamphilus, fein«, sagt Plotius jr. sarkastisch, »also Pamphilus, was hast du beobachtet?«

»Gar nichts, Domine.«

»Alles ruhig und wie sonst da draußen?«

»Alles ruhig und wie sonst.«

Du liebe Zeit, was soll er diesen Herren erzählen? Von nächtlichen Stimmen? Von toten Frauen im Brunnen? Von Reitern auf Felsen und lebendigen Wäldern?

Plotius jr. wendet sich zu den andern, mit halblauter Stimme: »Einer von Ihnen müßte doch etwas wissen, wie? Modulus, Heeresgruppe West? Nichts? Hat jemand etwas bekommen, das von der Norm abweicht? Mohn? Eisen? Was ist mit Vesutio, Helme und Rüstungen? Keine Bewegung?«

Mit einem ärgerlichen Kopfschütteln reißt er das schöne Stück Pergament des Poeten Publius mitten durch.

»Ein Spinner, dieser Mann, ich sagte es ja immer. Ein haltloser Phantast. Vollkommen unbrauchbar.«

Er nimmt sich eine Traube vom Büffet (Trauben in dieser Gegend!) und bemerkt erst jetzt, daß Pamphilus noch dasteht. »Das ist ja auch ein Ausbund von Pfiffigkeit«, bemerkt er über die Schulter zu den anderen und dann zu Fillo: »Du kannst gehen, Junge.«

Dem schießt das Blut in die Stirn.

»Ich gehe schon«, erwidert er, »aber ich wüßte doch gern, was ich dem Publius nun ausrichten soll wegen der Post. Wird das erledigt?«

»Wie? Was?« fragt Plotius jr. indigniert. »Ach so, seine blöden Oden. Ja, gewiß. Alles, wie er es wünscht. Mit Kurierpost. Mit dem nächsten Schiff. Und du kannst ihm ausrichten, es wäre uns lieber, wenn seine Informationen nicht bloß aus den Fingern gesogen wären. Nicht, daß er denkt, derartige Hirnrissigkeiten werden auch noch vergütet. Wie gesagt, falls du das behalten kannst. Wenn nicht, schadet's auch nicht.«

Fillo läuft hinaus, vorbei an dem hämisch blickenden Prokuristen. Da liegen die Oden auf dem Tisch rum. Immerhin, sie liegen noch auf dem Tisch.

Ihm ist dieser Abend in der Garnison, auf dessen unschuldige Vergnügungen er sich doch gefreut hat, so richtig verdorben.

Am nächsten Tag erledigt er in Ruhe und mit Sorgfalt seine Besorgungen.

Garne und Nadeln sind sündhaft teuer, und er feilscht lange, aber es ist natürlich einzusehen: Mangelware. Wenn er an die Trauben denkt, die Dominus Plotius jr. in sich hineinstopft, könnte er direkt ein bißchen aus der Haut fahren, falls er zu dergleichen neigen würde.

Schließlich hat er alles beisammen, inklusive der ausgefallenen Dinge, die Publius will, wie etwa Schreibtafeln und Pergamentlagen einer bestimmten Güte und das neueste an römischer Dichtung, sofern dies den Pontus erreicht hat. Dann ist das Geld auch aufgebraucht.

Er belädt die Mauleselin.

Am schwersten wiegen die prallen Ziegenbälge mit dem Wein für seine arme Kleine zuhaus. Hoffentlich reicht es für eine Weile, und sie müssen nicht zu Wucherpreisen bei fliegenden Händlern kaufen.

Die Rückreise wird länger dauern. Er kann sich nicht noch zu der Fracht auf das klapprige Tier setzen und will es auch gar nicht, denn er hat sich, dieser Bewegungsart ungewohnt, ohnehin den Hintern wundgeritten.

Verkneift sich, noch bis zum nächsten Morgen dazubleiben – man macht seinem hübschen Gesicht und seinen netten Beinen ohnehin schon zuviel Avancen, in so einem Provinzkaff ist was Frisches immer gefragt. Vielleicht würde ihn Tawa einen Trottel schelten, wenn er solches Geld ausschlägt, da will er es gar nicht erst drauf ankommen lassen.

Während des Fußmarschs versucht er, seine Gedanken

zu ordnen, aber je länger er grübelt, desto verworrener wird alles.

Was macht Publius also, außer daß er Gedichte schreibt und mit Ungeschick sein Land bebaut? Er verfaßt Berichte, aber worüber bloß? Seine Nachbarn kennt er doch gar nicht, und die sind ja auch uninteressant. Bloß, was ist interessant? Was, bei der dreiköpfigen Hekate, gibt es zu berichten vom hintersten Ende der Welt, wo ein paar Eingeborene (wie Plotius jr. zweifellos sagen würde) ab und zu zwecks Tausch vorbeischauen bei den armen Ludern, die da mit mehr oder weniger Können ihr Feld beackern und ihr Dasein in hyrkanischer Dunkelheit fristen?

Er versteht weder die Herren im Castellum noch deren Chefs in Rom und schon gar nicht den Poeten Publius nebst Adlatus Rufo. Nur das Muli ist ein braves Wesen, das ganz zu Unrecht bei denen Hunger leiden muß.

Eigentlich wäre es hübsch, noch ein bißchen zu trödeln, aber wer weiß, wie Tawa ohne ihn auskommt? Daß er sie in Gedanken immer mit dem sarmatischen Namen nennt, würde sie ärgern. Zudem ist diesem Wetter nicht zu trauen. Jederzeit kann der Wind umschlagen.

Also trabt er brav neben dem Tier die Staatsstraße entlang, übernachtet wieder in der Siedlung und hofft, mit Glück und gutem Wind gleich einem Seemann bald den Port zu erreichen. Er läßt die Ebene hinter sich, erreicht den Wald, und niemand schmeißt mit Tannenzapfen, Stöcken oder wer weiß was nach ihm. Selten war eine Reise angenehmer.

Mit dem Muli hat er sich richtig angefreundet. Er findet seinen Duft angenehm, und angenehm ist es, sich mit jemandem zu unterhalten, der nicht widerspricht und dem man sogar etwas vorsingen darf. –

Fillo, vormals Pamphilus, ist ein Freund der Rechnerei. Kaum etwas macht ihm mehr Freude, als Bilanzen anzulegen, Zahlenkolonnen zu addieren, zu kalkulieren. Er wäre bestimmt ein brauchbarer Kaufmann geworden – nur behindert von angeborener Gutmütigkeit.

So gönnt er sich seine Pause im offenbar entzauberten Wald, indem er sich den Tisch deckt mit frischem Brot, reifem Käse und Oliven, dem Muli den Hafersack umhängt, seine alte Schreibtafel zückt und seine Ausgaben addiert. Was er problemlos auch im Kopf könnte, aber so macht es mehr Vergnügen.

Das Muli scharrt und wirft den Kopf hoch, und er steht auf um nachzusehen, ob vielleicht nicht mehr genug im Futtersack ist. Da ist reichlich. Vielleicht muß es trinken. Er führt es zur dünn rieselnden Quelle, aber daran ist nun gar kein Bedarf. Es reißt immer mehr am Zügel, rollt die Augen, bis man das Weiße sieht und fürchtet sich wohl vor etwas, vielleicht vor dem Vogel im Gesträuch.

So klopft er ihm beruhigend den Hals und setzt sich nieder zu seinem mathematischen Imbiß.

Er hat den Griffel noch nicht wieder ins Wachs gedrückt, als er von hinten ergriffen und aufgehoben wird, als sei er ein Bündel Stoff. Etwas wird ihm an den Mund gehalten, was bitter schmeckt und stechend riecht, und ein dunkles Tuch oder ein Sack rutscht über seinen Kopf.

Er zappelt und wehrt sich verzweifelt, aber das sind viele. Wenn man doch bloß erklären könnte, daß nichts zu holen ist. Die lassen einen ja nicht zu Wort kommen.

Das bitter-stechende Zeug zerwirbelt ihm die Gedanken. Alles kreist um ihn, erst rot, dann gelb, dann grau, und das Letzte, was er klar und traurig denkt, ist, daß sein armes Mädchen nun wohl lange auf ihn warten wird da auf ihrem Feld.

Als er aufwacht, ist er zu Pferd, das heißt, er liegt mit dem Gesicht auf der Mähne, und sein Muli ist das auch nicht. Mund und Augen hat er frei. Sein Kopf schmerzt. Die Hände hat man ihm auf dem Rücken verschnürt. Ansonsten scheint er heil geblieben zu sein.

Er überlegt, ob es nicht vielleicht besser ist, noch ein Weilchen so zu tun, als sei er nicht bei Sinnen. Bloß, seine

Nase fängt an zu jucken. Und außerdem will er wissen, was los ist.

Wo mag das Muli sein, das geliehene, und wo seine Waren? Wo sein schönes Garn? Die Nadeln hatte er am Körper verstaut. Ob die noch da sind?

Vorsichtig versucht er, den Kopf zu heben.

Die Mähne, auf der er vordem lag, ist mit Lederschnüren und Federn verziert – das bewirkte das Jucken in der Nase. Lederschnürchen und Federn, wie bei den Skythen. Skythen, natürlich. Sie und niemand sonst haben ihn entführt.

Er muß niesen. Seine Ohren, die wie mit Watte verstopft waren, werden frei, und er hört um sich herum kleine Freudenschreie. Hände richten ihn auf, streichen ihm über Stirn und Wangen.

Es sind Frauen.

Neben ihm Frauen, vor ihm, hinter ihm. Frauen zu Pferde, Skythinnen, Getinnen, Sarmatinnen, was weiß denn er. Pelzumhüllt und bewaffnet. Bis an die Zähne bewaffnet.

Ein Weiberhaufen hat ihn gefangengenommen.

Beinah hätte er gekichert. Aber die sehen alles andere als lächerlich aus. Es sind Kriegerinnen. Sagenhafte Kriegerinnen, wie die Amazonen. Aber was wundert er sich denn? Hier ist ja so vieles sagenhaft. Jede von ihnen eine Medea.

Wäre nur herauszukriegen, was sie von ihm wollen.

Nadeln ja wohl nicht. Die hätten sie wegnehmen können, ohne ihn gleich dazu zu stehlen.

Aus den Augenwinkeln hält er Ausschau, ob irgendwo das Muli im Zug mittrabt, aber er ist dicht umzingelt von diesen bepelzten, gewappneten Weibspersonen, die ohne Sattel auf ihren Zottelpferdchen sitzen, die Beine in ungegerbte Felle verschnürt. Es riecht nach Tieren und Frauen und Lederzeug.

Und wie er so verstohlen um sich schaut, blitzt unter dem Pelz seines rechten Geleitschutzes das Unterkleid hervor, und was sieht er da? Es ist eindeutig auf seinem Webstuhl gemacht. Das sind die bunten Kanten und seine Art, die Ärmel abzuketten. In seiner Verblüffung vergißt er, vorsichtig zu sein und mustert sie offen.

Kein Zweifel, rechts und links von ihm reiten die beiden Frauenzimmer, die gerade vor ein paar Tagen ihre Kleider abgeholt und nebenbei seine vorletzte Nadel geklaut haben. »Frauen«, sagt er und muß sein Getisch aus den hintersten Winkeln seines vom Betäubungsmittel verstopften Kopf holen, »schöne Herrinnen, was wollt ihr von mir? Wohin soll's denn gehen?«

Keine Antwort.

»Ist das eine Art, mit eurem Freund und Weber umzugehen? Wißt ihr, ich muß nach Hause ...«

Es scheint, als würden sie ihn überhaupt nicht hören. Verziehen keine Miene, dabei haben sie sich doch so gefreut, als er zu sich kam.

»Mir tut der Kopf weh«, sagt er aufmüpfig. »Und ich kann nicht auf Pferden reiten, ohne meine Hände zu gebrauchen. Ich bin kein Reiter. Ich rutsche.«

Nun kommt Bewegung rein.

Geschäftig lösen sie ihm die Fessel von den Handgelenken, und offenbar als Gegengift gegen das Zeug, das man ihm vorhin an Mund und Nase gedrückt hat, hält man ihm jetzt einen Schwamm mit aromatischen Ölen vors Gesicht.

Er atmet tief ein, und gleich dreht sich ihm alles im Kopf. Aber auf einmal fühlt er sich wie neugeboren.

Das ganze Abenteuer kommt ihm jetzt eher komisch als dramatisch vor. Es kann sich doch eigentlich nur um eine Verwechslung handeln.

In einem unbeobachteten Moment fühlt er nach.

Die Nadeln sind immer noch da, wo er sie hingesteckt hat.

IV

Man zieht als römischer Siedler, wenn man sich überhaupt auf Reisen begibt, immer nur die bekannten Uferstraßen entlang. Zum Castellum also oder zum Hafen, zur Staatsstraße oder zur nächsten Siedlung, wenn es was zu verkaufen oder zu erhandeln gilt. Zu was anderem bleibt gar keine Zeit, man hat von früh bis spät zu tun und ist kein Erforscher fremder Länder.

Daß man den Palast des Aietes auf diese Weise nicht erblicken wird, denn er steht ja nicht auf Rädern, war eigentlich nicht weiter erstaunlich.

So philosophiert auf seinem zottigen Pferdchen Fillo-Pamphilus, während er mit seinem Amazonengeleit ins Landesinnere zieht. Denn was er zu sehen bekommt, das ist sehr aufregend.

Die schroffen Bergwände, die sie von ihrem Streifchen Land zwischen See und Gebirge aufragen sehen, erweisen sich von Nahem weder so schroff noch so unzugänglich, wie sie wirken. Da gibt es Pfade, die zwischen bemoosten Felsen hindurchführen, und sich wieder erweitern, wenn man sie im Gänsemarsch durchschritten hat, warme, dunstige und duftige Mulden voll Grün, stürzende Wasser, Rankgewächse, so üppig wie Schlangenknäuel und glühend in herbstlichen Farben, wo doch draußen schon alles auf den Winter zugeht.

Draußen-drinnen: Die Begriffe stimmen nicht mehr. Ihm kommt es vor, als sei er nun auf dem Weg zu einem Mittelpunkt, während er sich vorher immer nur am Rande bewegt hat. Die Dinge hinter den Bergen lagen außerhalb des Horizonts eines jeglichen zivilisierten Menschen, einschließlich solch zweifelhafter Exemplare wie Fabius. Die ewige Wildnis.

Und nun ist es freilich ewige Wildnis, aber das Wort hat seine Bedeutung gewandelt, ihm haftet keinerlei Schrecken noch Fremdheit an, sondern ein süßes Gefühl des Eindringens. Wie in den Leib einer Frau. Frau. Richtig.

Fillo schielt nach rechts und links zu seinen Begleiterinnen. Martialische Gerätschaften über und über.

Bizarr geschwungene Bögen von unglaublicher Größe, gefiederte Pfeile, die aus den Köchern weit über die Köpfe der Trägerinnen gen Himmel ragen, beinerne geschwärzte Lanzenspitzen mit rötlich schimmernder Kante. Ihm geht auf, daß das, und auch die Messer, die sie am Gürtel tragen, samt und sonders Bronze- oder Knochenwaffen sind; wo man so einen Aufstand um ein paar Nähnadeln macht, wird Eisen wohl ein rarer Artikel sein.

Außer den Pelzen, die sie um ihre Schultern tragen, haben die meisten noch eine Art Haube, von der eine lederne Maske vors Gesicht zu klappen ist, ob Schutz vor Kälte, Visier oder priesterliche Verhüllung, weiß er nicht. Und so sehr sie sich vorhin um ihn abzappelten, so streng und abweisend schauen sie nun vor sich hin. Als ob er Luft wäre.

Fillo schnuppert.

Wie das riecht hier! Wald und Wasser schicken abwechselnd mit Wärme und Kälte fremde und würzige Aromen herüber, so stark, daß sie den Duft nach Pferd und Leder überwinden. Am meisten kitzelt seine Nase der Weibergeruch, Schweiß und Geschlecht. Ein Herrinnengeruch.

Pamphilus bläht die Nüstern.

Bewegt von der ungeheuerlichen Reise, dem Weibsvolk um ihn herum und wohl noch immer etwas verwirrt im Kopf von den Essenzen, mit denen sie ihn behandelt haben, treibt er sein Reittier mit den Fersen an und beginnt, erst vor sich hin zu summen, dann leise zu singen, irgend etwas, zusammenhanglose Wort- und Satzfetzen, kindisches Gelalle. Aus den Augenwinkeln beobachtet er seine Eskorte.

Er sieht, wie es in ihren Gesichtern zuckt, wie sie sich auf die Lippen beißen, um nicht loszuplatzen, wie sie den Kopf wegdrehen und miteinander flüstern. Und schließlich ist es mit ihrer Fassung vorbei. Die ganze Frauenwachmannschaft bricht in Gelächter aus.

Besser kann es gar nicht kommen! Sie haben ihm weder den Mund verboten noch ihm eins draufgegeben, sondern ihr grimmiges Kriegerinnengetue vergessen. Clown zu sein, dagegen hat Fillo nichts. Das ist etwas, womit man den Abstand zwischen den Menschen verringern kann. Lieber ausgelacht als niedergemacht.

Und so ziehen sie denn in leidlichem Einvernehmen weiter ihres Weges. Irgendwann wird Rast gemacht und die Tiere werden getränkt, aber nicht ehe eine der Frauen über das Wasser eine Art Beschwörung gesprochen und mit allerlei merkwürdigen Gebärden Zauberei geübt hat – er nimmt an, um böse Geister zu vertreiben.

Dann gibt es einen Imbiß.

Er zwingt eine vergorene Milch herunter, und die Vermutung, daß es Stutenmilch ist, verbessert nicht gerade seinen Appetit. Dazu gibt es Fladen, die bestimmt aus seinem eigenen Ofen sind, und irgendwelche rohen Kräuter, die er zunächst sehr mißtrauisch betrachtet, aber da die Weiber alle dran kauen, probiert er auch und findet sie teils würzig, teils säuerlich und sehr belebend.

Übrigens achtet man streng darauf, daß er ißt und trinkt. Wie Mütter, die ihr Kleines versorgen, haben sie ihm einen Pelz als Sitz bereitet, legen ihm die Speise vor und bedeuten ihm mit gebieterischen Gebärden aufzuessen, was ihm vorgelegt wird. Er hat gehört, die Skythen sollen rohes Pferdefleisch fressen, und beglückwünscht sich, daß dergleichen nicht dabei ist.

Verstohlen schaut er um sich. Für das Muli haben sie sich offenbar nicht erwärmen können. Nur die Satteltaschen wurden geleert, denn diese Fladen waren seine.

Und sie sitzen wieder auf und reiten weiter, ohne daß jemand die geringste Ermüdung zeigt außer ihm, denn der Hintern tut ihm entsetzlich weh und das Singen ist ihm vergangen. Durch unendlich eintönige, unendlich vielfältige Schluchten und Waldungen, zwischen wechselnden Düften. Nur scheint ihm, es würde wärmer, und er fragt sich, wie seine kriegerische Eskorte es in den Pelzen aushält.

Schließlich verbrämt schon Abendröte die Kuppen der Berge im Westen, da verbreitert sich der Weg. Der Wald tritt zurück und sie ziehen ein in einen Talkessel zwischen Felsen.

Kegelförmige Hütten aus geflochtenen Reisern und Lehm stehen da im Kreis, oben mit Bast abgedeckt und verschnürt, daß sie aussehen wie zugebundene Säcke, und er fragt sich, wieso er sich eigentlich noch nie einen Gedanken darüber gemacht hat, wie man hier in Sarmatien eigentlich wohnt, falls man kein Kolonist, sondern Landeskind ist.

Freilich sieht das weniger nach Wohnungen aus als vielmehr nach so etwas wie einem heiligen Bezirk, denn nirgendwo entdeckt man eine Feuerstelle oder ein Vorratshaus, auch keine Stallung fürs Vieh. Aber was für Vieh sollten sie schon haben außer ihren Pferden, die sie einfach laufen lassen zum Grasen, und wenn man nach ihnen pfeift, kommen sie wieder.

Indes haben die Kriegerinnen ihr Kommen mit gellenden Schreien angekündigt, die das Echo vielfach zurückwirft von den Bergwänden. Aus den sackförmigen Hütten eilen andere herbei, die mit erhobenen Armen ebenfalls so rufen und jodeln wie die Ankömmlinge. Auch unter ihnen kein einziger Mann, wie Fillo feststellen muß.

Und dieser ganze Frauenverein hat es offensichtlich auf ihn abgesehen, er ist das Ziel ihrer Aufmerksamkeit und die Quelle ihrer Freude. Wieso, wird er ja hoffentlich bald erfahren, denn wegen der Nähnadeln kann es ja wohl kaum sein.

Von vielen Händen wird er vom Pferderücken gehoben, von vielen Armen getragen, keine Gegenwehr möglich. Unter immerwährendem Rufen und Schreien setzt man ihn auf eine Art Sänfte oder Tragbahre, die auf einem

Gestell über den Köpfen schwebt, und so, ohne daß er weiß, wie ihm geschieht (kaum denkbar, daß er da oben eine besonders gute Figur macht), führt man ihn, gleichsam im Triumph, in eine der Hütten, in die größte, in der Mitte des Kreises.

Drin brennen Fackeln. Und auf einem thronartig erhöhten Gestühl sitzt – vor Überraschung hebt er die Hände und unterdrückt mit Mühe einen Ausruf – eine Frau mit einer ledernen Maske vorm Gesicht. Ansonsten ist sie vollkommen nackt. Ihre erdfarbene Haut glänzt im unruhig flackernden Licht. Sie hat keinen Schmuck an sich, keine Insignien, nichts. Im übrigen auch keine Haare. Kopf und Schoß sind ihr geschoren.

Unter den wilden Akklamationen der Weiber wird er zu ihr emporgehoben auf seinem Präsentier-Tablett.

Sie nimmt eine Girlande aus Federn, Hölzern, Schneckenhäusern und Knochen, insonderheit Schädeln kleiner Tiere, und legt sie Fillo um den Hals.

Er will abwehren, aber die Frauen halten ihm die Hände fest. Proteste gehen unter im Getöse der Zurufe. Man rasselt mit Hölzern und tutet in Hörner. Es ist ziemlich grauslich.

Und dann ist er draußen mit seiner komischen Kette um den Hals und wird in eine der anderen Hütten gebracht, ohne daß er Gelegenheit erhält, irgend etwas zu fragen oder zu sagen.

Der Krawall draußen geht noch ein bißchen weiter. Dann wird es ruhig.

Tief ausatmend, lehnt er sich an die Flechtwand. Die Knie sind ihm weich.

Dies scheint nun sein vorläufiges Domizil zu sein.

Daß eine Wache vor der Tür steht, bedarf eigentlich gar nicht der Bestätigung durch den Blick nach draußen. Eine Kriegerin in voller Montur paradiert auf und ab.

Er hat Licht, ein Lager aus Fellen, einen Wasserkrug und als Proviant den Käse, das Brot und die Oliven aus seinen eigenen Vorräten, die sie mitgenommen haben. Dazu noch Würzkräuter und vergorene Milch. Na, der Appetit ist ihm sowieso vergangen.

Er nimmt diesen fremdartigen Kranz ab – vorsichtig, um nichts zu beschädigen und damit vielleicht wen zu erzürnen. Dann setzt er sich mit schmerzenden Knochen auf das Lager. Er ist nicht sicher, daß er nach der ganzen Aufregung schlafen wird.

Man hat ihn, warum auch nicht, willkommen geheißen. Ein willkommener Gefangener. Ein Entführter. Ein zu welchem Zweck Entführter? Das muß er morgen versuchen zu ergründen.

Er ist bekränzt worden. Wen bekränzt man? Götterbilder. Oder Opfertiere. Fillo kann gar nicht sagen, bei welcher Vorstellung er sich unbehaglicher fühlt.

Er springt auf, öffnet die geflochtene Tür. Seine Wächterin ist gleich ganz dienstlich, fährt herum, hält ihm die beinerne Spitze des Speers vor die Nase. Das beeindruckt ihn wenig.

»Ich kann nicht schlafen«, sagt er auf getisch.

Sie sieht ihn aufmerksam an, nickt dann, stößt einen Ruf aus. Eine andere erscheint, sie flüstern. Dann wird eine Dritte herbeigewinkt mit einem tönernen Topf voll schwarzgrünen Getränks, das so abscheulich aussieht, als wenn es der Schierlingsbecher aus Athen wäre, und wie verfaultes Fleisch stinkt.

Er schüttelt den Kopf. Dieser Topf flößt ihm Ekel und Entsetzen ein.

Aber da kennt er sie schlecht. Ablehnen gibt's nicht, das sollte er doch schon beim Picknick unterwegs gemerkt haben.

Die Kriegerin packt seine Arme, die Dritte setzt ihm den Becher an den Mund, und als er die Lippen zusammenpreßt, packt ihn die andere mit geübtem mütterlichem Griff an der Nase. Er ringt nach Luft, schluckt und verschluckt sich fast und stellt fest, als es vorüber ist, daß es lange nicht so schlecht schmeckt wie es roch und aussah.

Dazu hört er die drei Weibsbilder lachen. Sie lachen ihn aus, ja. Aber nicht bösartig.

Dann fängt es auch schon in seinem Kopf zu wirbeln an, die Knie werden ihm weich, die Gedanken verschwimmen, er kann sich gerade noch auf das Lager fallen lassen.

Also auf Tränke verstehen sie sich, die Skythinnen.

V

»Du wirst alles tun, was ich will.«

»Ich werde alles tun, was du willst«, bestätigt sie ruhig.

Was sonst.

Wo ist dies Gras hergekommen, auf dem sie miteinander liegen, Gras zwischen den kargen Feldern des skythischen Spätherbstes?

Tabea fragt nicht. Sie weiß nur, sie liegt mit ihm auf diesem üppigen, blumigen, grün riechenden Gras. ER wirft seinen Schatten auf sie.

Hat er wirklich gesprochen?

Er muß gesprochen haben, in sich hat sie ihn vernommen, so, wie sie ihn gespürt hat, mächtig und sanft und gelassen, so daß sie wieder fühlen konnte und in Bächen dahinschmolz und neu zum Leben erwachte, wo sie doch schon verdorrt und abgestorben war.

Hat sie sein Gesicht gesehen in all den Schatten und den Nebeln? Sie weiß, wie er aussieht.

Alle Männer, die der Liebe wert sind, können nur so aussehen. Ein zerklüftetes, ein felsiges Gesicht, einen harten Mund zwischen den Muskeln der hageren Wangen, Augen, die ihr Ziel erblicken und festhalten wie der Greifvogel die Beute.

Es tut nichts, daß er vielleicht nicht der verschollene

Bruder ist und nicht der getötete Kämpfer. Wenn sie es wären, würden sie so sein. Und vielleicht ist er es ja auch. Beide in einem, oder einer, oder ein dritter, der gewaltigste von allen.

»Ja«, wiederholt sie. »Ich werde es tun.«

Da weiß sie noch gar nicht, was es ist.

Dies Feld soll gesegnet werden, so erfährt sie. So wie sie gesegnet ist mit dem Manne, der sich zu ihr gesellt hat, wie Götter und Dämonen sich zu den Töchtern der Menschen gesellen. Das Feld soll tragen. Es wird einen Samen aufnehmen. Ein Same, der nur in Neumondnächten aufgehen kann, so wie er nur in Neumondnächten zu ihr kommen wird. Zu ihr, der verachtetsten unter den Frauen.

Sie fragt nicht, warum sie erwählt ist. Sie weiß es ja. Sie ist es, weil sie auf ihn gewartet hat wie keine andere auf der Welt. Ihr Warten hat ihn hergebracht, es hat an ihm gezogen und gezerrt und ihn nicht mehr losgelassen.

Er gibt ihr, was sie auf ihrem Feld, das nun sein Feld ist, aussäen soll in der kommenden Nacht. Ein kniehoher Sack aus rauhem, abgeschabtem Fell, mit einer durchs Leder gezogenen Schnur verschlossen. Der Sack ist schwer, und wenn man ihn schüttelt, klingt es wie dürre Bohnen.

»Darf ich das aufmachen?« fragt sie.

»Noch nicht«, entgegnet er, »erst abends auf dem Feld. Und pflanz es gut und tief ein, hörst du?«

Sie nickt. Da kann er sich auf sie verlassen. Sie ist schließlich Bäuerin und versteht sich auf Aussaat.

Er erhebt sich, steht vor der abendlichen Sonne, groß und schwarz und übermächtig, und sie kann seine Züge nicht sehen. Wozu auch. Sie kennt ihn ja.

»Willst du schon fortgehen, Mam?« fragt sie und redet ihn an mit dem Namen ihres verschollenen Bruders.

»Nenn mich nicht Mam«, spricht er, wenn er denn spricht.

»Ich weiß keinen anderen Namen für den, dem ich gehöre. Alle sind Mamercus.«

Darauf antwortet er nicht. Er sagt ihr keinen anderen Namen. Und Namen sind ja nicht wichtig, wirklich nicht. Er hat sie auch nicht angeredet.

»Wann kommst du wieder?«

»Bei Neumond. Nur am Tag vor dem schwarzen Mond komme ich zu dir.«

»Und diese Nacht jetzt? Bleib!«

»Diese Nacht kann ich nicht bleiben, denn du mußt allein sein und die Saat auswerfen.«

»Ja, das werde ich tun. Und im Frühling wird sie aufgehn.«

»Schon eher.«

Sie lacht. »Wie denn? Im Winter?«

»Ja, vielleicht im Winter. Und nun tu, was ich dir gesagt habe. Geh nach Haus. Warte, bis es ganz finster ist. Dann kehr aufs Feld zurück und verrichte dein Werk, und kümmere dich um nichts, was sonst geschieht. Um nichts, hörst du? Auch wenn es seltsame Dinge sind.«

Sie nickt. Er geht fort, und da ist nichts als die grelle, die wilde, die blendende Sonne, vor der sie die Augen schließen muß. Als sie wieder sehen kann, ist niemand mehr da. Das Licht verschwimmt am Horizont.

Sie tastet um sich. Da ist auch kein Gras, darauf zu liegen. Nur der nackte Boden, der fühlt sich warm an.

Sie lacht vor Glück über das Wunder, das ihr geschehen ist.

Da steht der Sack mit dem Saatgut. Sie hebt ihn auf die Schulter und stapft nach Haus, obwohl es noch viel zu früh ist, die Feldarbeit zu beenden. Nachbar Fabius pflaumt sie an: »He, Süße, wenn dein Mann weg ist, hast du wohl verfrühten Feierabend, wie? Komm ein bißchen rüber, ich bin auch allein, mein Kätzchen, ich kann dir deine Narben streicheln!«

Sie zeigt ihm bloß die Feige.

»Und was schleppst du da ran? 'ne Maß goldne Flöhe?«

Tabea antwortet nicht. Sie will das kostbare Gut, kostbarer als goldne Flöhe fürwahr, erst mit in die Hütte nehmen, aber dann überlegt sie sich, daß es viel belangloser wirkt, wenn sie es in den Stall bringt. Mag Fabius denken, es ist Futter für die Tiere, das sie irgendwo erworben hat, oder Brennholz, das sie am Weg aufgelesen hat.

Danach geht sie hinein und wirft sich aufs Bett, in Schuhen, ohne sich zu waschen. Sie verspürt weder Hunger noch Durst. Auch an den Weinkrug denkt sie nicht.

Wachen Auges, die Arme hinterm Kopf verschränkt, wartet sie auf die Dunkelheit. In ihrem Leib brennt die Süße seines Samens.

Als es schon fast finster ist, hört sie vom Stall her Getöse. Natürlich. Sie hat das Vieh noch nicht versorgt.

Sie steht auf und entzündet mit viel Mühe einen Kienspan – das macht Pamphilus sonst immer, und so dauert es bei ihr, weil sie darin nicht geübt ist.

Inzwischen nimmt der Lärm im Stall zu, und sie muß über sich selbst lächeln, daß es ihr vorkommt, als höre sie Kreischen wie von einer riesengroßen Katze. Dabei sind es bloß ein paar Hühner und die Ziege.

Als sie die Hütte verläßt, scheint es mehr Getöse zu sein, ihr ist, als wären da Kampfrufe und Waffengeklirr zu vernehmen. Aber sie zögert keinen Moment hinzugehen und sich das vermeintliche Scharmützel in ihrem Ziegenstall anzusehen. Sie weiß sich ja unter mächtigem Schutz.

Je näher sie freilich dem Stall kommt, desto leiser wird es drin, und schließlich, als sie die Hand an den Türgriff legt, ist da nur noch das unwillige, schlaftrunkene Gackern des Federviehs und das rebellische Meckern der Ziege. Da hat sie sich wohl was eingebildet.

Sie befestigt das Licht und versorgt das Viehzeug. Gemolken werden muß die Ziege ja auch noch. Kein Pamphilus da, der's tut. Vor Ungeduld greift sie dem Tier so hart an die Zitzen, daß es wegspringt. Als der Eimer schon halb voll ist, wirft ein Tritt des kleinen harten Hufs alles um. Die Milch ist verschüttet. Auch egal.

Sie nimmt ihre Leuchte und will den Sack mit dem Saatgut greifen, damit aufs Feld zu gehen, denn dunkel ist es ja nun inzwischen. Aber der liegt nicht da, wo sie ihn hingetan hat. Ein Schreck durchfährt sie. Sie muß nach Luft ringen. Die Kienfackel hoch erhoben, beginnt sie, die Stallung abzusuchen. Das Blut braust ihr in den Ohren.

Schließlich, endlich, entdeckt sie das räudige, pelzige Ding in einer Ecke, halb versteckt zwischen Heuhaufen. Es sieht aus, als hätte jemand darauf herumgetrampelt, und die Schnur ist zu einem schier unentwirrbaren Knoten verfilzt, so daß sie sich fragt, wie sie das nachher aufkriegen soll.

Er hat gesagt: Kümmere dich um nichts, was sonst geschieht. Der Sack ist da. Wie er in diese Ecke gekommen ist und wer ihn in diesen Zustand gebracht hat, das will sie gar nicht wissen.

Sie hebt das Ding auf, es rappelt dürr und hohl, und wirft ihn sich auf die Schulter.

Als sie den Stall verläßt, löscht ein Windstoß den Kien. Auch gut. Wenn ich in der Lage bin, mich im Nebel da hochzuarbeiten, kann ich's sicher in der Finsternis auch.

An der Wand lehnt ihre Hacke. Die braucht sie ohnehin, und außerdem kann man sich damit den Weg ertasten.

Ein Wind hat sich aufgemacht, dessen Richtung sie nicht zu bestimmen weiß. Das ist keiner jener Winde, deren Namen sie kennt. Es ist ein Wirbel, der sie zu umtanzen scheint, wie ein Hund seinen Herrn umspringt. Sie hat das Gefühl, als wäre das ihr ganz persönlicher Begleitwind, und ringsum herrscht Bunaza lada, die Stille.

Sie tastet sich windumbraust durch die Finsternis, fällt ein paarmal hin und steht wieder auf, aber nicht fluchend, sondern gelassen. Sie wird den Weg zu ihrem Feld schon finden, auch wenn es doppelt so lange dauert wie sonst.

Der Wind macht ihr die Augen tränen.

Unbeirrt geht sie weiter, gestützt auf die Hacke, hält mit der Linken den Sack auf der Schulter fest. Sie stößt sich am Grenzstein, setzt ihre Last ab, richtet sich auf und sieht sich um.

Der Himmel ist unbewölkt und sternklar. Der Wind hat aufgehört. Sie blickt ins Tal hinunter – und erstarrt.

Das ist eindeutig ihr Stall, was da leuchtet.

Also, leuchten ist gar kein Ausdruck. Wenn sie nicht so genau wüßte, daß der Kienspan ihr bis auf den letzten Glutfunken ausgepustet wurde, müßte sie annehmen, sie habe ihr Anwesen aus Versehen in Brand gesetzt. Aber da würden ja züngelnde Flammen sein und Rauch. Das hier ist ganz anders. Es ist, als wenn die morschen Wände dieses Schuppens lichtdurchlässig wären wie eine Lampe aus Horn. Wie eine große Laterne, so wie reiche Leute sie sich voraustragen lassen, wenn sie nachts ausgehen, so steht diese elende Baracke in der Schwärze der Nacht.

Darin erkennt sie, winzig und wie die Schattenrisse, die man Kindern an die Wand zaubert mit bewegten Fingern, ihre Ziege, Hörner gleich den Fühlern eines Heuschrecks, und ihre Hühner, die auf den Stangen hocken gleich Kirschen am Zweig.

Kümmere dich um nichts. Da können seltsame Dinge sein.

Leicht gesagt. Die Haare auf ihren Armen haben sich aufgerichtet.

Vielleicht, wenn ich zurückkomme, ist alles, wie es war. Oder auch nicht. Ausgeglüht statt dessen. Sie sieht ja, wie unruhig die Ziege sich bewegt, und die Hühner flattern.

Hilf mir, Heros. Hilf mir, Mam.

Mit bebenden Händen beginnt sie, den verzwickten Knoten des Sacks zu lösen und nimmt die Zähne zu Hilfe, weil es anders nicht geht. Endlich zerreißt die Schnur, und ein Teil des klappernden Saatguts ergießt sich auf den Boden. Das kann sie nun auch nicht ändern. Den offenen Sack in der Hand, läuft sie über den aufgelockerten Teil des Feldes und streut aus, was sich noch darin befindet. Wie große Bohnen fühlt es sich an, aber anders geformt, hart, glatt, mit Ecken und Buckeln, schwerer. Knochen? Zähne? Wer weiß. Nur das hier zu Ende bringen.

Sie stolpert über ein Loch im Boden, einen Hamsterbau vielleicht, stürzt. Der Rest des Saatguts verstreut sich vor ihr. Kniend, mit beiden Händen schaufelnd, greift sie, was sie ertasten kann, und wirft es in das Loch im Boden. Wenn der Heros es will, wird es auch aufgehn.

Bis sie ihre Hacke wiedergefunden hat in dieser Finsternis, das dauert eine Weile.

Sie atmet mühsam durch, versucht, sich zu beruhigen. Ihr Herz rast. Gleich hat sie es geschafft. Sie muß ja nur noch mit der Hacke die Stellen abgehen, wo sie den Samen ausgestreut hat, und ihn auf gut Glück mit Erde bedecken. Vollkommen kann das nicht sein, bei dieser grausigen Finsternis, bei dieser Angst. Das wird der Heros verstehen.

Zu ihrem leuchtenden Ziegenstall wirft sie lieber gar keinen Blick. Der Schweiß läuft ihr in Strömen zwischen den Brüsten und von den Achseln herab.

Und dann – es ist fast ein Wunder zu nennen, so sinnlos ist sie über diese Erdschollen gestolpert – gelangt sie tatsächlich wieder bei dem leeren Sack an. Sie fällt fast über ihn. Hierlassen? Mitnehmen? Als ordentliche Bäuerin beschließt sie, das Stück zusammenzulegen und nach Hause zu tragen.

Aber das geht nicht.

Der räudige Pelz rutscht ihr aus den Händen, als wäre er mit Öl eingeschmiert, und eh sie sich's versieht, ist er in dem gleichen Hamsterbau verschwunden wie der Großteil des Saatguts. Ihr war fast so, als wenn er sich von allein bewegt hätte. Aber inzwischen hat sie schon eine solche Menge Schrecknis hinter sich, daß sie das nicht aufregt.

Mehr fallend als gehend macht sie sich auf den Heimweg, haut sich den Hackenstiel gegen die Schläfe, reißt sich die Hände auf und erreicht schließlich fast heulend ihr Anwesen.

Von einem leuchtenden Stall kann ebensowenig die

Rede sein wie von aufgeregtem Viehzeug. Alles ruhig, alles still.

Als sie die Stalltür öffnet, um nach dem Rechten zu sehen (sie braucht dazu ein wenig Mut), kommt ihr im Gegenteil so etwas wie ein großer Friede entgegen, ein Duft nach Minze und Heu und tiefe, gleichmäßige Atemzüge. Sie wußte gar nicht, daß Ziegen so laut atmen.

Keine Woche später ist das Muli da.

Es kommt ganz friedlich angeschlendert, als wenn es einen gemütlichen Spaziergang gemacht hätte – offenbar einmal Garnison hin und zurück, denn es trägt Gepäck. Übrigens, rund und gesund sieht es aus.

Man kann wohl annehmen, daß es dem ja nur mit mäßigen Reitkünsten begabten Pamphilus abgehauen ist in einem unbewachten Moment, und der darf nun zu Fuß hinterher marschieren.

Bezeichnend, denkt Tabea, daß das Tier zu uns auf den Hof kommt und nicht in den Stall seines Herrn geht. Das kennt die schmalen Brocken, die es da gibt.

Obwohl sie sich das eigentlich gar nicht leisten können, schüttet sie ihm eine Maß Hafer auf und nimmt ihm dann die Satteltaschen ab, und da der Adlatus des Poeten gerade auf dessen überaus schattigem Hof herumkrebst, wie sie sieht, macht sie ihm ein Zeichen, daß er runterkommen soll.

»Eure Mauleselin ist zurück«, sagt sie. »Wo mein Mann abgeblieben ist, das wissen die Götter.«

»Hm«, sagt der Kerl, dieser Rufo, und registriert erstmal stillschweigend, daß das Tier gefüttert wird, und nicht auf Kosten seines Hauses. »Dann laß mal sehen.«

Und gemeinsam lösen sie die Verknotungen der Satteltaschen.

Was sie da finden, oder auch nicht finden, läßt den Mann entgeistert ausrufen: »Lauter unnützes Zeug.« Und eigentlich kann ihm Tabea da nur zustimmen.

Freilich, ihre erwünschten Ziegenbälge mit Wein sind alle da, aber seit ihr draußen auf dem Feld der Herrlichste von allen begegnet ist, hat sich ihr Bedürfnis zu trinken, nahezu verflüchtigt. Nur unter Mittag, wenn ihr Herz so wild schlägt, daß ihr die Fingerspitzen zittern, muß sie mal einen Schluck haben. Aber in diesen verschnürten Taschen befindet sich anstelle von Pamphilus' Garnen, Wollen und Nadeln und dem Hausgerät, das sie brauchten, lauter Wurzelwerk und gedörrtes Kräuterzeug, dessen Beschaffenheit sie genausowenig kennt wie seine Eigenschaften, und irgendwelches Gestein und eine Ansammlung bunter Federn.

»Und wo sind unsre Sachen?« fragt Rufo. »Wo sind das Schreibgerät und die neuesten Poesien aus der Hauptstadt? Und wo eine Mitteilung vom Bankier Plotius junior?«

Tabea zuckt die Achseln. Woher soll sie das wissen?

»Na, das kann ja heiter werden!« prophezeit Rufo und nimmt das Muli, das noch den Futtersack um den Hals hat, beim Zügel, um es vom Hof zu zerren. »Mal sehen, was mein Meister dazu sagt.«

Auf dessen Meinung muß sie nicht lange warten.

Sie hat noch kaum den ganzen Unfug, diesen halben gedörrten Wald, in irgendeine Ecke des Stalls ausgeschüttet, als der hochnäsige Nachbar mit dem Schlapphut schon auf dem Hof steht und zu keifen anfängt wie ein altes Weib.

Von Betrug ist da die Rede und von Undankbarkeit, von Intrigen, finsteren Machenschaften, plebejischer Dummheit und Ignoranz.

Tabea hört bei so was nur ganz kurz zu, dann gibt sie Widerworte, sie ist ja nicht auf den Mund gefallen. Und so liefern sie sich denn ein recht eindrucksvolles Schimpfduell, was damit endet, daß der Dichter abzieht, den Mund voller Drohungen. Er würde noch die Rückkehr des Webers abwarten, aber länger als einen Tag gäbe er ihm nicht, und dann würde er sich sein Recht schon verschaffen. Und kein Gedanke, daß er jemals wieder sein Tier herleihen würde. Worauf sie ihm nachruft, das wäre sowieso unwahrscheinlich, da das arme Vieh bestimmt bis zum Frühjahr verhungert wäre.

Zu allem Überfluß muß sich auch noch Nachbar Fabius auf dem Hof herumdrücken. Offenbar hat er's überhaupt nicht mehr nötig, persönlich aufs Feld zu gehen. Mit hämischem Grinsen genießt er den Auftritt und ruft der wutentbrannten Tabea zu: »Hat sich dein kleiner Schwanzlutscher mit dem Geld des Dichterlings aus dem Staub gemacht und läßt es sich im Castellum besorgen? Ich steh zu meinem Wort, Mädchen, wenn du eine Füllung brauchst. Mein Weib ist mir ja gerade abgesoffen.«

Tabea würdigt ihn keiner Antwort. Sie geht in den Stall, um das merkwürdige Sammelsurium aus den Taschen noch einmal durchzugehen, ob sich nicht doch was Verwertbares findet, ehe sie damit den Küchenherd heizt.

Aber dazu kommt es nicht, denn ihre Ziege gebärdet sich, wie wenn man ihr eine Handvoll Salz vor die Nase hält, aber sie nicht lecken läßt. Sie meckert, zerrt am Strick, scharrt mit dem Vorderhuf und strebt wie verrückt nach dem mitgebrachten Zeug, so daß Tabea sie losmacht.

Das Tier stürzt sich wie von einer Bremse unterm Schwanz getrieben auf den Dörrkram, diese Waldkräuter, und beginnt, sie in sich reinzuschlingen. Scheint eine besondere Delikatesse für Ziegen zu sein. Tabea soll es recht sein. Besser als nichts.

Sie kann sich bloß nicht so recht vorstellen, warum Fillo (jetzt denkt sie an ihn auch schon mit diesem Namen!) eine Extraration Ziegenfutter aus dem Castellum mitbringen sollte, statt der wirklich notwendigen Dinge.

Bei all dem regt sie sich nicht sonderlich auf. Fillo ist noch nicht da? Er wird schon noch kommen. In den Satteltaschen ist Waldesunrat? Wer weiß, wozu es gut ist. Publius und Rufo fluchen? Na gut, sie flucht zurück. Fabius wird frech? Soll er doch.

Andre Götter haben Besitz ergriffen von ihr. Alles ist gleichgültig, bis wieder Neumond ist und ER wiederkommt. Er.

Auf das obere Feld geht sie nun gar nicht mehr. Sie hat seinen Befehl ausgeführt. Sie ackert jetzt, in diesen immer noch schönen, immer noch stillen Tagen vor dem endgültigen Beginn des Winters, auf dem anderen Stück Land, das dichter am Haus liegt, obgleich das völlig sinnlos ist, denn da soll erst im nächsten Frühsommer Gerste gesät werden – mehr gibt der Boden nicht her. Die abgebrannte Stoppel der diesjährigen Spelt-Ernte hackt sie unter. Die anderen Siedler zucken die Achseln. Wenn sie meint.

Die meiste Zeit über aber tut sie gar nichts, sondern liegt träumend auf dem Bett in der Hütte.

An dem einen Türpfosten hat sie ein Hanfseil angebracht, in das macht sie jeden Tag einen Knoten. So wird es immer kürzer. Bis zum nächsten Neumond.

Aber jetzt geht es erst einmal auf Vollmond zu.

Bei Vollmond, so heißt es, geschehen genausoviel außergewöhnliche Dinge wie bei Neumond.

Tabea hat ihrer Ziege, weil sie nun mal so gierig darauf war, immer eine Handvoll von dem Waldheu und Gezweig mit in die Krippe getan, und das Tier gedeiht prächtig dabei.

Wenn es vorher immer geradeso die Milch zum Wegtrinken gegeben hat, ist jetzt Überfluß da, und sie kann sogar Handkäse machen. Die tauscht sie zum Teil bei den anderen Siedlern gegen Brotfladen ein, so daß sie sich das Backen spart.

Überhaupt bleibt ihr Herd meist kalt – so wie der Webstuhl leersteht.

Dessen Meister ist noch nicht zurück, also kein Garn zum Weben da, und Kundschaft mit Eigenmaterial taucht auch nicht auf. Vor allem haben sich überhaupt keine Skythen mehr sehen lassen in der letzten Zeit, also das fällt einem auf. Seitdem die Leiche der Fabia aus dem Brunnen gezogen wurde, ward kein eingeborener Fellumhang mehr gesichtet. Offenbar steht die Siedlung jetzt in schlechtem Ruf bei den Wilden. Na, diese Gestalten und ihren Spuk, den vermißt sie nicht.

Daß Fillo so lange ausbleibt, stimmt sie zumindest nachdenklich. Aber die Hülle von Traum und Erwartung, in der sie schwebt, läßt nichts durch, was sie wirklich beunruhigen könnte.

Am Tag vor dem Vollmond kommt Rufo zu ihr.

Sie denkt, er will sie wieder nerven wegen Pamphilus, aber nein – er ist längst nicht so zugeknöpft wie sonst.

Natürlich will er was von ihr.

Der einzigartige Geschmack ihrer fetten Handkäse hat sich bis ins Quartier des mürrischen Poeten herumgesprochen, und Rufo schlägt vor, sie möge doch seinem Herrn davon abgeben. Man könne das dann verrechnen gegen den Betrag, der mit Fillo Richtung Garnison entschwunden sei.

Ein reizender Vorschlag.

Tabea tippt sich vielsagend an die Stirn.

»Ihr müßt mich für völlig verblödet halten, du und dein Herr«, sagt sie. »Ich soll euch kostenlos mit meinem Käse versorgen, nur weil mein Mann ein bißchen später zurückkommt! Und wenn er dann eure Bestellungen anschleppt – und das macht er sehr gewissenhaft, wie du wohl weißt! –, dann wißt ihr von nichts, keinen Dunst mehr von Käse, längst durch dich und den Herrn Publius durch und in der Grube hinterm Haus verschwunden. Nichts ist. Nur gegen Kasse.«

Rufo guckt bedrückt. Mit seinem Chef scheint ja nicht gut Kirschenessen zu sein.

Ob sie ihm nicht wenigstens eine Kostprobe mitgeben könne?

Statt einer Antwort greift sie sich den Holzeimer, um melken zu gehn. Die Ziege hat's jetzt zweimal am Tag nötig. Aber er schleicht ihr auch hierher nach.

Als sie die Stalltür öffnet, stößt er einen Schrei aus.

»Was ist denn?« fragt sie unwillig.

»Die Ziege!«

»Wieso? Hast du noch nie 'ne Ziege gesehen?«

»So eine bestimmt nicht.«

Jetzt, da er es sagt, merkt Tabea es auch. Vorher hat sie nicht groß auf ihre Ziege geachtet. Aber die hat jetzt ein Fell, so üppig und wallend wie eine Roßmähne, es schimmert geradezu metallisch. Die Hörner glänzen, als wenn sie jemand mit Fett eingerieben hätte, und krümmen sich in kühnen Bögen, irgendwie anders als vorher, und was das Merkwürdigste ist: das Vieh ist offenbar gewachsen. Es hat ja fast die Größe eines Kalbes! Daß ihr das vorher nicht aufgefallen ist …

Natürlich läßt sie sich nichts anmerken.

»Na und ?« sagt sie achselzuckend. »Die kriegt ein ganz bestimmtes Futter, das bekommt ihr so gut.«

»Also so ein Futter, das hätte ich auch gern. Kannst du mir verraten, wo das wächst?«

»Nee«, antwortet sie patzig, »kann ich nicht.«

Sie hockt sich unter ihre Ziege und beginnt zu melken. Die Milch schäumt üppig und fettig in den Eimer, da kann sie wieder viel Käse machen.

Als sie fertig ist mit der Arbeit, steht er immer noch in der Tür. »Also gut«, sagt sie, um ihn endlich loszuwerden, »ich geb dir einen Käse mit zum Probieren. Aber wenn ihr mehr haben wollt, dann nicht für umsonst. Nicht bei mir.«

Also trabt er mit ihr zurück zur Hütte, wo die Käselaibe zum Reifen auf einem Bord liegen, neben der Schale mit Dickmilch. Ihr den vollen Eimer abzunehmen, darauf kommt er natürlich nicht. Statt dessen plaudert er.

»Dein Mann hält sich doch ein bißchen länger auf«, bemerkt er beiläufig. »Es ist ja nun fast vierzehn Tage her, seit er weg ist.« Sie zuckt die Achseln, aber eigentlich erschrickt sie. So lange ist er fort? Die Zeit scheint ihr wie verschmolzen zu einem einzigen Tag. Ich habe ihn nicht vermißt, dabei ist er so gut zu mir, denkt sie schuldbewußt. Sie lächelt, gefangen in ihrem Traum.

Indessen Rufo: »So einen warmen Herbst hat es ewig nicht gegeben hier. Selbst die Siedler, die schon zehn Jahre hier sind, sagen das. Kommt einem vor, als käme der Frühling zurück.«

Tatsächlich. Auch das fällt ihr erst auf, als man es ihr sagt. Gewiß, sie hat ihre Fellschuhe nicht angezogen, sie hat die Küchentür offengelassen und die Holzläden von den Fenstern entfernt. Doch wie ungewöhnlich das ist für die Jahreszeit, hat sie nicht bemerkt.

Jetzt muß sie lachen.

»Worüber amüsierst du dich?« will er wissen.

»Ach, nichts. Hier, nimm deinen Käse und zieh ab.«

Dann ist sie ihn endlich los.

Sie muß sich auf die Erde setzen, weil ihr auf einmal schwindlig ist. Sie hält sich den Kopf mit beiden Händen.

Ja gewiß, ihre Käse sind die besten weit und breit, und ihre Ziege ist eine Wunderziege.

Der Herbst ist der Frühling.

Sie beginnt zu rechnen, bewegt lautlos die Lippen. Wie? Heute ist Vollmond?

Dann nimmt sie die Finger zu Hilfe, wie sie es getan hat, als sie ihren noch kindlichen Körper in Roms Parks und Straßenecken verkaufte und die Tage vermeiden mußte, wo es gefährlich war.

Sie zählt einmal und zweimal, aber da ist kein Zweifel.

Sie hatte so wenig darauf geachtet wie auf alles andere. Es ist ihr ausgeblieben. Sie ist schwanger.

Morgens, wenn sie aufwacht, ist sie manchmal verwundert, daß sie die Atemzüge ihres Gefährten, des Webers, nicht neben sich spürt. Und dann, mit einem frohen Erschrecken, das sie wach macht, fällt ihr ein: Kein Fillo mehr. Etwas anderes. In ihr drinnen.

Vorsichtig betastet sie mit beiden Händen ihren Bauch.

Ist er gewachsen? Was hat sich verändert? Sie streift über ihre Brüste, drückt sie. Tut etwas weh?

Sie nimmt sich jetzt Zeit morgens, ehe sie aufsteht und Feuer macht. Sie gönnt sich eine Tasse warme Ziegenmilch, und dann wäscht sie sich so ausgiebig, wie es Fillo früher tat, während sie schon auf dem Feld war. Danach gießt sie Öl aus dem Krug auf ihre Handflächen und reibt sich damit den Bauch ein. Die Haut soll glatt und schön werden. Sie fühlt die Narben unter ihren Händen, und das erste Mal, seit sie so entstellt ist, ekelt sie sich nicht vor sich selbst. Vorsichtig umkreist sie ihren Nabel. Das da drin soll sie spüren.

Dann geht sie zu ihrer Ziege, dieser herrlichen, üppigen Ziege mit dem golden wallenden Fell, die so fette und reichliche Milch gibt, und zu ihren Hühnern, die zu dieser Jahreszeit legen, als wenn der Frühling vor der Tür stünde, nicht der Winter, wo sie eigentlich nur rumglucken. Das macht, auch sie bekommen etwas von dem Wunderfutter aus den Taschen des Maultiers. Sie dosiert es ganz sparsam. Die Ziege würde in ihrer Gier am liebsten alles auf einmal verschlingen.

Bonenti jagt vom Meer her Wolken übers Land, aber ihren Regen lassen sie nicht hier. Ihre geblähten Bäuche werden an den Bergen geschlitzt und ergießen ihren Inhalt drin, weit weg, im Landesinnern.

Die Felder läßt sie nun ruhen. Sie liegen brach, oder sie sind besät. Alles braucht seine Zeit. Jetzt kann man nur geschehen lassen und viel schlafen.

Manchmal geht sie sogar an den Webstuhl und beginnt, mit den verbliebenen Wollresten oder mit Flachs einfache Stücke zu weben. Sie gibt sich Mühe, daß es zarter und feiner wird, als es ihr sonst gelingt.

Es geht ihr gut.

Manchmal ist Fillo im Traum bei ihr, und sie sind miteinander so fröhlich, wie sie es selten waren in diesem kalten Land. Sie sind in diesen Träumen nicht hier, sondern in Rom und durchstreifen zusammen die Straßen und

Märkte, wie sie es in der Zeit taten, als sie noch Kinder waren und in dem Haus lebten, das der stummen Königin gehörte.

Wenn sie aufwacht, ist sie noch ganz gefangen von der römischen Sonne und der Freude ihres Traums, und sie denkt sich, daß ihr Freund, wo auch immer er sein mag, keineswegs im Unglück sein kann. Sonst würde er ihr in den Träumen doch mitteilen, daß es ihm nicht gut geht.

Vielleicht hat er einfach jemanden gefunden, bei dem er lieber ist als bei ihr.

Eines Tages, sie ist gerade beim Weben, klopft es an die Tür, und es stehen Rufo und sein schlapphütiger Herr davor.

Nun wird es wieder Ärger geben, denkt sie. Aber nein, der Poet erklärt mit bedeutsamer Miene, er müsse unbedingt mit ihr reden. Und zwar unter vier Augen.

Tabea zuckte die Achseln. Bitteschön. Warum er den anderen dann überhaupt mitgeschleppt hat?

Sein Gehilfe, meint Herr Publius, habe ihm soviel von ihrer Wunderziege erzählt, und also …

»Blödsinn«, unterbricht sie ihn unwirsch. »Ich habe keine Wunderziege. Nichts als ’ne glückliche Hand beim Füttern.«

»Und beim Käsemachen!« ruft Publius emphatisch.

Ihr Käse sei von geradezu einmaligem Wohlgeschmack, und er wolle doch darum bitten, ihm ein halbes Dutzend abzulassen – gegen Bezahlung natürlich! Fügt er hastig hinzu, als er ihr Stirnrunzeln sieht.

Und tatsächlich, dieser Rufo kramt aus seinem Gürteltäschchen Münzen hervor, die er für sie auf den Tisch zählt. Sie guckt gar nicht richtig hin – eigentlich ist es ja nur der Ordnung halber, daß hier nichts weggeschenkt wird. Aufessen kann sie den vielen Käse sowieso nicht allein.

Also wird der Handel getätigt, und Rufo zieht ab mit dem Käse, eingeschlagen in ein von Fillo verfertigtes gezwirntes Tuch mit Säumen, das er beim nächsten Einkauf wiederzubringen verspricht.

Der Dichter steht da und tritt von einem Fuß auf den anderen. Dann nimmt er seinen Hut ab, räuspert sich und fragt: »Ob ich mich wohl setzen könnte?«

»Na sicher«, erwidert sie, ein bißchen erstaunt über solche Frage. Warum macht er's nicht einfach?

Sie streicht die Münzen ein und tut sie in den Tontopf, in dem Fillo das Geld aufbewahrt, zupft nochmal den Einschlag am Webstuhl zurecht und setzt sich dann dem dünnen langnasigen Kerl gegenüber. Nun soll er mal rausrücken mit dem, was ihn stört.

Aber offenbar ist er nicht zum Meckern gekommen.

»Ich habe Nachforschungen angestellt«, sagt er bedeutungsvoll.

Sie versteht gar nichts. Nachforschungen?

»Ja. Nach dem Verbleib unseres jungen Freundes.«

Tawa braucht ein bißchen, bis sie begreift, daß er Fillo, also Pamphilus, meint.

Wie und durch wen er diese Nachforschungen hat anstellen lassen, bleibt ein Rätsel, denn wenn die Verbindung zur Garnison für ihn so einfach ist, fragt man sich natürlich, warum er dem ›jungen Freund‹ immer seine ganzen Bestellungen aufhalst.

Publius redet indessen fort und fort.

Soviel stehe fest, erklärt er, daß Pamphilus richtig in der Garnison angekommen sei und dort korrekt seine Aufträge erledigt habe. Im Bankhaus Plotius junior erinnert man sich an ihn. Auch in der römischen Kolonie, die am Weg liegt, habe er auf der Hin- und Rückreise Station gemacht. Und dann sei er verschwunden.

Tabea sieht in verständnislos an. »Was heißt das: verschwunden? Hat ihn der Erdboden verschlungen, oder was?«

In diesem Land ist man ja an die komischsten Sachen gewöhnt, aber das ist denn doch ein bißchen stark.

Der andere zieht seine zu groß geratene Nase kraus.

»Ich sehe schon, du hast überhaupt keine Ahnung, was vorgeht«, erklärt er hämisch. So was hört sie nicht gern.

»So, meinen Sie?« gibt sie zurück. »Ich weiß ja nicht, was ihr da oben in eurer Hungerburg so mitkriegt. Aber eigentlich denke ich schon, ich habe Durchblick.«

Der Poet lächelt nachsichtig.

»Ich meine die größeren Dimensionen«, sagt er von oben herab und schlägt die Beine übereinander. »Du mußt mir einfach die Übersicht zutrauen. Ich war damals in Rom – na, schweigen wir davon. Aber ich hatte Zugang zu den höchsten Kreisen und habe mir in Sachen Weltpolitik einen gewissen Weitblick erworben.«

Wovon redet der? Sollte es nicht um das Verschwinden von Fillo gehen?

»Also, dein Mann ist doch Römischer Bürger, ein Quirite, nicht wahr?« Sie nickt nachdrücklich. »Sonst hätten wir doch diese Parzelle nie gekriegt. Freigelassener ist er!«

Der Dichter lächelt mal wieder schrecklich herablassend. »Natürlich, die Vergabe von Kolonistenparzellen setzt die Bürgerschaft voraus. Außer man ist hierher verbannt.« (Er dreht den Hals hin und her, als wäre ihm der Kragen zu eng.)

Sie weiß immer noch nicht, worauf er hinaus will.

»Tabea. Wir leben in Feindesland, bist du dir dessen bewußt?« fährt er fort. »Eine winzige Insel der Zivilisation inmitten finsterster Barbarei. Und natürlich fühlt sich dieses Barbarentum von uns gestört und herausgefordert. Der Römische Friede, das wissen wir, ist ein Gut, das man sich verdienen muß, und kampflos hat es bisher noch keiner bekommen. Ja, wir sind ein Dorn im Fleische dieser Wilden, ein Balken im Auge ...«

Tawa unterbricht diese ausufernde Suada. »Gewiß doch«, sagt sie. »Aber was hat das nun mit Fill – ich meine, mit Pamphilus zu tun?«

Er zieht die Brauen hoch.

»Das liegt doch auf der Hand. Irgendwann mußten sie aufmucken, ein Zeichen setzen, signalisieren, daß sie noch da sind. Vielleicht auch ein Objekt Römischen Seins zu sich holen, um es zu studieren.«

Ein Objekt Römischen Seins? Ihr dämmert was. »Du meinst, Pamphilus ...«

Er nickt gewichtig. »Für mich gibt es keinen Zweifel. Skythische Horden haben deinen Mann entführt.«

Er sieht sie an und wartet auf die Wirkung seiner Worte.

Auf einmal muß sie lachen.

»So was Verrücktes! Was wollen denn die skythischen Horden ausgerechnet mit Fill – ich meine mit Pamphilus? Was ist Besonderes an ihm? Von wegen Objekt Römischen Seins! Der ist doch bloß ein armes Luder. Nicht mal zum Bauern taugt er. – Oder meinst du, die fressen vielleicht Menschen?«

Sie hat ganz sachlich gefragt, aber der Dichter tut beleidigt.

»Ich nahm an, daß du die Sache mit Ernst angehst! Schließlich ist es dein Gefährte!« ruft er erzürnt. »Verstehst du denn nichts? Es geht um ihn nicht als Individuum, sondern als Repräsentanten des Imperium Romanum!«

Repräsentant? Tabea muß schlucken.

»Aber das Muli!« wendet sie ein. »Das ist doch zurückgekommen!«

Publius knurrt geradezu vor Ungeduld über ihre Begriffsstutzigkeit.

»Na eben! Verstehst du denn gar nichts? Was war in deinen Satteltaschen? Da haben sie häßliches dürres Laub reingestopft, um uns zu verhöhnen! Und hochwichtige Geheimdokumente wurden entwendet. Erst als ich erfahren habe, daß dein Mann wirklich schon auf dem Rückweg war, ist mir die ganze Tragweite des Vorgangs klar geworden.«

Über den Wert des häßlichen dürren Laubes hat sie ihre eigenen Ansichten, mit denen sie aber lieber zurückhält. Und Geheimdokumente? Ja, was denn für Geheimdokumente?

Sie schweigt und läßt den Dichter erstmal reden.

»Das ganze ist eine ungeheuerliche Provokation! Eine Herausforderung an die Römer!«

»Hm«, murmelt sie, »Geheimdokumente ... Meinst du denn, die können überhaupt lesen?«

»Natürlich nicht!« ereifert sich der Dichter. »Das wäre ja noch schöner! Außerdem ist alles verschlüsselt.« Und nun hat er, aufgrund ihres Einwands, sozusagen eine Erleuchtung. Man sieht es an seinen Augen. »Und Pamphilus? Kann der lesen?«

Sie nickt stolz. »Und ob! Und rechnen! Ganz hervorragend kann er rechnen!«

»Dann liegt es doch auf der Hand!« ruft er und schlägt sich mit der Faust auf den Schenkel. »Sie haben ihn entführt, damit er ihnen die Dokumente vorliest!«

Und er sieht sie triumphierend an.

Sie gibt sich noch nicht geschlagen. »Ich denke, die sind verschlüsselt ...«

»Richtig. Alles ist verschlüsselt. Streng verschlüsselt. Aber das wissen die doch nicht.« Er schielt fast vor Begeisterung über seine Geschichte.

»Sie werden versuchen, es aus ihm herauszukriegen. Aber er – selbst wenn er den Code geknackt hat (so schwer ist es auch wieder nicht) –, er widersteht natürlich. Eisern widersteht er. Er muß widerstanden haben. Sonst sähe alles bereits ganz anders aus.«

»Anders?«

»Nun, die Barbaren hätten so oder so reagiert«, sagt er bestimmt. Tawa hat keine Ahnung, was er damit meint.

»Und Fillo? Lassen sie ihn bald wieder frei, wenn er zu nichts nütze ist?«

Publius seufzt dramatisch. »Ich vermute, daß sie ihn als Geisel behalten«, prophezeit er düster. »Hoffen wir nur, daß sie begreifen, daß er ihnen lebend mehr einbringt als tot. Und daß sie ihn nicht zu sehr foltern.«

»Foltern?«

»Aber natürlich foltern die Skythen ihre Gefangenen, Tabea! Hast du noch nie etwas davon gehört?«

Sie starrt ihn an.

Bisher war Fillos Ausbleiben ein bißchen beunruhigend gewesen, aber kein Grund, sich ernsthaft Sorgen zu machen. Ein wenig hatte sie ja sogar auf eine andere Frau gehofft, wenigstens vorübergehend. Sie wußte ja, was für eine elende Gefährtin sie ihm oft gewesen war, eine bitterböse Säuferin, nicht einmal willfährig im Bett. Und er hielt das aus, aus Mitleid, aus Sanftmut. Und nun war der Heros da, und sie gehörte ihm. Alles schien ganz richtig.

Und nun, gefangen, gefoltert, als Geisel – ihre Narben fangen an zu schmerzen. Schützend legt sie die Hände über ihren schwangeren Bauch. Ihr ist speiübel.

Publius betrachtet sie aufmerksam. »Habe ich dich erschreckt?« fragt er. Es klingt heuchlerisch. »Tut mir leid. Aber schließlich mußt du die Wahrheit kennen.«

Saurer Speichel füllt ihren Mund.

»Und nun? Was nun?«

»Wir müssen diesen Wilden ein für allemal zeigen, daß wir dergleichen nicht hinnehmen. Am liebsten würden sie uns ins Meer jagen! Aber das Gegenteil wird der Fall sein. Rom wird sieghaft vordringen und auch jenseits der Berge seine Adler aufpflanzen.«

Sein Gerede verstärkt ihre Beklommenheit noch. – Was schwafelt er da bloß. Es geht um Fillo.

»Können Sie nicht mal sagen, was zu tun ist?« drängt sie.

Der Poet ist aufgestanden und geht im Raum hin und her, was ein bißchen merkwürdig wirkt, denn hier ist es eng. Immer drei Schritte hin, Wendung, drei Schritte her.

»Die Entscheidung liegt beim Garnisonskommandanten. Vielleicht schickt er eine Manipel zu unserem Schutz. Wenn das aus militärischen Gründen nicht geht, nun, dann müssen wir hier eine Bürgerwehr aufbauen. Alle bewaffneten Männer. Und wenn der Winter vorbei ist, stößt Rom nach und befreit Pamphilus aus den Händen der Skythen. – Du hast dich doch auch schon bedroht gefühlt hier, nicht wahr?«

»Meinen Sie die Stimmen des nachts?« fragt sie scheu. »Diese Töne im Wind?«

Er sieht sie mißbilligend an. »Es gibt keine Stimmen im Wind. Das sind Halluzinationen. Im Wind gibt es nichts.«

Ist das nicht verdreht?

Er redet von skythischer Bedrohung, dabei hat sich hier wochenlang kein Barbarengesicht mehr gezeigt. Aber das, was wirklich da ist, was ihnen angst macht, weswegen sie mit Heulen und Zähneklappern im Bett gelegen haben, Fillo und sie, das gibt es gar nicht nach der Meinung dieses Burschen.

Langsam wird sie wütend. Elender Klugscheißer. Der hat keine Ahnung.

»Nein«, sagt sie und kneift den Mund schmal. »Ich fühle mich nicht bedroht. Mir tut keiner was. Und das mit Fill – ich meine mit Pamphilus: Kann es denn nicht einfach sein, daß er noch irgendwo Station macht? Vielleicht ist da 'ne Frau oder so?«

Der Poet sieht sie von oben bis unten an. »So«, bemerkt er. »So lax behandelt also eine Römerin das Verschwinden ihres Mannes im Feindesland. Einmal ganz abgesehen davon, welche Vorstellungen von Moral und Sitte sich hier manifestieren. Ich sehe in Abgründe! Aber ich denke doch, jeder einzelne von uns, der hier eine neue Heimat finden durfte, sei es nun Mann oder Weib, hat gegenüber der Vaterstadt auch eine Pflicht, die der Pflicht eines Soldaten in nichts nachsteht! Jeder von uns behauptet ein Stück Rom gegen den Ansturm barbarischer Horden. Insofern verstehe ich deine Haltung ganz und gar nicht.«

Am liebsten würde sie ihn vor die Tür setzen. Aber es hört sich so bedeutend an! Und der kann einen ja ganz schnell in der ganzen Kolonie madig machen, von wegen, man ist keine gute Römerin. Schließlich muß sie im Frühling Ochsen ausleihen. Da wird sie mit ihrem Bauch nicht mehr so schwer arbeiten können. Und da braucht man das Wohlwollen seiner Nachbarn.

»Na gut«, sagt sie nachgebend. »Also, vielleicht ist er wirklich entführt worden. Aber ich kann mir nicht vorstellen, daß sich deshalb ein römischer Soldat den Helm aufsetzt. Und wir hier –«

»Wir können sehr wohl etwas tun!« unterbricht er sie. »Und du kannst dazu beitragen. Geh zu den Nachbarn, erzähl deine Geschichte, das, was du Furchtbares erfahren hast, mach ihnen klar, daß auch sie bedroht sind. Alles andere wird sich finden.«

»Aber ich bin keine Volksrednerin«, sagt sie unwillig.

Er lächelt. »Ich werde dich begleiten und deinen Worten den nötigen Nachdruck verleihen«, versichert er. »Rom braucht dich, Tabea. Rom und wir hier.«

Sie seufzt. »Naja«, schlägt sie vor, »ich kann ja zwei Fliegen mit einer Klappe schlagen und gleichzeitig ein bißchen Käse und Eier verkaufen. Oder eintauschen gegen Öl, damit werde ich nämlich knapp.« Die Aussicht stimmt sie wieder etwas besser, während Publius die Augen verdreht ob soviel schnöden Materialismus', aber keine Einwände mehr erhebt.

Sie verabreden den Beginn ihres Überzeugungsfeldzuges für den übernächsten Tag.

Nachdem er endlich gegangen ist, wirft sich Tawa aufs Bett und schließt die Augen. Auf was hat sie sich da bloß eingelassen! Der hat sie ganz schön eingewickelt mit seinen Phrasen.

Fillo entführt? Sie kann es nicht glauben. Bedrohung von Barbaren? Sie muß lächeln. Sie steht unter mächtigem Schutz. Niemand wird ihr ein Haar krümmen. Bald ist Neumond. Bald bist du bei mir, Heros.

Geborgen bin ich wie unter den Schwingen eines Adlers.

VI

Fillo in seiner runden Hütte kommt sich vor wie ein Vogel im Käfig. Man füttert und tränkt ihn, man sorgt für seine Bedürfnisse, und wenn man ihn ausführt, was inzwischen zweimal am Tage geschieht, wird er streng eskortiert. Dabei achtet man darauf, daß er die Kette trägt, die sie ihm am ersten Abend umgelegt haben.

Aber er ist nun mal kein Freund von Gefangenschaften, mögen sie noch so nett verbrämt sein. Dergleichen hat er zu gut in Erinnerung – oder vielmehr zu schlecht. Da sich seine Bewacherinnen nicht bereit zeigen, mit ihm zu reden oder ihm zu erklären, warum er hier ist, beginnt er seine Augen schweifen zu lassen, um alles hier herauszufinden, und sinnt aufs Entkommen – auch wenn er weiß, wie sinnlos das ist: Meilenweit fort von der römischen Zivilisation, unkundig des Weges und ohne Pferd. Und dann noch seine Reitkünste, und gegen diese Amazonen …

Aber lassen kann er's auch nicht.

Bei seinen Gängen wird immer deutlicher, daß dies kein wirkliches Dorf ist, sondern so ein Mittelding zwischen Tempelbezirk und Trainingslager für die Kriegerinnen. Hier gibt es nur Weiber im waffenfähigen Alter. Es fehlen Kinder, es fehlen Alte, und es fehlen, natürlich, ganz und gar die Männer. Er ist ein einsames Exemplar.

Sie lassen ihn übrigens gewähren.

Er kann in ihre Hütten hineinsehen: Schlafhäuser, in denen zu fast allen Zeiten sich irgendwelche halbnackte Weiblichkeit zwischen Fellen räkelt und ihm zulächelt. Oder er inspiziert den Kochplatz, wo jeweils andere in den dampfenden Kesseln rühren, Gemüse putzen, Kräuter hacken oder Fleisch zerteilen, um es am Spieß zu braten (sie kochen feurig und reichlich), und er kann auch in den Wäldern in der Nähe herumstreifen, Beeren oder Kraut probieren; seine Wächterin, die Lanze quer, gibt ihm lächelnd zu verstehen, was davon eßbar ist und was nicht.

Er kann sogar auf einen Felsen klettern. Von dort erhofft er sich Überblick. Denkt, er kann das Meer sehen – obwohl er nicht mal weiß, in welcher Richtung es liegt. Oder den Rauch anderer Feuerstellen. Aber da sind nur dicht bewaldete Bergketten, leuchtend in den Farben des Herbstes.

Wenn er sich zu weit von seiner Bewachung entfernt, pfeift sie auf den Fingern, um ihn zurückzuholen.

Einmal hat er den Pfiff mißachtet – mehr aus Trotz denn aus Ungehorsam, denn jedesmal fällt ihm dabei eine einst sehr geliebte Person ein, die ihn an einem Tag ins Leben »zurückgepfiffen« hat. Aber da sauste der Speer so dicht neben seiner Schulter in das Holz eines Baums, daß er in Zukunft brav umkehrt, wenn er den Ton hört.

Seine eskortierende Kriegerin ist übrigens niemals dieselbe, und keine von ihnen läßt sich auf ein Gespräch ein.

Zu Anfang hat er eifrig versucht, die Tage zu zählen. Aber sie wollen nicht, daß er das tut.

Wenn er Knoten in die Bastenden der geflochtenen Tür macht, entdecken sie es sofort und schneiden die Fäden mit ihren knöchernen Messern ab. Wenn er versucht, Striche in den Lehm des Fundaments zu ritzen, runzeln sie die Stirn und glätten den Boden mit den Füßen. Auch, daß er Stöckchen ins Weidengewebe der Hütte steckt, bekommen sie ganz schnell mit und entfernen sie wieder. Dabei lächeln sie spöttisch und freundlich, als seien sie miteinander in einem Spiel, bei dem der gewinnt, der den anderen überlistet.

Aber es ist ja kein Spiel. Sie haben von vornherein die Oberhand.

Natürlich gäbe es den Mond und seine wechselnde Gestalt. Doch entweder sind da Wolken, oder er schläft, betäubt von den Tränken, die sie ihm geben – er weiß ja nicht, was sie ihm so hineinmischen. Ist es die Milch, die eindeutig nicht von Ziegen stammt, sondern wohl doch

Stutenmilch ist, leicht säuerlich, auf der Zunge prickelnd? Ist es das sanft bittere Wasser? Die Kräuterabsude? Er weiß es nicht. Wenn er morgens erwacht, kommt es ihm immer so vor, als habe man ihm einen sehr dünnen, aber festen Reif um den Kopf gelegt. Es sind keine Schmerzen. Es ist nicht einmal unangenehm. Er fühlt sich, wie sich ein Faß in seinen Dauben fühlen müßte – gedrückt, gehalten, geborgen.

Warmer Wind kommt auf und jagt Wolken über die Berge, Wolken, deren Bäuche über die Gipfel dahingleiten wie schwammige Tiere. Morgens ist es meist neblig. Wenn das Bonenti ist, dann muß also das Meer dort hinten liegen …

Tag für Tag ziehen mehr Wolken über den Talkessel hin. Sobald das trübe Grau etwas lichter wird, mittags also, versammeln sich die kriegerischen Frauen zu einem Zeremoniell um seinen Käfig.

Eine von ihnen beginnt zu summen, erst mit geschlossenen Lippen, dann mit offenem Mund. Andere stimmen ein. Es ist keine Melodie, sondern nur ein an- und abschwellendes Geräusch, wie ein riesiger Schwarm wilder Bienen ihn machen würde. Dann, irgendwann, beginnen sie sich zu bewegen, alle gleichzeitig, ohne daß ein für Fillo ersichtliches Zeichen gegeben wurde. Erst drehen sie sich um die eigene Achse. Dann beginnt sich der ganze Kreis stampfend und tönend um ihn, um seine Hütte zu drehen.

Anfangs hat er sich gefürchtet. Inzwischen weiß er, daß ihm nichts geschieht, daß keine Taten dem Tanz folgen. Danach rufen sie ihre Pferde herbei, werfen sich auf die nackten Rücken der Tiere und preschen davon – zu einer militärischen Übung, vermutet er. Nur seine Wache bleibt zurück. Daß sie sich mit ihm über nichts weiter verständigen wollen als über seine elementaren Bedürfnisse, daß sie keine Fragen beantworten, das hat er nun begriffen.

Dann kommt der Regen.

Es beginnt erst ganz gemächlich, nicht einmal ein Nieseln ist das, eher eine nebelgleiche Feuchte auf Haut und

Gegenständen, trübe, stille Luft, ein Schleier auf den Haaren und auf den Mähnen der Pferde.

Der Regen ist für die Jahreszeit viel zu warm, und es geht überhaupt kein Wind mehr.

Er erweckt bei den Skythinnen gespannte Aufmerksamkeit. Sie stehen und recken die Hälse, so wachsam, als erwarteten sie einen feindlichen Überfall, sie tuscheln erregt miteinander, betrachten die Wolken zurückgelegten Kopfes und machen sich Zeichen mit den Fingern, aus denen er bei aller Anstrengung keinen Sinn ablesen kann. Dabei sind sie leise, als wetteiferten sie mit der Stille des Himmels.

Als es dämmrig wird, gluckert und plätschert es bereits anheimelnd, und die kegelförmigen Dächer aus Bast, Stroh oder Schindeln glänzen silbrig vor Nässe.

Seine Wächterinnen kommen und führen ihn zu einer anderen Behausung. Sie ist mit Schindeln gedeckt, und das Geflecht ist teilweise durch Latten und Bretter ersetzt. Drin gibt es Felle und Woilache. Er findet das sehr fürsorglich, daß sie ihm ein festeres Haus geben, jetzt, wo der Regen losgeht. Das erste Mal, seit er hier ist, fühlt er sich geborgen. Er hüllt sich in die Pelze des Lagers, zieht die Beine an den Bauch und schläft ein, als würde ihm der Regen ein Wiegenlied singen.

Er wacht auf von jeder Menge Wasser.

Schläfrig wie er ist, glaubt er zuerst, er habe sich irgendwo unterwegs auf freiem Feld niedergelassen und sei von einem Wolkenbruch überrascht worden. Dann weiß er wieder, wo er ist, und richtet sich auf. In der völligen Finsternis rauscht und tropft und rieselt es um ihn herum.

Keine Frage, es regnet durch, und wie!

Tastend versucht er, eine trockene Stelle in der Hütte auszumachen, aber es gibt offenbar keine. Überall schlägt der Regen durchs Dach. Können diese Barbarenweiber denn nicht einmal eine wasserdichte Hütte bauen? Was haben sie sich dabei gedacht, ihn gerade hier herein zu verfrachten?

Er flucht leise, rüttelt an der Tür. Natürlich ist sie verschlossen. Und natürlich ist zur Nachtzeit auch keine Wache, niemand, den er ansprechen kann. Soll er das Camp zusammenschreien wegen einem bißchen Wasser? Irgendwie kommt es ihm unangemessen vor. Er späht durch das Flechtwerk, dort, wo sie tagsüber die Hölzer entfernen, um ein Fenster zu lassen. Es ist rundum stockfinster. Entweder hat die ganze Frauenkohorte, im Gegensatz zu ihm, dichte Dächer, oder es macht ihnen einfach nichts aus. Man sollte sich vielleicht nicht so verwöhnt anstellen.

Fillo beschließt, sich aus den Fellen eine Art Zelt zu bauen, unter das er sich verkriecht, und eng zusammengerollt in dem Nest aus Wolle und Häuten, verbringt er den Rest der Nacht mehr schlecht als recht, indes es auf seinen Schutz herabtrommelt, als wenn einer darauf Erbsen drösche. Er wacht immer wieder auf, weil's durchkommt und er abdichten muß.

Beim ersten Tageslicht ist er wach, voller Unbehagen und Ärger. Die Knochen tun ihm weh.

Durch die Dachspanten sieht der wolkige Himmel herein. Man hat die Schindeln entfernt, während er schlief. Ja, sind die noch zu retten? Entgeistert starrt er zu dem Gitterwerk aus Holz hinauf, das schwarz ist vor Nässe.

Fillo beginnt, an der Tür zu rütteln. Er ruft. Nichts, außer dem monotonen Geräusch des Regens. Er späht durch die Ritzen, wütend auf diese Verrückten. Die Siedlung liegt so still, als ob sie verlassen wäre.

Die Siedlung ist verlassen.

Um diese Zeit steigt doch sonst der Rauch vom Gemeinschaftsherd auf. Die Frauen waschen sich, laufen hin und her. Sie rufen ihre Pferde. Sie bringen ihm zu essen.

Da ist niemand.

Er preßt sein Gesicht gegen die Wandritzen der Fensterluke. Er schreit. Er brüllt.

Inzwischen ist er, ohne seine Fellhüllen, durchnäßt bis

auf die Haut. Sein Haar klebt am Kopf. Der Regen strömt unaufhörlich. Er versucht, die Tür oder wenigstens die Fensterluke aufzubrechen. Aber diese Bude, die so elend und wacklig wirkt, hält all seinen Versuchen stand. Auch zu den Dachsparren emporzuklettern gelingt ihm nicht, denn die Wände sind konisch gebaut. Er rutscht immer wieder herunter, wie ein Käfer vom Becherrand. Und mit Springen erreicht man auch nichts, es ist zu hoch.

Gefangen unter Wasser, in einer Hütte ohne Dach. Für wie lange?

Was stellen die sich vor? Er hat keinerlei Vorräte an Lebensmitteln. Aber ums Trinken muß er sich ja wohl keine Sorgen machen, und ohne Essen kommt man bekanntlich ziemlich lange aus.

Schließlich ist er ganz erschöpft von seinen Versuchen, auf sich aufmerksam zu machen oder zu entkommen.

Unmöglich, weiter in den nassen Kleidern zu bleiben. Er zieht sich aus und kriecht nackt unter die Felle, die zwar inzwischen bleischwer vor Nässe sind, aber immer noch Schutz gewähren. Zähneklappernd zieht er sich in sein »Zelt« zurück. Auch der Woilach darunter fühlt sich bereits klamm an.

Immer wieder treibt es ihn hervor, Ausschau zu halten nach den Frauen, Ausschau zu halten, ob es nachläßt, noch einmal zu probieren, ob Tür oder Luke nachgeben, noch einmal zum Gebälk hochzuklettern und herunterzufallen, noch einmal zu rufen, zu schreien, zu heischen, zu fordern.

Doch wenn er schweigt und auf eine Antwort lauscht, hört er immer nur den Regen.

Er friert erbärmlich. Bald kommt es ihm so vor, als sei gar nicht der Regen das Kälteste, sondern als wäre es viel peinigender, in der feucht-dumpfen Fellhöhle zu liegen. Ihm scheint, er zittert mehr, wenn er sich da drin zusammenkrümmt wie ein Tier, als wenn er erhobenen Kopfes sitzt oder steht und das Trommeln des Regens auf Nacken und Schultern fühlt – eine Berührung, die fordernd und begehrlich-neugierig ist, als tippten die Fingerspitzen oder Fühler vieler kleiner Wesen auf seine Haut. Die Tropfen, die ihm vom Haar aus übers Gesicht laufen, sind kitzelnde kleine Liebkosungen. Er streckt die Zunge aus, sie aufzufangen, und er streicht sich mit den Händen die Nässe von Bauch und Beinen und leckt sie auf.

So vergehen seine Ängste und sein Leiden im unaufhörlich strömenden Wasser.

Und gegen Abend erscheint ihm zu seiner Tröstung die Göttin und flößt ihm Stärke ein.

Als er den Blick einmal wieder zum Gebälk hebt, um den grauen Wolken entgegenzublinzeln, schwebt sie da oben.

Sie ist nackt wie er selber, unbehaart natürlich, das Gesicht von der Ledermaske bedeckt, und sie redet zu ihm, ob es in Getisch war oder in Latein, das weiß er hinterher nicht zu sagen. Sie ermahnt ihn, hinzunehmen und auszuharren. Er solle nur die Wärme in seinem Inneren nutzen, sie an der Liebkosung des Wassers entzünden, still halten und warten auf das, was da kommt.

Dann ist sie fort, ohne daß sie ins Gespräch gekommen wären. Er hätte gern noch einiges gefragt – zum Beispiel, wie lange es denn dauern soll.

Es wundert ihn, daß sie in dieser Gestalt bei ihm hat Einlaß finden können, wo doch eigentlich der Platz, auf dem Götter und Göttinnen, Liebende und Geliebte wohnen, bei ihm für jetzt und alle Zeit besetzt ist von der Frau, die von der Insel kam, verstummte und in Rom einmal ihr Schweigen brach, ihn zu erretten, und die nun tot ist.

Sollte es so sein, daß der Regen, dieser alles durchdringende Regen, ihre Anwesenheit wegwäscht aus der Bildergalerie in seinem Kopf und Herzen? Er weiß nicht einmal, ob das gut ist oder schlecht. Immer hat er gedacht, sie lebt nun bei ihm. Aber siehe, sie leistet keinen Widerstand. Schwindet einfach. Will vielleicht gar nicht bewahrt und immer weiter bewahrt sein. So wie ihr Fleisch und Bein zu

Erde geworden sind, so will sie vielleicht nun, daß auch ihr Bild verlischt.

Wenn er so etwas denkt, ist ihm, als schwanke der nasse Raum um ihn herum. Vielleicht ist es der Hunger. Aber er spürt eigentlich keinen Hunger. Da sitzt er und wird gewaschen und abermals gewaschen, von den Wassern des Himmels geliebkost, damit seine Wünsche und seine Bedürfnisse vergehen, mit den Fluten in den Ritzen der Berge und den Falten der Täler und den schwammigen Sümpfen verschwinden.

Es gibt keine Zeit mehr. Seine Haut quillt auf, wie die Felle aufquellen, die unbenutzt neben ihm liegen. Sein Fleisch wird wäßrig und so mürbe, daß es sich von den Knochen zu lösen scheint. Seine geschlossenen Lider sind vollgesogene Kissen über den Augäpfeln.

Dann vergißt er den Unterschied zwischen Schlaf und Wachen. Und danach vergißt er, wie er heißt. Aber noch niemals, so scheint ihm, hat er so sehr gewußt, wer er ist. Auch wenn er nicht vermag, sich zu benennen.

Mich bekommt ihr nicht wieder trocken, möchte er ihnen sagen, aber wie denn? Seine Zunge ist nur ein Stück Schwamm. Er kann sie auch nicht ansehen, denn seine Augen sind zugequollen.

Sie tragen ihn vorsichtig in Tüchern davon, damit er nicht auseinanderfällt. Er spürt weder Furcht noch Zorn, eher eine gelinde Neugier, gemischt mit Schadenfreude. Da seht nur zu, was ihr mit dem anstellt, was ich bin. Ihr habt mich schließlich dazu werden lassen.

Doch offenbar wissen sie ganz genau, was anzustellen ist.

Zumindest zerfällt er nicht sofort, noch löst sich seine porige aufgeschwemmte Haut von ihm ab.

Erst ist er in Dunkelheit. Vielleicht ist es Schlaf. Vielleicht Ohnmacht.

Sie flößen ihm allerlei ein, nachdem sie ihm zunächst

warme Tücher über den Mund gelegt hatten. Opiate vielleicht, oder Getränke, Tees oder Brühen. Der Geschmack kehrt nur sehr langsam zurück. Erst kann er nur bitter und süß unterscheiden. Er schluckt, und es ist beseligend.

Dann melden sich auch die anderen Sinne wieder. Er hört das Knistern von Feuer und das Sieden und Singen kochender Flüssigkeiten. Rötliches Licht fließt ihm durch die geschlossenen Wimpern. Er wittert Räucherwerk, Wacholder und etwas sehr Durchdringendes, das er nicht kennt. Um ihn herum wispern und knispern sie wie kleine Tiere, die durchs welke Laub krabbeln.

Überwältigend aber ist das Fühlen. Seine Haut ist so empfindlich, daß sie bei der geringsten Bewegung erschauert und schmerzt. Sie legen ihm in warmes Öl getränkte Tücher auf, wieder und wieder, besänftigen sein bebendes Fleisch mit behutsamem Klopfen und Streicheln. Das Blut prickelt in Zehen und Fingerspitzen. Sein ganzer Körper erglüht in wohliger Wärme, und er beginnt eine Handbreit über dem Lager zu schweben, auf das sie ihn gebettet hatten. Ganz deutlich spürt er, wie die warme Luft unter seinem Rücken hindurch streicht und seine Lenden umspielt. Er bewegt leicht Arme und Beine, bereit, fortzufliegen.

Und dann sammelt sich das Pulsieren und Pochen seines Blutes, und sein Glied erhebt sich so triumphierend wie ein junger Löwe, der nach langem Schlaf aufsteht.

Ein Jubelschrei aus vielen Kehlen begrüßt diese sieghafte Wiedergeburt.

Er öffnet die Augen.

Es verwundert ihn nicht, daß es die kahlgeschorene Frau mit der Ledermaske ist, die sie ihm zuführen, die nackte Priesterin oder Göttin. Ihr haarloser Leib glänzt wie frisch gebrannter Töpferton.

Sie betten sie auf das Lager, über dem er mit gebreiteten Armen schwebt, inzwischen eine Elle überm Boden. Er schiebt sein linkes Bein unter des rechte, beschreibt mit dem rechten Arm einen großen Halbkreis über den eigenen Körper hinweg und wendet auf diese Weise so elegant in der Luft, als sei er schon sein ganzes Leben lang geflogen. Auch hierfür erntet er Applaus.

Sein Haar ist noch feucht und hängt ihm in kitzelnden Strähnen vorm Gesicht.

Mit leichten Bewegungen des Beckens manövriert er sich herunter zwischen die aufgestellten Knie der Frau, als lande er zwischen den Pfeilern eines Tores, stützt sich mit den Handflächen ab und dringt behutsam in sie ein.

Noch immer schweben seine Beine frei in der Luft und seine gestreckten Zehen, rosig von der Feuchtigkeit wie die eines Kindes, zittern bei jeder der Bewegungen, die er ausführt.

Die Frauen ringsum begleiten seine Stöße mit rhythmischem anfeuerndem Klatschen und leisen brünstigen Rufen, die tief in ihren Bäuchen entstehen. Ihre Münder sind offen, sie stöhnen, als würde er sie alle in der einen ficken.

Göttin, ach Göttin! Wie tief ist dieser Abgrund?

Als wolle er einen Eimer in einem unerschöpflichen Brunnen tief hinunter bringen, so arbeitet Fillo in der warmen engen Röhre, zieht sich zurück, kehrt wieder, stößt und stößt, und bei jeder Bewegung seiner Hüften ist ihm, als presse sich sein Zwerchfell gegen das Herz und drücke es zu seiner Kehle heraus.

Sein Glied ist von oben bis unten ein Stab aus purem Metall und die Spitze gleicht der Zunge einer Eidechse, die zitternd nach Nahrung lechzt. Je schneller sein Hintern sich vorwärts schiebt, um so heftiger zucken seine Zehen, schweben im freien Raum.

Die Frauen feuern ihn weiter an. Schneller! Stärker!

Er aber hält inne, und nur in ihrer Mitte verbunden mit der Frau, hebt er die Hände und entfernt vorsichtig die Maske. Er will niemanden vögeln, der kein Gesicht hat, gleich, ob es ein Mädchen oder ein Monster ist.

Sie alle schreien auf, und er schreit mit. Seine Zehen spreizen sich wie Fächer, seine Arme fahren steil in die

Luft, als er seinen Samen in die Tiefe dieses Körpers schleudert.

Dann verlassen ihn Levitation und Erektion gleichzeitig, und er klatscht einfach herunter auf diesen Leib, der sich windet und von den Ekstasen der Erfüllung geschüttelt wird. Ihr Gesicht ist verzerrt. Sie brüllt dumpf. Die Frauen sind verstummt.

Nun erst hebt er den Kopf, um sie anzusehen.

Unter ihrer Haut sind farbige Zeichen. Ihr Gesicht ist rot und blau geschmückt. Ihr Mund ist schwarz umrandet mit einer feinen Linie. Ihre Augen sind dunkel. Sie hat weder Wimpern noch Augenbrauen. Sie ist schön.

»Bist du eine Göttin?« fragt er. Es ist das erste, was er sagt, seit er reingewaschen und neu erstanden ist.

Sie antwortet nicht. Ihr Blick geht an ihm vorbei. Noch immer keucht ihr Atem.

Eine andere antwortet an ihrer Stelle.

»Priesterin. Und bemühe dich nicht, mit ihr zu reden. Sie kann weder hören noch sprechen, und ihre Augen hat die Große Mutter versiegelt.«

Aber diese Antwort hört er schon durch wolkige Schlafschwaden, die ihn aufnehmen und wegtragen in Welten, die so tonlos und dunkel sind wie die dieses Mädchens, auf dessen Leib er noch immer liegt, schwer und der Erde wiedergegeben. Bleischwer inzwischen und unfähig, nur den Finger zu regen.

Nicht, daß er jetzt weniger ein Gefangener ist. Nur ein Gefangener anderer Art.

Sein Ort ist nun eine Rundhütte, der ersten ganz ähnlich, und wenn es regnet, kann er sich oft eines besorgten Blicks zum Dach nicht enthalten. Aber alles ist dicht und warm. Felle von allerlei Getier und in bunten Farben verzieren die Wände, den Fußboden und sein Lager. Tag und Nacht wird Feuer unterhalten, über dem Kessel voll siedenden Wassers mit Duftkräutern hängen. Der Rauch dieses Feuers zieht viel besser ab als durch das Herdloch jeder römischen Siedlerhütte, man muß weder husten, noch bekommt man tränende Augen.

Die Frauen bedienen ihn, als sei er Gott weiß wer. Sie waschen, tränken und nähren ihn, lassen ihn aber nicht mehr aus der Behausung gehen, auch nicht zu einem Spaziergang. Denn er hat Dienst zu tun.

Gleich dem Hahn, der den ganzen Hühnerhof zu treten hat, ist er angehalten, nacheinander die Kriegerinnen zu beschlafen. Immer, wenn er sich bei einer ans Werk machen muß, sind noch zwei oder drei andere da, die ihn mit Händeklatschen und Zurufen anfeuern. Je höher eine Frau in der Rangordnung steht, desto mehr Gefolgschaft schleppt sie offenbar zum Liebesakt mit.

Ob sie ihm was ins Essen mischen? Er weiß es nicht. Jedenfalls stellt er mit belustigtem Staunen fest, daß er in der Lage ist, den Liebeshunger der Frauen zu stillen. Fröhlich verrichtet er, was zu tun ist, und hat Lust auf eine jede von ihnen. Ihre Leiber von der Farbe gebrannten Tons, ihre Herbstlaub-Lippen, die Massen schwarzer Haare, der strenge Geruch ihrer Körper nach Weibersaft, Schweiß und Pferd berauschen ihn wie ein starkes Getränk. Er braucht nur ihre heiseren Stimmen von draußen zu hören, und schon will er wieder.

Freilich, in der Luft geschwebt ist er nicht noch einmal. Das blieb ihm vorbehalten bei dem Priestermädchen ohne Haare, Blick und Stimme. Sie wurde ihm nicht wieder zugeführt. Nur in seinen Träumen fliegt er mit ihr dahin wie ein Falke übers Feld.

Seine vielen Geliebten reden auch mit ihm, aber nur über die alltäglichen Dinge. Ob er Hunger hat oder Durst, ob ihm warm sei oder kalt, ob ihm danach ist, sie von hinten oder von vorn zu nehmen und wo sie ihn berühren sollen, damit es ihm Spaß macht, das sind die Themen. Alle Fragen, die er selber stellt, werden entweder gar nicht beantwortet oder mit dem Hinweis, er möge nur die Zeit abwarten. Manche sagen auch: seine Zeit. Das beunruhigt ihn etwas, aber nicht zu sehr. Die viele Liebe und das gute Essen machen ihn träge. Er hat es gut, und sein Wunsch, zu entkommen, wird immer schwächer. Nur gelegentlich macht er sich Sorgen um Tabea, die er auch in Gedanken fast nur noch Tawa nennt. Eigentlich, so meint er, müßte sie ohne ihn besser auskommen.

Ist er denn noch derjenige, der auszog mit dem Maulesel des Poeten, Wein und Wolle zu kaufen in der Römerstadt? Er ist gewaschen mit den tausend Wassern des Himmels, gereinigt, getrocknet, gesalbt, geheilt, verwandelt durch Tränke und Zaubergebräue, der schwebende Liebhaber einer Priesterin, der Gefährte aller Weiber. Er stellt sich Tawas Gesicht vor, wenn er ihr erzählt, daß seine Arbeit hier ist, eine Kohorte von Kriegerinnen öffentlich zu vögeln, und er muß lachen.

Indes nehmen die Träume zu, in denen er über der Frau mit dem verzierten Gesicht schwebt. Das warnt ihn. Mögen die Götter verhüten, daß er sich verliebt. Er schimpft mit sich: Eine, die zeitweise nicht redet, hat wohl nicht genügt! Da muß jemand daherkommen, die weder sieht noch hört noch spricht, damit es dir im Herzen zwickt!

Die beiden, die ihn vor Zeiten, in seinem anderen Leben, an seinem Webstuhl besucht und ihm die Nadeln gemaust haben, erkennt er inzwischen nicht nur am Hemd mit den bunten Kanten. Er kann sie auch in ihrer Nacktheit sehr wohl auseinanderhalten. Besonders der Größeren, der mit den schmalen Augen und dem Leberfleck an der Oberlippe, ist er zugetan. Er fühlt sich ausnehmend wohl zwischen ihren teefarbenen Schenkeln und genießt die mahlende Bewegung ihres ausladenden Beckens, wenn er in ihr ist. Sie kommt häufig zu ihm, wie ihm scheint, häufiger als die anderen – aber auch sie ist stets in Begleitung, wenn sie zu ihm aufs Lager steigt.

Die halb belustigten, halb wohlwollenden Blicke, die sie ihm gibt, machen ihm Mut. Als sie einmal kommt, ihm das Essen zu bringen, packt er sie am Handgelenk. Sie hält still und sieht ihn von der Seite an.

»Warum kommst du nie allein zu mir?« fragt er.

Sie schüttelt den Kopf. »Das ist nicht möglich.«

»Sicher ist das möglich!« beharrt er. »Ich will mit dir reden.«

»Andere werden mit dir reden.«

»Andere? Wann?«

»Wenn die Zeit gekommen ist.«

»Das sagen mir alle. Sag du mir etwas anderes.«

»Nur reden?« fragt sie und zeigt im Lächeln ihre weißen Zähne.

»Was immer du haben willst, kannst du von Fillo bekommen«, erwidert er und küßt ihren Hals. »Aber ich muß auch reden.«

Sie sieht ihn an, mit gerunzelten Brauen.

»Ich will die Frauen fragen«, sagt sie.

»Komm heimlich!« bittet er. Da er das Wort im Getischen nicht kennt, sagt er: ohne anderes Wissen.

Sie schüttelt den Kopf, geht.

Nachts ist sie dann doch da, riecht bitter und klar nach Lorbeerlaub und nassem Wald und bewegt die geschwungenen Schenkel ruhig kreisend, als sei in ihrem Inneren ein Strudel, der alles ansaugt.

Sie tun ihr Werk still, denn gleich, als sie hereinkam, hat sie den Finger auf die Lippen gelegt. Er genießt es, in ihr zu verweilen, länger, als es bei diesen Paraderitten möglich ist, wenn sie vom Rhythmus des Klatschens und Rufens angefeuert werden, und sie zerfließt schließlich in einem tiefen unterdrückten Stöhnen, einer Liebeswehklage wie vom Ende der Welten her.

Sie liegen schweißgebadet nebeneinander. Dann flüstert sie: »Ah, das hat geschmeckt!« – der Begriff, mit dem die Skythen alles bezeichnen, was gut tut. Er hält die Zeit reif für seine Fragen.

»So ist es doch viel schöner«, bemerkt er. »Warum müssen wir die anderen dabei haben?«

Sie antwortet nicht.

Er versucht es aufs neue.

»Wie lange soll ich bei euch bleiben?«

»Gefällt es dir nicht?« fragt sie zurück. »Du hast Speise, Trank, Haus und Weiber.«

»Ich sitz gefangen. Werde träge. Ich weiß nicht einmal mehr, wie's draußen ist.«

»Kalt ist es draußen. Schnee kommt bald. Und träge bist du nicht. Nein, ganz und gar nicht.«

Sie lacht und reibt ihre Wange an der seinen.

Er läßt nicht locker.

»Sag mir, wie lange!«

»Das werden wir bald wissen!«

»Immer sprecht ihr in Rätseln.«

»Was ist daran rätselhaft?«

Er seufzt. Kann sie nur Frage mit Frage beantworten?

»Werde ich die Priesterin wiedersehen?«

»Du siehst sie wieder. Am Ende.«

»Am Ende wovon?«

»Am Ende des Liedes, das wir alle singen.«

Er kann mit ihren Worten nichts anfangen.

Sie legt ihr Bein über das seine, schiebt seine Hand unter ihren großen kühlen Hintern, streift seine Brust mit den Haaren. Schon am Rande des Schlafes ist er ihr noch einmal zu Willen.

Nichts wird sich ändern, denkt er.

Aber zwei, drei Tage später beginnen die Spaziergänge wieder. Als sie ihn das erste Mal aus der Hütte holen, taumelt er, schwindlig von der Attacke winterlicher Luft, die wie ein eisiger Sturzbach seine Lungen füllt.

Seine Frauen sind bei ihm, umhüllen ihn fürsorglich mit soviel Pelzwerk, daß nur seine Nasenspitze herausguckt, und geleiten ihn umher zwischen den bereiften Bäumen und den Hütten mit den Schneekristallen zwischen den Schindeln.

Zu seinem eigenen Erstaunen muß er weinen, und sie fragen ihn erschrocken, ob er lieber schnell ins Warme zurück wolle? Ob es zu kalt sei?

»Nein, nein!« ruft er. »Es schmeckt mir so gut!« Und sie müssen sehr lachen. Ein Gang durch die Winterkälte soll gut schmecken!

Immer häufiger geschieht es jetzt, daß die eine oder die andere Frau ohne Begleitung zu ihm kommt, was ihm viel lieber ist, denn er muß nicht im Takt der anderen antanzen, sondern kann sich seine Gangart selbst aussuchen. Die Barbarinnen scheinen ganz verwundert darüber zu sein, daß es allein zu zweit viel mehr Spaß macht als vor versammelter Kriegerinnentruppe. Offenbar hat seine Freundin vom Webstuhl (er weiß inzwischen, daß sie Ocha heißt) ihnen davon erzählt.

Er ist jetzt auch nicht mehr schläfrig, vielleicht, weil er im Freien spazieren geht, aber es kann auch sein, daß sie ihm weniger ins Essen oder Trinken mischen.

Häufig denkt er nach, was Ocha gemeint haben kann mit den Worten: »das Lied, das wir alle singen«. Er hat bemerkt, daß die Skythinnen nicht in umschreibender oder poetischer Rede sprechen, sondern es immer ganz genau sagen. Ist für diese Frauen der Verlauf eines Jahres oder ihres gemeinsamen Lebens gegliedert in Strophen, Rhythmen, Abläufe wie Musik? Und welche Rolle spielt er in dem Lied?

»Wie kommt es denn«, fragt er Ocha, die nun manchmal sogar an seiner Seite einschläft, »daß immer mehr Frauen allein zu mir kommen?« Und sie, wie beiläufig: »Das sind die, die es bereits wissen.«

»Die was wissen?«

Sie zeigt im Lächeln ihre Zähne. »Daß ihr Leib trächtig geworden ist.«

Er muß schlucken.

»Du meinst, daß sie – daß sie geschwängert worden sind?«

Sie nickt und schüttelte ihr Mähne.

»Du also auch?«

Wieder Nicken.

»Heißt das, daß ich aus dem Grunde bei euch bin – um euch Kinder zu machen?«

»Was sonst?« fragt sie zurück, offenbar belustigt über seine Begriffsstutzigkeit.

Ja, was hat er denn gedacht? Hat er in seinem verhurten römischen Sinn angenommen, er sei hier, um einer ganzen Amazonenpopulation zur Befriedigung ihrer Lüste zu dienen? Das wird als erfreuliche Nebenerscheinung genossen, gewiß. Aber er hätte sich doch wohl vorstellen können, daß für derlei Luxus in dieser kargen Welt kein Bedarf ist; daß, wenn es um Beischlaf ging, er der Fortpflanzung dienen muß, daß alle diese genauen Vorbereitungen, von seiner Auswaschung im Regen bis zum Schwebefick mit der Blinden und Stummen, nicht bloß aus lauter Lust und Tollerei geschehen sein konnten. Nichts könnte klarer sein.

Trotzdem bleibt er nach Ochas Fortgang wie betäubt zurück. Der kleine Pamphilus aus den Gärten des Sallust, der römische Straßenjunge als Stammvater eines neuen Geschlechts in den sarmatischen Bergen – das ist zu absurd, um gleich verdaut zu werden, und es schmeckt ihm nicht. Es schmeckt ihm ganz und gar nicht. Warum, beim Herkules (der ja bekanntlich in einer Nacht fünfzig Bälger gezeugt haben soll), mußten sie auf ihn verfallen? Sind die skythischen Kerle allesamt ausgestorben, daß sie einen armen römischen Siedler greifen, fesseln, knebeln, entführen und auf die umständlichste Art vergewaltigen müssen? Gibt es niemand anders, mit dem sich das Amazonenvolk verlustieren kann?

Er ist regelrecht wütend. Vor allem auf sich und seine Begriffsstutzigkeit.

Das also ist offenbar das Lied, das gemeinsam zu Ende gesungen werden muß – die Schwängerung dieser ganzen Frauenzimmer!

Und was, wenn nun eine, zwei, eine ganze Reihe von

ihnen nicht so schnell empfangen, wie man es hier zu wünschen und anzunehmen scheint, was, wenn einige unfruchtbar sind? Ist das Lied dann eine unendliche Melodie? Ist dann Fillo, als der Zuchthengst, sein Lebtag hier eingesperrt bei üppigen Fleischgerichten und stimulierenden Kräutertränken – ein Leben, bestehend aus essen, trinken und beschälen?

Es muß etwas geschehen. Das, was geschehen muß, ist, daß nichts mehr geschieht. So einfach ist das.

Der nächsten Frau verweigert sich Fillo; – es ist übrigens eine der anziehendsten Personen der ganzen Truppe, eine zarte, fast flachbrüstige Kleine, deren rauhe Reiterinnenhände und eisenharte drahtige Schenkel in krassem Gegensatz stehen zu der Zartheit ihrer Taille. Er verweigert sich auch, als, offenbar alarmiert, eine Gruppe von Vieren auftaucht und ihn auffordert, mit einer von ihnen das zu tun, was sie für seine Pflicht halten.

Er muß sich dazu mächtig zusammennehmen. Offenbar ist es viel einfacher, den Hahn dieses Hühnerhofs abzugeben, als, verdammt nochmal, die Zähne zusammenzubeißen und den keuschen Attis zu spielen. Allzu schnell hat sich sein Fleisch daran gewöhnt, zu bestehen. Als schließlich auch noch Ocha kommt, ihn zu versuchen, wird es wirklich sehr schwer, aber er bezwingt sich, läßt sich auf nichts ein und entzieht sich, obschon ziemlich derangiert, ihren ruhevollen Versuchen, die den Annäherungen einer schönen Kuh gleichen, die sich an dir reiben will.

Sie geht mit einem ärgerlichen Lachen und einer Falte zwischen den Augenbrauen.

Mit sich selbst uneins, bleibt er zurück. Soviel dürfte sicher sein, daß sie das nicht auf sich beruhen lassen. Was wird geschehen? Werden sie ihn vielleicht festhalten und zwingen? Wie, in Priapos Namen, soll er sich da wehren? Männer sind hilflose Geschöpfe, und ihr Kopf hat keine Macht über andere Körperteile, jedenfalls meistens nicht.

Aber zunächst bleibt alles ganz ruhig.

Sie tun, als wenn gar nichts vorgefallen wäre. Sie bringen ihm seine Nahrung, gegen die er sehr mißtrauisch ist. Aber zum Glück ist er ja kein solcher Gierschlund. Er ißt nur Früchte, Eier, Ungekochtes, meidet zusammengesetzte Speisen, läßt alle Tees und Absude stehen und trinkt das Wasser, von dem er meint, daß es einfach nur wie Wasser schmeckt. Andererseits können diese Weiber so unterweltlich gut Tränke brauen, daß sie es wohl auch schaffen, ihm das Wasser mit Aphrodisiakum zu versetzen, ohne daß er es schmeckt.

Jedenfalls, daß seine Enthaltsamkeit im Essen ihm die fleischliche Enthaltsamkeit leichter macht, das kann er nicht feststellen.

Die Tage gehen dahin, und die Frauen machen nichts. Das kennt er schon. Erstmal ist alles ruhig. Er denkt, sie müssen sich beraten, und wahrscheinlich müssen sie sogar an anderem Ort anfragen, denn hier hat er nie beobachtet, daß das Kommando bei einer Person bleibt. Das wechselt von Tag zu Tag. So richtige Bestimmerinnen scheint es in diesem Heer nicht zu geben.

Und er hat recht. Nach ein paar Tagen und Nächten, die er allein verbringt und sich ziemlich quält, treffen zwei Frauen in seiner Hütte ein, die er noch nie gesehen hat. Im Gegensatz zu den Kämpferinnen sind beide alt – das heißt, die eine hat zwar das wilde dunkle Haar der hiesigen Bevölkerung, aber ihre Augenbrauen leuchten weiß wie Taubenfedern in dem zimtfarbenen Gesicht. Sie ist knochig gebaut und hält sich sehr gerade. Die zweite zeigt ihr Haar nicht, sondern hält es unter einer Pelzhaube versteckt. Sie ist winzig und dünn und hat die verkrümmten Beine von Leuten, die von klein auf zu Pferde gesessen haben.

Als er aus seiner Fensterluke guckt, sieht er ihre schön geputzten Zottelgäule draußen, die weißen Dampfatem in die Winterwelt schicken.

Er begrüßt die zweifellos hohen Frauen mit geziemender Ehrfurcht und einem Kniefall, obwohl er nicht einmal weiß, ob sie diese Geste verstehen. Sie betrachten ihn –

mehr neugierig als befremdet, als ob er ein skurriles Vieh wäre, wie es die Feldherrn Roms manchmal als Beute auf ihren Triumphzügen mit sich führen, herbeigeschleppt aus fernen Ländern.

Sie setzen sich mit gekreuzten Beinen, ohne ihn aufzufordern, es ihnen gleichzutun. Sie holen aus ihren ledernen Beuteln ein Röllchen getrocknetes Kraut hervor, das sie sich in die Backentasche schieben, um darauf herumzulutschen. Fillo kennt das Zeug inzwischen. Es beruhigt und macht einen klaren Kopf.

Ihm bieten sie nichts davon an.

Sie zeigen ihm ganz deutlich, wie seine Stellung hier ist und was sie von seiner Rebellion halten.

Nach einem längeren bedeutungsschwangeren Schweigen, während dessen sie an ihren Blättern herumzuzeln und er vor ihnen herumsteht, fängt schließlich die mit den weißen Augenbrauen an und fragt ihn, warum er sich weigert, den Frauen zu dienen.

»Solchen Frauen wie diesen Kriegerinnen zu dienen, ist immer etwas, was sehr gut schmeckt«, erklärt er in seinem putzigen Getisch. Freilich müsse man auch einmal die Umstände bedenken. Man habe ihn ohne sein Einverständnis von der Straße weggestohlen und er habe nicht einmal bei Tawa, seiner römischen Frau, Bescheid sagen können, daß er aufgehalten werde. Auch habe ihn niemand gefragt, ob er diesen Dienst zu leisten willens wäre, man habe ihn vielmehr mit sanfter Folter und Rauschtränken dahin gebracht, es zu tun.

Die beiden Würdenträgerinnen wechseln einen verwunderten Blick. Es ist offensichtlich, daß sie die Vorstellung nur belustigt, man könne einen wie ihn um sein Einverständnis fragen, wozu auch immer.

»Du willst widersetzlich sein?« fragt die Krummbeinige jetzt, und es klingt drohend. Sie benutzt das Wort, mit dem sie ein Pferd bezeichnen, das nicht unter der Reiterin geht.

Er lacht. »Wie könnte ich, da ich doch in eurer Gewalt

bin? Zumal«, fügt er beflissen hinzu, »ich den Dienst bei den Kriegerinnen genieße.« (Er sagt: gern esse.)

»Was also willst du dann?«

»Ich will es wissen! Hohe Frauen, ich bin ein Fremdling. Unsere Bräuche sind von den euren sehr verschieden. Ich verstehe gar nichts. Nicht, was mit mir geschieht, noch, warum es geschieht. Bei uns Römern ist es so, daß Männer und Frauen gemeinsam leben. Die Frauen hüten das Haus, die Männer führen die Waffen. Wie ist es bei euch? Warum sind die Kämpferinnen allein? Habt ihr keine Männer? Warum muß ich für die künftigen Kinder sorgen? Ich weiß das alles nicht.«

Er hat sanft, bittend gesprochen.

Die Frauen sehen sich an, dann brechen sie in prustendes Gelächter aus. Sie schlagen sich vor Vergnügen auf die Schenkel, und der Kleinen entfährt sogar vor Lachen ein Wind, worüber sie sich noch mehr erheitern. Dann verlassen sie Fillos runde Hütte, ohne ihn eines Abschiedsblickes zu würdigen. Aber inzwischen kennt er sich aus. Sie werden gewiß wiederkommen. Erst müssen sie sich beraten, oder wer weiß, was sie sonst tun. Jedenfalls brauchen sie Zeit.

Als sie wieder da sind, bitten sie ihn, sich zu setzen – sicher ein gutes Zeichen. In ihren Augen ist immer noch Belustigung zu lesen.

Wieder beginnt Frau Weißbraue. Sie sagt, sie hätten sich kundig gemacht inzwischen, vor allem, was er über die befremdlichen Bräuche seines Volkes erzählt habe, und sie wüßten nun, daß er ein ausgemachter Lügner sei.

Er sieht sie verständnislos an.

Frau Krummbein übernimmt nun das Wort.

Alle Kämpferinnen hätten ihnen versichert, daß auch bei den Römern die Männer allein lebten, in Camps, wie es sich gehöre. In den steinernen oder hölzernen Verliesen, die man Garnisonen nenne, seien einzig sehr gut bewaffnete Männer zu sehen. Wo die Frauen trainieren, wisse man freilich nicht, aber allgemein werde angenommen, zu

Haus jenseits des Meeres – da sie, die Frauen, als die besseren Kämpferinnen zur Verteidigung der vielberühmten Stadt Rom zurückbleiben würden. Des weiteren sei eine Lüge, daß die Frauen das Haus hüten würden. Ocha hier und die anderen hätten alles sehr genau beobachtet. Tawa, die Römerin, sei es gewesen, die das Feld beackerte, wie es für Frauen der Brauch ist. Er dagegen, Fillo, habe sich im Haus jenen feinen Künsten gewidmet, die dem schwachen männlichen Geschlecht anstünden und um derentwillen sie, die Skythinnen dieses Stammes, ihn erwählt hätten zu dem, was er jetzt die Ehre habe zu tun. Schließlich besäße er Nadeln – Gegenstände, die hundertfach mehr zu bewundern seien als plumpe eiserne Waffen.

Dazu kann man zunächst einmal nur schweigen, denn wo sollte man anfangen mit dem Berichtigen? Statt dessen entschließt er sich, die Hohen Frauen zu bitten, ihn, als einen unwissenden Barbaren, doch nun endlich aufzuklären. Es sei ja wunderbar, wie sehr sie die römische Ordnung durchschauen würden. Er hingegen verstünde die in Sarmatien immer noch nicht, noch das, was mit ihm geschähe und warum.

Weißbraue nickt zustimmend und beginnt dann:

»Alles hat mit euch Römern zu tun. Seit ihr am Meeressaume sitzt wie eine Schildkröte, die ihre Eier in den Sand legt, in der Erde herumwühlt und eure Festungen errichtet, ist bei uns einiges durcheinandergeraten.

Wie es die Sitte von altersher verlangt, leben bei unserem Volk – wie auch bei den anderen Clans der Berge, die ihr Geten, Skythen oder Sarmaten nennt – Kriegerinnen und Krieger in getrennten Lagern, um zu reiten, zu jagen, Waffen zu bauen und zu kämpfen, wenn es untereinander notwendig erscheint oder wenn eine Gottheit es fordert, wobei natürlich die Frauen, aufgrund ihrer besonderen Kunst, mit den Pferden umzugehn und den Bogen zu handhaben, als die Vornehmeren gelten. Auch sprechen nur mit uns die Gottheiten.«

Hier macht Fillo den Mund auf und holt Luft zu einer

Entgegnung, was ihm einen strafenden Blick von Krummbein einträgt und ein warnendes Räuspern von Weißbraue, die nach einer kleinen Pause fortfährt:

»Dein Gefrage halte zurück, bis unsere Reden vollendet sind und wir dich dazu auffordern.«

Er senkt den Kopf und fragt dennoch: »Verzeihung, Hohe Frauen, aber ich verstehe nicht. Bedenkt, daß wir Römer von weither kommen und nahezu nichts von dem wissen, was euch selbstverständlich ist. So gestehe ich, nicht zu wissen, wo ihr, Erhabene, herkommt, wo eure Kinder und Enkel sind, die säugenden Mütter und die Alten ...«

Die beiden sehen sich an, und es zuckt um ihre Mundwinkel.

»Wir leben natürlich in den Langen Häusern«, sagt die zweite. »Nur Kämpferinnen und Kämpfer wohnen in Runden Hütten. Der ganze restliche Stamm ist in den Langen Häusern. – Und jetzt spitzt er schon wieder den Schnabel zu einer Frage, und ich lese es von seiner Nasenspitze ab, daß er gleich wissen will, wo die Kinder herkommen!«

Und nun können sie wieder nicht an sich halten und lachen, bis ihnen die Tränen kommen. Fillo sieht verlegen vor sich hin.

»Im allgemeinen, Fillo der Weber, werden Kinder in der ersten Nacht des neuen Mondes gezeugt, wenn in der Dunkelheit Kriegerinnen und Krieger ihre Waffen ablegen und unerkannt zueinander kommen. Oder aber, es ist ein Krieg. Dann wird jeder gefangene Kämpfer so lange gezwungen, eine Feindin nach der anderen zu beschlafen, bis er vor Erschöpfung zusammenbricht. Wenn er sich gut gehalten hat, erweisen ihm die Weiber Ehren. Aber wenn er ein Schlappschwanz war, wird er verspottet. In jedem Fall wird er dann entmannt und zu seinem Volk heimgeschickt. Wir aber haben seinen guten frischen Samen in uns.«

Fillo blinzelt. »Heißt das«, sagt er mit belegter Stimme, »daß mir ein solches Schicksal auch bevorsteht?«

Die beiden schütteln so energisch die Häupter, als sei es nur ein Haupt.

Er sei ja kein Kriegsgefangener, sagen sie, sondern etwas anderes. Was, das würde er schon noch erfahren. Und er denkt: hoffentlich.

»So also lebten wir in Eintracht miteinander«, fährt Weißbraue fort, »Frauen und Männer und die anderen Völker, bis auf das, was uns die Gottheit an Kämpfen gebot oder die Not – wenn es um Jagdgründe geht etwa, um Weideland oder ein paar Pferde besserer Zucht. Und dann, wie gesagt, kamen die Römer.

Wir, die Frauen, sahen uns das mit Achselzucken an. Mochten sie doch da draußen herumkramen, solange sie nicht über die Berge und ins Landesinnere wollten. Man kam mit ihnen aus. Man konnte irgendwas ertauschen, wie die schönen Gewänder, die du gemacht hast, oder Schmuck. Eure Waffen fanden wir zwar erstaunlich anders, aber den unseren nicht überlegen. Vor allem, da wir ja nicht vorhatten, uns mit euch im Kampf zu messen.

Aber leider, das männliche Geschlecht ist seltsam und immer gut für Überraschungen. Stets begehrlich ist es, zu Unmaß neigend und insgeheim aufsässig gegen die angestammte weibliche Herrschaft. Und so waren die Männer denn auch förmlich geblendet von dem, was es in römischen Hütten und Garnisonen alles gab. Vor allem stachen ihnen die Waffen der römischen Legionäre ins Auge. Das biegsame Eisen der Schwerter, das nie splitterte, die Wurfspieße mit der weicheisernen Spitze, die sich in der Wunde umbiegt und im Körper oder im Schild des Opfers steckenbleiben kann, die Messer und Dolche, so scharf, daß man damit eine Feder in der Luft zu spalten vermag – das fesselte sie und lockte sie an, wie Gimpel die Leimrute. Und so geschah denn etwas ganz Unerhörtes: Die Männer gingen zu den Frauen und forderten sie auf, einen Krieg zu machen.

Du guckst uns an, Fillo, mit runden Augen! Begreifst du, wie sehr gegen alle Natur so etwas ist? Armer Barbar, sollte bei euch die Verkehrtheit so weit gehen, daß den Männern erlaubt ist, Rat zu halten und Pläne zu machen?«

Er sagt nichts, sieht sie an und zuckt hilflos die Achseln, und Krummbein schnaubt verächtlich durch die Nase.

»Die Männer verschiedener Stämme«, fährt Weißbraue fort, »merke wohl: verschiedener! – sie hatten sich untereinander verständigt! – redeten zu den Würdenträgerinnen. Uns Frauen war natürlich klar, was dahinter steckte.«

Sie macht eine Pause und sieht ihn herausfordernd an, und er schlägt die Augen nieder. Ihm ist überhaupt nicht klar, was dahintersteckt.

»Nichts auf der Welt kann klarer sein! Rebellion war angesagt in den Runden Hütten der Krieger! Aufruhr wider die alten Sitten! Was gingen uns denn die Römer an? Die Gottheiten hatten uns nicht zum Kampf gegen sie aufgefordert. Es störte uns nicht weiter, daß sie da an der Küste herumkrochen. Gewiß, ihr Verhalten ist oft roh und albern, aber wenn man ihnen aus dem Weg geht, kommt man ganz gut mit ihnen aus.

Aber nein, die Männer wollten sie unbedingt ins Meer jagen, sich ihrer Häuser bemächtigen und darin herumsitzen, ihre häßlichen, den Geist verstörenden Getränke saufen und vor allem in ihren Waffen herumstolzieren.

Nun, die Mütter schlugen ihnen die Sache ab – noch immer langmütig und voller Verzeihen ihren Schwächen gegenüber, die ihnen nun einmal angeboren sind und mit denen wir leben müssen. Aber meinst du, sie gaben nun Ruhe?«

Beide seufzen tief und blicken sorgenvoll vor sich hin.

Fillo schwirrt der Kopf. Seine Verwirrung über das, was man ihm hier anvertraut, ist kaum zu überbieten. Und außerdem ist er ganz perplex, wieviel Getisch er versteht inzwischen.

»Aber das ist überhaupt erst der Anfang!« nimmt jetzt Krummbein den Faden auf, da Weißbraue offenbar schon die Zunge am Gaumen klebt. Ihre Stimme ist ein Raunen, ein lautes Flüstern. Offenbar ist das, was sie zu sagen hat, so schrecklich, daß man es nicht in die Welt posaunen darf.

»Gingen die Männer etwa still und belehrt in die Runden Hütten zurück und dachten über ihre Fehler nach? Nein, denn es ist ihre Art, hochfahrend zu sein, besserwisserisch und ruhelos. Nun wollen sie ohne die Kriegerinnen gegen die Römer vorgehen! Aber dahinter steckt noch mehr. Es soll dergleichen schon einmal gegeben haben, früher. Sind sie erst im Besitz der römischen Waffen, so werden sie diese gegen uns kehren.«

»Aber warum sollten sie so etwas tun?« fragt Fillo begriffsstutzig. Das ganze Männer-Weiber-Hin-und-Her leuchtet ihm überhaupt nicht ein. Er fühlt sich verängstigt und beginnt zu schwitzen.

»Sie wollen«, sagt Weißbraue, düster wie eine Gewitterwolke und ebenfalls mit gedämpfter Stimme, »die Ordnung zwischen uns und sich umkehren. Sie wollen das Sagen haben. Sie wollen innerhalb der Völker die Ersten sein.«

Und die Blicke der Würdenträgerinnen sind so voll Anklage, Zorn und Entrüstung auf Fillo gerichtet, daß er ganz klein wird.

Auf was diese Männer nicht alles kommen! Wenn es nicht so bedrohlich wäre, würde er jetzt loslachen. Er beißt sich auf die Lippen und versucht, kleinlaut auszusehen. Und er hat es wirklich dringend nötig, Fassung zu bewahren, als die Kleine nun mit der schlimmsten Sache herausrückt.

Sie sagt: »Um gegen die Römer zu siegen, wollen die Männer sich nun allein vermehren.«

So was ist ihm noch nie passiert, weder jetzt noch zu den Zeiten, als er noch Pamphilus hieß; er ist einfach umgekippt.

Hätte er bloß nicht nach diesen Erklärungen verlangt! Die sind ja komplett verrückt, diese Weiber! Sie sind bei ihm, benetzen ihn, klopfen ihm die Wangen, halten ihm Riechkraut, getrocknetes, unter die Nase, reden und summen durcheinander, – aber er ist im Moment nicht bereit, auch nur ein Wort Getisch zu verstehen. Nein, danke.

Was haben sie als nächstes mit ihm vor? Wozu ist er, ein Wesen minderen Werts, nämlich ein Mann, eigentlich ausersehen? Sind diese sich angeblich selbst vermehrenden Männer vielleicht in den Bettstreik getreten wie die Weiber Griechenlands in jener Komödie, die er in Rom einmal in einer nicht sehr feinen Bearbeitung beim Straßentheater sah, und er muß nun den Aushilfshengst für die ganze Truppe verschrobener Barbarinnen abgeben – und am Ende verwechseln sie ihn dann doch noch mit einem Kriegsgefangenen?

Er hat es satt. Er hat eigentlich nur noch eins im Sinn: Weg um jeden Preis. Weg noch heute nacht. Lieber in der Wildnis von den Bestien zerrissen werden, als weiterhin Opfer dieser unverständlichen Geschöpfe sein.

Sie schnattern durcheinander. Das kennt er schon, diesen Jubel, wenn ihr Spielzeug die Augen aufschlägt und sich belebt! Dies und das bieten sie ihm an, förmlich aufdrängen will man ihm stark duftende Gerichte und schäumende Absude, aber er schüttelt den Kopf. Nichts da. Damit sie ihm wieder etwas einflößen, was entweder benebelt oder aufputscht, was ihn müde macht oder ihn in einen priapeischen Bock verwandelt, damit er vielleicht die zwei Altmütter auch noch bespringen kann …

Er rollt sich auf die Seite und murmelt, das Gesicht zur Wand: »Ich bin erschöpft, Kriegerinnen. Das Gespräch mit den Hohen Frauen hat mich erregt und ermüdet. Können wir es auf morgen verschieben? Ich muß schlafen.«

Sie tuscheln und gickern und raunen. Schließlich sagt Weißbraue: »Wir stimmen zu. Morgen werden wir dir sagen, welches Lied du zu singen ausersehen bist. Heute soll Ocha dich pflegen.«

Welches Lied zu singen er ausersehen ist! Genau das ist es, was er überhaupt nicht erfahren möchte. Er möchte keine Lieder singen, sondern tun und lassen, was ihm gefällt. Weggehn.

»Ocha«, sagt er zu der schönhüftigen Gefährtin angenehmer Nächte (o ja, das waren sie!), »ich brauche schnellen tiefen Schlaf. Gib mir den Saft, der einschlafen macht.«

Dies sagt er aus List, weil er annimmt, daß sie ihn nach so einem Schlummertrunk nicht bewachen werden. Sicher sind sie alle darauf erpicht, mit den bedeutenden Frauen, die zu Gast sind, zu feiern.

Es gelingt ihm auch, Ocha hinters Licht zu führen. Als sie sich einmal wegdreht, gießt er das ganze schöne Elixier auf den Boden. Freilich hatte er nicht damit gerechnet, daß das Zeug so einen betäubenden Duft verbreitet, aber er sagt ganz harmlos: »Ach, jetzt hab ich doch was verschüttet. Aber es wird schon ausreichen.«

Ocha will ihn streicheln, doch er hat sich schon bis zu den Ohren in die Felldecke gehüllt, zieht die Beine an den Leib und schließt die Augen.

Dann schießt ihm eine Frage für hundert andere durch den Kopf, und die muß er aussprechen: »Warum müssen sich die Männer eigentlich selbst – ich meine, selbst vermehren, wenn sie was gegen euch Frauen ausrichten wollen?«

Sie wirft das schwere Haar über die Schulter und lächelt gutmütig: »Na, die paar Männer ...!«

»Wieso? Es gibt doch bestimmt genauso viel Männer wie Frauen?«

»Bei euch Römern vielleicht«, entgegnet die schöne Kriegerin. »Wir legen es nicht darauf an, sie aufzuziehen. Wir suchen nur ein paar aus.«

»Du meinst, die anderen männlichen Kinder ...«

»Die bleiben nicht am Leben, was denn sonst. Schlaf, Fillo. Bis morgen.«

Sie geht, und obwohl er das erwartet hatte, ist ihm schlecht vor Entsetzen. Seine prächtigen Amazonen betreiben also Zuchtwahl und lassen nur soviel Männchen übrig, wie unbedingt notwendig sind, damit sie ihnen nicht gefährlich werden können. Feine Gesellschaft! denkt er grimmig. Und dann fällt ihm ein, daß ihn seine Eltern als Kind schuldenhalber in die Sklaverei verkauften, und danach denkt er dran, daß man in Rom unerwünschte weibliche Kinder aussetzt – aber seine Aufregung wird dadurch nicht geringer. Er muß hier weg.

Wirklich ziehen sie den Wachposten ab, nachdem sie sich noch einmal vergewissert haben, daß er schläft. Sie legen Holzkohle auf dem Feuerkorb nach, damit er's schön warm hat, und lassen das Tongefäß stehen, mit dem sie den Brand morgens von Rundhütte zu Rundhütte tragen. Das Gefäß wird von ihnen die »Feuermutter« genannt. Auch Zündschwämmchen liegen daneben, wie von den Göttern vergessen. So kann er ein Stückchen Glut mitnehmen in die winterliche Welt, das rettet ihn vielleicht.

Daß die Tür nicht verschlossen ist, weiß er. Nachdem sie ihn in den Regen gesperrt hatten, schließen sie ihn nicht mehr ein, bewachen ihn nur.

Er späht durch die Luke.

Stimmen und Gelächter sind zu hören. In einigen Rundhütten lodert Lichtschein. Da werden sie feiern, Fleisch essen und palavern mit den Besucherinnen und nicht allzu wachsam sein.

Was für ein Glück, daß noch kein Schnee liegt! Nur die Bäume und die Dächer tragen ihre Reifkruste.

Sicher wäre es besser zu warten, bis sie schlafen, aber er kann es nicht. Keine Stunde länger hält er es aus. Rettung oder Tod, eins von beiden.

Er rafft zusammen, was er an Fell und Wolle mitnehmen kann, ohne daß es ihn allzusehr behindert, hüllt sich in die getischen Kleider, die ja warm genug sind, bestückt die Feuermutter mit Glut und Zunder und stößt entschlossen die Tür auf.

Es ist windstill. Sterne sind am Himmel.

Er beschließt, noch den Weg zum Vorratshaus zu riskieren, um wenigstens über den ersten Tag noch etwas zu essen zu haben. Vorsichtig schleicht er sich an den Kochstellen vorüber. Die Feuer sind bereits mit Asche abgedeckt.

Drin ist es so finster, daß er den Deckel der Tonkruke lüften muß, um sich zurechtzufinden.

Da ist Dörrfleisch in Streifen, da sind jene zarten wohlschmeckenden Wurzeln, die man auch ungekocht essen kann, da jene Blätter, die man einrollt und kaut, um klaren Geist und heiteren Sinn zu erhalten und die seine beiden Gesprächspartnerinnen heute nahmen. Er greift sich von allem etwas. Sie haben ja reichlich.

Als er wieder draußen ist, sieht er seitlich vom Vorratshaus beinerne Speerspitzen zur Luke herausragen. Das muß so etwas wie ihr Arsenal sein.

Er zögert. Eigentlich hatte er nie an eine Waffe gedacht. Aber vielleicht wäre ein Speer nicht schlecht? Man könnte ihn als Wanderstab benutzen, und er besitzt ja auch abschreckenden Wert. Jagen kann er sowieso nicht. Und sicher braucht man so etwas wie ein Messer.

Vorsichtig betritt er den unbekannten Raum. Es ist sehr warm hier.

Behutsam, damit es nicht klappert, zieht er einen Speer aus dem Bündel. Gut. Da sind die hohen kunstvollen Bögen, mit denen kann er überhaupt nichts anfangen. Im Schein seiner Kohlenpfanne tappt er weiter. Ihm ist, als wenn irgend etwas atmet, aber wahrscheinlich ist es nur sein eigener erregter Atem, den er hört.

Er findet auch bronzene Dolche und nimmt einen zu sich.

Und dann beleuchtet das schwache rötliche Licht des Feuers einen Menschen.

Mit beiden Händen hält er die Kruke fest, und der Schrei bleibt ihm im Hals stecken.

Vor sich sieht er das rot und blau tätowierte Gesicht, den kahlen Schädel, die wimpernlosen Augen der Priesterin, die er so glorreich im Schweben begattet hatte.

Sie kann nicht sehen. Sie kann nicht hören. Sie kann nicht rufen. Das sagt er sich.

Trotzdem zittert er wie ein Rohr und wagt sich nicht von der Stelle.

Das bunte Maskengesicht dreht sich ganz langsam zu ihm. Die Lider regen sich nicht. Die Pupillen sind groß. Der dunkel gesäumte Mund öffnet sich leicht. Sie scheint etwas zu schmecken, eine Berührung zu empfangen.

Er hebt die Feuermutter etwas höher. Auch das Gesicht hebt sich. Er senkt die Kruke wieder. Das Gesicht geht mit. Es folgt der Wärme.

Er nimmt das Gefäß in eine Hand und nähert die andere dem Gesicht. Sie schnuppert. Er streckt die Finger aus. Sie zuckt zurück, ohne daß sich ihre Lider bewegen.

Vorsichtig, als befände sich zwischen ihr und seinen Fingern eine Schicht Schnee, fährt er an ihrem Arm herunter. Es ist, als habe er sie an einem unsichtbaren Faden. Wenn er die Hand hebt oder senkt, immer folgt der Arm, stets in gleichem Abstand. Endlich greift er nach ihrer Hand. Sie stößt einen kleinen rauhen Tierschrei aus. Sie widerstrebt. Aber er hält sie fest und führt die Hand zu seinem Gesicht. Jetzt hat sie begriffen. Ihre Finger tasten ihn ab, Stirn und Augenbrauen, Augenlider, Nase und Mund, Wangen und Kinn. Sie hat warme, trockene Haut, er glaubt zu fühlen, wie in ihren Fingerspitzen das Blut pulsiert.

Sie lächelt. Hat sie ihn erkannt?

»Komm«, sagt er entschlossen.

Sie kann ihn nicht hören. Aber so dicht vor ihrem Gesicht, wie er gesprochen hat, muß sie den Luftstrom des Atems gespürt haben.

Sie nickt.

Er legt ihr von seinen Sachen um, denn sie trägt nichts außer einem Hemd aus Leder, Schuhen und einem Halsschmuck. Sie hält dabei still. Dann faßt er sie an die Schulter. Aus der Tür hinaus muß er sie noch lenken, auch aus dem Camp. Aber dann muß er sie nur noch ganz zart berühren. Sie fühlt alles.

Er lenkt sie in die Richtung, aus der Bonenti weht.

Schon zu Beginn des Waldes ist sie es, die führt.

Warum hat er sie mitgenommen?

Was anders sollte sie für ihn sein als eine Behinderung? Sie ist blind, taub, stumm, mag sie noch so fein spüren, fühlen, wittern. Eine Person mehr, die ißt. Und mit ihr werden sie ihn bestimmt erbitterter verfolgen, unnachsichtiger einfangen.

Aber vielleicht, überlegt er – um einen vernünftigen Grund fürs Unvernünftige zu finden – kann er sie als eine Art Geisel benutzen? Vielleicht lassen sie ihn laufen, wenn sie dafür sie wiederbekommen? Das scheint ihm ein guter Gedanke zu sein, und eine Weile kann er sich direkt schlau vorkommen, wie sie so dahingehen, obwohl er in seinem Innersten weiß, daß solcherart seine Gründe nicht waren.

Sie geht sehr ruhig vor ihm her. Da sie keinen Tag kennt, kennt sie auch keine Nacht. Hindernisse fühlt sie schon, bevor er sie sehen kann, und bringt ihn sicher vorbei.

Sie stößt an keinen Stein. Ihre Zehen scheinen Fühler zu haben. Kein Ast streift ihre Stirn. Gelassen bückt sie sich oder biegt ihn zur Seite. Es ist ein stetiges Gleiten.

An Stellen, die für ihn pfadlos scheinen, bleibt sie stehen, verhofft wie ein Wildtier, hebt das bunte Gesicht in den Wind, schmeckt die Luftströme ab, verkostet heiß und kalt mit weit offenen Nüstern, erriecht Stein und Erde. Dann faßt sie ihn an der Hand und zieht ihn weiter.

Manchmal stößt sie diese rauhen Tierlaute aus. Fillo denkt, daß sie nicht weiß, daß sie es macht.

Sie gehen die ganze Nacht durch. Irgendwann stolpert er nur noch vorwärts. Er schleppt das Essen und den Speer und hält die Feuermutter fest, vergißt auch nicht, die Glut von Zeit zu Zeit zu nähren. Als es hell wird, bittet er sie durch Berührung zu rasten.

Unter einem felsigen Überhang legen sie sich erst nebeneinander, dann, wegen der Kälte, ineinander verknäult in die Felle und Woilache.

Sie schlafen schnell ein.

Dann kommt der Schnee.

Fillo spürt ihn noch im Schlaf – als sanftes, wärmendes Gespinst, als Kokon, in dem man wohnen kann. Ein großes Insekt spinnt ihr Netz um sie, sie zu schützen, zu bergen, zu verstecken. Schwer liegt er auf den Fellen, feucht auf dem Hals. Der Felsen bot kein Dach, es hat hereingeweht.

Er schlägt die Augen auf und begreift, daß sie verloren sind. Unaufhaltsam werden sie ihn nun finden, ihn und sie. Uns.

Sie hat sich bereits aufgerichtet und hält ihr wunderschönes Maskengesicht den Flocken entgegen wie eine Blume, die die Sonne sucht. Sie schmeckt das mit den Lippen, lächelt.

»Ach, bei den Göttern dieser Himmel!« redet er und weiß, daß sie ihn nicht hört. »Wie kannst du lächeln? Das Glück hat uns verlassen. Unsere Spuren verraten uns. Was wird mit uns geschehen, wenn sie kommen?«

Nichts von seiner Verzweiflung dringt in die Dunkelheit, in der sie heimisch ist. Sie füttert die Feuermutter sorgfältig, bläst die glimmenden Funken an. Sie essen, aber sie nimmt kein Fleisch und kaut nur an den Wurzeln.

Dann packt er ihre Sachen zusammen. Es schneit noch immer, und er ist voller Ungeduld. Solange es weiterschneit, werden die Spuren verweht. Nur noch ein Stückchen weiter. Fliehen, fliehen.

Das Gehen wird beschwerlich. Sie heben mühsam die Füße. Immer häufiger bleibt sie stehen, kraust die Nase und hebt die Oberlippe, als wittre sie störende Dünste.

Immer häufiger rasten sie.

Als es dämmrig wird, hört der Schneefall genauso

plötzlich auf, wie er gekommen ist. Sie gehen noch eine Weile weiter, aber sie ist nun sehr müde und stapft immer langsamer voran. Es scheint, als ob der Schnee ihre wundersame Fähigkeit, den Weg zu erriechen, erfühlen und ertasten, sehr einschränkt. Immer wieder bleibt sie stehen, dreht den Kopf hin und her, stößt Laute aus. Sie hat fast nichts gegessen. Irgendwann läßt sie sich zu Boden fallen.

Fillo hüllt sie so warm ein, wie es nur geht. Er füttert die Feuermutter, packt den Tontopf ein in ein Gewebe und setzt ihn zwischen sie beide. Sie kriechen heran an die Wärmequelle, ringeln sich darum, um den Lebenskern inmitten der Schneewelt.

Als es hell wird, ist er als erster wach. Blinzelnd gegen die blendende Weiße, sieht er ihre tief gefurchten Spuren im Schnee. Auf dieser Seite kommen sie an. Auf jener Seite führen sie fort. Wir sind im Kreis gegangen.

Hat sie der Schnee so verwirrt? Kennt sie nur einen Weg, aber kein Ziel, zu dem der Weg führt und geht also ohne Ermüden rundum? Oder hat sie niemals vorgehabt, ihn zu retten, sondern ist zu seinem Verderben mit ihm unterwegs? Er rüttelt sie an den Schultern, und sie fährt mit einem dumpfen Brüllen auf und schlägt um sich.

»Wir haben ein Schneetänzchen vollführt«, schreit er sie an, zu allem noch in Latein – aber es ist ja gleich, in welcher Sprache sie ihn nicht hört. »Hast du das gewollt, ja? Hast du das gewollt?«

Sie klammert sich an ihn, stößt ihre Laute aus, dreht den Kopf, als suche sie nach einem Ausweg aus der Falle.

Voller Scham zieht er sie an sich, streichelt die zuckenden Schultern. Sie beruhigt sich.

»Es ist ja gut«, sagt er. »Es ist schon gut. Nun ist alles gleich. Du verstehst nicht. Ich verstehe nicht. Laß uns nebeneinander sein, solange wir es noch können. Führ mich weiter, ins Verderben oder in die Freiheit. Auch das ist gleich. Sei nur ruhig.«

Ja, sie wird ruhig. Sie hebt den Kopf, und noch einmal

ertasten ihre Finger sein Gesicht, wie sie es tat in der Wärme und Dunkelheit der Waffenkammer.

Dann brechen sie auf.

Sie geht jetzt stetig, ganz gleichmäßig, scheinbar ohne die Zeichen zu deuten. Fillo ist sich sicher, daß sie ihn nun zurückbringt und erwartet, jeden Augenblick die Verfolgerinnen auf ihren zottigen Pferden zwischen Baum und Fels auftauchen zu sehen. Aber nichts dergleichen geschieht.

Verwundert bemerkt er, daß sie anfangen zu steigen.

Es geht steiler und steiler nach oben, wird immer mühseliger. Sie rutschen, halten sich an Ästen und Zweigen fest. Er gerät ins Schwitzen. Aber nun ist die Ermüdung von ihr gewichen. Sie macht keine Pause.

Von Zeit zu Zeit hebt sie die Hand, sich das Gesicht zu reiben, fährt sich unter die Fellkapuze und betastet ihren Kopf. Die Schneedecke wird dünner, je höher sie kommen, und auch die Bäume lichten sich. Fillo keucht und schnappt nach Luft.

Sie streckt die Hand aus, nimmt ihm das Bündel mit den Lebensmitteln ab und läßt es im Schnee liegen. Daraufhin wirft er auch seine Waffen fort. Dann folgen die Decken und Felle. Schließlich bleibt nur die Feuermutter.

Nun sind sie wohl unterwegs, das Lied zu Ende zu singen.

Noch vor Abend erreichen sie eine weite schneelose Hochebene zwischen den Bergriesen, auf der verstreut dürres Strauchwerk wächst. Die Luft schmeckt prickelnd. Fillo hat das Gefühl, als ob seine Fingerspitzen Funken schlagen. Er ist sehr erschöpft. Ihr merkt man nichts an.

Fast in der Mitte des Plateaus setzt sie den Feuertopf ab und bedeutet ihm, lose Zweige, dürres Gestrüpp und Gesträuch zusammenzutragen und aufzuschichten. Er baut einen hohen Scheiterhaufen. Aber einer ist ihr nicht genug. Er muß einen zweiten und einen dritten errichten.

Während der Arbeit vergeht seine Müdigkeit wieder. Es muß an der Luft hier oben liegen. Neue Kräfte scheinen ihm zuzuwachsen. Das Kribbeln in den Fingern war nur der Anfang. Sind magische Essenzen im Wind? Die Berge werfen ihre Schatten über die Ebene. Sie stehen da wie wachsame Tiere vor ihrem Reich.

Als er fertig ist, ergreift sie die Feuermutter, tastet nach dem Zündschwamm, legt vorsichtig kleines Reisig darauf, das zischend und puffend aufflammt. Dann steckt sie den ersten Scheiterhaufen in Brand.

Das Feuer muß meilenweit zu sehen sein.

Sie hat ihre Kapuze abgestreift. Im zuckenden Flammenschein sieht er das Wunder: Augenbrauen und Kopfhaar sind ihr gewachsen. Nicht als struppige, stachlige Stoppeln, sondern weich, dicht und seidig wie der Flaum eines Kükens. Deshalb also hat sie sich so oft über Gesicht und Schädel getastet während ihres Aufstiegs. Er streichelt erstaunt darüber hin. Sie verzieht die Lippen zum Lächeln.

»Wirst du nun vielleicht auch noch sprechen, hören und sehen lernen?« fragt er flüsternd, ehe er sie küßt.

Die Skythinnen küssen nicht. Er selbst hatte schon fast vergessen, wie süß die Münder aufeinander schmecken, Hauch um Hauch, sich umspielende, fordernde, dicke Zungen, Zähne, die kosen und beißen. Geben und Nehmen, Fressen und Gefressenwerden.

Sie entkleiden sich in der Hitze des Holzstoßes.

Auch ihr Schoß ist nun behaart.

Während er die Schuhe von den Füßen zieht, ist es, als lasse er eine Bremse an der Erde zurück. Sein Körper erhebt sich. Er schwebt. Er umfängt sie mit einem Arm und hebt sie auf, wie der Greif seine Beute. Indes er ihren Leib an den seinen preßt, benutzt er seine Füße gleich Rudern, um sie in die richtige Lage zu bringen. Sein Glied pocht und zuckt vor ihrem behaarten Dreieck. Sie schiebt ihm die Hüften entgegen. Sanft stülpt er sie über seinen Schwanz, als zöge sich jemand einen Handschuh über. Als sie zu brüllen beginnt, schnappen seine Lippen ihren Mund. Seine Zunge besucht diese ihre andere Höhle im gleichen Rhythmus.

Wie auf einer großen Welle dahingewirbelt, drehen sie sich in der Luft mehrfach umeinander, wie ein Pärchen Seehunde in den Wellen, das sich ineinander versenkt und verschränkt hat.

Dann ergießt er sich gewaltig und ohne Ende in sie, und ihm ist, als fließe mit seinem Samen auch alles Blut und Mark aus ihm heraus und das Feuchte seiner Augen und der Schweiß seiner Achseln, und übrig bliebe nur ein knisterndes Feuer, wie er es zu Beginn in seinen Fingern spürte.

Sie lassen einander nicht los. Er bleibt in ihr, sein Flammenstab trocknet die Nässe auf und verwandelt ihren Schoß in ein elastisches Gewebe wie aus feinem glattem Gras, aufsaugend und sänftigend, und sie hat tief innen Bewegungen an jeder Stelle, die er nur denkt, Reizungen, tausendfach stärker, als eine Zunge sie geben kann. Als er zum zweiten Mal kommt, scheint er flüssiges Feuer zu schießen, und nun ist er es, der schreit.

Sie schweben weiterhin. Sie auf ihn gespießt, lösen sie nun ihre Oberkörper voneinander, wiegen sich im leichten beißenden Luftzug der Flammen und entdecken, daß sie zusammen schöne Figuren fliegen können wie zwei Schmetterlinge, die miteinander spielen. Besonders bereitet es ihnen Vergnügen, sich gegeneinander zu drehen wie Mörser und Stößel oder wie Türzapfen und Angel. Sie bilden miteinander ein Kreuz, woraus sie neue, ungeahnte Lüste schöpfen und führen schließlich eine Operation aus, die die Amazonen auf ihren Pferden vollbringen, wenn sie auf der Flucht einen Pfeil abfeuern wollen: Man nennt das die Schere, wenn man das eine Bein auf die andere Seite des Reittiers schwingt, die Richtung wechselt und mit dem Gesicht nach hinten sitzt. So feuern sie den nächsten Pfeil ab, und schließlich manövriert Fillo sich in einer vollständigen Drehung ganz auf ihre Rückseite, so daß die festen erdfarbenen Hälften ihres Hinterns seinen Bauch berühren, zwei kühle Früchte.

Ohne sich zu verlieren, entzünden sie das zweite Feuer. Schließlich auch das dritte. Sie werden nicht müde. Wer weiß denn? Vielleicht ist diese Ebene zwischen den Bergen, über der sie beim Schein der Flammen schweben, fliegen, tanzen, ficken, schon gar kein Teil mehr der gewöhnlichen Welt. Vielleicht braucht man hier kein Essen mehr und keinen Schlaf, nur einander.

Als das dritte Feuer herunterbrennt, ist die Morgenröte am Horizont. Vor der Himmelshelle stehen die Silhouetten der Frauen zu Pferde. Ihre gefiederten Speerspitzen ragen über ihren Köpfen auf und die Enden der Bögen. Sicher warten sie schon länger. Vielleicht schon die ganze Nacht.

Fillo läßt sich zur Erde sinken. Tödlich kalt ist sie seiner nackten Haut. Eisnadeln im Rücken.

Vorsichtig hebt er die Priesterin von seinem noch immer angeschwollenen Glied. Sie steht, die Beine gespreizt, leicht schwankend, und hebt ihr buntes Gesicht der Sonne entgegen.

Aus dem Sonnenlicht heraus brechen sie hervor, die Reiterinnen. Ihre schrillen Rufe stehen über der Ebene wie auf Adlersflügeln getragen. Unter den Hufen der Pferde vibriert der Boden.

Sie fühlt es. Mit geöffneten Lippen, als sei sie erstaunt, hockt sie sich hin und betastet mit den Fingern das Gestein.

»Komm«, sagt Fillo stammelnd. Er faßt sie an der Schulter. »Ich werde mit ihnen reden. Nicht so. Nicht hier!«

Er verstummt. Nackt und auf einer Hochebene im Winter.

Sie macht sich mit einer kleinen Bewegung frei, richtet sich auf, wittert gegen das Licht.

Dann geht sie mit ihren gleitenden Schritten auf den Donner der Hufe zu. Sie scheint zu tanzen.

Wozu soll er schreien. Sie hört ihn ja nicht. Niemand hört ihn.

Die Reiterinnen stoppen. Sie machen sich bereit. »Nehmt mich«, flüstert er sinnloserweise vor sich hin.

Die langen Bögen der Krieger-Frauen singen.

Ihre, seine Priesterin sinkt langsam zu Boden. Sie ist mit Pfeilen geschmückt wie mit einem Strahlenkranz.

VII

Zuerst scharwenzelt Rufo um sie herum, ausnehmend freundlich. Wie der Herre, so's Gescherre. In seiner feinen Ausdrucksweise legt er ihr nahe, sich endlich für die Sache der Siedler einzusetzen. Alle wollen doch in Sicherheit leben, unbedroht von den Barbaren aus dem Landesinnern. Für eine Bäuerin gibt's doch im Winter keine Arbeiten. Sie soll das Gehöft dichtmachen. Große Aufgaben warten!

Sie schmeißt ihn vom Hof.

Darauf kommt Publius mit dem Schlapphut höchstpersönlich.

»Tabea, ich bin betrübt«, sagt er. »Nach unserem letzten, so aufbauenden Gespräch! Also wirklich ...«

»Da war keine Rede von Tagereisen!« widerspricht sie. »Wie soll das denn gehen? Ich hab doch mein Vieh zu versorgen. Nichts dagegen, mal bei den Nachbarn vorbeizuschauen und gleichzeitig Käse und Eier zu verkaufen. Aber so? Da müßten Sie mir schon den Maulesel leihen und mitkommen, um das Reden zu übernehmen.«

»Gut. Rufo kann dein Vieh mit versorgen«. Er ist gleich dafür.

»Rufo! Na, da werden meine Tiere wohl bald so aussehen wie Ihr Muli. Mir geht das alles gegen den Strich.

Rumlaufen und barmen, weil mein Mann verschwunden ist.«

Von Barmen könne nicht die Rede sein, erwidert der Poet aufgebracht, sondern von Besinnung aufs Eigentliche und patriotischer Pflicht einer Römerin.

Sie seufzt. Es fängt an, sie zu langweilen.

»Ach wissen Sie«, sagt sie, »wenn ich mir das recht überlege, will ich vielleicht doch nicht. Jedenfalls jetzt nicht«, fügt sie hinzu, als sie seine tragisch aufgerissenen Augen sieht. Bloß keine neue Predigt!

Er läßt nicht locker. »Tabea! Du mußt es tun!«

»Ich denk noch mal drüber nach«, verspricht sie.

»Wie lange?«

»Bis nach Neumond«, entgegnet sie. Neumond wird sie Ihn fragen.

Höchst unwillig zieht Publius ab.

Der Tag bringt noch mehr an Begegnungen.

Als sie gerade mit Wasser vom Brunnen kommt, um ihr Vieh zu tränken, wer steht da an der Stalltür und reckt den Hals und steckt seine Visage durch den Türspalt, um ihre »Wunderziege« zu begutachten? Der liebe Nachbar Fabius, der ihr schon immerzu mit dämlichen Anspielungen kommt.

»He«, sagt sie und setzt das Joch mit den Eimern ab, »runter von meinem Hof, aber bißchen plötzlich, sonst hau ich dir das Joch hier übern Schädel.«

»Nana, nicht gleich so stürmisch«, bemerkt er ungerührt und grinst sie breit an. »Ich wollte nur mal das Zaubervieh mit dem goldenen Vlies angucken, von dem die Leute faseln, und deinen Käse probieren. Vielleicht bin ich ein guter Abnehmer.«

»Dazu mußt du nicht in meinen Stall glotzen. Und von wegen ›Goldenes Vlies‹ – so ein Unfug. Und jetzt geh aus dem Weg, ich muß füttern. Wegen dem Käse kannst du dich nachher melden.«

»Ich könnte ja beim Füttern helfen«, erbietet er sich.

»Spinnst du, oder was?« fragt sie, und ihr schwant

nichts Gutes. »Was ist denn los? Warum soll ich meine Ziege nicht allein füttern können? Los, zieh Leine, du störst!«

»Ach«, sagt er und lehnt sich bequem gegen die Tür, »eigentlich will ich mal mit dir reden. Guck mal, ich hab dir auch was mitgebracht.«

Da lehnt ein Korb an der Stallwand, drin ein Ölkrug und ein Weinschlauch.

»Ich trink nicht mehr«, sagt sie mürrisch. »Was soll das?«

»Kleines Geschenk.« Sein Grinsen ist unverändert.

Sie mustert ihn. Breitbeinig steht er da, als wenn er sich vor seiner Hundertschaft aufgepflanzt hätte, um seine Befehle herauszubrüllen, ein untersetztes, stämmiges Mannsbild, helle Augen im breiten Gesicht, die Backen schwammig vom guten Essen, Halbglatze. Genau der Typ Kerl, bei dessen Anblick Tabea immer mulmig wurde, als sie noch auf den Strich ging in Rom. Solche sind unnötig grob und stellen eklige Ansprüche.

»Was willst du, Centurio? Raus mit der Sprache, und dann verpiß dich!«

Er wippt auf den Fußballen hin und her. »Unsere Höfe liegen ja nun mal nebeneinander.«

»Ja, leider.«

Sie fängt an zu frieren und steckt die Hände unter die Achseln. »Faß dich kurz.«

»Tu ich, Mädchen, tu ich. Was ich zu dir gesagt habe, daß war kein dummes Geflaxe, verstehst du? Die Skythin hat sich ersäuft, und du brauchst dir nichts vorzumachen. Deinen kleinen Schwanzlutscher bist du los. Der ist auf Nimmerwiedersehen über alle Berge. Um beide nicht so besonders schade, wenn du mich fragst. Aber wir beide sitzen nun da – ich hab keine Frau und du hast keinen Mann. Wie wär's, wenn wir uns zusammenschmeißen?«

Über so viel Unverfrorenheit kann sie nicht mal mehr lachen.

»Großartige Idee!« sagt sie ironisch. »Ich sehne mich

geradezu danach, jeden Tag von dir verwamst zu werden, wie die arme Fabia, bevor sie Schluß machte.«

»Ach die!« sagt er keineswegs verlegen und spuckt aus vor Geringschätzung beim Gedanken an sein totes Weib. »Die hat zu gar nichts getaugt. Verstand kein Wort, machte alles falsch, und im Bett wie'n Stockfisch. Die hat immer noch zu wenig Prügel bezogen. Bei dir ist das was anderes. Wie du arbeiten kannst, das sehe ich ja. Und wenn dich auch die Schönheit nicht gerade drückt mit deinen komischen Narben – du bist doch'n Weib mit Erfahrung. Und erzähl mir nicht, daß du's nicht brauchst. Ist ja lachhaft!«

Sie betrachtet ihn von Kopf bis Fuß. Was bildet sich dieser Schweinepriester ein? Sie, die Erwählte von IHM, und dieser Dreckskerl von 'nem ehemaligen Leuteschinder! Langsam wird sie wütend.

Aber Fabius versteht sich nicht darauf, ihren Gesichtsausdruck zu deuten. So was hat er nie nötig gehabt. Wenn sie nicht lauthals protestiert, nimmt er das als Zustimmung. Er fängt an, unmißverständlich unter seinem Gürtel rumzufummeln.

»Mädchen«, keucht er, »komm, füttere schnell die Ziege, und dann laß uns in deine Kate abmarschieren. Mir ist mächtig danach. Komm, guck ihn dir mal an! Damit besorg' ich's dir, daß du schreist wie 'ne brünstige Katze, das schwör ich dir!«

Jetzt reicht's ihr aber.

»Such dir was Läufiges in deinem Stall, Fabius!« schreit Tabea bei dem Anblick, der sich ihr bietet, »und wenn dich keine will, dann kühl dich ab!«

Und damit ergreift sie den einen ihrer beiden Wassereimer und übergießt den geilen Centurio mit einem üppigen Schwall. Bei den herrschenden Wetterverhältnissen eine ziemlich rauhe Sache.

»Zieh ab und vergiß bloß deine Geschenke nicht! Schütt sie deiner Sau in die Krippe!«

So, dem hat sie's gegeben. Sie nimmt den zweiten Eimer

auf und wandert hocherhobenen Kopfes an ihm vorbei in den Stall.

Sie hört ihn fluchen und schimpfen und schließlich abziehen, damit er sich nicht den Tod holt, und weiß, den ist sie los, aber nicht für immer. Der kommt wieder und versucht's noch mal, so oder so, im Guten oder im Bösen. Wenn er aufgegeben hätte, wäre er ihr gleich hinterher und hätte versucht, ihr 'ne Wucht zu verpassen.

Sie füttert und tränkt die Ziege, dann zieht sie den Schemel heran und beginnt, sie zu melken; sagenhaft, was die heute abend wieder an Milch gibt.

Als sie mit ihren beiden Eimern, einer voll und einer leer, über den Hof geht, neigt sich der Nachmittag dem Ende zu.

Die Mondsichel, von rechts nach links gewölbt, ist so schmal wie die Augenbraue einer Frau.

Bald ist Neumond.

Sie hat Fabius schon vergessen.

Es ist sicher gut, hat er gesagt, obwohl du schon soviel getan hast. Ja, es ist gut. So wird sie es tun. Er hat es ihr geheißen.

ER ist wie kein Mann sonst. Er ist überhaupt nicht wie ein Mann. Er ist ein Schatten und eine Kälte und sehr hart, steinhart in ihr. Aber ihre Wärme reicht für zwei. Und sie ist nun wieder weich und feucht und dehnbar, wie sie es nie sein konnte mit Fillo, dem armen Pamphilus.

Fillo ist fort. Sie kann nicht so um ihn trauern, wie er es sicher verdient. Der andere ist da, der, den sie geliebt hat von Anbeginn, den sie liebt und immer lieben wird. Er. Ihr Bruder und Mann. Der sie verletzt und der sie heilt.

In der finstersten aller Nächte kommt er zu ihr. Er mag nicht, wenn man sein Gesicht sieht. Aber das muß sie auch nicht. Sie kennt ihn und erkennt ihn. Es stört sie nicht, daß sein Glied so kalt ist wie ein Eiszapfen. In ihr ist es heiß.

Er schweigt in ihren Armen, während sie plappert und

lacht, stöhnt, schreit, sich windet, jubelt und weint wie nie zuvor. So erging es sicher den irdischen Frauen, zu denen sich Götter herabließen.

Hinterher, wenn er seinen harten und kalten Leib aus ihrer lebensvollen Umklammerung löst, da spricht er. Wenn sie flüstert: »Mam, oh Mam«, raunt er zurück: »Das bin ich nicht!«, und sie erwidert eher heiter als demütig: »Nein, Mam, du bist es nicht.«

Meist will er gleich auf und davon. Muß nach seiner Saat sehen bei Neumond. Muß fort. Aufs Feld. Aber sie hält ihn im Dunkeln, preßt sich an seine Kühle. Will ihn bei sich behalten.

Das Kind in ihrem Bauch ist wie ein Feuerchen in ihr, das keiner auspusten kann. Und sie denkt, wenn so eine Steinkälte in ihr so was Warmes entfachen kann, muß doch auch umgekehrt möglich sein, daß sie ihm ein bißchen Hitze abgibt. Sie hält ihn. Sie redet. Sie fragt.

So redet sie von Publius. Von den Skythen und von Fillo und der römischen Ehre, und was sie tun soll.

Sie hört, wie sich sein Atem verändert in der Dunkelheit, hört sein Lachen und seine Worte: »Es ist gut. Obwohl du schon so viel getan hast. Tu auch dies. Ja, es ist gut.«

Sie beschnuppert seine Hände. Sie riecht an seinen Achseln und seiner unbehaarten Brust.

An alles kann sie sich genau erinnern. Nur sein Geruch ist fort. So sehr sie auch wittert und die Nasenflügel bläht. Er riecht einfach nach nichts. Nicht einmal nach Schweiß, wenn er von ihr abläßt.

Statt dessen das andere. Der starke Hals, der Sehnenstrang vom Ohr zum Schlüsselbein, die harten Nippel der Brust, umgeben von einem Kranz graupliger Haut – Vertrautheit. Erinnern. Nichts fehlt, nicht einmal der Ring Tätowierungen um das rechte Handgelenk, Beschwörung gegen böse Geister. Und er sagt, er ist es nicht? Sie lächelt im Dunkeln.

Er entzieht sich ihr, steht auf. Ist aus der Tür, bevor sie

ihn noch einmal umarmen kann – verschlungen von der Nacht. Er bleibt nie. Aber er kehrt wieder. Der Heros, Er, Mam.

Der Poet erscheint prompt nach dem Aufblitzen des neuen Mondes und sie erklärt, ja, sie macht es. Aber erst mal, als eine Art Probe, in der Nachbarschaft, bei den Siedlern da drüben hinter dem Mandelwäldchen. (Die haben übrigens noch nie getragen und ein Drittel davon ist schon erfroren. Auch so ein Zeugnis römischer Ahnungslosigkeit über das Land hier.)

Publius ist hoch erfreut. Er führt am nächsten Morgen eigenhändig das Muli auf ihren Hof. Das Tier wiehert freudig: Ist das nicht hier, wo man immer so reichlich Futter bekommt?

Tabea belädt es mit Eierkörben und Käseballen im Netz, und dann geht es los. Sie hat sich richtig frisiert und trägt unter ihrem großen Umhang ein sauberes Kleid aus Fillos Produktion.

Auf dem Weg redet der Poet die ganze Zeit wie ein Wasserfall. Sie hat keine Ahnung, wovon, denn sie hört nicht hin. Sie schreitet, gefangen in ihren Träumen, ein leises Lächeln auf den Lippen, die Augen auf irgendeinen Punkt in der Ferne gerichtet. Manchmal stolpert sie auch, denn sie achtet überhaupt nicht auf ihre Füße.

Als sie die erste Hütte der anderen Siedlung erreichen, wird sie von Publius aufgeschreckt, der sie an der Schulter packt und eindringlich sagt: »Hast du das jetzt alles verstanden?«

»Ja, na klar«, versichert sie, um ihn zu beruhigen. Wovon er auch immer geredet haben mag – sie will jetzt eigentlich nur in einen warmen Raum kommen.

Aber so leicht geht das nicht. Die Bäuerin, die da auf der Schwelle erscheint, einen Schürhaken in der einen Hand und ein Messer in der anderen, hat überhaupt was gegen Besucher, wie es aussieht. Mißtrauisch betrachtet sie das seltsame Paar mit dem bepackten Muli und sagt: »Zieht weiter, wir kaufen nichts.« Von Gastfreundschaft scheinen die Leutchen hier nicht allzu viel zu halten.

»Wir kommen nicht, um zu verkaufen!« hebt Publius hochtönend an, und die Frau schimpft zurück: »Ach, nicht? Für Schnorrer haben wir schon gar nichts übrig!«

Tabea kann die Frau verstehen. Wahrscheinlich würde sie sich auch nicht anders verhalten. Dieser Publius ist wirklich furchtbar.

»Und ob wir was zu verkaufen haben, Schwester!« mischt sie sich ein. »Das heißt: eigentlich will ich lieber tauschen. Wir kommen da drüben vom Hang, und ich bin ein bißchen knapp mit Öl. Wie ich sehe, hast du keine Hühner. Also guck mal: Sind das nicht Prachteier? Und meinen Ziegenkäse solltest du wenigstens mal probieren. Kostenlos. Wirklich noch nichts von Tawas Ziegenkäse gehört? Sie rennen mir schon die Bude ein ...«

Solche vernünftige Rede verfehlt natürlich ihre Wirkung nicht. Tabea kann ihre Körbe abladen und wird ins Warme gebeten, und der Poet stapft betreten hinterher.

Der Ziegenkäse wird für so gut befunden, wie er wirklich ist, die Größe der Eier bewundert und ihre Frische geprüft, das Tauschgeschäft entwickelt sich zu beiderseitiger Zufriedenheit und wird mit einer Schale warmer Milchsuppe besiegelt.

Doch der Poet läßt nicht locker. Kaum hat er sich die Lippen gewischt, da geht es schon wieder los.

»Römerin«, sprüchelt er, »noch anderes als niedere Handelsgründe führen uns her. Diese Frau hier, Tabea, hat ein schweres Schicksal zu erdulden, das uns nicht nur zum Mitgefühl bewegen, sondern auch alle zu gemeinsamen Taten beflügeln sollte. Darum muß ich dringend mit deinem Mann sprechen.«

Die beiden Frauen verständigen sich rasch mit einem Blick. Dann sagt die Bauersfrau, eine ältliche Person mit straff geknotetem Haar: »Tja, da habt ihr leider Pech. Was von dem Mann noch übrig ist, liegt da hinten« (sie deutet mit dem Daumen auf einen Verschlag), »und ob er das Frühjahr erlebt, ist mehr als fraglich.«

»Was hat er denn?« fragt Tabea und dämpft unwillkürlich die Stimme.

»Ach«, sagt die andere, »du kannst ruhig laut sprechen. Ist beim Hacken am Hang auf einen Stein gefallen mit dem Kopf. Seitdem kriegt der nichts mehr mit.«

Tabea reckt neugierig den Hals und die Frau erklärt: »Ihr könnt ihn euch ruhig angucken.«

Ja, da liegt einer, spitze Nase, hohle Wangen, Mund offen, Augen weggesunken. Sieht aus wie gleich hinüber.

Der Poet muß sich den Schweiß abwischen. Offenbar hat er mit dergleichen keine Erfahrung.

Als sie draußen sind, tobt er: »So eine Pleite!«

»Für mich nicht«, entgegnet sie und zuckt die Achseln. »Ich hab' ganz gut verkauft.«

So hat er sich das aber nicht vorgestellt!

»Wir müssen die Menschen aufrütteln!« sagt er eindringlich. »Ja, denkst du denn nicht an deinen verschleppten und den finsteren Mächten ausgelieferten Mann? Wir sollten ihm helfen, und du willst nur deinen Käse eintauschen!«

Tabea nickt kleinlaut. Er macht ihr ein schlechtes Gewissen. »Kann ich dafür, daß der Bauer hier im Sterben liegt?« verteidigt sie sich. »Also gut, beim nächsten Hof hast du das Sagen.«

Beim nächsten Hof treffen sie auf Kinder, und das ist was Besonderes bei den Siedlern.

Die meisten, die hier das Land bebauen, sind ja aus der Armee – Veteranen, Leute, die nach mindestens sechzehn Jahren Militärdienst entweder zu ihren inzwischen gealterten Weibern zurückkehren, oder ganz schnell was geheiratet haben, falls es nur bereit war mitzukommen: Witwen vom Land, reizlose Personen mit einem Leben voller Enttäuschungen hinter sich und im Großmutteralter, bestenfalls Arbeitskräfte. Einige der alten Soldaten halten sich Skythinnen, wie Fabius es getan hat. Aber die haben auf wundersame Weise den Bogen raus, nicht schwanger zu werden. Die dritte Kategorie von Frauen ist dann das, was auch Tabea mal war: Huren von der billigen Sorte, ehemalige Strichmädchen, nicht interessiert an Kindersegen oder nicht mehr dazu fähig.

Hier gibt es drei Bälger in Pelzen, vom Krabbelkind bis zum Bübchen, die alle husten, daß es wie eine Meute Hunde klingt, und sie über den Flechtzaun hinweg anstarren, als seien sie das achte Weltwunder. Die Mutter tritt dazu, und Tabea weiß sofort, daß dies breithüftige, gut gepolsterte Weib wie sie selbst in Rom die Straße abgegrast hat – so ein bestimmter Schwung beim Gehen und die Art, Leute anzugucken, läßt sich nicht verleugnen. Einfach ein bißchen weniger anständig.

Na, sie hält sich zurück.

»Was wollt ihr denn?« röhrt die Bäuerin rauhstimmigheiser. »Habt ihr euch verlaufen?«

»Wir suchen den Hausherrn«, sagt Publius, und da er Dominus sagt statt Patron, lacht das Weib los. »Ja, den suche ich auch, landauf, landab, und kann ihn nicht finden. Aber wenn ihr meinen Mann meint – damit kann ich dienen. Marcus, komm doch mal raus. Da sind welche.«

Tabea preßt die Hand vor den Mund, um das Lachen zu unterdrücken: Marcus ist ein Hänfling von einem Kerl, der seiner Frau gerade bis zur Schulter reicht, ein spitznasiges Bürschchen mit Kulleraugen, so richtig zum Verwöhnen und Liebhaben.

Der Dichter hebt mit seiner Rede an, und es klingt alles sehr bedeutend. Der kleine Mann nickt verständig, und als es um die römische Ehre geht und die Bereitschaft, sie zu verteidigen, kriegt er rote Flecken auf den Backen vor patriotischem Eifer.

Seine Frau hört sich das auch an und wischt den Kindern die Nasen mit Werg, schickt sie hinter die Hütte spielen und gibt Tabea einen Wink. Und während die Kerls weiter palavern, zieht sie das Muli am Zügel zum Stall, wo sogleich dem Tier ein Bund Heu aufgesteckt wird und sich das Geschäft mit Käse und Eiern entwickelt.

Die Bäuerin hat einen Hahn zuviel und Tabea dringenden Hunger auf Fleisch. So wird das Tier geköpft, ausgenommen, mit siedendem Wasser überbrüht und gerupft, während man ein bißchen über den milden Winter, die Krankheiten von Mensch und Tier und das Leben im allgemeinen redet.

»Stimmt es, daß dir die Skythen den Mann weggefangen haben?« fragt die Frau, und Tabea nickt, hat aber durchaus Verständnis für die Schlußfolgerung der Frau: »Da mußt du dich schnell nach 'nem neuen umgucken. So ganz ohne, das ist ja auch nichts. Meiner ist zwar ein bißchen klein geraten, aber die entscheidenden Sachen sind in Ordnung, und er ist so flink dabei wie das Kerlchen hier es war.« Sie hebt den nackten Hahnenkörper in die Höhe. »Hast du schon einen Bewerber?«

»Ich bin in festen Händen«, sagt Tabea stolz und froh, und die andere nickt anerkennend: »Na, da hast du dich ja rangehalten.«

Sie gehen ins Haus.

Publius und Marcus, der Kleine, sind inzwischen schon dabei, eine Bürgerwehr zu konzipieren. Aber da schiebt die Frau einen Riegel vor.

»Bürgerwehr? Nichts dagegen. Aber erst mal mußt du Schindeln machen. Das Dach im Stall hat ein Riesenloch, hast du's vergessen? Da holt der Marder die Hühner. Und wann dichtest du die Brunnenwände ab? Und die hintere Hüttenfront? Sollen wir eines Tages erschlagen werden, ich und die Kinder, von deinem Pfusch?«

Bei jedem dieser Sätze rutscht der kleine Marcus noch ein Stück mehr in sich zusammen. Eingeschüchtert nickt er und hebt die Schultern. Da kann man nichts machen. Ihr hört ja. Und die Bäuerin geht raus und schwenkt triumphierend ihren Pferdehintern.

Also auch hier ein Reinfall für Publius und seine hehren Absichten.

Und so ähnlich wie bei diesen beiden ersten Adressen ergeht es ihnen auch weiter. Überall hat der Mann zuviel zu tun, ist krank , ist eh Invalide – alle sind marode. Kerls von echtem Schrot und Korn scheinen ausgestorben.

Nur Tawa hat gute Geschäfte gemacht und sich bestens verstanden mit den Frauen der geplagten Kolonisten.

Heimwärts hat Publius in finsterem Schweigen auf dem Maulesel Platz genommen. Ist ja schließlich seiner. Sie kann froh sein, daß sie ihren Kram drauf transportieren konnte. Sie trabt nebenher, ihr macht das nichts aus. Da friert sie wenigstens nicht. Sie freut sich auf den Hahn. Da wird sie sich heute abend ein schönes Essen kochen. Sicher nicht so gut, wie Fillo es gemacht hätte, aber immerhin.

Fillo. Für ihn haben sie rein gar nichts erreicht, trotz des vielen Geredes. Ihr wird beklommen. ER hatte auch gesagt, sie soll es tun …

Schüchtern wendet sie sich an den Poeten: »Sie sind wohl nicht sehr zufrieden, was?«

Damit tritt sie eine Lawine los. Vom Rücken des Maultieres herab kriegt sie was zu hören. *Ihr* schnöder Egoismus, *ihre* mangelnde Liebe zu dem Verschleppten und ihr fehlender Patriotismus allein seien an diesem Fehlschlag schuld! Nichts habe sie im Sinn gehabt, als ihre profanen Geschäftchen zu tätigen, ihre Eier und ihr dummer Käse seien ihr wichtiger als das Wohl und Wehe der ganzen Quiriten-Kolonie. Und in diesem Stil geht es weiter.

Sie ist ein paarmal versucht, aufzumucken – schließlich ist er auch ganz wild hinter ihrem »dummen Käse« her –, aber vor seiner Beredsamkeit vergeht ihr der Mut. Er soll sie bloß in Ruhe lassen!

»Ist ja gut!« sagt sie schließlich genervt. »Ich will versuchen, es so zu machen, wie Sie das wollen. Aber Sie müssen auch zugeben, daß mit den Männern wirklich kein Staat zu machen war. Die ganze Siedlung hinter der Mandelbaumpflanzung …«

»Die ganze Siedlung hinter der Mandelbaumpflanzung«, fällt er ihr ins Wort, »besteht aus Versagern.

Waschlappen, die sich an die Schürze ihrer Weiber hängen, und also ist sie nicht repräsentativ für den römischen Geist. Nein, nein, man muß Größeres unternehmen.«

»Größeres? Was denn?« fragt sie mißtrauisch.

»Ich entwickele ein ganz anderes Szenarium«, verspricht er ihr hochtrabend.

Darunter kann sie sich gar nichts vorstellen.

Bevor sie sich trennen, schnorrt der Dominus Publius sie noch um einen Käse an – wie er sich ausdrückt, als Gage für seine Bemühungen. Sie findet das ganz schön unverschämt, gibt ihm aber.

Als sie, mit ihren Waren bepackt, vor ihrer Hüttentür anlangt, steht doch da glatt wieder der Korb mit dem Ölkrug und dem Weinschlauch. Centurio Fabius' Werbegeschenk.

Langsam wird sie wütend.

Sie holt ein Küchenmesser von drinnen, geht zum Zaun und ruft ihn. Nichts rührt sich. Na, macht nichts. Entweder, er hockt da drin und beobachtet sie, oder er kriegt es später mit.

Den Balg schlitzt sie von oben bis unten auf, läßt den Wein in der Erde versickern und hängt die leere Hülle über einen Zaunpfahl. Weg mit dem Zeug.

Das gute Olivenöl wegzugießen, fällt ihr schon bedeutend schwerer. Aber es muß sein.

Sie nimmt den Krug und wirft ihn, weit ausholend, ins Nachbargrundstück auf einen Haufen Feldsteine, die zum Ausbessern der Wände bereitliegen. Scheppernd zerspringt der rötliche Ton, und die gute glänzende Göttergabe färbt die Steine dunkel.

»So«, sagt sie. »Nun weiß er hoffentlich, woran er ist.«

Das hat sie Überwindung gekostet. Wer vergeudet schon freiwillig so gute Sachen! Schnell spricht sie ein Stoßgebet zu Ceres, der Göttin der Feldfrüchte, und zu Bacchus, dem Herrn des Weines. Vielleicht kann man es mit einem bißchen guten Willen als Opfer für die Gottheiten ansehen.

Nachdem sie ihr Viehzeug versorgt hat, kocht sie sich ihren Hahn, ißt mit Behagen das weiße Fleisch und schlürft die fette, gesalzene Brühe, damit es ihr und ihrem Kind gut gehe. Auch der Katze gibt sie einen Brocken zu ihrer Milch und die schnurrt behaglich am Herd.

Es ist ganz schön. Fillo fehlt ihr natürlich. Oh doch.

Das Wetter spielt weiter verrückt.

Bonenti jagt Wolken vom Meer herauf, deren Bäuche schwer herabhängen, aber weder Schnee noch Regen gehen nieder auf das Siedlerland, sondern erst an den Häuptern der Berge im Norden und Westen reiben sie sich auf und entladen sich. Hier ist es nicht einmal richtig kalt, so ein bißchen Nachtfrost, das ist alles. Selbst alteingesessene Kolonisten schwören, daß ihnen das Land einen solchen Winter noch nicht geboten hat.

Natürlich läßt Publius nicht locker. Günstigere Verhältnisse für sein Vorhaben gibt es niemals wieder; die Götter selbst würden ihm das alles so zurechtlegen, behauptet er, und unter seiner buckligen Stirn glimmen die Augen, so daß Tabea sich richtig ein bißchen fürchtet. Zur nächsten Siedlung westwärts müssen sie ziehen, beschwört er sie, und ein paar Tage müssen sie daransetzen. Er hat sich erkundigt. Dort ist das wahre Römertum noch zu Hause, dort gibt es einen Ort, dessen Siedler sich aus einer besonders schneidigen Truppe rekrutieren, aus den Veteranen der berühmten V. Legion, dem Grundstock der Leibstaffel des Augustus. Dort wird er sein neues Szenarium wirkungsvoll zur Anwendung bringen. Sagt er.

Dieses Szenarium. Tabea kommt recht kurios vor, was da geschehen soll. Aber da sie dabei weitgehend den Mund zu halten hat und ihr sogar der Platz auf dem Maulesel vorbehalten bleibt (zumindest, wenn sie zu Leuten kommen), weiß sie nichts dagegen einzuwenden. Einzig der Verkauf ihrer Waren hat darin keinen rechten Platz. Das muß sie wohl im nachhinein erledigen, wenn die Sache gelaufen ist.

Eine ihrer Sorgen bei dem Ganzen ist, wie das mit dem Füttern der Tiere wird. Sie hat keine Lust, diesem Rufo das Wunderfutter anzuvertrauen. Nicht bloß, daß der, wenn er mitkriegt, was er austeilt, bestimmt alles in die Gegend posaunt. Er hat ja auch nicht die leiseste Ahnung, wieviel er geben muß. Sie selbst entwickelt da inzwischen Fingerspitzengefühl und dosiert ganz genau, so daß die Leistung an Milch und Eiern konstant bleibt, ohne daß ihr Viehzeug sich noch weiter verändert – vielleicht in eine Ziege, die durchs Stalldach guckt und Hühner wie Wachhunde, die Eier im Kohlkopfformat legen. Ja, sie traut diesem Zeug alles zu. Daß es immer noch in Mengen da ist, schiebt sie allerdings auf ihre Sparsamkeit.

So nimmt sie sich denn vor, für die Zeit der Abwesenheit die Futterrationen zu mischen und bereitzustellen, so daß es dieser Rufo bloß noch hinschmeißen muß. Das wird er ja wohl schaffen.

Einen halben Tag wirtschaftet sie damit herum. Es fällt ihr ziemlich schwer, so vorausschauende Dinge zu tun. Sie hat von Tag zu Tag immer nur nach Gefühl und Augenschein das Wunderkraut untergemischt, je nachdem, wie aufgekratzt ihre Hühner und wie keß die Ziege war.

Aber vielleicht hat Rufo ja eine glücklichere Hand, als sie annimmt.

Und dann natürlich Fabius.

Sie hat ihn schwer gereizt, und dem ist alles zuzutrauen. Bloß nicht, daß der sich in ihrer Abwesenheit an ihrem Hof und Viehzeug vergreift!

»Am besten, Rufo zieht bei mir ein«, schlägt sie vor, »und hütet das Haus.«

Rufo schielt mißmutig an seiner Nase entlang. »Wieso denn nun das?« mault er.

Natürlich wird sie ihm nicht auf den Buckel binden, daß es hier irgendeine Gefahr geben könnte.

»Ich will das«, sagt sie, »Fillos Katze braucht Gesellschaft.« Was besseres fällt ihr nicht ein – die Katze ist ständig unterwegs. »Du kannst dich auch bei mir verköstigen!« Das stimmt des Poeten Faktotum günstig. Allzu üppig wird da oben bestimmt nicht gespeist.

»Aber eure Ziegen versorgst du gefälligst in eurem Stall!« ordnet sie an. Ihr wird unbehaglich bei der Vorstellung, er könnte sein Viehzeug mit ihrem Spezialfutter ernähren.

Und dann ziehen sie los, des Dichters Szenarium durchzuziehen. –

Es ist eine halbe Tagesreise bis zu der Kolonie, die Publius im Auge hat, und unterwegs schärft er ihr noch mal ein, wie alles laufen muß, und sie sagt jaja und hört nur mit halbem Ohr hin. Soll er nur machen.

Irgendwann rasten sie; dieser Mann ist natürlich keine Anstrengung gewohnt und stöhnt sogar, wenn er auf einem Muli reitet. Offenbar setzt er als selbstverständlich voraus, daß auch *er* von ihr verpflegt wird. Jedenfalls hat er keinerlei Imbiß dabei, und so teilt sie denn.

Sie strecken sich nach dem Essen einen Augenblick im dürren Kraut aus – es ist eine geschützte Stelle, kein Wind. Sie verschränkt die Arme unterm Kopf und sieht ins Grau des sarmatischen Himmels hinauf.

Und dann sagt Publius etwas. Das heißt, er sagt etwas auf. Er sagt: »Nichts bewahrt die Gestalt, und stets nach Veränderung trachtend, / Bildet ohn Ende Natur aus schwindenden Formen die neuen, / Denn in der Weite der Welt geht nichts, o glaubt mir, verloren.«

So etwas hat sie noch nie gehört. Es ist, als wenn man ihr ein Pflaster aufs Herz legte. Sie kennt ein paar Kinderreime, Geschichtchen, Göttersagen, die zotigen Texte der Gaukler und Possenreißer auf Roms Straßen.

Sie setzt sich auf. »Was haben Sie da eben gesagt?« fragt sie zaghaft.

Er wendet ihr nicht den Kopf zu. »Vergiß es«, sagt er knapp. »Es war nicht für dich bestimmt. Ich habe mich selbst zitiert.«

»Was heißt das? Ich verstehe nicht.«

»Mußt du auch nicht. Ich habe aus einem Gedicht gesprochen, das ich früher einmal geschrieben habe.«

»Können Sie's noch mal sagen?« bittet sie.

Jetzt sieht er sie von der Seite an, forschend. Dann guckt er in den Himmel und wiederholt, gleichsam gelangweilt, die Zeilen.

»Aber das ist wunderschön«, sagt sie beklommen. »Wie kommt das, daß es so – so singt?«

»Das sind Verse. Hat keinen Sinn, dir das zu erklären. Gebundene Sprache. Hebungen. Senkungen. Töne. Helles und Dunkles.«

Er wedelt mit der Hand, als wolle er etwas wegjagen.

»Und das können Sie einfach so machen?«

»Nicht ›einfach so‹«, erwidert er und lacht gereizt auf. »Ich kann das machen, weil ich von den Himmlischen dazu begnadet bin. Aber das verstehst du sowieso nicht. Das verstehen sie nicht mal in Rom. Und darum sitze ich hier.«

Tawa hat keine Lust, diese rätselhafte Rede zu entwirren. Sie überlegt, wie das gehen kann: dieser Angeber und Hungerleider, dieser aufgeblasene Kerl, der sich unter seinem Schlapphut versteckt und auf die Leute herabsieht – und auf einmal kann er was sagen, daß einem das Herz brennt vor Glück und Wehmut.

Ihr schießen die Tränen in die Augen, eh sie sich's versieht.

»Ich will nach Hause. Nach Rom«, murmelt sie. Und er: »Ich auch.«

Und dann sagen sie beide erst mal gar nichts weiter.

Sie könnte sich die Zunge abbeißen.

Wenn er nicht diese Verse hergesagt hätte – bestimmt hätte sie den Mund gehalten.

Hat sie gedacht, sie muß es ihm irgendwie vergelten und was von sich preisgeben? Jedenfalls, als sie ein bißchen Probleme beim Aufstehen hat – die Knie tun ihr manchmal weh von der ewigen Feldarbeit –, hatte sie ihn angelächelt und gesagt: »Ich bin nämlich schwanger.«

Der Poet erwidert zunächst gar nichts und wird ganz blaß. Bestimmt hat er nicht viel Erfahrung im Umgang mit schwangeren Frauen.

»Heißt das jetzt, daß du auf das Muli mußt?« ist das erste, was er fragt, und als sie verneint, kommt als nächstes: »Und wieso hast du keinen dicken Bauch?›

Sie muß grinsen. »Der kommt noch«, beruhigt sie ihn. »Das dauert noch ein bißchen.« Und er: »Das ist aber schade.«

Sie gehen ein paar Schritte, dann bleibt er plötzlich stehen. Das Muli latscht ihm fast auf die Hacken. Er schlägt sich mit der flachen Hand vor die Stirn und murmelt: »Das ist es überhaupt!«

Und dann kriegt sie zu hören, daß eine römische Frau, deren Mann von den Barbaren weggefangen wurde, zwar etwas sehr Aufrüttelndes hat, daß sie aber mit einem Kind im Leib geradezu Zündstoff darstellt.

Und so wird ihr nun mit Hilfe des Futtersacks des armen Maulesels, ob sie will oder nicht, ein Bauch gebastelt, daß sie aussieht wie im siebenten Monat, und mit dem Riemenwerk des Viehs befestigt.

Publius ist begeistert. Sie findet es zum Kotzen.

Aber seine paar Verse haben sie so beeindruckt, daß sie sich nicht traut, ihm zu widersprechen.

Das Mißgeschick oder das Glück – je nachdem, von wem aus man's sieht – will auch noch, daß sie kurz vor dem Ort einem Kerl begegnen, der eine Last Reisig aus dem nahegelegenen Wald geholt hat. Der wird nun angehalten und beauftragt, Bescheid zu sagen: Sie kommen! Und zwar mit einer wichtigen Botschaft, lebenswichtig für alle römischen Kolonisten. (Kein Wort von ihren Eiern und ihrem Käse.)

Es klappt tatsächlich.

Als sie auf dem mittleren Platz der Siedlung ankommen, die von den alten Soldaten nach dem Vorbild der castra angelegt wurde, haben sich doch tatsächlich da so um die zehn Mannsbilder versammelt, stoppelbärtig und wintergrau stehen sie da und wirken so, als wenn sie sich in ihren Bauernkaten ganz furchtbar gelangweilt hätten.

Da kommt nun der lange Publius dahergestiefelt mit seinem schattigen Hut, gestützt auf einen Knotenstock, den er sich unterwegs gesucht hat, und zieht am Halfter das Muli hinter sich her, darauf seitlich sitzend die Frau, kunstvoll drapierter Mantel um den großen Bauch, Kopf und Gesicht verhüllt. Da kommt man doch auf seine Kosten, selbst wenn es Publius nicht geschafft hat, sie zu einem Stechpalmenkranz als Zeichen der Trauer zu überreden – das Zeug stachelt zu sehr.

Der Dichter führt das Maultier mit der Frau auf den Platz, und die Männer scharen sich darum; Tabea riecht sie, Schweiß und ungewaschene Schwänze und das alte ranzige Fett des Lederzeugs, das sie noch aus der Legion haben und offenbar unter den landesnotwendigen Pelzen tragen, und sie spürt, daß all die Kerle hier scharf auf sie sind, auf diese Fremde mit dem dicken Bauch, und unter ihrem Schleier fängt es ihr an, Spaß zu machen.

Publius läßt seinen patriotischen Sermon ab, und sie neigt den Kopf und hebt ihr Tuch vor die Augen. Eigentlich ging ihr zu einem Ohr rein und zum anderen raus, was er ihr gesagt hat, aber offenbar ist doch was hängengeblieben, sie macht die Gesten, zu denen er ihr geraten hat und sagt auch die paar Worte, also, daß skythische Horden ihren Mann entführt haben und daß sie ihn bestimmt unvorstellbaren Martern unterwerfen und daß sie so verzweifelt ist.

Und wo sie es sagt, da ist es wirklich so. Fillo ist ja entführt und wer weiß, was sie ihm antun, und natürlich ist sie darüber verzweifelt, so verzweifelt, daß ein bestimmter Ton in ihre Stimme kommt.

Aber gleichzeitig kommt es ihr vor, als stünde sie neben sich und all den anderen und überlegt, was wohl passiert, wenn das Muli jetzt den Schwanz hebt und äppelt. Ihr kribbelt's im Bauch. So was hat sie noch nie erlebt.

»Nichts bewahrt die Gestalt«, hatte er aufgesagt. Ja, warum auch.

Und sie neigt den Kopf in ihrem Schleiertuch und fängt tatsächlich an, richtig zu weinen. Heute geht das. Sicher nicht immer.

Die Kolonisten aus der V. Legion sagen nachher, daß sie gar nicht mehr so richtig auf den Dichter gehört hätten. Von dem Moment an, wo die Frau angefangen hätte zu weinen, sei um ihr leidendes Haupt deutlich so etwas wie ein goldener Schimmer gewesen. Wahrhaftig. Es war einfach so.

Publius' Aktion wird ein großer Erfolg. Die wehrhaften Veteranen der Fünften begreifen sofort, daß die Lage alarmierend ist. Unter Leitung eines ehemaligen Manipelführers bilden sie einen Rat. Der Mann ist Inhaber der Corona civilis, einer ziemlich hohen Auszeichnung, und hat nur noch einen Arm, was ihn bestimmt bei der Bebauung seines Feldes in Schwierigkeiten bringt. Dafür kann er um so besser herumkommandieren und ist nun ganz in seinem Element.

Sie beschließen, den Ort sofort mit Schanzwällen zu umgeben – ein Glück, daß alles bereits nach militärischem Vorbild gebaut ist –, sie stellen Wachen auf, denen bestimmt nichts entgeht, und wollen eine Art Meldedienst zu Publius, als dem Initiator des Ganzen, unterhalten.

Alle sind ausgiebig beschäftigt, und während die Männer palavern, hat Tabea sogar noch Gelegenheit, bei den Bäuerinnen einzutauschen. Am Ende sind alle zufrieden.

Das einzige, worüber Tabea sich ärgert, ist dieser blöde Futtersack. Wer A sagt, muß auch B sagen, und so rennt sie die ganze Zeit als falsche Schwangere rum, dabei *ist* sie ja schwanger und müßte nicht so tun, als ob.

Wütend und beschämt zugleich, lehnt sie es ab, mit den Frauen über Geburten, Wochenbetten und Trächtigkeitsverläufe zu reden und hat auch keine Lust, über die Möglichkeiten zu schwätzen, wie man rauskriegen kann, was es wird, ein Junge oder ein Mädchen.

So bald es geht, zieht sie sich in den Strohschober zurück, den man ihnen zur Übernachtung angeboten hat. Sie hätte auch jede Menge Betten in jeder Menge Hütten haben können, aber da hätte sie sich ja ausziehen müssen. So was kommt von der Schwindelei.

Sie schläft schnell ein.

Publius kommt später. Sie wacht davon auf, daß er zu ihr herangerutscht ist und ihren Hals küßt. Mit einer unwilligen Bewegung schüttelt sie ihn ab. »Das nicht auch noch!« sagt sie schläfrig. »Das war nicht abgemacht. Laß mich in Frieden.«

»Du weist mich zurück?« fragt er. »Hast du eine Ahnung, wer ich bin?«

Sie gähnt. »Du bist Publius, der Poet, der sein Feld nicht richtig bestellen kann, aber schöne Verse schreibt. Und nun laß mich schlafen.«

Er greint in der Dunkelheit. »So lange ich in diesem verfluchten Land bin, habe ich keine Frau mehr gehabt!«

»Reis' ins Castellum und geh in den Puff«, rät sie ihm sachlich. Sie hat keine Angst vor ihm. Das ist nicht der Typ, der gewalttätig wird.

»Wenn du wüßtest – hohe Frauen haben mich ihrer Gunst gewürdigt in Rom!«

»Das ist doch schön für dich. Da hast du was, um dran zu denken, wenn du's dir selbst machst«, sagt sie und dreht sich auf die Seite.

Und dabei bleibt's zum Glück auch. Weder in dieser noch in den folgenden Nächten, wenn sie ihr Quartier teilen, versucht er es wieder. Hält sich wahrscheinlich an seine imaginären hohen Frauen. Tabea vergißt das Ganze und geht am nächsten Tag wieder zum respektvollen »Sie« über.

Während er mit den Männern über Strategien schwafelt, nutzt sie die Gelegenheit und zieht mit ihrem falschen Bauch noch ein bißchen zu den abgelegenen Gehöften am

Hang, macht Geschäfte und unterhält sich mit den Frauen. Und so kommt es, daß es in den Erzählungen der Leute über diesen Besuch zwei Wesen zu geben scheint: die Hehre auf dem Muli, mit den Tränen in der Stimme und der Strahlengloriole, und die Bäuerin mit dem phantastischen Käse und den ganz frischen Eiern. Ihre einzige Gemeinsamkeit ist, daß beide schwanger sind.

An einem der Tage, als sie auf dem Rückweg ist – das Muli hat die Zügel überm Hals und findet den Pfad allein, und sie träumt so vor sich hin –, hat sie auf einmal das Gefühl, daß sie jemand beobachtet. Es ist wie ein Schatten; die Kälte, die gleichzeitig Furcht und Glück in sich birgt. Der Hals ist ihr wie zugeschnürt. »Mam!« bringt sie mühevoll hervor.

Aber weder vor ihr noch hinter ihr ist etwas.

Aber dann sieht sie hoch, blinzelnd gegen das Licht des Wintertages, gen Osten, wo die Sonne die Wolken heller macht, und auf der Bergkuppe sind sie: drei skythische Reiter, schwarz gegen das Licht. Ihre großen Bogen über ihren Köpfen. Sie kann die Hörner und Ohren der Tiermasken erkennen. Unbeweglich stehen sie da.

Nichts wie weg! Sie haut dem erschreckten Muli die Hacken in den Bauch.

Als sie der Männerrunde Bericht erstattet, hat sie in der Aufregung vergessen, sich den Futtersack umzuschnallen, aber das kriegen die gar nicht mit, so sehr rührt sie ihre Botschaft auf.

Bewaffnete Skythen sozusagen vor der Haustür! Na bitte, wer sagt's denn, triumphiert der Poet. War also kein blinder Alarm, das mit dem verschleppten Siedler. Gezielte Provokation durch die Wilden, eindeutig!

Sie sind in ihrem Element.

Sofort ziehen sie los, um der Sache nachzugehen, und sie darf das arme Muli, das sich so auf die Krippe gefreut hat, noch mal aufzäumen, um sie hinzuführen – vergißt diesmal auch nicht, sich den Bauch zu polstern.

Als sie an die Stelle kommen, ist da natürlich nichts

mehr. Wieso auch, die waren da oben ja nicht festgenagelt. Aber das stört die Strategen der Fünften und ihren einarmigen Chef gar nicht. Sie begutachten den Punkt, den sie ihnen zeigt, mit schiefgelegten Köpfen und zusammengekniffenen Augen, finden ihn angriffstechnisch bedeutend, tauschen Theorien aus und machen sich wichtig.

Die Kerls spielen verrückt.

Immerhin: Da oben haben sie gestanden, diese Skythen, und ihre Augen haben sie gesehen. Und Fillo ist fort. Und ER hat gesagt, es ist gut, wenn sie es macht.

Auf der Heimreise redet Publius beschwingt von ihrem Erfolg und lobt Tabeas Einsatz. Erhebt auch keine Einwände gegen deren Vorschlag, das Maultier abwechselnd zu benutzen. Natürlich, so verkündet er, wird das nicht ihre einzige Exkursion bleiben. Die ganze Küste muß Bescheid wissen. Die Siedler müssen alarmiert werden, und schließlich werden sie einen solchen Druck auf die Garnison ausüben, daß man höheren Orts die Gefahr erkennen und einen Präventivschlag vorbereiten wird, spätestens im Frühling.

Sie hört wieder bloß mit halbem Ohr hin. Weitermachen? Warum nicht. Irgendwie hat es ihr gefallen, und das Geschäft war auch gut. Solange es keine Fröste gibt oder Schnee, und solange zu Haus alles in Ordnung ist.

Sie rasten auf der gleichen Stelle wie beim Hinweg. Sie überlegt, ob sie ihn wohl bitten kann, noch einmal ein paar von seinen Versen herzusagen, da bemerkt er: »Wenn das hier alles vorbei ist – wenn unsere Hundertschaften in Feindesland eingedrungen sind und dem Gegner gezeigt haben, was Römischer Frieden bedeutet – dann werde ich für Pamphilus, den Märtyrer der Kolonisten, eine Ode dichten und ihm für alle Zeiten ehrendes Andenken sichern.«

»Was meinen Sie damit?« fragt sie beklommen. »Und was ist das, ein Märtyrer?«

»Ein Märtyrer ist ein Opfer. Jemand, der sein Leben hingegeben hat für eine hohe Sache.«

»Sind Sie denn so sicher, daß er tot ist?« fragt sie.

Er sieht sie nicht an. »Sicher bin ich natürlich nicht. Aber in gewisser Beziehung – versteh mich bitte nicht falsch, Tabea! – in gewisser Beziehung wäre es sogar wünschenswert. Es würde unseren Aktionen den tragischen Hintergrund verleihen, der das wahrhaft Große ausmacht.«

Es ist doch überhaupt nicht erwiesen, daß Fillo nicht mehr lebt! Es ist nicht mal erwiesen, ob er wirklich bei den Wilden ist! Da wird einer totgesagt, damit Herr Publius eine Ode dichten kann? Er soll sich den Hintern wischen mit seinen Oden!

Sie preßt die Lippen aufeinander und schweigt. Früher hätte sie losgeschimpft. Aber inzwischen weiß sie, daß sie bei diesen Wortgefechten höheren Stils den Kürzeren zieht. Im Gegensatz zu echten Schlammschlachten, da ist sie unbesiegbar.

Auf einmal ist ihr schwer ums Herz.

Zu Haus findet sie ihr Viehzeug wohlauf und die Katze dick und rund. Der lange Rufo hat alles ordentlich hingekriegt. War ja auch nicht so schwer bei ihrer ganzen Vorarbeit. Auf Befragen gibt er an, vom Nachbarn Fabius nichts gesehen und nichts gehört zu haben.

Als sie nachschauen geht, sieht sie: Die Scherben des Ölkrugs liegen noch genauso auf den fettglänzenden Steinen wie am Tag ihrer Abreise, und der ausgeleerte Ziegenbalg hängt schlaff überm Zaun. Kein gutes Zeichen, daß das nicht weggeräumt wurde.

Und prompt geht das Gezerre weiter.

Während Rufos Anwesenheit hat sich der Centurio nicht gezeigt. Jetzt ist es genau umgekehrt. Sie braucht nur aus der Hütte zu treten, schon knarrt auch da drüben die Tür und der vierschrötige Kerl steht da, die Arme in die Seiten gestützt, und guckt ihr zu, ohne ein Wort zu sagen.

Irgendwann hält sie's nicht mehr aus und fährt ihn an:

»Hast du in deiner Wirtschaft nichts Besseres zu tun als Maulaffen feilzuhalten?«

Er kommt langsam zum Flechtzaun und lehnt sich daran. »Ich hab ja meine Sklaven für die Arbeit. Bin kein so'n armer Schlucker«, sagt er. »Und jetzt warte ich drauf, daß du endlich dein Zeug wegräumst.«

»Was denn für'n Zeug?« fragt sie ärgerlich.

»Das hier ist deins«, sagt er und zeigt auf den leeren Weinschlauch und die Scherben des Krugs. »Du hast es in die Hand genommen, und das heißt, angenommen. Du kannst mit machen, was du willst, in die Haare schmieren oder wegkippen. Aber räum deinen Dreck weg von meinem Grundstück!«

»Gar nichts hab ich angenommen!« widerspricht sie. »Deinen Bettel hab ich dir vor die Füße geschmissen, das hab ich gemacht! Ich nehm nichts von dir, und ich will nichts von dir.«

»Aber ich will was von dir, du Fotze«, sagt er und starrt ihr mit seinen hellen Augen direkt ins Gesicht. »Und ich werd's auch kriegen, verlaß dich drauf. Übrigens, paß auf deine Katze auf, die klaut bei mir in der Scheune Eier.«

»Meine Katze fängt Mäuse«, gibt sie zurück. »Du bist ja nicht dicht, Fabius! Katzen, die Eier klauen! So was gibt's gar nicht.«

»Na, dann säuft sie vielleicht meine Milch oder frißt meinen Speck, was weiß denn ich. Jedenfalls, wenn ich sie erwische, ist es um sie geschehen.«

Sie zeigt ihm den Mittelfinger, bevor sie ins Haus geht und die Tür zuschlägt. Schöne Aussichten. Man kann ja richtig froh sein, wenn man mit Publius wieder auf Propagandatour fährt.

Hier ist die Bevölkerung durchmischt mit Griechen. Die sollen schon vor Rom hier gewesen sein und kolonisiert haben, aber eben typisch Griechen, halbherzig. Nicht mit quiritischer Zielstrebigkeit.

Der Ort ist gut befestigt. Hier muß keiner sich fürchten. Daß ihre Nummer trotzdem so gut ankommt, ist den Griechen zu verdanken, die einen Sinn fürs Theatralische haben. Tabea in ihrem Schleier und mit dem hochgepolsterten Bauch ist so gut wie beim ersten Mal, und wieder behaupten ein paar Leute, einen Schein um ihr Haupt gesehen zu haben.

Auch der Handel floriert. Wehmütig überlegt sie, daß sie jetzt mehr Vorräte und Barschaft zusammen hat, als zu den besten Zeiten mit Fillo, als er webte und das Geld verwaltete.

Sie kommt mit einem mulmigen Gefühl zurück wegen des Nachbarn. Bestimmt hat der sich wieder was ganz Besonderes ausgedacht.

Und natürlich, so ist es. Er hat ja spitz gekriegt, was sie mit Publius unternimmt. Da sind doch im Centurio Fabius auf einmal Gefühle wach geworden für die Gemeinschaft, in der er lebt, was einen wirklich wundern kann, weil er bisher allen die kalte Schulter gezeigt hat, und wenn einer was borgen kam, hat er ihn weißbluten lassen.

Aber es geht ja um die Sicherheit! Er wundert sich, sagt er zu Publius, ganz treuherzig und bieder, die hellen Augen weit aufgerissen, wieso sie auswärts derart viel für den Zusammenhalt römischer Siedler täten, und die eigene Ortschaft, aus der der arme Verschleppte stamme, bleibe außen vor.

Das ist nicht bloß ungerechtfertigt, das ist auch gefährlich! Schließlich müssen doch gerade *sie* verteidigungsbereit sein.

Der Dichter findet diese Haltung sehr löblich und entschuldigt sich und sein Vorgehen. Der Prophet gelte bekanntlich nichts im eigenen Land, und er habe gemeint, andere seien eher bereit, seine Botschaft zu hören. Daß er damit zugibt zu wissen, daß man ihn hier nicht für voll nimmt, merkt er offenbar gar nicht.

Fabius grinst beziehungsvoll und klopft dem Mann mit dem Schlapphut vertraulich auf die Schulter. Er solle sich nur auf ihn, einen ehemaligen Centurio, verlassen. In Militärdingen sei er schließlich kein heuriger Hase, und der Aufbau einer Bürgerwehr läge ihm schon lange am Herzen. Mit einigen Nachbarn habe er bereits geredet. Viel Zustimmung! Und er sei bereit, das zu machen – als leitender Kommandeur natürlich.

Fabius als eine Art kriegerischer Chef hier in der Siedlung, das hat gerade noch gefehlt! Was wird er sich da für Befugnisse anmaßen, was für Rechte herausnehmen! Vielleicht kontrolliert er demnächst die Hütten!

Tabea protestiert, allein ihr poetischer Partner zuckt die Achseln.

»Aber der Kerl wird hier alle tyrannisieren!« ruft sie. »Klar, machen die jetzt erst mit. Die langweilen sich. Und Exerzieren ist das einzige, was sie können, im Gegensatz zum Pflügen. Und wenn sie merken, was sie sich mit dem aufgehalst haben, ist es zu spät.«

»Tja«, sagt Publius. »Sicher ist der Mann ein Rohling und will seine Macht genießen. Aber gleichzeitig ist er doch auch ein Experte auf seinem Gebiet. Der Beste am Ort.«

Sie seufzt.

»Es wird sowieso alles bald ganz anders!« verspricht er. »Ich schicke Rufo noch diese Woche mit Botschaften in die Garnison. Man muß die Führung auf dem laufenden halten über das, was uns droht und das, was wir dagegen tun.«

Aber Rufo, als er dann zurück ist, wirkt nicht gerade beschwingt, und auch sein Herr hält sich bedeckt, was die Resonanz aus dem Castellum angeht. »Noch nehmen sie uns nicht so ernst, wie es nötig ist!« verkündet er düster. »Aber bald werden sie es müssen!«

Wie zur Bestätigung meldet ein Bote aus dem mannhaften Dorf der »Fünften«, sie hätten wieder bewaffnete Skythen gesichtet.

»Wir müssen unsere Anstrengungen verdoppeln«, sagt Publius, und unter seiner gewölbten Stirn flammen seine Augen, richtig zum Fürchten.

Bei Neumond ist er da, ER, der Mann und Bruder, der Heros und Geliebte, namenlos und bekannt von jeher, kommt über sie wie Meereswellen, salzig und bitter, blendend und seligmachend und schwarz im Dunkeln.

»Wie geht es der Saat auf dem Felde?« fragt sie ihn, und er erwidert, die sei wohlgeborgen. Sie lacht in ihrem Glück. Zuverlässig, wenn der Mond geschwunden ist, kommt er zu ihr.

»Auch in mir ist deine Saat wohlgeborgen und wächst in mir. Ich fühl's. Hier leg deine Hände auf mich«, sagt sie. »Hier drin ist es.«

Seine kalten Hände, fest und groß, spannen sich um ihren Bauch, stützen und halten ihn, sein Daumen fährt in ihren schönen tiefen Nabel hinein und kreist sanft, als wolle er das in ihr liebkosen, und ihr ist wie einst in ihrem Zimmer in Rom, wo sie, ein Kind, auf den sonnenwarmen Dielen lag und er auf ihr – wie lange ist das wohl her?

»Überall sieht man, daß die Saat gut aufgeht«, sagt er, und lacht lautlos.

»Iß und trink bei mir«, bittet sie. »Bleibe. Alles ist dein.«

»Nein«, sagt er.

»Warum mußt du fort? Gibt es etwas, was du zu fürchten hättest? Du bist so stark.«

»Ich bin stark. Ich fürchte nichts.«

»So bleibe.«

»Nein.«

»Laß mich ein Licht anzünden«, bittet sie, »und setze dich an meinen Tisch.«

»Ja.«

Sie entzündet das Licht, und er setzt sich an den äußersten Rand der Helligkeit. Sein Vogelprofil, sein kurzgeschorener Kopf. Das Ohr, klein und anliegend. Der starke, sehnige Hals. Seine Augen sind im Schatten. Der Mann, den ich liebe.

Er nimmt weder Essen noch Trinken an.

Mit zwei Fingern löscht er den Lampendocht und trägt sie dann zurück aufs Bett.

Sie bewegen sich miteinander und ineinander, bis der schwache Schein des Herdfeuers erlischt und der erste Tagesschimmer durch die Ritzen der Fensterläden sickert.

Tawa schläft ein. Als sie aufwacht, ist er fort.

Ein bißchen Schnee fällt schon, aber nicht so viel, sie an ihren Auftrittsreisen zu hindern. Aber dann wird es mal wieder neblig, so ein richtiger Kolchisnebel, und sie können froh sein, daß sie heil nach Haus kommen, weil Herrn Publius' Muli einen guten Riecher und Trittsicherheit hat.

Die nächste Tour müssen sie aussetzen.

Dem Poeten ist das recht. Er ist ja nicht gewohnt, ständig auf Achse zu sein, so sehr er seine Erfolge genießt. Und daß die Frau ihn als Mann nicht in Betracht zieht, macht die Sache sicher auch nicht leichter – so oft, wie sie zusammen übernachten.

Tawa ist es überhaupt nicht recht.

Nicht nur, daß sie ihre Geschäfte einbüßt und dazu die wunderbaren Momente, wenn die Männer sie anstarren, begehren und verehren, nein, sie ist nun auch noch von früh bis spät den Belästigungen durch ihren Nachbarn ausgesetzt, der einherstolziert wie ein Gockel, weil er ja nun Manneszucht eingeführt hat in der Siedlung. Sehr verdienstvoll. Aber inzwischen sind alle schon ein bißchen genervt.

Als der Nebel nachläßt, kann man wieder los. Und da hat sich der Centurio was Tolles einfallen lassen: Sie wollen den beiden Streitern gegen Barbarenwillkür (so heißen sie inzwischen) das Geleit geben bis an die Grenze ihrer Felder.

Als Tawa diese abgehalfterten Figuren sieht, unzureichend bewaffnet, mit den alten Blessuren, ihre putzigen Nachbarn eben, Kranke und Alte, die nun die Helden spielen wollen, kann sie nicht an sich halten und fängt an zu lachen.

»Ihr müßtet euch bloß sehen!« ruft sie. »Die Fußlahmen vom letzten Feldzug. Wenn ihr gegen die Barbaren zieht, kriegen die keinen Pfeil ins Ziel vor Lachen. Na, spielt man schön weiter, Jungs, und laßt euch von eurem Centurio schurigeln, darin ist der bestimmt Meister!«

Der Poet windet sich. Er kriecht förmlich in sich zusammen.

»Der Centurio hat große Verdienste um unsere Sache, Tabea! Und diese Männer geben ihr Bestes!«

»Das ist es ja – daß das ihr Bestes ist. Und dieser Leuteschinder – hör auf. Hilft mir mal wer in den Sattel?«

Höchst befriedigt läßt sie das Tier antraben. Sie kann sich das Gesicht von Fabius gut vorstellen. Dem hat sie's gegeben.

Publius folgt atemlos. »Das war empörend!« sagt er mißbilligend.

Sie verfällt in Schritt, läßt die Zügel locker. »Ach was«, sagt sie. »So was Albernes wie diese Typen! – Wollen Sie lieber reiten? Ich steig ab. Ich geh gern zu Fuß.«

Als sie Tage drauf zurückkommen, hängt neben dem inzwischen halb verrotteten leeren Weinschlauch noch was überm Zaun, schwarz und weiß gefleckt. Die Katze ist tot. Ihr Rückgrat ist gebrochen, und vor ihrer Schnauze steht blutiger Schaum.

Das war Fillos Katze. Er hat sie aufgezogen und mit ihr gespielt, sie hat ihm Gesellschaft geleistet, wenn sie auf dem Feld war.

Tawa bricht in wütendes Schluchzen aus.

Sie nimmt den Kadaver, und während ihr die Tränen übers Gesicht laufen, stapft sie durch den fremden Hof und schlägt mit der Faust gegen die Tür des Fabius.

Er hat drauf gewartet, daß sie kommt.

Gleich steht er auf der Schwelle, breitbeinig, die Arme in die Seiten gestemmt, und starrt sie an.

Sie ringt nach Luft. »Du Mistkerl!« sagt sie. »Du Mistkerl!« Was anderes fällt ihr nicht ein.

»Ich hab dich gewarnt«, sagt er träge. »Streunende Katzen kriegen, was sie verdienen.«

»Ich hoffe, du kriegst auch bald, was du verdienst«, sagt sie mühsam. »Hier! Behalt das! Laß dir 'ne Pelzkappe draus machen, damit dir dein halbkahler Schädel nicht erfriert!«

Sie schmeißt das tote Tier nach ihm, aber er weicht dem Wurf aus, mit einer kleinen, gut eingeübten Bewegung aus der Hüfte.

»Blödes Weib«, murmelt er verächtlich und spuckt aus, direkt vor ihre Füße. »Dir werd ich's zeigen. Du überlegst dir noch, mit wem du dich anlegst, du narbiges Luder.«

Und zu ist die Tür, aber als sie sich umdreht, um zu gehen, wird noch mal aufgemacht, und er zielt natürlich sehr genau. Der Katzenleib trifft sie im Nacken, und Fabius lacht.

Und noch einen Tag, und dann ist Neumond.

Ihr Freund, der Bringer der Saaten, kehrt bei ihr ein, nach dem Rechten zu sehen, und fragt, ob alles gedeiht. Ja, sagt sie, alles gedeiht. Und ER: Dann sei es ja gut.

»Nicht alles ist gut«, erwidert sie. »Ich habe einen bösen Nachbarn. Der will mich haben. Und weil er mich nicht kriegt, fängt er an, mich zu stören. Nicht, daß ich mich fürchte. Es gibt ja dich. Aber er ist mir lästig.«

Und sie erzählt ihm alles, während sie nebeneinander liegen auf dem schmalen Bett; ihr warmer, von der Liebe schweißnasser Leib an seine Kühle gepreßt, seine große Hand liegt fest über ihrem Schoß wie eine Klammer.

»Narbiges Luder hat er mich genannt«, flüstert sie. »Fühl meine Narben, Mam.«

»Nenn mich nicht Mam.«

»Nein, Mam. Nein, Heros. Fühl sie.«

Er drückt seine Lippen auf den Riß in ihrer Wange,

dann auf die Kluft, die ihre linke Brust zerteilt, Spuren des Messers, mit dem derjenige, für den sie ihn hält, einst am Ufer des lieblichen Nemisees auf sie losfuhr, weil er sie für seinen Mörder ansah.

»Er wird dich nicht mehr stören«, sagt er. »Niemand beschimpft dich hier.«

Sie lächelt triumphierend in die Dunkelheit. Ich bin geborgen. In seiner Kälte fühl ich mich warm.

»Bleibe noch, Heros. Geh nicht fort.«

Aber er entweicht schon, schwindet lautlos wie Nebel überm Meer. Und sie überkommt ein Schlaf, als würde sie versinken.

Er hängt überm Zaun genau wie die Katze, und genauso ist er auch zu Tode gekommen: Das Rückgrat ist gebrochen. Am aufgerissenen Mund klebt getrocknetes Blut.

Der Centurio Fabius war in der Siedlung nicht gerade beliebt, und seine militärischen Übungen haben das auch nicht verändert. Aber sein Tod erregt die Gemüter mächtig, vor allem wegen eines Umstandes: Neben der Leiche war in den Boden eingepflanzt ein skythischer Pfeil.

Publius, der Poet, ist aus dem Häuschen. Nach dieser grausigen Bluttat müßte doch endlich, endlich auch den Verantwortlichen in der Garnison begreiflich zu machen sein, daß man hier gleichsam unterm schwebenden Schwert lebt, daß die Bedrohung nicht nur hinter den Bergen lauere, sondern offene brutale Gewalt eindringe in ihr Gemeinwesen, heute, morgen, jeden Tag. Zu den Waffen, Quiriten!

Boten werden hin und her geschickt.

Es zeigt sich, daß Fabius nicht das einzige Opfer dieser Nacht ist. In der Siedlung der Legion V hat es auch einen Mann erwischt. Er liegt ebenfalls mit gebrochenem Kreuz am Fuß einer Klippe – freilich könnte er auch abgestürzt sein, denn er war ein leidenschaftlicher Fallensteller und vor allem hinter den Erdhörnchen her, die er für sein

Leben gern aß. Doch in Anbetracht des anderen Todesfalls glaubt das natürlich keiner.

Auch aus anderen Wehrdörfern wird Beunruhigendes gemeldet. Überall will man wieder Skythenkrieger gesichtet haben, teils als Patrouille auf den Bergkuppen und an den Pässen, teils seien sie gleichsam aus dem Nichts vor friedlichen Römern aufgetaucht, die gerade beim Holzhacken waren oder sich an ihrer Latrine zu schaffen machten. Getan haben sie nichts. Noch nichts. Aber ihr Erscheinen mit all den kriegerischen Zeichen ist beängstigend genug.

Aus einer anderen Ortschaft kommt die Kunde, ein bis an die Zähne bewaffneter Skythe sei nächtens mitten durch die Siedlung geritten und habe Kriegsgeschrei und Drohungen ausgestoßen. Später stellt sich freilich heraus, daß der einzige Zeuge dieses Vorfalls sturzbesoffen von einem Nachbarn kam und auf halbem Weg von seiner Frau in Empfang genommen wurde, und daß es dabei nicht bei Kriegsgeschrei und Drohungen geblieben war. Aber da hat sich Fama schon der ersten Fassung angenommen.

Die Stimmung ist panisch. Die geängstigten Kolonisten senden sofort eine Abordnung ins Castellum und bitten um militärischen Schutz. Ihr Anführer ist natürlich Publius, der Poet, der in so vorausschauender Weise gewarnt hat und immerhin erreichte, daß man dieser Entwicklung nicht unvorbereitet gegenübersteht.

Tawa und ihr verschollener Mann sind auf einmal ganz unwichtig geworden.

Was den toten Centurio angeht, so wird er mit allen Ehren begraben. Seine Sklaven sind schon am Morgen seines Ablebens davongelaufen. Lieber gleich untertauchen, ehe jemand auf die Idee kommt, einen zu befragen.

Die Nachbarn verteilen sein Vieh und seine Habe untereinander, und Tawa, die wegen des Todes einer Katze daherkommt und Ansprüche stellt, wird mit einem Krug Öl und einem Balg Wein entschädigt – na, das hatten wir schon mal!

Die Mitbürger kehren im Haus des Toten das Unterste zuoberst: der skythische Goldschmuck! Aber davon ist nicht ein Gran auffindbar. Entweder hat Fabius alles verkauft und in seine florierende Wirtschaft gesteckt, oder er hat es so gut vergraben, daß man es nicht mal mit 'ner Wünschelrute entdeckt. Das stimmt verdrießlich.

Am Abend nach dem Tod des bösen Nachbarn liegt Tawa wach, zwischen Furcht und Hochgefühl, Beklommenheit und Freude. ER tötet auf mein bloßes Wort.

Da hört sie mal wieder aus ihrem Ziegenstall Getöse.

Sie steht auf und sieht nach. Inzwischen kann sie ganz gut mit dem nicht Geheuren umgehen. Bloß, wie immer: wenn man nachsehen kommt, ist da nichts.

Am nächsten Morgen entdeckt sie zu ihrem Erstaunen, daß ihr wundersames Kräuter- und Gezweigefutter aus den Satteltaschen des Maultiers, das überhaupt kein Ende nahm, auf einmal zur Neige geht.

Man soll sich nicht beschweren. Es hat ja den ganzen Winter gereicht und ihr zu hübschen Einnahmen verholfen. Am Ende hätte sie noch Hühner, groß wie der Vogel Rock, und eine Wunderziege mit goldenem Vlies braucht sie auch nicht. Hoffen wir, daß die Wirkung des Futters noch ein bißchen anhält.

Ihr Viehzeug allerdings benimmt sich völlig durchgedreht, als wieder auf normal umgestellt wird. Die Hühner gakeln und jammern tagelang und die Ziege tritt nach ihr, beißt um sich und schreit entsetzlich. Die werden wohl Entzugserscheinungen haben. Sie weiß, wie das ist. Den Wein rührt sie nicht an, schon gar nicht den von Fabius. Einmal steigt sie auf zum schrägen Feld. Es ist merkwürdig warm dort, und wenn man genau hinguckt, sieht man kleine Buckel im Erdreich, wie von Maulwürfen. Irgendwas wächst da.

Sie fiebert dem Neumond entgegen mit Bangigkeit und Furcht und Freude. Aber die Tage und Nächte vergehen, der Mond wird kleiner, verschwindet, kommt wieder.

Kein Heros.

VIII

Das ist nun ein anderer Ort.

Sie haben ihn mit verbundenen Augen hingebracht, verschnürt wie ein Bündel Stockfisch für den Markt. Auch den Mund haben sie ihm verschlossen. Unnötigerweise, ihm war nicht nach Schreien zumute. All seine schönen Freundinnen sind fort. Statt dessen riecht und hört er nun all das, was in dem Frauendorf fehlte: den Duft des Feuerholzes und der nassen Windeln, das fröhliche Klopfen der Schlegel am Bach, wenn die Wäsche gewaschen wird, Gepolter bei der Arbeit, Singen und vor allem den Lärm der Kinder.

Er kann zwar nicht verstehen, was sie rufen und schreien und weiß nicht, worüber sie lachen, aber sie sind da, und ihre Stimmen sind schrill und fröhlich. Daß Kinder da sind, tut ihm wohl. Im übrigen ist er zu Tode betrübt und voll finsterer Ahnungen.

Der dunkle Raum, in dem man ihn hält, wird erwärmt von zwei schwelenden Kohlenbecken. Ihr Licht reicht nicht einmal aus, die Größe seines Gefängnisses zu erhellen. Er vermag sich nicht zu rühren. Sie haben ihn mitnichten losgebunden, haben zwar den Knebel im Mund und das Band von den Augen entfernt, aber keinesfalls die anderen Verschnürungen, und mumiengleich gewickelt liegt er auf einem Lager wie ein Säugling im Steckkissen, und wie ein solcher wird er gefüttert und getränkt, gewaschen und gewickelt.

Er leistet keinen Widerstand.

Ihm tut nichts weh. Er fragt nichts. Sicher geben sie ihm Tränke, die das bewirken. Meist hat er Träume, aber die sind nicht schön. Längst vergessen geglaubte Geschehnisse und Menschen aus seinem früheren Leben tauchen da auf. Solche, die ihn schlugen, als er Kind war und als er erwachsen war, solche, die ihn als Knaben und als Mann mißbrauchten, sind auferstanden und tun ihm alles noch einmal an. Einer kommt, der ihn erst küßte und dann die ihm versprochene Münze in den schlammigen Fluß warf, damit er danach tauche, und verlacht und verhöhnt ihn. Andere kommen und beschuldigen ihn, ein Mörder zu sein und immer die zu töten, die er liebt.

Zunächst wehrt er sich in diesen scheußlichen Träumen gegen die Anschuldigungen, aber immer überzeugen sie ihn, daß sie im Recht sind, sowohl mit dem, was sie ihm antun, als auch mit dem, wessen sie ihn bezichtigen. Er hat die Frau ermordet, die sie die Königin nannten und die seine Liebe war, und nun hat er noch eine zweite hinterher geschickt. Sie wird die andre wohl zu finden wissen, da irgendwo im Dunkel jenseits des Flusses.

Manchmal weint er im Schlaf. Er hat Angst, und manchmal kippt diese Angst in Haß um, und er will die schlagen, die ihm das antun. Aber seine Hände sind ja gefesselt.

Er wollte, er wäre öfters wach und könnte die Kinder hören.

Nach einer Frist, deren Dauer er nicht ermessen kann noch will in dem Dunkel des Raums und der Benebelung seines Kopfes, fangen sie offenbar an, die betäubenden Mittel in seinen Speisen und Getränken zu reduzieren. Er ist etwas häufiger wach, träumt weniger und beginnt, über sich und seine Lage nachzudenken. Aber das bekommt ihm auch nicht. Und auf die Dauer findet er die Fesseln unerträglich drückend, er verzweifelt fast daran, so hingestreckt und bewegungslos zu sein, er schämt sich, wenn er unter sich macht, und er hat Angst.

Es war falsch, sich zu wünschen, öfter wach zu sein.

So tief bedrückt und voller Schuldgefühl, wie er ist, macht er keinen Versuch, seine Wächterinnen und Pflegerinnen anzusprechen. Sie selbst verrichten ihre Arbeit in beharrlichem Schweigen. Zudem sind sie maskiert. Sicher würden sie ohnehin nicht antworten.

Und irgendwann reinigen sie ihn und geben ihm, statt ihn erneut einzuwickeln, ein hirschledernes Kleid und stecken ihm eins der belebenden Blattröllchen in den Mund, auf daß sich die Benebelung seines Kopfs lichte. Und sie legen ihm einen Umhang auf die Schultern und lassen ihn das Laufen versuchen. Das ist sehr mühsam.

Da weiß er: Die Stunde des Gerichts ist nicht mehr fern.

Nun trifft er alte Bekannte wieder.

Krummbein und Weißbraue sitzen da und eine Dritte, auf erhöhtem Sitz, aber auch sonst durch Größe herausgehoben, und alle drei sind unverhüllten Angesichts. Nun wird der Stab über ihn gebrochen. Herausgeführt aus diesem Haus hat man ihn nicht. Offenbar muß er vor seinem Tod nicht mehr erfahren, wie die Orte der Geten aussehen, in denen sie gebären, leben und dahinscheiden, wenn sie nicht auf dem Schlachtfeld sind. Eigentlich schade.

Nur ein paar hölzerne Teile, die er immer für eine Wand hielt, werden auseinandergerückt, und da sitzt das Tribunal.

Seine Wächterinnen zwingen ihn in die Knie, und das ist ihm ganz recht. Auch, daß sie sein Gesicht in den Staub drücken, scheint ihm angemessen. Oder ist er etwa in der Verfassung, sein Gesicht irgend jemandem zu zeigen?

Und diejenige, die erhöht sitzt, hebt nun an und spricht etwas. Wahrscheinlich die Anklage.

Nur, daß er nichts versteht.

Es ist Getisch, und es ist es nicht.

Mal glaubt er, den Sinn zu erfassen, dann kommt ihm wieder alles völlig fremd vor. Das Wort »Feuermutter« hört er ein paarmal heraus, aber alles drum herum klingt vertraut und verdreht zugleich.

Er lauscht so fieberhaft, daß es schmerzt, und es gefällt ihm überhaupt nicht. Was soll das? Er war für den Tod in der richtigen Stimmung und bereit, die Begründung seiner Strafe zu hören und hinzunehmen. Aber das hier will er nicht. Nicht so.

Er hat einmal davon gehört, daß manche Völker mehr

als eine Sprache haben – eine für die Sachen des Alltags und eine andere, wenn sie die Götter anrufen oder sich ähnlich hehrer Dinge befleißigen. Offenbar ist das so bei diesen Skythinnen. Aber er hört es zum ersten Mal, und sie wissen bestimmt, daß er es nicht verstehen kann. Hätten sie nicht eine Dolmetscherin bestellen können?

»Laßt einmal«, sagt er zu seinen beiden maskierten Wächterinnen, die seinen Kopf, kaum, daß er ihn ein bißchen hochhebt, an den Haaren fassen und wieder zu Boden drücken, so das seine Stirn unsanft auf dem Holz aufschlägt. (Und es ist das erste, was er überhaupt sagt, seit sie ihm das Maul gestopft hatten.) »Laßt doch. Ich will den Würdenträgerinnen etwas sagen, in aller Demut und mit allem Respekt.« (Er sagt: von unten her nach oben hinauf.)

Und wirklich verstummt der Sermon da vorn, und es spielt auch keine Ball mit seinem Kopf.

Kniend erwartet er, daß er ins Kreuz getreten, mit Kopfnüssen traktiert oder anderswie gebeutelt wird. Aber nichts dergleichen.

Die drei warten auf seine Worte.

»Hohe Frauen«, sagt er. »Redet zu mir so, daß ich es verstehe. Ich bin nur ein Barbar. Ich weiß, daß ich Unrecht getan habe. Ich durfte nicht entfliehen, nach euren Bräuchen, und gewiß durfte ich die Priesterin nicht entführen. Ich will nichts erklären oder entschuldigen. Aber sagt mir, was mit mir für diese Verbrechen geschehen soll, damit ich mich vorbereite, es zu erleiden. Sagt es in der Sprache, die ich kenne.«

Stille. Die drei sehen ihn an. Dann sehen sie sich gegenseitig an. Dann erhebt sich die Mittlere zu ihrer beeindruckenden Größe und verläßt den Raum. Ihre Beisitzerinnen folgen. Aber im Hinausgehen sagt Krummbein halblaut zu ihm: »Du bringst alles durcheinander.«

Sie bringen ihn wieder zurück in den Raum, in dem er verschnürt gelegen hat, aber fesseln und binden ihn nicht, und er ist erstaunt über das Gefühl, wie das ist, wenn man sich bewegt nach so langer Zeit; als wäre man unter Wasser, die Hand spürt den Widerstand der Luft auf wunderbare Weise, alles geschieht ganz langsam.

Es dauert nicht lange, da kommt Weißbraue in eigner Person zu ihm und sagt ohne langes Drumherum: »So. Komm jetzt mit mir. Wir reden jetzt.«

Keine maskierte Eskorte taucht mehr auf, sondern die Frau stiefelt einfach vor ihm her, ohne sich umzudrehen. Sie trägt geschnürte Fellbotten, er hingegen hat keine Schuhe. Der Schnee liegt fest und hoch. Es ist betäubend kalt. Taumelig und geblendet taucht er aus dem Dunkel der Hütte in die weiße Welt. Es ist viel zu hell. Ihm fallen Tawas Hühner ein, die blind herumflattern, wenn man sie bei Schnee aus dem Stall läßt.

Zum Glück ist es ein kurzer Weg.

Eine Hand packt ihn und zerrt ihn ins nächste Haus. Wie seine Füße brennen, das ist Feuer und Eis in einem.

Langsam gewöhnen sich seine Augen um.

Das ist eine Hütte wie in der Siedlung der Kriegerinnen. Drin ist die Hochgewachsene auf einem Stuhl und läßt ihre ernsten dunklen Augen über ihn hingleiten. Und dann kann er aufatmen, denn sie redet, und er versteht sie.

»Deine Widerworte haben uns erstaunt und nachdenklich gemacht.« (Wörtlich: Der Stachel deiner Zunge macht unsere Augen groß und füttert den Kopf.)

Die beiden anderen nicken bekräftigend.

Er hört nach Atem ringend zu. Es geht ums Leben.

»Die Mütter und die Zauberfrau haben ihre Herzen befragt, und sie werden es noch mehr als einmal tun müssen. Dein Einspruch hat den Zweifel in uns erweckt. Du versteht die heilige Sprache nicht. Aber das ist noch nicht alles. Dir sind auch unsere Bräuche unbekannt. Das, was du getan hast, ist ein Verbrechen, das seit undenklichen Zeiten keiner mehr verübt hat. Inzwischen ist es gar keins mehr. Nur die Strafe hat sich erhalten. Das ist merkwürdig.«

Er sieht sie an mit Augen, in denen sich das Nichtverstehen spiegelt.

Ja, die Worte hört er und kennt er. Aber was meinen sie?

»Er guckt wie ein Fisch«, sagt Weißbraue belustigt, und er ist dumm genug, sich darüber zu ärgern, daß sie ihn auslachen. Ist das eine Art, in so einem Augenblick Witzchen zu machen, wo es für ihn um Leben und Tod geht?

Die Große wirft einen maßregelnden Blick auf ihre Beisitzerinnen. Dann fährt sie fort: »Wir denken nach und wir erwägen. Drüben in der Anderswelt sind Mütter und Zauberfrauen genug. Werden sie nicht die Brauen runzeln über ihre Töchter, wenn sie für ein Vergehen strafen, das keines mehr ist? So haben wir drei, nämlich die ›Saatenmutter‹ (mit dem Finger auf Weißbraue), ›Speermutter‹ (mit Blick auf Krummbein) und ich, die ich Oben und Unten regele, beschlossen, weiter in unserem Sinn zu erwägen, ob es noch eine Schuld ist oder nicht.« (Sie sagt: in unseren Bäuchen zu verdauen.)

Sie erhebt sich riesig, und Weißbraue – Saatenmutter bedeutet ihm, sich aufs Angesicht zu werfen, was er beflissen und ziemlich verwirrt tut. Als er wieder aufsteht, bemerkt er zum ersten Mal, wie sehr ihn die Knochen schmerzen. Die Zeit als gewickelte Mumie macht sich bemerkbar.

»Du kannst gehen«, sagt Saatenmutter, während Krummbein (Speermutter) an ihm vorbeischlendert mit ihrem bewußten spöttischen Blick – ob sie wohl das Kommando angeführt hat, das seine stumme Geliebte mit Pfeilen spickte?

Was soll das heißen: Du kannst gehen?

Heißt das: Du bist frei, du kannst herumlaufen, oder du mußt wieder in dein Quartier zurück, wirst erneut verschnürt?

»Ich brauche Schuhe«, sagt er. »Ich bin nicht gewohnt, barfuß durch den Schnee zu laufen.«

Ihre Mundwinkel zucken. »Sonst bist du doch nicht so empfindlich bei den Sachen, die du im Kalten unternimmst«, entgegnet sie. Eine Diskussion wartet sie nicht ab, sondern läßt ihn ohne Schuhe und ohne Antworten zurück, und er hat solche Furcht vor der Kälte an den Füßen, daß er erst einmal dableibt, hingehockt, die Knie ans Kinn gezogen, die Arme drum, und vor sich hin starrt.

Saatenmutter.

Offenbar haben sie ihre höchsten Magistrate zu ihm geschickt – warum wohl? Saatenmutter alias Weißbraue dürfte vielleicht so was sein wie eine Bestimmerin fürs Aussäen und Ernten, für Speise und Jahreszeiten. In Rom gab's auch so was – waren das nicht die Ädilen? Na, jedenfalls etwas in der Richtung. Und Speermutter ist dann also ein Prokonsul und oberster Feldherr der Skythinnen. Die in der Mitte war Zauberfrau. Oberste Gesetzgeberin. Vestalin. Virgo Maxima, obwohl die hier auf die Jungfräulichkeit nicht solchen Wert legen.

Eigentlich stimmt es hinten und vorne nicht.

Die drei Gewaltigen. Er ist mehr bedrückt als beeindruckt. Wenn man solche Geschütze gegen ihn auffährt, dann muß es ja ganz schön schlimm um ihn bestellt sein. Seufzend dreht er seinen mißhandelten Körper hin und her, dehnt die Schultern, streckt die Arme, bewegt das Becken, läßt die Zehen spielen.

Wenn er's doch nur kapieren würde! Strafe für ein Vergehen, das längst keins mehr ist? Wieso ist es kein Vergehen, mit einer Priesterin durchzubrennen? Sie wird dafür getötet, und bei ihm ist es kein Vergehen? Da war er in seinem gewickelten und entmündigten Elend bereit zu sterben, wie sie gestorben war, und fand es eigentlich nur gerecht.

Aber mit der Gerechtigkeit ist das offenbar so ein Ding. Hier hat man solche und dort wieder andere Vorstellungen von ihr.

Jedoch, obwohl er immer noch bis zu einem gewissen Grad bereit ist, die schlimmste Strafe hinzunehmen, ist er doch keineswegs willens, mit bloßen Füßen hier durch den Schnee zu laufen.

Er sieht sich in der Hütte um. Da sind die Stühle der Frauen, es gibt das Kohlebecken, auf dem Duftkräuter verbrennen, und daneben außer der Holzkohle auch noch breite flache Baumscheiben. Offenbar verbrennen sie manchmal auch dergleichen für eine warme und helle Flamme. Er sucht sich zwei besonders dünne Abschnitte aus.

Die inneren Wände sind hier wie bei ihm in der Frauen-Siedlung mit Bastschnüren verknüpft und verflochten. Das Ding ist aus vielen Häuten gemacht wie eine Zwiebel. Er zieht ein Paar Schnüre aus den Innenwänden. Es ist ziemlich mühsam, aber er hat Geduld und auch Trotz. Dann befestigt er mit den Bastbändern die hölzernen Scheiben unter seinen Füßen und stakst vorsichtig damit umher. Es scheint zu gehen. Draußen ist es sogar richtig gut. Man kann damit rutschen.

Ein paar Kinder – zumeist Mädchen, wie er trotz der Vermummungen zu erkennen glaubt – laufen herbei und glotzen ihn an, wie er so zwischen den Hütten hindurch stapft zu seinem Gefängnis und Lebensraum. Sie zeigen mit dem Finger auf ihn, sie tuscheln, sie kichern. Andere kommen dazu. Schließlich folgen sie ihm in sicherer Entfernung und bewerfen ihn mit Schneebällen, freilich immer daneben. Dazu rufen sie etwas, das sich anhört wie »Feuerschänder« oder »Feuerstehler« – ein Wort, das er vorher noch nie gehört hat.

Unbeschadet dessen erreicht er das Langhaus, aus dem sie ihn hinausgeführt hat, findet seinen Raum wieder, aber darinnen keinerlei Bande, das Kohlenbecken gut bestückt, Essen und Trinken bereit, auch die belebenden Blattröllchen zum Kauen. Ansonsten keine Seele.

Er wirft sich aufs Bett und genießt, daß er Arme und Beine so legen kann, wie ihm der Sinn, steht, gähnt, krümmt sich zusammen wie ein Junges, das noch im Mutterbauch ist und schläft im Nu ein, ohne sich die geringsten Gedanken um seine Zukunft zu machen.

Als er am nächsten Morgen erwacht und hinaussieht, schlittern die Kinder herum mit Holzscheiben unter den Fellschuhen, Bastbänder um Fuß und Bein.

Aufs neue scheint es keine Zeit zu geben.

Er weiß nicht, ob es Tage oder Wochen sind, die dahingehen, ohne daß etwas geschieht. Seine Hauptbeschäftigung ist noch immer zu schlafen. Obwohl sie ihm nichts mehr ins Essen tun, da ist er sich ziemlich sicher. Er träumt ja nicht mehr so schreckliches Zeug.

Er muß wohl einfach alles aus sich herausschlafen. Zusammengerollt wie ein Igel im Winterquartier, lustvoll jede Drehung auf seinem Lager genießend. Die Freiheit der Bewegung läßt ihn manchmal erwachen. Mit einem Seufzer sinkt er wieder zurück.

Sein einst so martervolles Gefängnis ist immer wohlig erwärmt, und inzwischen hat er auch, um in der Siedlung umherzuschweifen, das passende Habit – Umhang, Mütze, Fellschuhe. Aber er hat keine Lust. Er will gar nichts weiter als dasein und atmen und schlafen, essen und trinken, wie sie's ihm hinstellen, und gar nicht denken. Die Trauer ist da wie ein Druck überm Herzen. Damit läßt sich's aushalten.

Noch immer schweigen die großen Drei und »verdauen in ihren Bäuchen«, ob er schuldig ist oder nicht. So was braucht eben Weile. Er ist nicht ungeduldig.

Schnee fällt währenddessen genug und übergenug, umhüllt die Rundhütten und Langhäuser, macht sie zu weichen weißen flauschigen Beulen in der Landschaft. Selbst wenn man wollte, man könnte nirgendwo hin. Eingeschneit. Versteckt. Verborgen.

Die Kinder haben das Herumrutschen auf den Holzscheiben inzwischen vervollkommnet. Die Scheiben wurden dem Fuß angepaßt, die Schnüre mit Ösen befestigt, einige haben geflochtene Ruten wie kleine Boote quasi als Ausleger, um im hohen Schnee nicht einzusinken. Sie fetten die Sohlen mit Wachs und gleiten dahin. Oft hört Fillo sie vor seiner Türe jauchzen und quietschen bei diesem Spiel. Sicher haben sie schon ganz vergessen, daß er es aus Not erfunden hat.

Es scheint über diesem Ort gar keinen Himmel mehr zu

geben. Überm ganzen Land wölbt sich eine graue milchige Glocke, eine wattige Kornschwinge, aus der es rieselt und herabsinkt. Man sitzt wie die Maus auf der Tenne.

Aber irgendwann steht dann doch Saatenmutter mit den weißen Brauen in seinem Raum, beugt sich übers Kohlenbecken, sich die Hände zu wärmen, schaut sich um, summt etwas und erklärt schließlich, sie hätten nun seine Frage lange genug verdaut in ihren Bäuchen und sie auch mit anderen hin und her gewendet und wollten ihm nun sagen, woran er sei.

Da greifen die Räder wieder, knirschend rollt der Karren Zeit weiter auf der Straße, auf welches Ziel hin – nun, das wird man ja sehen, und er erwartet es nun freilich mit Angst und Bangen. Die Trauer ist dünn geworden, die Bereitschaft, die Welt zu verlassen, weitgehend aufgebraucht. So hat er nichts mehr, womit er sich wappnen kann und geht in Verzweiflung.

Die große Zauberfrau, Mittlerin zwischen Oben und Unten, erfaßt als erfahrene Seelenkennerin mit einem Blick, wie ihm ist. Ihr Lächeln ist nicht ohne Spott.

»Ach, Männer!« sagt sie seufzend. »Immer eilen ihre Gedanken den Dingen voraus, immer haben sie schon vorher entweder gewonnen oder verloren!«

»Ich habe gegen eure Bräuche gefrevelt, muß ich mich da nicht fürchten?« fragt er ernst.

Sie nickt.

»Sicher, gefrevelt hast du. Aber der Frevel ist keiner mehr. In jenen lange vergangenen Mondumläufen, aus denen das Tabu stammt, waren die Menschen noch so unwissend wie ihre Brüder, die Tiere, und verstanden es nicht, Zunder und Stein zu handhaben oder einen harten Stock im weichen Holz zu reiben. Sie mußten warten, bis ein Blitz einschlug und das Feuer dann tragen und bewahren. Wer es hatte, bestand den Winter und konnte überleben.«

»Wovon sprichst du, Hohe Frau?« fragt er verwirrt.

»Von deinem Vergehen natürlich«, sagt sie etwas ungeduldig. »Vom Raub einer Feuermutter.«

Seine Lippen zittern. »Vom Raub einer Feuermutter?« wiederholt er blöde.

»Was dachtest du denn, was uns die ganze Zeit beschäftigt hat? Wer eine Feuermutter entwendet, ist nach dem alten Bräuchen verurteilt, gewickelt gleich dem ungeschlüpften Schmetterling, ohne Nahrung und Licht in den Wäldern abgelegt zu werden, als Opfer an unsere Ahnen und Brüder, die Tiere, auf daß sie sich seiner erbarmen, sein Herz und seine Leber finden und ans Licht zerren und seinen Eingeweiden den Frieden geben.

Aber die Tat ist seit Menschengedenken nicht mehr vollführt worden, und also auch keine Sünde. Jeder ist ja inzwischen fähig, Feuer zu entzünden. Warum sollte er es stehlen? Und jeder Bestohlene kann selbst wieder Licht machen. Du hast uns also dazu gebracht herauszufinden, daß eine alte Untat gar keine mehr ist. Dafür entlassen wir dich nicht nur aus der Strafe, sondern wir danken dir. Du bist ein Macher. Du machst, daß wir etwas vernünftig erwägen. Aber du kannst auch selbst etwas erfinden und nutzen – das ist bei Männern höchst selten. Es heißt ja, daß du schöne Gewänder knüpfen kannst, und du bist ganz vortrefflich in der Lage, den Frauen die Kinder so zu pflanzen, daß es sie erfreut. Und wie du aus dem Holz Schneeschuhe gemacht hast – das hat uns wirklich entzückt. Nicht nur die Kinder spielen damit, auch die Jägerinnen können weiter in den Wald vordringen und mit weniger Mühsal. Du bist wahrhaftig ein Beispiel, daß nicht dein ganzes Geschlecht aus hohlköpfigen Narren und Angebern besteht.«

»Aber … aber«, stammelt er, »mein Verbrechen … dies ist doch nicht nur mein Verbrechen, das mit dem Feuertopf! Ich bin euch entflohen, ich habe eure Priesterin entführt –«, er bricht ab.

Sie sieht ihn neugierig an.

»Ihr Barbaren seid seltsam«, bemerkt sie. »Wenn es dir nicht gefiel, warum solltest du nicht versuchen, fortzugehen? Das ist eine vernünftige Tat – genauso vernünftig, wie daß wir versuchten, dich wieder einzufangen. Das ist ein Spiel, und darin haben wir nun Gleichstand. Du bist wieder hier. Daß du die Frau zum Mitkommen bewegen konntest, ist eine Kühnheit. Und klug war auch der Raub der Feuermutter, wenngleich eben in diesem Fall ein altes Verbrechen.«

»Es war vernünftig? Es war kühn und klug?« ruft er, und seine Stimme überschlägt sich. »Ihr habt sie getötet! Ihr habt sie umgebracht!«

Nun stecken sie ihre Köpfe zusammen und tuscheln, während Fillo, so außer sich, daß er nur mit Mühe ein Schluchzen unterdrücken kann, die Hände vor die Brust preßt. Drinnen zerrt es, als hinge sein Herz an tausend Stricken.

Weißbraue tritt zu ihm und legt ihm sanft die Hand auf die Schulter. »Wir sehen dein Leiden«, sagt sie eindringlich, »aber du mußt versuchen zu begreifen. Wir haben sie getötet, weil sie es so wollte. Sie wollte diesen Tod, der keiner ist, denn sonst hätte sie nie und nimmer die Feuer auf der Hochebene entzündet. Wie es sich geziemte, hat sie uns den Weg zur Feuermutter und zu euch gewiesen. Sie hat mit dir genossen, was ihr zustand, und wollte den Rest, wie es sich gebührt. Sie ist nicht fort. Sie ist hier. Und sie ist nicht tot. Nicht auf die Weise tot, wie du denkst.«

»Was soll das sein? Tot ist tot. Was soll es da anderes geben?«

»Ihr Leib ist zu einem Gefäß geworden. Eine Nährhülle des Lebens.«

»Ich kann dich nicht verstehen, Hohe Frau.«

Die Zauberin erhebt sich, winkt. Weißbraue nickt ihr zu.

»Wir werden es dir zeigen. Du bist der erste Mann, der es sieht.«

Sie führen ihn durch die Siedlung. Merkwürdig leer wirkt die heute, die Kinder spielen nicht draußen. Vielleicht ist es zu kalt. Der Schnee knirscht unter den Füßen.

Es geht bergauf. Er hält den Kopf gesenkt und stapft

dahin, Zauberfrau vorn und Saatenmutter im Rücken, Speermutter läßt sich heut nicht sehen.

Da ist eine Lichtung zwischen den Bäumen und auf ihr etwas, das an einen Kohlenmeiler erinnert. Mindestens vier dünne Rauchsäulen steigen auf in die stille diesige Luft, so schmal und gerade, als seien es Seile, mit denen dieses Gehäus am Himmelsgewölbe befestigt ist.

Die Frauen leiten ihn in einen Vorraum und und verschließen die Tür sorgfältig hinter sich und ihm. Dann öffnen sie behutsam eine zweite, die ins Innere führt. Zauberfrau legt gebietend den Finger auf die Lippen.

Drin herrscht ein sanftes Licht, man weiß nicht, woher es kommt. In der Mitte ist etwas.

An einem Gewirr aus gedrehten Seilen und Spinnengeweben hängt eine Art Sack oder Kokon aus Fellen und Federn, der sanft, im Rhythmus eines tiefen Atems, pulsiert.

Der Sack ist gespickt mit Pfeilen.

Gerade noch rechtzeitig legt ihm Saatenmutter die Hand über den Mund, um seinen Schrei zu ersticken.

Dann tut er nun schon zum zweiten Mal während seines Aufenthaltes bei diesen Skythenweibern etwas, was einem Mann eigentlich nicht ansteht: Er verdreht die Augen und wird ohnmächtig.

Sie bringen ihn zu sich mit scharfen Schlägen, wozu sie Tücher benutzen, in würzige Essenzen getaucht, sie rütteln und schütteln ihn, als wenn er ein Mischkrug wäre und gehen überhaupt mal wieder alles andere als sanft mit ihm um.

Mit geschlossenen Augen hört er, wie sie über ihn herziehen: Männer wären eben nicht in der Lage, irgendwas auszuhalten, was über ihren Gesichtskreis hinausginge, und überhaupt würde sie die kleinste Kleinigkeit vom Pferd hauen, na und diesen erst! Bloß weil er was nicht kennt. Ein Blütenblatt im Wind.

Und sie lachen.

Sie sind schrecklich. Sie sind furchterregend. Sie tun entsetzliche, keinem Volk der Welt bekannte Dinge. Ihre Bräuche lassen einem die Haare zu Berge stehen.

Er hebt die Lider. Über sich sieht er ihre Gesichter, besorgt, ein bißchen spöttisch, ein bißchen freundlich. Alte und Junge sind da. Sogar Kinder, jene Kinder, die er bisher nur gehört oder von fern gesehen hat, haben sich um ihn versammelt.

Alte und junge Augen, alle dunkel wie Beeren, bräunliche Lippen, viel Haar, frei schwingend oder versteckt unter den Pelzhauben. Glatte und schrumplige Hälse, straffe und faltige Wangen.

Sein Weibervolk. Und natürlich haben es sich auch die drei höchsten Repräsentantinnen nicht nehmen lassen, seiner glücklichen Wiedererweckung beizuwohnen.

Er sagt: »Ihr seid grausam. Warum seid ihr so grausam?«

Und als er es sagt, merkt er, daß er lateinisch redet. Denn in ihrer Sprache gibt es das Wort gar nicht. Sie können ihn nicht verstehen.

Ihre Blicke sind wohlwollend. Fast zärtlich.

Er kann nicht wieder davonrennen. Er muß bleiben und muß versuchen, sie zu begreifen, soweit ihm das möglich ist. Sie tun das Ihre seit alters her.

»Wer von euch Müttern ist bereit, mich zu unterweisen?« fragt er sie in ihrer Sprache.

Weißbraue lächelt ihn an.

»Was du alles nicht weißt, das ist hinreichend, den Winter auszufüllen. Und alles verstehst du sowieso nicht«, sagt sie freundlich.

Also wird sie es sein, unter deren Obhut er nun steht.

Sie lassen sich die Würmer aus der Nase ziehen. Freiwillig wird erstmal gar nichts gesagt. Er soll lernen, sicher. Aber doch nicht alles. Nur manches. Nur das Was, nicht das

Wie. Und schon gar nicht die großen Geheimnisse. Die kann er ja ohnehin nicht begreifen, weil er ein Mann ist, weil er zu diesem törichten und minderwertigen Geschlecht gehört.

Freilich, es kommt ihm so vor, daß sie vieles selber gar nicht erklären können. Auch eine derart eingeweihte Person wie Saatenmutter Weißbraue weiß eigentlich immer nur, *daß* man etwas tut und nicht warum.

Die Mütter und Göttinnen haben es den Müttern der Mütter ihrer Mütter beigebracht. Und wenn sie jemals das Warum wußten, waren sie klug genug, das nicht zu überliefern. So ist es wie Wachsen geworden oder wie Atmen. Man tut es einfach. Man fragt nicht.

Er nun kommt und fragt.

Antworten folgen zögernd, werden manchmal verweigert. Aber er spürt auch, daß sie seine Fragen erwarten. Sie wollen, daß er hinter etwas kommt.

Alles hat Dauer, niemand beeilt sich.

In das Lager der Kriegerinnen kehrt er nicht zurück. Er bleibt hier bei den Kindern, den Alten, den Müttern, jenen, die stillen und jenen, die gebären werden – von denen es freilich sehr wenige gibt. Der nächste Schub Nachwuchs wird, wie er sehr gut weiß, erst im Sommer erwartet.

Seine hochmögende Lehrmeisterin holt ihn aus der Einsamkeit seines Gefängnisses heraus und zu sich, er wechselt über aus dem kalten Versammlungshaus in das heitere Lange Haus des Wohnens, das zu allen Stunden des Tages von Lärm und Lachen erfüllt ist, und in dem Kinder und Frauen zusammen leben.

Weißbraue hat ihn gleichsam adoptiert, wodurch er wieder zum Kind wird, denn als Mann hätte er dort auf gar keinen Fall Zutritt. So kennen die Frauen ihm gegenüber keine Scheu. Oft laufen sie in der Badstubenhitze des nach außen gut verschlossenen und hoffnungslos überheizten Hauses splitternackt herum, erwarten freilich von ihm, daß er sich verhüllt. Sie laufen, wenn es ihnen zu warm wird, kurz vor die Tür und wälzen ihre dampfenden Leiber unter Gekreisch im Schnee. Er hat diese Möglichkeit nicht, schwitzt, fächelt sich mit Reisern oder taucht die Arme in den Wasserbottich.

Da Weißbraue nun so etwas wie seine Mutter ist, genießt er die Ehren mit, die man ihr angedeihen läßt. Er ißt mit ihr aus einer Schüssel, und sie darf sich stets als Erste vom Kessel nehmen und die fettesten Stücke vom Fleisch. Auch schläft er mit ihr in einer Koje und unter den gleichen Fellen. Ausführlich kennt er ihren Leib, die schweren, bis fast zur Hüfte hängenden Brüste, den faltigen Bauch, die nur noch schwach behaarte Scham und die starken, von blauen Adern durchzogenen Beine, Waden wie Amphoren. Sie ist eine alte Frau, aber auf ihre besondere Weise auch schön, und daß er das so sieht, hängt damit zusammen, daß er Frauenkörper überhaupt mag. Auch riecht sie noch stark und würzig.

Das Grauen über das, was man ihm gezeigt hat, hält noch immer an. Das war seine Geliebte. Sie ermorden eine Frau, nehmen ihren toten Leib und erhalten ihn, offenbar als eine – wie sagten sie? – Nährhülle für anderes Leben.

Weißbraue versucht, es ihm verständlich zu machen: Mit ihrer Flucht hat sie ihnen ein allen verständliches Zeichen gegeben, daß sie bereit zum Opfer wäre – freudig bereit, ihr Leben für das Wohl des Stammes zu tauschen.

»Aber was brütet ihr Körper nun aus? Was wird sie gebären?« fragt er.

Sie wird nichts gebären, wird er belehrt. Etwas reift in ihr und erscheint, wenn es soweit ist. Es wird das sein, was der Stamm braucht. Vielleicht ein Geist, ein Wasser, ein Feuer, ein Ei, ein Tier, ein heiliger Stein.

Da klappern ihm die Zähne, wenn er sich vorstellt, daß Stein oder Ei, Geist oder Tier, Wasser oder Feuer ja möglicherweise aus seinem Samen entstehen, und die Haare auf seinen Armen richten sich auf wie damals, als er mit Tawa in der Hütte lag und draußen das Getöse, die Rufe und das Heulen und Klingen hörte, und so wie dort an die

Freundin schmiegt er sich auch hier an den anderen, den tröstlichen Leib. Sie aber hebt eine ihrer Brüste, so wie man einen Weinkrug anhebt, und schiebt ihm ihre große maulbeerfarbene Titte in den Mund, und er saugt an ihr und saugt sich in Schlaf. Er ist das Kind. Es gibt nichts zu begreifen an diesen Vorgängen. Sie sind da.

Alsdann erhält er eine Aufgabe. Nach seinen Anweisungen bauen sie mit großem Geschick – alle können alles – einen urtümlichen Webstuhl und ruhen nicht, bevor das Ding fertig ist, denn sie wollen es lernen.

Darüber muß er lachen.

»Habt ihr mich deswegen etwa entführt?« fragt er und erfährt zu seiner Verblüffung, unter anderem auch. Zumindest teilweise.

»Aber«, sagt er, »das bringt doch nichts. Ihr haltet keine Schafe, noch habt ihr Baumwollpflanzen oder Seidenraupen, die beide in warmen Ländern gedeihen. Ihr habt davon noch nicht einmal gehört. Und also habt ihr weder Wolle noch Garne.«

Aber sie sind ja nicht auf den Kopf gefallen. Natürlich haben sie was. Etwas anderes. Sie zeigen ihm, was es bei ihnen gibt: Das Haar ihrer Hunde mit dem langen Fell, die Unterwolle, so wie sie im Sommer ausgeht. Das sammeln sie und verdrehen es mit einem simplen Spinnwirtel zu dicken weichen Fäden. Mittels zweier glatt polierter gerader Stöcke knüpfen sie daraus Textilien, die man freilich nicht auf der bloßen Haut tragen kann, weil sie elend kratzen.

Das ist aber noch nicht alles. Da gibt es noch eine Art Baumbast, hauchdünn geschnittene und sehr geschmeidige Streifen, aus denen sie Flechtwerk hergestellt haben. Fillo spannt es auf den Webstuhl und ist begeistert. Es sieht glatt und glänzend aus und läßt sich mit grober Kette zu wunderschönen Matten verarbeiten. Auf seine Frage, wie sie den Bast gewönnen, erklären sie ihm, daß sie im Frühling die Triebe eines ganz bestimmten Strauchs häuten, die Rinde in eine eigens dafür ausgehobene Grube bringen und ihre Notdurft darauf verrichten bis zum Herbst. Dann wird es ausgewaschen, noch einmal mit einer Mischung von Asche und frischem Pferdeurin behandelt, geklopft und geschnitten. Nun ja. In einer römischen Gerberei arbeiten sie ja auch mit trockenem Hundekot von der Straße als Ferment.

Zu ihrer Begeisterung webt er die ersten zwei, drei Matten und frönt seiner Lust am Zierlichen, indem er stufenweise die flauschigen Hundehaare einwebt und schöne Muster macht.

Dann kommen ihm Zweifel am Sinn dieser Arbeit.

»Das ist ja ganz gut, ihr Frauen«, sagt er, »aber was soll damit geschehen? Um die Fußböden eurer Häuser auszulegen, ist es zu zart. Schmückt eure Pferde damit, doch da leisten sicher Leder und Fell bessere Dienste. Wichtiger und wertvoller wären für euch Kleider, wie sie die Kriegerinnen bei mir ertauschten in der Kolonie, findet ihr nicht?«

Sie sehen ihn wie so häufig spöttisch-freundlich an und fragen zurück, wie er sich das denn denkt? Ob sie sich nun Schafe anschaffen sollten hier in den Bergen, oder was?

»Es geht ums Hin und Her«, erklärt er, »um den Tausch. Das, wodurch sich die Menschen begegnen. Der eine hat dies und der andere das, was ihm fehlt, und so kommen sie zusammen. Zum Beispiel war ich bei den Kriegerinnen einer, der etwas hatte, was ihnen fehlte und sie hatten, wonach ich mich sehnte, und so konnten wir geben und nehmen.« (Sie kichern verhalten.) »In den Kolonien und Garnisonen der Römer gibt es gesponnene Wolle in Mengen, auch bunte Garne, Nadeln, scharfe Messer und Äxte aus Stahl. Vielleicht gefallen ihnen diese schönen Matten und Teppiche sehr gut und sie wollen sie lieber haben als Früchte und Fleisch und Felle und Häute, all das, was ihr mir immer brachtet. Das bieten auch andere an. Ihr vielleicht nur dies.«

Ja, sagen sie. Aber sie gehen nicht in die Städte der Römer. »Ihr nicht«, erwidert er freundlich. »Aber ich könnte gehen. Und zu mir seid ihr auch damals schon gekommen.«

Sie murmeln und sehen sich an. Offenbar hat er sie mit seinem Angebot erschreckt. Aber weswegen? Weil er sich in diese Rolle, die des Mittlers, hineingedacht hat? Sehen sie in ihm immer noch den Gefangenen? Oder ist ihnen der ganze Vorgang des Austauschs unheimlich?

Jedenfalls kommen sie zunächst nicht darauf zurück. Statt dessen tritt jetzt was ans Tageslicht, nämlich seine in der Garnison eingekauften Webmaterialien, die hier deponiert waren. Pfiffig unterbreiten sie ihm seinen Kram und sagen, erstmal hätten sie ja genug. Er könne allenfalls schon anfangen, für sie die schönen Kleider zu weben und mit den Nähnadeln zu verzieren. Und er weiß, was er wem schuldig ist und beginnt zunächst einmal mit einem buntgesäumten Gewand für Saatenmutter. Das wird günstig aufgenommen.

Am Abend liebkost sie ihn auf dem Fell-Lager, gibt ihm Blätter zu kauen und beginnt zu reden.

»Wie gut, daß wir dich mitgenommen haben!« sagt sie. »Wie anders bist du doch als andere Männer. Nicht so bedrohlich, so närrisch und eitel. Du kannst diese schönen Stoffe machen und mit scharfem Metall Vernünftiges tun, zum Beispiel nähen. Und du hast unserer Zauberfrau Beistand geleistet, bevor sie an ihrer Aufgabe verzagte und das Opfer vollzog und sich zu denen ganz unten durch den Brunnen begab.«

Die Begebenheiten aus der Kolonie stammen so ganz und gar aus einem anderen Leben, daß er Zeit braucht, um zu begreifen, was sie meint.

»Redest du von der Frau des Fabius?« fragt er vorsichtig.

Sie sieht ihn an, befremdet. »Wieso ›Frau des Fabius‹? Wie kann jemand einem anderen gehören, und noch dazu eine Frau einem Mann?«

»Es ist so Brauch bei uns Barbaren, verzeih. Er hat sie gekauft. Das heißt, er kann mit ihr tun, was ihm beliebt, sie behandeln wie einen Gegenstand. Und er war sehr schlecht zu ihr.«

»Schlechter, als sie es ertragen konnte«, sagt sie ernst, und er nickt.

»Aber wie kommt eine Hohe Mutter und Würdenträgerin in die Gewalt eines römischen Centurio? Du sagtest doch, sie sei eine Zauberfrau?«

»Sie war ausgezogen, um zu erkunden. Freiwillig«, entgegnet sie, »mit der Zustimmung der vereinten großen Mütter, der Ratsversammlung dreier Stämme. Sie war eine Zauberfrau, du sagst es. Sie kam aus altvererbter Macht und war auserwählt für Dienste, die dich nichts angehen. Es war ein Opfergang wie der unserer jungen Priesterin. Nein, zieh nicht die Stirn kraus. Diese empfand Freude an ihrem Opfer und Freude an dir. Jene wußte, daß sie keine Freude empfinden würde, und das war der Schrecken.«

Fillo sieht vor sich hin. Diese Frau, dieser geschundene und mißbrauchte Leib, halb verhungert ... Er hat die verstriemten Schultern gesalbt und sie lag an seiner Brust, nichts als eine Kreatur, die am Ende ist. Wo waren da ihre Mächte?

Weißbraue scheint seine Gedanken zu lesen, redet weiter.

»Sie war mit Fetischen ausgerüstet, mit starken Helfern, aber sie haben nichts bewirken können.«

»Woher wußtet ihr, daß sie bei mir war?«

»Sie hat es uns mitgeteilt. Wir hatten viel Magie gemacht, um sie zu unterstützen. Wir haben Schutzringe um ihr Haus gelegt. Es wurde hin und wieder gesungen. Aber ihr Lied mußte abbrechen.«

Ihr Gesicht ist finster geworden. Auf einmal hat er Angst. Er erinnert sich dieser Magie, dieser Wall von Klappern, Lärmen, Rufen und Schreien. Gewaltige Kräfte hin und her, Stürme, in denen sich die Erwählten besprachen, ein Ring um die kleine Siedlung. Und dennoch. Was hat es genützt? Zwei arme römische Kinder haben mit den Zähnen geschnattert vor Bangigkeit. Der Ex-Centurio Fabius hat wahrscheinlich nicht einmal im Schlaf gegrunzt.

Sie sind gewaltig und sie sind hilflos.

»Ihr Tod hat uns etwas begreifen lassen«, sagt seine mütterliche Lehrerin. »Wenigstens das. Wir wissen jetzt, daß die Männer dieses Barbarenvolks, dem du entstammst, schlimmer sind als reißende Bestien.«

»Und ich?«

»Du stehst außerhalb der Verschwörung der Männer«, sagt sie mit einer Bestimmtheit, die ihn verlegen macht. »Man sieht es, und man fühlt es.«

Ihre Augen sind wieder freundlich.

Plötzlich wird ihm klar, daß die Zauberfrau, wenn sie ihnen von seinem Beistand etwas mitgeteilt haben kann, ihnen auch etwas über den Verbleib des magischen Dings gesagt haben kann, an das er seit Ewigkeiten nicht mehr gedacht hat, und sein Herz tut ein paar schnelle Schläge.

»Was wurde aus den Helfern, mit denen sie ausgerüstet war?« fragt er und beschließt, den Dummen zu spielen, wenn es sein muß. Aber sie erwidert zu seiner großen Erleichterung: »Wir wissen es nicht. Vielleicht ruhen sie irgendwo und entfalten ihre Kraft zu anderen Zeiten. Sie sind wie Samen, der in der Erde schläft und sein Gefängnis sprengt, um ans Licht zu treten.«

Was hält ihn davon ab, ihr zu offenbaren, was in seinem Ziegenstall liegt?

Sie spielen mit ihm wie große Katzen mit einer Maus. Sie sind mächtiger als er. Wer will es der Maus verdenken, daß sie etwas für sich behält, wovon die Katzen nichts ahnen? Es ist ihres und nicht seins.

Vorsichtig tastet er sich heran.

»Ist der Fetisch der toten Zauberfrau vergleichbar dem Geheimnis, das im Leib der toten Priesterin brütet?« fragt er und merkt gleich, daß er verbotenes Land betreten hat, denn Saatenmutter schiebt ihn von sich fort, und ihre Augen funkeln ihn an.

»Hast du dergleichen bei ihr gesehen?« fragt sie blitzschnell.

»O nein!« sagt er und schüttelt den Kopf, die Augen kugelrund vor Erstaunen, ein Kind, das gut ist im Lügen. »Ich bin nur neugierig. Sie hat, so sagten sie, ja auch unglaublichen Goldschmuck getragen, als man sie aus dem Brunnen zog. War die Kraft darin? Fabius ist ein reicher Mann durch ihren Tod.«

»Was soll das heißen: ein reicher Mann?« fragt sie mit gerunzelter Stirn und hat die andere Sache vergessen.

Auf was hat er sich nun wieder eingelassen? Soll er ihnen jetzt erklären, was Eigentum ist und bewirkt? So etwas sollte man umgehen, solange es nur möglich ist. Es bringt sie sonst nur auf dumme Gedanken.

»Das getriebene rote Metall, mit dem sie behängt war, gilt in den Augen des römischen Volkes und der ganzen zivilisierten – ich meine, bei vielen Stämmen der bewohnten Welt –, als der kostbarste Stoff überhaupt. Wer viel davon bei sich trägt, ist hochangesehen und erntet Ehren. Er kann es, wenn er will, gegen andere begehrenswerte Gegenstände eintauschen. Zu diesen Gegenständen zählt man bei uns auch Menschen. So kam die Zauberfrau zu Fabius. Als ein solcher eingetauschter Mensch muß man für den anderen, den Herren, alle Arbeiten verrichten und wird als verächtlich und niedrig angesehen. Auch ich zählte einmal zu dieser Art Menschen, als ich noch jenseits des Meeres lebte.«

»Bist du da auch fortgelaufen?«

»Nein. Jemand anderes hat wieder Gold für mich gegeben und mir dann die Freiheit geschenkt.«

»Haben sie dich da geschlagen, wie die Zauberfrau geschlagen wurde?«

»Sie haben mich viele Male schrecklich geschlagen«, erwidert er, und sie, nachdenklich: »Vielleicht bist du deshalb so anders als andere Männer.«

Sie krault sein Haar, und er hofft bloß, daß sie nun nicht anfangen, als nächstes ihre Männer zu prügeln, um sie zu bessern und zu sänftigen.

»Aber dies Gold –« Er sagt »aurum« mit dem lateinischen Wort, und sie verbessert ihn: »Glanzerde. Glanzerde ist schön.«

»Diese Glanzerde – wie kommt es, daß sie sie hatte und niemand von euch sonst? Ich habe sie hier noch nie gesehen.«

»Es gibt einen einzigen Stamm oben in den Bergen gegen Mitternacht«, erklärt sie, »der findet diese Erde an einer Bergleite und freut sich daran, sie zu hämmern und sich damit zu schmücken. Wir hier schätzen sie nicht besonders. Denn wozu ist sie nütze? Sie ist viel zu weich und taugt nicht einmal für eine Klinge oder Pfeilspitze. Und zum anderen finden wir, daß geschliffene Steine mit schönen Maserungen, das stumpfe Weiß gebleichter Knochen neben flaumigen Federn oder bunte Beeren mit Holz uns schöner machen als das gelbe Zeug. Mich verwundert, was dein Volk daran so liebt.«

»Laßt es sie niemals erfahren, daß es oben in den Bergen dergleichen gibt. In ihrer Gier würden sie allen Speeren und Bögen trotzen und selbst durch wilde Wüsten ziehen, sie würden morden und brennen, nur um es zu erlangen.«

Weißbraue schnaubt verächtlich durch die Nase.

»Die sind wirklich töricht«, sagt sie. »Wenn sie wüßten, was für starke Zauber wir haben! Wenn sie die erlangen könnten, ja, da wären sie wohl reich!«

Das glaubt er ihr. Und wie sehr er ihr das glaubt! Mal wieder schaudert ihn, und er schmiegt sich eng an sie, als das Kind, das er hier vorstellt.

»So haben sich also mehrere Völker zusammengetan, um die hohe Zauberfrau zur Erkundung römischen Wesens auszusenden, und die Arme landete im Brunnen«, bemerkt er und erntet dafür einen kleinen Nasenstüber. Weißbraue schnalzt amüsiert mit der Zunge. »Nicht zu schnell und nicht zu schlau, Fillo! Warum nennst du sie arm? Sie ist in Ehren und aus freiem Willen nach ganz unten gegangen, hat, als sie das Lied nicht zu Ende singen konnte, den Weg durch das Wasser gewählt, auf dem jede schnell und sicher in die Arme der Alleserhaltenden gelangt. Auch erinnere ich mich, daß ich dir schon gesagt habe, die Mütter dreier Stämme haben sie ausgesandt. Muß das schon heißen, daß sich auch die Stämme zusammengetan haben? Das muß es nicht.« Sie lacht. »Geh langsamer voran, Kleiner.«

Er fühlt sich durchschaut. Aber sie zürnt nicht.

Die alte Rolle Blätter wird in einen Bastkorb gespuckt – getrocknet nährt man das Feuer damit –, und eine neue wandert zwischen ihre Lippen. Er bekommt auch und schluckt den bitteren anregenden Saft.

»Das Unglück wäre freilich, wenn sie den magischen Helfer mit in den Brunnen genommen hätte. Seine Wirkung wäre vertan, denn dort unten kann er gar nichts, außer das Wasser für diesen Römer auf ewig rein und klar machen. Das wird sie nicht gewollt haben. Wir denken, daß er noch irgendwo versteckt ist. Aber wo?«

Er schweigt und ist sehr auf der Hut, beißt auf sein bitteres Kraut. Kein Sterbenswörtchen wird er sagen. Es scheint ihm fast gewiß, daß zwischen dem Ding in seinem Stall und dem lebenden Kokon in der Waldhütte Verwandtschaft bestehen muß. Vielleicht werden die großen Helfer, die Fetische so gemacht?

Der Saft, den er den Blättern absaugt, macht seinen Kopf hell und klar. Er muß noch so viel wissen, darf so wenig verraten, darf keine übereilten Schlüsse ziehen. »Bevor ich vom Ort der Kriegerinnen geflohen bin, hast du etwas gesagt, was mich sehr erschreckt hat, weil ich es nicht verstehen konnte. Es ging um die Männer.«

»Ich war das nicht«, verbessert sie sofort, »sondern Speermutter. Du verließest dich selbst. Du bist sehr empfindlich.« Sie faßt seinen Kopf in beide Hände und mustert ihn forschend, wie um festzustellen, was sie ihm überhaupt zumuten kann. Er macht wieder seine runden Augen. »Nur bei bestimmten Sachen bin ich empfindlich«, entgegnet er, während seine Zunge das Blattröllchen hin und her schiebt.

Sie nickt.

»Magie ist nicht nur den Frauen unseres Volkes bekannt,« beginnt sie. »Zu Zeiten, als alles noch mit allem verbunden war, als nichts und niemand einen Namen hatte und Männer und Frauen nur ein Tier waren, wurde uns das Wissen gegeben. Manches von dem Wissen war so furchtbar, daß man es kaum behalten konnte. Als wir dann von der Alleserhaltenden getrennt wurden, sagten die Frauen: Diese Geheimnisse brauchen wir nicht. Wir wollen sie versiegeln und abtun an einer Stelle, an die man nicht so leicht gelangen kann.

Aber die Männer waren neugierig. Das ist nun mal ihre Natur. Sie stecken ihre Nase überall rein, so wie sie ihren Schwanz überall reinstecken. So kamen sie dahinter, wo die Geheimnisse verborgen waren.

Damals gab es eine besonders starke Zauberfrau, die Oben und Unten in einer Weise verband, wie das nur die Mütter von damals verstanden. Sie tauchte in die Wasser hinab zur Alleserhaltenden und bat sie um Hilfe, denn die Männer hatten gegraben und gegraben und waren schon auf ein paar wirklich entsetzenerregende Geheimnisse gestoßen.

Nun wirst sogar du wissen, daß niemand etwas umdrehen kann, was geschehen ist, und keiner ein Lied rückwärts singen kann, so wenig, wie eine Quelle ihren Lauf zu ändern und zurück in die Erde zu kriechen vermag oder ein welkes Blatt an seinen Ort am Ast zurückkehren kann, wenn es zu Boden taumelt.

Die Alleserhaltende sagte das der Zauberfrau. Aber die bedrängte sie hart mit Sprüchen und Zwängen, bis die Alleserhaltende, unwillig darüber, so lange in ihrem Schlaf gestört zu werden, sich dies abringen ließ: Die Männer können einen Zauber nur bewirken, wenn ihnen eine Frau dabei hilft, gleich, ob es eine Wissende ist oder nicht. Ohne eine Frau, die dabei ist, geht es nicht.

Dies schien unserer alten Zauberfrau genügend. Denn welche Frau, gleich ob Mutter oder Mädchen, soll sich wohl finden zu so finsteren Dingen, die gegen Bräuche und Gesetze des Stammes verstoßen. Und so tauchte sie denn wieder auf aus dem Wasser unter das Licht der Sterne.

Jetzt aber sind andere Frauen erschienen, törichte Barbarinnen, die von gar nichts etwas wissen. Frauen von jenseits des Meeres. Wenn es den Männern gelingt, eine von ihnen zu betören und sie ihnen bei den Beschwörungen hilft, so kann das schlimm werden. Sie können dann von ihr eine Saat auf dem Feld aussäen lassen, aus der entsetzliche Krieger erwachsen.«

»Eine Saat auf dem Feld?« fragt er und flüstert es fast. Er beißt auf sein Kraut, damit die Zähne nicht aufeinanderschlagen.

»Ja, eine Saat auf dem Feld«, bestätigt sie.

Es ist Nacht im Langen Haus.

Die Kohlenbecken glimmen durch die Dunkelheit, und das Atmen, das Husten und Schnarchen, alle Geräusche des Schlafs vermischen sich und steigen auf zum Gebälk und schweben da wie ein lebendes Wesen, das wispert und murmelt und etwas zu verkünden hat.

Er liegt hingestreckt an der Seite der Frau, gepreßt an ihre warme welke Haut, und zittert.

»Seit wann wißt ihr es?« fragt er.

Sie streichelt ihn sanft und gleichmäßig.

»Noch nicht sehr lange. Der Schnee hindert uns, aus den Bergen hinauszugehen und Nachrichten zu erhalten. Wir hatten das Maultier mit guten Gaben zu ihr gesandt, den Segen der Nahrung, damit sie nicht Not leidet. Aber es hat nicht geholfen. Es gab den Mann der Finsternis, der ist zu ihr gekommen und sie hat ihn angesehen als einen, den sie kennt. Als einen, der zu ihr gehört. Sie tut alles, was er sagt.«

»Der Mann der Finsternis?«

Ihre Finger verschließen ihm den Mund.

»Schsch«, macht sie. »Man sollte ihn nicht zu oft nennen.«

»Ich kenne nur einen einzigen, für den sie alles tun würde.«

»*Der* ist kein wirklicher Mensch. Aber er kann jede Gestalt annehmen. Laß uns nicht von ihm sprechen. Dies Geschöpf des dunklen Monds, des Gesteins, des Meersalzes, zu unguter Stunde vereint.«

»Ich muß zu ihr!«

»Du kannst nicht fort, Fillo. Keiner von uns kann jetzt die Berge verlassen. Der Schnee. Wir müssen alle warten.«

»Wollt ihr sie strafen? Sie ist unschuldig.«

»Das wissen wir. Es geht um anderes. Sie muß uns helfen.«

»Sie euch helfen? Sie ist ein armes Wesen. Hilf du ihr, Saatenmutter. Hilf uns.«

»Du redest mich mit meinem Namen an. Ich muß euch schon deshalb helfen, weil ich Saatenmutter bin. Und wenn ich euch helfe, helfe ich uns. Es ist üble Saat, und die muß fort, wenn nicht Schreckliches geschehen soll. Man kann sie vernichten. Aber es muß rechtzeitig sein.«

»Wie denn?«

Sie stöhnt.

»Es gibt zwei Wege, aber der erste ist uns verwehrt. Er wäre mit dem mächtigen Fetisch möglich gewesen, den die Zauberfrau hatte. Der hält jetzt wohl dem Untier Fabius den Brunnen klar. Der zweite Weg ist gefahrvoll und blutig. Wenn die Saat aufgeht, müssen die Kriegerinnen der Stämme zugegen sein. Sie müssen das, was schlüpft, sogleich vernichten, ehe es erstarkt.«

»Saatenmutter! Was wächst auf dem Feld?«

Schweigen. Dann spürt er ihren Mund an seinem Ohr, warmen Hauch.

»Gewappnete Männer. Kampfmaschinen. Sie tragen den Panzer festgewachsen an ihrem Leib wie andere die Haut. Zu Anfang ist dieser Panzer noch weich, und unsere Pfeile können ihn durchdringen. Später nicht mehr. Dann sind sie nicht mehr besiegbar.«

»Wer befehligt sie?«

»*Er.* Sie gehorchen ihm wie Hunde ihrem Herrn. Schsch. Sei still.«

Was für ein Entsetzen. Die Luft im Raum scheint klebrig davon. Er richtet sich auf.

»Der Fetisch ist nicht im Brunnen«, sagt er. »Sie hat ihn mir gegeben. Er ist in unserem Ziegenstall versteckt. Falls Tawa ihn nicht gefunden und zerstört hat. Oder *er.*«

Nun sitzt sie ebenfalls neben ihm, krallt ihre Finger in seinen Arm.

»Ist das auch wahr?« flüstert sie heiser. »Sagst du es nur, weil du zu ihr willst? Es ist kein Durchkommen.«

»Bei allem, was lebt«, erwidert er. »Bei dem, was in der Waldhütte wächst. Bei der Milch eurer Brüste. Bei meinem Samen in euren Schößen.«

»O Alleserhaltende!« stöhnt sie. »Laß es nicht zu spät werden! Gib Fillo deinen Hauch, damit es ihm gelingt, und die Kraft, dorthin zu gelangen!«

»Was soll ich dort tun?«

»Wir sagen es dir morgen. Die Zauberfrauen der Stämme müssen beraten.«

»Weich mir nicht aus. Wer, wenn nicht du, soll es wissen und kann es benennen? Du bist die Saatenmutter.«

»Ja, ich weiß es«, entgegnet sie. Der Griff ihrer Finger an seinem Arm löst sich.

»Nur diejenige, die es in den Boden gebracht hat, kann es auch vernichten. Dazu muß sie den Helfer nehmen und auf dem gleichen Feld eingraben. Du, Fillo, wirst sie dazu bringen müssen. Du bist der einzige, der es kann. Du mußt etwas ersinnen. Es geht darum, sie und uns alle zu retten.« Sie preßt seinen Kopf an sich. »Ach Fillo! Was für Werke! Und wie sehr es dir weh tun wird!«

»Wie konntet ihr denn überhaupt erfahren, daß sie es ausgesät hat?« fragt er die Versammlung.

Sie wiegen ihre Häupter, die teils unter Pelzhauben stecken, teils von großen Masken verhüllt sind, und murmeln unmutig.

»Oh – oh – oh«, sagt Weißbraue und bei aller Mißbilligung klingt es auch gutmütig. Sie kennt ihn ja. »Du mißtraust uns. Du bist doch sonst ganz schlau, Fillo. Auf welche Weise, meinst du wohl, haben wir diese Zusammenkunft der Mütter und Zauberfrauen einberufen? Es gibt die Luft, die Klänge und Töne und Lieder trägt und der kein Schnee etwas anhaben kann. Das solltest du doch wissen, der du uns mit unserer Zauberin in der Kolonie hast reden hören. Diese Frauen hatten beschwerliche Wege hierher zu erledigen, weil sie dir geglaubt haben. Ihren Pferden ging der Schnee manchmal bis zum Bauch. Nun glaube du auch uns.«

Sie wendet sich zu den anderen. »Er hat den Helfer verborgen. Nah bei dem Feld. Aber niemand erreicht es. Der Schnee.« Zustimmung, Gewisper.

»Laßt uns überlegen, was zu tun ist, um ihn dorthin zu bringen.«

»Aber vielleicht«, wendet er ein und drückt die Handflächen gegeneinander, »vielleicht will und kann ich es gar nicht. Ich soll sie betrügen! Soll sie verraten! Vielleicht ist es mir unmöglich, euch zu dienen.«

Es ist, als wenn er einen Schwarm wilder Bienen aufgestört hätte. Sie reden vieles und durcheinander in jener Sprache, die sie für die hohen Belange benutzen und die er nicht versteht. Aber es scheint, daß die drei Großen »seines« Stammes die Gemüter beruhigen können und für ihn sprechen – vor allem natürlich Weißbraue, die sich ja seiner angenommen hat und unter deren Schutz er hier sitzt, als sei er gerade von ihr geboren, nämlich am Boden zwischen ihren weit gespreizten Beinen, den Kopf an ihren Schenkel gelehnt, zu ihr und den anderen aufblickend. Er nimmt an, sonst wäre er gar nicht zugelassen zu dieser illustren Versammlung – wenn er nicht das Kind wäre.

Sie ist es auch, die sich nun wieder an ihn wendet.

»Ich habe ihnen gesagt, daß du nicht bist wie die Männer. Daß ich dir vertraue und daß sie es auch tun sollen. Und daß es für dich spricht, wenn du zunächst einmal zögerst, eine Frau zu hintergehen, weil du sie so hoch achtest, auch wenn es nur eine Barbarenfrau ist. Und dann habe ich ihnen gesagt, daß du viele Dinge nicht kennst und darum auch nicht verstehst. Darum sind sie einverstanden, die Alltagsrede mit dir zu benutzen. Sie wollen dir erklären, und ich werde ihr Mund sein. Fürchte dich nicht.«

Sie lächelt ihm aufmunternd zu.

Über ihm thronen sie und sehen auf ihn herunter. Er schlägt die Augen zu Weißbraue, seiner Mutter, auf und schmiegt sich vertrauensvoll an sie.

»Auch unsere Männer sind gute Krieger, das mußt du wissen. Aber allein können sie gegen die Römer nicht antreten. Denn unsere eigentlichen Waffen sind diese Berge, die dem Unkundigen den Zugang verwehren, Pässe, die zu verteidigen uns und unseren Bogen nicht schwerfällt, es sind die Winde und die Wasser, die für uns streiten, und unsere altvererbte Zaubermacht.

Nun lassen sie also die Krieger der Finsternis wachsen, um mit ihnen zu erstarken. Es ist ein sehr schlimmer Zauber, und es geschah bisher nur einmal.

Du kannst diese gewachsenen Krieger in ihren natürlichen Panzern zwar auch besiegen, aber wenn du sie auf dem Feld für tot liegen läßt und die Nacht bricht herein, stehen sie wieder auf – eine Armee von Unsterblichen. Es hilft nur, sie alle mit Feuer zu verbrennen, sie ganz und gar zu Asche zu machen.

Mit solchen gemeinsam wollen die Männer unserer Stämme die Römer ins Meer jagen und das an sich nehmen, was sie ersehnen: die scharfen Eisenwaffen. Und als nächstes – das steht fest – ziehen sie gegen uns, bereit, die alte Ordnung umzukehren mit diesen unsterblichen Kämpfern aus der Saat. Sie werden tun, was sie schon lange vorhatten. Sie werden uns beherrschen. Sie werden die Ordnung der Natur umkehren und sich zu Herren aufschwingen und die Völker der Skythen, Geten und Sarmaten in unendliches Elend stürzen. Ihr Stolz und ihre Eitelkeit, ihre unbeherrschte Natur und ihre Unfähigkeit, vorauszudenken und Saaten zu planen, werden immer mehr anwachsen. Zudem haben sie ja noch dieses Heer, das immer weiter kämpfen und töten will. Und gegen wen soll es antreten? Wir werden die Berge verlassen und uns neue Gegner suchen in fernen Ländern, ja, da können wir sie vielleicht zufriedenstellen, die Kämpfer, die dem Boden entsprossen sind ... So wird sie aussehen, die Welt, die von Männern beherrscht wird. Es ist kaum vorstellbar.«

Er braucht nur an sein Rom zurückzudenken, und er weiß, daß sie recht haben, so absurd solche Verdikte, solche Prophezeiungen aus ihrem Mund auch klingen mögen.

Jetzt nimmt Speermutter das Wort.

»Wie du uns hier siehst, haben sich nun die Frauen der Stämme entschlossen, einig gegen den gemeinsamen Gegner vorzugehen. Uns bleibt keine andere Wahl. Die Kriegerinnen sind besser zu Pferde als die Männer, und vor allen Dingen schlagen sie nicht nur drein, sondern kämpfen strategisch.« (Das Wort, das sie benutzt, hat er noch nie gehört, und er reimt sich nur zusammen, daß es dergleichen heißen muß. Es ist so was wie »Kopf in Faust«.) »Sie stehen den Männern nicht nach an Tapferkeit und verfügen über größere Zauber. Dennoch wird es sehr schwer werden, wenn wir die Kämpfer der Finsternis zerstören wollen, nachdem sie geschlüpft sind, denn natürlich werden die Männer die Saat bewachen, sobald die Zeit heran ist. Dann müßten wir zugleich gegen sie und jene vorgehen. Das wird sehr ernst. Vielleicht werden wir verlieren. Dann ist das Lied der Frauen zu Ende gesungen.«

Die Mütter und Zauberfrauen wiegen sich hin und her, sie verhüllen die Augen mit den Händen, klagen und seufzen.

Manchmal meint er, daß er sich nur kneifen muß, um aus diesem Traum aufzuwachen. Aber das geht schnell vorüber. Es ist Wirklichkeit. Sehr ernste Wirklichkeit. Für sie und für ihn.

»Darf ich fragen?« wendet er sich an Saatenmutter und die nickt. »So helft mir, Hohe Frauen, bei dem, was ich nicht weiß. Es heißt, schon einmal ist diese schreckliche Saat aufgegangen. Ihr habt euch ihrer bedient, der Krieger, die aus der Erde kamen. Aber wie ist man ihrer Herr geworden danach? Gibt es darüber ein Lied?«

Sie raunen miteinander in der Sprache, die er nicht versteht. Dann sieht die Zauberfrau »seines« Stammes wieder hinüber zu Speermutter, die muß es wissen, und die antwortet.

»Damals waren wir in höchster Not. Es wird gesungen, daß wilde Horden auf schnellen kleinen Pferden aus den baumlosen Ländern von Mitternacht kamen, Weiber und Männer nicht zu unterscheiden. Sie kannten keine Häuser und keine Heiligtümer und widerstanden jedem Zauber. Ihre Sprache war nur Schreien und Krächzen wie von wilden Krähen.

Sie töteten alle, die sie finden konnten, auch die Alten und die Kinder, und sie fraßen sie auf, Fillo. Sie fraßen ihre besiegten Feinde auf!

Krieger und Kriegerinnen schlossen sich da zusammen, diesen Gegner zu bekämpfen und die runden Hütten und Langen Häuser zu beschützen. Gemeinsam säten wir die Saat, und gemeinsam zerstörten wir nach der letzten Schlacht die Geschöpfe der Finsternis. Damals, so heißt es, war die Walstatt eine einzige Flammenbahn unter dem dunklen Himmel.«

Fillo denkt an die Feuer auf der Hochebene, zwischen denen er mit der Priesterin schwebte, um irgendein Unnennbares zu zeugen, und seine Haut zieht sich zusammen am Hinterkopf und auf dem Rücken, aber er zwingt sich, ruhig zu bleiben.

»Ich verstehe«, sagt er.

Der furchtbare Zauber, geschaffen, damit sie sich gemeinsam eines Feindes von außen erwehren können. Nun kehren sie ihn gegeneinander.

»Du verstehst, das ist gut. Und du siehst auch, wie vonnöten es wäre, die Saat zu vernichten, bevor sie aufgeht«, flüstert Saatenmutter. Ihre Stimme klingt heiser vor Kummer.

»Ihr seid so gewaltige Zauberfrauen«, bemerkt er, »und ihr habt so starke Helfer. Kann es euch nicht gelingen, den Schnee zu besiegen? Könnt ihr den Frühling nicht eher heraufzwingen, den Lauf der Monde beschleunigen, so daß man hingelangen kann?«

Wären sie zum Lachen aufgelegt, hätten sie ihn jetzt sicher ausgelacht. So wiegen sie nur müde die hilflosen Häupter.

»Selbst wenn wir einen so großen Frevel begehen könnten – aber wir können es nicht –, was würde es nützen? Kommt der Frühling schneller, sprießt auch die Saat früher. Auch die auf dem Feld.«

Ja, sie haben recht.

Sie schweigen. Saatenmutter stöhnt wieder, und es schneidet ihm ins Herz. »Wie soll uns nur geholfen werden?«

Ihre Beine schließen sich um ihn, als wollten sie ihn nie wieder loslassen. Er riecht ihren Weibsgeruch. Gesenkten Kopfes sieht er auf ihre schön geschnürten Fellschuhe. Und da fällt ihm etwas ein.

»Hohe Frauen«, sagte er. »Laßt mich etwas sagen. Ihr seid gewohnt, alles auf dem Rücken eurer Pferde zu bewältigen. Aber man kann auch zu Fuß gehen. Diejenigen, die mich kennen, wissen, was kürzlich geschehen ist. Nämlich eines Tages stand ich barfuß und wagte mich nicht durch den Schnee, und so band ich mir Bretter unter die Füße. Inzwischen rutschen eure Kinder zu ihrem Vergnügen mit solchen Brettern herum, und einige Jägerinnen haben sie mit geflochtenen Auslegern versehen, um vor der Siedlung nach ihren Fallen zu schauen.«

Im Raum ist es still. Dann sagt eine der Maskierten: »Meinst du, man könne mit solchen Brettern …«

»Die Bretter«, unterbricht er sie, »sind gut, hier auf den glatten Wegen des Ortes herumzuschlittern. Aber für den tiefen Schnee draußen sind die Ausleger besser. Es ist wie eine Art großer Sohle, mit denen man über die Fläche leidlich dahinstapfen kann, ohne bis zum Nabel einzusinken. Erinnert euch, daß es ja auch Waldtiere gibt, die breite Tatzen haben und leicht sind. Die können dort gehen, wo eure Pferde keinen Huf mehr aus dem Schnee bekommen.«

Eben noch hat sie aus tiefster Not geächzt wie eine Verwundete. Jetzt ist Saatenmutter ganz sachlich.

»Das muß ausprobiert werden, Weber«, bestimmt sie. »Laß uns keinen einzigen Lidschlag zögern. Wir holen die Jägerinnen, die dergleichen für sich gebaut haben. Wir sehen es uns an und versuchen, wie man diese breiten Sohlen noch besser machen kann.«

Sie erhebt sich, und mit ihr die anderen. Man redet aufgeregt durcheinander. Er sitzt auf einmal ganz allein auf dem Fußboden, Beine in Fellstiefeln und ledernen Hosen in seiner Blickhöhe, wie es sich so ergibt, wenn man Kind ist. Die Versammlung löst sich auf, als wenn's ein Spinnstubenkränzchen wäre, nicht die würdige und feierliche Zusammenkunft der Potentatinnen. Die Masken werden gelüftet, man lacht, schnattert durcheinander, lädt sich gegenseitig und vor allem die Auswärtigen zum Essen ein, diskutiert die Qualität der getrockneten Beeren und der Kräuter dieses Jahres. Als wären alle Probleme schon gelöst, nur weil man eine Möglichkeit erwägt.

Für ihn freilich fangen sie erst an. Vor allem, da er ganz und gar nicht weiß, ob er es wirklich tun will, das auf Tawas Feld.

Bereits nach den ersten Stunden ist er so erschöpft, daß er eigentlich nur schlafen will – oder umkehren. Das kann kein Mensch schaffen. Er verwünscht seine Idee mit diesen Schneeschuhen. Das Zeug ist ja vielleicht gut, mal ein paar hundert Schritt in den Wald zu stapfen, um eine Hasenfalle zu inspizieren, aber nie und nimmer für solche Gewaltmärsche.

Unerträglich schwer hängt ihm das bootförmige Weidengeflecht an den Füßen. Als habe ihm jemand die Schuhe mit Blei gefüllt. Was für eine Quälerei, sich so breitbeinig fortzuschleppen! Knie und Lenden schmerzen ihn. Und dazu noch die Last auf dem Rücken, der notwendige Proviant.

Er wirft aus den Augenwinkeln einen Blick zu seiner Führerin und Begleiterin.

Sie haben ihm Ocha beigegeben, seine schöne kräftige Gefährtin aus dem Lager der Kriegerinnen, und er ist ihnen dankbar dafür. Er mag Ocha sehr, und auch sie hatte Freude gezeigt über den Auftrag.

»So, nun schaff ich dich also dahin zurück, woher du gekommen bist, Weber!« Ihre Augen glänzten, und sie boxte ihn freundschaftlich gegen die Schulter.

Jetzt wünscht er sie dahin, wo der Pfeffer wächst.

Unermüdlich setzt sie ihre Füße vorwärts. Die geflochtenen Sohlen scheinen ihr keinerlei Mühe zu bereiten, und auf sein Jammern und Bitten, eine Rast einzulegen oder doch wenigstens etwas weniger schnell zu gehen, schüttelt sie nur gleichmütig den Kopf.

Es ist windstill, aber eisig kalt, der Schnee pulverig und trocken. Unter seinen Pelzen läuft ihm vor Anstrengung der Schweiß herunter. Er möchte die Kappe abnehmen, die Handschuhe ausziehen, den Überwurf öffnen, aber das untersagt sie ihm jedesmal mit einem unwilligen Zuruf, als wäre er ein Gaul, der nicht macht, was sie will.

Er ist wütend und müde. Schritt, Schritt, Schritt. Schon unzählige Male ist er sich selbst auf die Schuhe getreten und hingefallen – sie nicht einmal. Sie lacht, streckt ihm die Hand hin, zerrt ihn hoch. Meist fällt noch so was ab wie: »Sei nicht so ungeschickt!«

Als er jetzt wieder stolpert und stürzt, weigert er sich,

ihre Hand zu ergreifen. Mit geschlossenen Augen verkündet er: »Ich gehe keinen Schritt mehr!«

Sie schnaubt unwillig. »Steh auf, Weber!«, sagt sie gnadenlos. »Das ist zu früh für eine Rast. Wir müssen weiter!« Er schüttelt den Kopf, ohne die Augen zu öffnen.

»Ocha, ich kann nicht mehr!«

»Du kannst«, sagt sie kategorisch. »Und du mußt. Auf mit dir, auf!«

Und sie stößt ihn mit dem umgedrehten Speer, überhaupt nicht sanft.

Er öffnet die Augen und sieht zu ihr hoch.

Da steht sie, breitbeinig auf den überflochtenen ovalen Rahmen, den Bogen über der Schulter, Speer in der Handschuhfaust, und außer der gleichen Menge Gepäck, wie er sie auf dem Rücken trägt, schleppt sie noch zwei Felle mit, zwischen denen sie wohl übernachten sollen.

Er kann das nicht verstehen. Woher nimmt sie die Kraft, woher nehmen sie alle ihre Kraft, diese Waldweiber, diese kämpfende Amazonentruppe?

Sie stößt ihn wieder.

»Warum nicht eine Rast machen?« fleht er.

»Das erklär ich dir, *wenn* wir Rast machen«, erwidert sie.

Mühevoll, schwankend richtet er sich auf. Es geht weiter. Ihren Imbiß, ein paar gekochte Wurzeln und kaltes Fleisch, nehmen sie im Gehen ein, stillen ihren Durst mit einer Handvoll Schnee.

Schritt, Schritt, Schritt.

Ein Glück bloß, daß es so früh dunkel wird.

Es dämmert, als sie endlich einen Platz bei einem Felsüberhang findet, wo nur wenig Schnee hineingeweht ist. Er stürzt hin, halb von Sinnen vor Müdigkeit, und läßt zu, daß sie ihm die Schneeschuhe von den Füßen zieht und ihn in eine der Felldecken einhüllt. Ihm ist alles egal. Er bemerkt noch, daß sie im Offenen ein Feuer entzündet und Schnee in ein Gefäß sammelt, wohl, um ihn zu schmelzen. Dann verfällt er in schweren Schlaf.

Als er erwacht, kommt es ihm vor, als seien nur Minuten vergangen.

Knisternde Kälte an seinem Gesicht. Über ihm Sterne, Feuer, die nicht wärmen. Er dreht sich auf die Seite. Alles tut ihm weh. An den glimmenden Scheiten sitzt sie, den Speer im Arm, ein massiges Stück in Pelz und Leder, ein Klumpen Frau.

»Ocha«, flüstert er, »warum schläfst du nicht?«

Sie lacht, ohne sich nach ihm umzudrehen.

»Weil einer von uns eben wachen muß«, erwidert sie, »entweder du oder ich. Es gibt wilde Tiere. Vielleicht gibt es auch Feinde, wer weiß. Du bist ja hier nicht mit einer Priesterin oder Zauberfrau unterwegs, sondern mit einer gewöhnlichen Kriegerin. Man muß sich schützen gegen Gefahren, darf sie nicht heranlassen. Ich hab dich heil hinzubringen. Ich passe auf.«

»Ich kann auch wachen«, erbietet er sich schlaftrunken und richtet sich mühsam hoch.

»Das wirst du auch«, antwortet sie, »und zwar gleich.«

Sie lehnt den Speer gegen seine Schulter. (Er hat die Hände noch gar nicht aus der Umhüllung gezogen.) »Und kümmere dich ums Feuer. Aber wenn was kommt, dann weck mich, hast du verstanden? Versuch bloß nicht, allein damit fertig zu werden!«

Damit zieht sie sich ihren Umhang über den Kopf, rollt sich zu einer Kugel zusammen und schnarcht gleich so lieblich wie einst an seiner Seite.

Er blinzelt gegen die Nacht an.

Nur er und die Schlafende.

Wie lange ist es her, daß er einmal allein war mit der ganzen Welt drumrum? Immer in Häusern und Räumen, oft gebunden, meist von vielen umringt.

Die Sterne schicken eisige Wellen auf ihn herunter. Er zittert. Mit schmerzenden Knochen erhebt er sich, schleppt sich zum Feuer, legt Holz nach. Feuer vertreibt wilde Tiere und böse Geister.

Schmelzender Schnee tropft von den Bäumen im Umkreis des freien Platzes, den die erfahrene Ocha zur Brandstelle ausersehen hat, damit ihr keine herabfallende Schneelast die Flammen löscht.

Sein Kopf ist wie leergefegt.

Er ist hellwach und todmüde zugleich. Irgendwas scheint sich zusammenzubrauen. Irgendwer will was von ihm. Ihn wundert's nicht; aufgrund seiner Mission ist er schließlich von höherem Interesse für Mensch und Nicht-Mensch.

Plötzlich kommt Wind auf, treibt den pulverigen Schnee, wirbelt ihn in die Höhe, dreht ihn und flicht etwas aus weißen Strängen, eine Leiter gefrorenen Wassers, ein Eis-Seil, glitzernd im Mondlicht, ein Band zwischen Oben und Unten.

Er hat seinen Speer beiseite gelegt, richtet sich auf.

Solchem Zeugs begegnet man besser aufrecht. Auf einmal spürt er keinerlei Schmerz mehr in seinen Gliedern.

Die schimmernde Schneesäule vibriert, sie verändert ihre Stärke, mal ist sie dick und knorrig wie ein Baumstamm, mal so dünn wie eine Schnur. Bei diesen Veränderungen gibt sie sirrende, flirrende Töne von sich, die sich zu einer sehr anmutigen Musik formen, ähnlich dem, was Fillo einst in Rom bei einer Jahrmarktsposse gehört hat, wenn sie die Sistren rühren. Ob das die legendäre Musik der Sphären ist, von der soviel gefaselt wird?

Vorsichtshalber geht er ein paar Schritte zurück. Auch wenn es verlockend klingt: Man kann nie wissen.

Die Erscheinung folgt ihm eben diese paar Schritte nach. Er faßt sich ein Herz und geht wieder drauf zu. Die Schneesäule weicht zurück. Offenbar soll immer der gleiche Abstand gehalten werden. Er erinnert sich an den Ziegenbock vom bösen Nachbarn Fabius, der einen genauso schlechten Charakter hat wie sein Herr und einen hinterrücks angreift. Wenn man sich aber zu ihm umdreht, senkt er die Hörner, trippelt auf der Stelle und hält einen Abstand, den er um keinen Preis durchbricht, egal, ob man nach hinten oder nach vorn, nach links oder nach rechts ausweicht – bis ihn irgendwer mit einer Handvoll Salz wegholt.

Aber zwischen einem stinkenden Ziegenbock und einer holdselig singenden Schnee- Erscheinung muß es ja doch ein paar Unterschiede geben.

Er zieht einen Handschuh ab und streckt die Hand aus. Der vibrierende Singsang wird höher und feiner.

Gleichzeitig beult das Ding so was wie Saugnäpfe oder Füßchen in seine Richtung aus, die sich suchend hin und her bewegen. Offenbar hat es Lust, ihn zu berühren, wenn er nur auch wollte.

»Kann man mit dir reden?« fragt er behutsam.

Es summt und brummt, dreht sich, singt und kokettiert, aber was es sagt, versteht er nicht. Schon wieder eine neue Sprache. Vielleicht erzählt es ihm, wie viele Arten von Schneekristallen es gibt.

»He«, sagt er, »komm schon, komm, faß mich an. Ich hab's gern, wenn man mich anfaßt.« Und er reckt seinen Arm, soweit es geht.

Eine Berührung. Ja, es tippt an seine Fingerspitzen, als wolle es mit ihm spielen – so kurz, daß er noch nicht zu sagen vermag, wie es sich anfühlt.

»Trau dich«, ermutigt er das Ding und sich selbst. »Bist du heiß oder bist du kalt?«

Ein Zugriff, zuerst eisig an seiner Hand, dann eine Flamme, die überall hin schießt, so daß er sich aufbäumt und auf den Zehen steht, den Leib zurückgebogen wie ein gekrümmter Weidenzweig.

Dann läßt der Feuerstoß nach, und zurück bleibt ein Zittern, dessen er nicht Herr werden kann. Ihm ist, als pulsiere das Blut so stark in seinen Adern, daß sein Leib bebt. So kribblig, als wäre er in einen Ameisenhaufen gefallen.

Die Säule aus Schnee und Kraft summt weiter, diesmal in tieferen Tönen. Es klingt zufrieden.

Und er selbst? Er fühlt sich so belebt, so erfrischt. All seine Schmerzen sind wie weggeblasen von diesem Eis- und Feuertanz.

Noch mal. Das muß er noch mal versuchen.

Wieder streckt er den Arm aus, spreizt die Finger, und wieder kommt es ihm entgegen. Tippt ihn an, neckt ihn, durchglüht – vereist ihn, zieht sich zurück.

Er lacht noch, als es geschieht.

Wie von einer gewaltigen Krake fühlt er sich plötzlich umklammert, angesogen und hineingerissen ins Innere der Säule. Es schnürt ihm die Luft ab, er kann nicht einmal schreien, es preßt ihn zusammen, macht ihn schmal und wirbelt ihn in die Höhe. Vor seinen Augen blendende Helle, dann Farben, solche Farben hat er noch nie gesehen, und dies Gesinge und Getöne.

Auf einmal kann er verstehen, um was es geht.

Ja, natürlich, sagt er, tief da drinnen bei sich. Den Mund kann er sowieso nicht aufkriegen, aber er ist sicher, daß sie einander verstehen.

Spielen macht Spaß, sagt er, du bist neugierig, du magst mich. Aber wer bist du? Also, sanft gehst du nicht mit mir um. Du kennst meine Bedürfnisse doch gar nicht. Nein, tust du nicht. Zum Beispiel möchte ich atmen, aber du läßt mich nicht, so, wie du mich festhältst. Mir ist schwindlig. Es macht mir keinen Spaß mehr. He, laß mich los. Das geht nicht mit Menschen. Jetzt wird mir schwarz vor Augen. Ist so vielleicht der Tod, erst das Gepränge und Getön, und dann bloß Enge und Nacht?

Etwas schreit markerschütternd.

In dem Wirbel taucht ein dunkler Brocken auf, zerteilt die beklemmende Umarmung. Eine Tonfolge wird immer wiederholt, spitze Silbe, runde Silbe; er begreift, daß ihn jemand beim Namen ruft.

Fillo, das bin ich.

Zwischen Schneeschleiern und im Pfeifen des Windes macht er die vertraute Gestalt Ochas aus. Zwischendurch allerdings ist sie immer mal wieder unsichtbar – ob es ist, weil seine Augen sie nicht aufnehmen wollen, gar nichts mehr aufnehmen wollen, oder ob die Erscheinung sich zwischen sie und ihn wirft, das weiß er nicht.

Sie packt ihn an, sie zieht ihn und schiebt ihn und schleudert ihn mit Grobheit auf den Boden. Allmählich gewinnt er den Atem zurück und die äußeren Sinne (sein Empfinden innen ist so wach wie noch nie). In ein paar Schritten Abstand von ihnen zerteilt sich die Schneehose, löst sich in Drehen und Schauern auf, legt sich, fällt nieder, kuscht wie ein Hund.

Ocha, keuchend, hält ihn an den Schultern fest. Langsam begreift er, was sie die ganze Zeit schreit.

»Verschwindet, laßt den Mann in Ruhe! Er ist nicht für euch! Er gehört uns! Haut ab!«

»Ocha, Ocha«, sagt er freundlich, und ein Gefühl von Glück und Wärme durchströmt ihn, »reg dich doch nicht so auf. Es ist ja nichts mehr da.«

»Hatte ich dir nicht eingeschärft, daß du mich wecken sollst, wenn was kommt?« brüllt sie und schüttelt ihn.

»Aber es war doch gar nichts«, erwidert er.

»Nichts? Das nennst du nichts? Sie hätten dich beinah auf Nimmerwiedersehen davongetragen! Du leichtsinniger Hund, was hast du gemacht?«

»Es – sie wollten nur spielen«, entschuldigt er sich und das da, das es nicht mehr gibt. »Was war es eigentlich?«

»Woher soll ich das wissen? Ich bin nur eine Kriegerin und keine Zauberfrau. Jedenfalls war es alles andere als harmlos. Es wollte dich eindeutig haben.«

Sie richtet sich auf, wirft den Kopf in den Nacken, ruft trotzig in die Dunkelheit: »Aber ihr kriegt ihn nicht, hört ihr? Ihr werdet ihn nie kriegen!«

Draußen ist alles still.

»Meinst du«, fragt er, »es waren Teile jener Mächte, gegen die ihr – gegen die wir angehen?«

»Was auch immer es war, es wollte dich haben, und also wollte es vereiteln, was wir tun wollen.«

Ihr Zorn richtet sich jetzt gegen ihn. »Mistkerl, ist auf dich gar kein Verlaß? Kann ich nicht einmal ein Auge voll Schlaf kriegen, ohne daß du wegläufst?«

»Aber ich bin nicht weggelaufen«, verteidigt er sich.

»Das ist einfach hierher gekommen. Ich wollte nur wissen, was es ist.«

»Das kommt auf eins raus«, sagt sie kurz angebunden.

Ihr Feuer ist ganz heruntergebrannt, aber das geschmolzene Schneewasser in dem Topf ist noch warm. Er sieht, daß sie irgendwas von den getischen Kräutern darin gesotten hat, als sie das Gefäß jetzt mit ihren behandschuhten Händen aus der Asche hebt, vorsichtig ein paar Schlucke davon schlürft und ihm dann befiehlt: »Austrinken!«

Er gehorcht. Es schmeckt besser, als er erwartet hat.

Am Horizont wird es langsam hell.

»Wie ist dir?« fragt sie.

»Mir geht es gut«, entgegnet er und ist selbst überrascht, wie gut es ihm geht. Alle Schmerzen sind fort. Das Blut pulsiert kräftig durch seine Adern und pocht in den Fingerspitzen, seine Füße sind warm, sein Kopf klar, und er fühlt sich imstande, gleich loszumarschieren.

Ocha schüttelt den Kopf.

»Das Ding hat mir offenbar die Arbeit abgenommen«, murmelt sie. »Wenigstens etwas.«

»Was meinst du damit?«

»Es hatte ja seinen Grund, warum ich dich gezwungen habe, einen so langen Tagesmarsch zu machen. Bei dieser beschwerlichen und ungewohnten Fortbewegungsart war zu erwarten, daß du dich nach einer Rast kaum noch würdest rühren können. Ich hatte vor, dich auszuziehen, dich Glied für Glied durchzukneten und mit Schnee abzureiben, um dich wieder beweglich zu machen.«

»Siehst du!« sagt er. »Es hört sich übrigens scheußlich an, was du da androhst. Also Ocha, so gern ich mich im allgemeinen von dir Glied für Glied –«

Sie schnaubt durch die Nase. »Können Männer denn niemals ernsthaft sein? Komm, wir müssen weiter.«

»Und du? Auch du bist nicht gewohnt, mit diesen Schneeschuhen zu laufen.«

»Frauen sind nicht so empfindlich«, sagt sie abweisend.

»Ich schaffe das schon. Außerdem bin ich besser trainiert als du.«

Sie ist gerade dabei, sich das bootförmige Flechtwerk wieder anzuschnallen.

»Los, beeil dich. Morgen früh entkommst du meinen Händen sowieso nicht. Es erscheint ja nicht jede Nacht eine Schneehose. Und selbst wenn: Hüte dich!«

Sie machen sich auf den Weg.

Je näher sie dem Paß kommen, desto weniger Schnee liegt. Der zweite Tag und der Morgen danach sind am schlimmsten. Da glaubt er wirklich, keinen Schritt mehr machen zu können, und Ocha unterzieht ihn ihrer Knet- und Schneebehandlung so unbarmherzig, daß er wimmert und jammert und die Witze vergißt. Aber danach kann es weitergehen.

Am dritten Tag hat er sich eingewöhnt.

Aber von da an wird die Schneedecke immer dünner, bald gibt es keinen Bedarf mehr an geflochtenen Gleitschuhen. Sie schnallen die »Boote« ab und wandern eine Weile breitbeinig und mit stakenden Schritten einher. An den Utensilien haben sie schwer zu schleppen.

Sie reden wenig miteinander, dazu ist es zu anstrengend. Ihr Essen ist zu knapp und ihre Nächte sind zu kurz.

Einmal schießt Ocha einen Hasen, aber dessen Reste müssen sie einem Wolf opfern, einem Einzelgänger, der sie verfolgt, bis sie ihm einen Beuteanteil geben. Nächtliche Erscheinungen überirdischer Art bleiben aus.

Der Paß ist zwar schneefrei, aber vereist, und Ocha wickelt Pelzstücke mit dem Haar nach außen um die Füße, damit sie nicht so rutschen. Aber es bleibt ein hartes Stück Arbeit.

Sie purzeln schließlich Hals über Kopf hinaus in die Welt jenseits, als würden sie hinausgedrückt aus dem Inneren und aufs neue geboren. Sind draußen, was auch immer das sein mag.

Es wird dunkel, als sie an der Stelle ankommen, wo Fillo dereinst an einem warmen Herbsttag auf seiner Rast von einem Haufen sarmatischer Weiber weggefangen und verschleppt wurde.

Hier draußen ist die Luft milder. Hängt das wohl mit der Nähe des Meeres zusammen? Immer war es ihm ja, als wohnten sie in einer durch nichts zu übertreffenden Kälte.

Fort aus dem Land der Frauen und des Zaubers, der verliebten Schneehosen und schwebenden Priesterinnen, der fetischbrütenden Kokons und all der Beschwörungen und Verspottungen. Was, wenn er jetzt einfach aufstünde, Ocha die überflüssigen Pelze in den Schoß legte, ihr freundlich einen Kuß auf die Wange gäbe und sich aus dem Staub machen würde? Das wär's, ihr Schönen, alle Götter seien mit euch, der Spuk ist nun für mich vorbei, werdet glücklich mit den Kindern, die ich euch gemacht habe, seid ein bißchen netter zu euren Männern, vertragt euch lieber! Das mit der Aussaat war wohl mehr so'ne Fieberphantasie. Jetzt nichts wie nach Hause zu Tabea und zum Webstuhl! Freilich, mit dem Poeten muß ich noch klarkommen …

»Was ist, willst du nicht essen vorm Schlafen?« fragt seine kämpferische Gefährtin. »Ab morgen wird es ernst.«

Sie hat, wie immer, das Feueranzünden übernommen. Sie siedet ein bißchen von dem getrockneten Fleisch und den Wurzeln im Wasser jener Quelle, aus der er damals auch getrunken hat. Der Flammenschein beleuchtet ihr erdbraunes, entschlossenes Gesicht, die Brauen und Lippen, die beerenfarbenen Augen, den Leberfleck überm Mund.

»Ich bin zu müde, um zu essen«, murmelt er.

Und es ist ja auch wahr. Bevor er fest schläft, wittert er mit geblähten Nüstern. Wie gut das riecht, was sie da aus einer Handvoll Reste gekocht hat! Und er hört, wie sie genüßlich schlürft und schmatzt. Das ist für ihn eine schöne und zuverlässige Musik von dieser Welt, bei der kann man die Augen ruhig zumachen.

Sie haben noch kein Wort darüber verloren, wie es nun weitergehen soll. Ob sie ihn bloß abliefert?

Aber Ocha versteckt ihre Gleitschuhe ordentlich in einer Spalte zwischen den Klippen – beide Paare. Für sie scheint es ausgemachte Sache zu sein, daß sie und er wieder zurückwandern werden ins Land des Eises und des Zaubers.

Belustigt und verwundert betrachtet er die schöne Barbarin, wie sie zusammenpackt und auflädt – ein Stück werden sie noch zusammengehen, und dann wird er sich in Freundschaft von ihr verabschieden und den Hirngespinsten dieser finsteren Sphäre Valet sagen.

Bald zu Hause! Zu Hause!

Sie gehen durch den freundlichen Fichtenwald, und ihm ist, als sei er nie weggewesen. Er möchte am liebsten pfeifen, hält sich aber zurück mit Rücksicht auf seine Kriegerin, die sich vor ihm in einer Haltung bewegt, als beschleiche sie ein flüchtiges Wild. Sie erreichen den Waldessaum, das Gebüsch. Von da aus senkt sich der Weg zur bebauten Ebene.

Ocha stößt ein Zischen aus und bleibt so abrupt stehen, daß er fast auf sie prallt.

Er sieht ihr über die Schulter. Die Haare auf seinen Armen richten sich auf.

Da unten ist ein römisches Heerlager, castra. Die hölzernen Schanzpfähle ringsum, die Zelte, die Tore, die Befestigungen. Die Kolonie hat sich in ein militärisches Gebiet verwandelt.

Die Frauen haben die Wahrheit gesagt.

Er setzt sich auf den Boden und verbirgt das Gesicht in den Händen.

Die ganze Last des furchtbaren Auftrags legt sich aufs neue auf seine Schultern.

IX

Das Land starrt vor Waffen.

Da ist das Lager hinter seinem Wall von Schanzpfählen und dem Feinsten, was römische Befestigungstechnik zu bieten hat: Annäherungshindernisse mit Turm und Graben, Wolfsgruben, »Lilien« genannte, angespitzte Rundpfähle, Pflöcke mit eisernen Widerhaken, um Mann und Roß aufzuspießen. Darüber hinaus hat jetzt jeder Flecken seine Palisadenwand, jedes Gehöft seine schwere, mit Balken verrammelte Eingangstür, vor den Fenstern sind kräftige Bohlen und Läden. Und draußen auf dem Meer kreuzen doch wirklich zwei vollbemannte Galeeren.

»Sie sind wahnsinnig, diese Männer!« sagt Ocha.

Ein bißchen außer Atem von ihrem Erkundungsgang, bei dem sie sich bemühte, nicht gesehen zu werden, lehnt sie auf ihrem Spieß, die Wange an die Hände geschmiegt, und starrt mit sorgenvollem Blick auf die Ebene hinaus.

»Wir wußten, daß es geschehen würde, aber nicht, daß sie schon so weit sind. Und daß es so viele sind.« Sie runzelt die Brauen.

Fillo will es gar nicht wissen. Er kauert an einem Baum. Am liebsten würde er die Augen schließen. Wie elend er ist! Da gedachte er, aus einem Traum zu erwachen, und das, wozu er erwacht, ist schlimmer als die Träume.

»Es sind eben Römer«, sagte er müde. »Wenn sie sich auf irgendwas verstehen, dann auf das Waffenhandwerk. Sie sind schon durch die halbe Welt gezogen, um die Völker mit dem Eisen zu unterwerfen. Das macht Männer so gefühllos wie eure ausgesäten Krieger. Sie wollen den Erdkreis beherrschen.«

»So ein Unsinn«, sagt Ocha verächtlich. »Den Erdkreis beherrschen! Und wozu muß man das? Was fängt man damit an?«

»Ja, liebe Skythin«, sagt er und atmet tief und stockend

aus, »genau das ist es. Was fängt man damit an? Da beginnen die Probleme.«

Aber natürlich hat sie jetzt wenig Sinn für die Fragen, die das römische Imperium und dessen Bewohner beschäftigen. Sie hat einen Auftrag zu erfüllen, einen, der schwierig wird. Und sie geht es auf die direkteste Weise an, wie es bei den Kriegerinnen Sitte ist.

»Laß uns bald etwas tun!« drängt sie. »Geh zu deiner Gefährtin! Weißt du, auf welchem Feld es ist? Beeil dich, hol sie und das Zauberdings dazu und laß es uns einpflanzen!«

Sie steht da, den Fuß schon vorgesetzt zum nächsten Schritt, die Hand fordernd nach ihm ausgestreckt. Alles soll schnell gehen!

»Gemach, gemach«, erwiderte er und kriecht noch mehr in sich zusammen. »Wie soll das so holterdipolter gehen? Mehrere Mondumläufe war ich fort, ich nehme an, man hält mich für tot … und da soll ich stehenden Fußes heruntergehen, durch die Tür unserer Hütte treten, die Frau bei der Hand nehmen, das Ding holen und mit ihr aufs Feld marschieren?«

»Du weißt, welches Feld es ist, ja?« fragt sie nochmals, ohne ihre Haltung zu verändern.

»Nein. Ich kann es mir nur denken.«

»Gut. Also laß uns zunächst dorthin gehen und nachschauen, ob es stimmt. Danach das andere. Und dann ist es sicher auch besser, wenn du erst in den Stall gehst und es holst – es wird ja wohl noch da sein, Fillo? – und dann in die Hütte …«

Er verzweifelt. »Ocha! Du verkennst die Lage! Nie und nimmer kommt die Frau freiwillig mit uns, um die Saat zu vernichten. Die Nachtgestalt muß ihr als jemand erschienen sein, dem sie blind vertraut und den sie mehr liebt als alles auf der Welt. Sie tut nichts gegen ihn. Niemals.«

»Du weißt, wer es ist?«

»Ja, – ihr Bruder und einstiger Geliebter. Er ging damals fort. Sie würde ihm nachlaufen bis ans Ende der Welt.«

»So geht es immer. Du mußt sie dazu bringen. Du.«

»Aber wie denn?«

»Du mußt es tun.«

Er erhebt sich. Kann man noch müder, noch hoffnungsloser sein als er?

»Laß uns denn aufs Feld gehen«, sagt er, »und dann zu dem Versteck, ob es noch da ist, das Ding. Dann sehen wir weiter.«

»Gut, dann sehen wir weiter.«

Sie ist durch nichts zu beirren. Sie führt es aus. Und er. Er vor allem.

Er führt sie über Geröll und Gestrüpp am Hang vorbei, damit sie keiner sieht – aber da besteht wenig Gefahr, wer treibt sich schon an so einem ekligen Wintertag auf abgelegenen Äckern herum,wenn man gerade dabei ist, sich zu verschanzen und sich außerdem vor der Skythengefahr fast in die Hosen macht.

Über dem Feld liegt ein trüber Dunst. Die Erde glänzt feucht, und sich kräuselnde Schwaden steigen zwischen den Schollen auf. Hügel wölben sich aus dem Boden hervor, und die Erde dieser Hügel ist anders: feiner, poröser.

Fillo kommt es vor, als würde sich etwas bewegen. Wenn man länger hinschaut, ist es wie ein sachtes Atmen. Das Feld wabert in einem unendlich langsamen Rhythmus.

Fillo sieht darauf mit Gruseln, aber doch auch nicht ohne Neugier. Ein Stück Land, das nicht geheuer ist. Dann fällt sein Blick auf Ocha.

Sie hat ihr Gesicht in den Händen verborgen, und offenbar erfüllt sie namenloses Entsetzen. Sie steht zusammengekrümmt, die Schultern nach vorn gezogen. Seine schöne aufrechte Kriegerin steht da wie eine Sklavenfrau, die sich vor Strafe fürchtet. Und es tut ihm schrecklich weh, sie so zu sehen.

»Ocha, fürchte dich nicht«, redet er ihr leise zu.

»O doch«, sagt sie, und er hört, daß ihre Zähne aufeinanderschlagen. »Doch, ich fürchte mich. So wie man sich fürchten muß. Du bist nicht von unserem Volk. Wir können dir was erklären, und du kannst es verstehen oder nicht, kannst es glauben oder nicht. Aber du kannst nicht fühlen, was ich bei diesem Anblick fühle.«

Plötzlich weint sie. Zwischen ihren Fingern fließen die Tränen hervor, sie schluchzt laut und gibt sich keine Mühe, es zu unterdrücken, und er steht da, so hilflos, wie ein Mann einer weinenden Frau gegenüber nur immer dastehen kann, auch wenn sie eine Kriegerin ist, und weiß weder sich noch ihr zu helfen.

Dann fängt sie sich, reibt sich mit den Händen übers Gesicht, schneuzt sich und wischt sich die Nase mit dem Ärmel.

»Komm«, sagt sie entschlossen.

»Wohin?«

»Zu dem Stall, wohin sonst.«

»Laß uns warten, bis es dunkel ist«, schlägt er vor.

»Warten, warten! So geh zu der Frau.«

»Nein. Nicht heute. Es muß anders vorbereitet sein, Ocha. Vertrau darauf, daß ich in den Dingen, die meine Welt betreffen, besser Bescheid weiß als du – so wie ich darauf vertraue, daß du eure Sachen besser einschätzen kannst. Bitte!« sagt er schmeichelnd und streichelt ihre noch immer feuchte Wange. Sie schmiegt ihr Gesicht für einen Moment in seine Hand.

»Gut«, sagt sie, wieder gefaßt. »Es soll sein, wie du es sagst. Habt ihr keine Hunde, die uns nachts stellen und verbellen?«

»Keiner in der Siedlung hat einen Hund«, entgegnet er. »Alles sind arme Bauern. Es gibt keine Herde zu hüten. Es heißt, die ersten Kolonisten, die vor meiner Zeit, hätten wohl Hunde mitgebracht, aber die seien im ersten Winter samt und sonders von den Wölfen zerrissen und gefressen worden.«

Sie lacht. »Komische Hunde habt ihr Römer. Unsere besiegen die Wölfe, wie du weißt.«

Er nickt. Er hatte Respekt vor den riesigen zottelhaarig

grauen Tieren, die ihn so wenig beachteten wie einen Holzpfahl, aber den Ort vor allem von draußen beschützten.

»Dann wollen wir jetzt zurückkehren zu einer Stelle, wo wir uns gut verstecken können. Wir wollen beobachten, was tagsüber auf der Ebene geschieht. Und wenn es dunkel wird, gehen wir.« So beschließt sie.

Sie sitzen den Rest des Tages unter ihren Pelzen, eng aneinandergeschmiegt, um sich zu wärmen, knabbern Wurzeln gegen den Hunger, kauen und lutschen auf einer belebenden Blattrolle herum, die sie sich von Mund zu Mund teilen, und gucken auf die castra herunter. So gut er es versteht, erklärt er ihr die Vorgänge in so einem Militärlager: die Bewegungen an den Toren und in den Lagergassen, die Signale, das Exerzieren, das Prätorianerzelt in der Mitte, und Ocha kommt aus dem Kopfschütteln über so viel aufgeblasene Männlichkeit gar nicht heraus.

»Jetzt wird sie füttern«, sagt er, als es dämmrig wird. »Erst die Hühner. Dann die Ziege, nachdem sie sie gemolken hat. Sie wird der Katze den Rest in die Schüssel füllen. Sie wird hineingehen, essen und trinken. Dann geht sie wohl schlafen. Es ist nicht wahrscheinlich, daß sie den Webstuhl anrührt.«

Der Atem wird ihm knapp, wenn er so ihre abendlichen Tätigkeiten aufzählt. Ocha sitzt neben ihm, die Beine angezogen, den Kopf auf den Knien, und starrt weiter ins Land hinaus.

»Also bald«, bemerkt sie.

Er nickt.

Das Gehöft des Fabius liegt merkwürdig verlassen. Kein Ton dringt aus den Ställen, kein Lichtschein aus dem Haus. Der Galgen des Brunnens, in dem die Zauberfrau den Tod suchte, ragt gegen den bewölkten Himmel wie ein Wächter.

Fillo kennt eine Stelle im Zaun, wo man sich zwischen

Hecke und Flechtwerk durchzwängen kann. Von da hat er sich manchmal klopfenden Herzens auf den Hof geschlichen, wenn er annahm, daß der unholde Nachbar fort war, um nach seiner respektlosen Katze zu suchen. Und von da ist sie wohl auch zu ihm gekommen, um ihm das Ding zu bringen.

So betritt er sein und Tawas Eigen wie ein Dieb, der sich durchs Gebüsch schleicht.

Die Hütte ist auch dunkel. Die Hühner gakeln schlaftrunken.

Um zu verhindern, daß die Stalltür knarrt, muß man sie ein bißchen in den Angel anheben.

»Wir brauchen jetzt Licht«, will er sagen, kommt aber über die ersten beiden Worte nicht hinaus. Denn es ist ja hell in diesem Stall. War denn Tawa niemals zur Nachtzeit hier? Das Ding verrät sich selbst, es leuchtet aus seiner Ecke zwischen den alten Lederstücken hervor, es erfüllt den ganzen Raum mit einer sanften Beleuchtung.

Da steht die Ziege, falls es denn das gleiche Tier ist, das er verlassen hat: ein glänzend gehörntes Monster mit großen grellen Augensternen, gehüllt in seidig langes Fell. Sie sieht ihn unglücklich und verlangend an, meckert klagend, trippelt hin und her. Sie ist gemolken und hat Wasser und aufgestecktes Heu. Er geht zum Salzschaff und reicht ihr eine Prise auf dem Handteller, aber sie wird wütend und schmeißt ihn fast gegen die Wand, sie setzt richtig die Hörner ein, so hat er sie noch nie erlebt.

Während er sich um das Tier kümmert, geht Ocha mit kleinen Schritten auf die leuchtende Ecke zu, magisch angezogen.

»Da ist es«, sagt sie leise. »Dank sei den Müttern in der Tiefe und über uns. Es ist da.« Sie bewegt weiter stumm die Lippen, redet Worte, die er nicht hören kann.

»Was ist nur mit der Ziege?« fragt er, um überhaupt etwas zu sagen, und sie: »Kümmere dich nicht um die Ziege. Du mußt es nehmen. Komm schnell.« Ohne die Augen von der Ecke zu wenden.

Damals, als er noch unwissend war, hat er es mehrmals angefaßt und hin und hergetragen, aber jetzt packt ihn ein Schauder, ganz unbeschreiblich, und er stammelt: »Ich? Wieso denn ich? Das geht nicht. Ich kann nicht. Ich bin ein Mann.«

»Los doch«, sagt sie ungeduldig. »Es geschieht dir nichts.«

»Ich fürchte mich«, murmelt er kläglich, und sie, immer ohne die Augen abzuwenden von der Ecke, streckt den Arm aus und greift ihn am Nacken wie einen jungen Hund, zieht ihn heran. »Alle fürchten sich vor dem Heiligen. Aber es muß getan sein«, sagt sie fest.

Von ihr geführt, nähert er sich widerstrebend. Ihm ist, als solle er die Tür eines feurigen Ofens aufmachen. Gleich wird ihn die Glut versengen.

Behutsam beginnt er, die Lederflecke beiseite zu räumen, unter denen das Ding verborgen lag, die Wollreste und Lappen. Schält Hülle für Hülle ab von der glänzenden Quelle.

Es tritt zutage. Es ist genauso wie damals, ein warmes, pulsierendes Säckchen. Nur daß jetzt noch ein Licht davon ausgeht.

Aber als er nun die Hand ausstreckt, es zu berühren, fängt die Ziege in ihrer beider Rücken an, sich zu gebärden, als sei ein Bär in den Stall eingedrungen. Sie springt hoch, donnert ihre harten Hufe gegen den Bretterverschlag, buckelt, rennt die Hörner in Krippe und Raufe und schreit, wie Fillo noch nie in seinem Leben eine Ziege hat schreien hören.

»Ist das Vieh durchgedreht?« fragt Ocha. »Bring es zur Ruhe!«

Wie soll er das nun anstellen? Sich dem tobenden Tier nähern, ist bestimmt gefährlich. Das Salz vorhin hat sie ja auch nicht friedlich gestimmt. Also versucht er, in beruhigendem Ton auf die Besessene mit dem goldenen Vlies einzureden, was freilich überhaupt keine Wirkung zeigt. Er wird eindringlicher, lauter, Ocha fällt ein auf Getisch, und so stehen sie in diesem Stall, der ihr Heil enthält, und schreien zweistimmig auf eine Ziege ein.

Dergleichen kann nicht verborgen bleiben.

Als sich die Tür öffnet – diesmal kräftig knarrend –, verstummen sie jäh, und mit ihnen das Tier. Auf einmal herrscht Ruhe auf dem Plan, und alle drei drehen die Köpfe zur Türöffnung, in der nun die kleine Bäuerin Tawa steht, in der einen Hand einen flammenden Span, in der anderen, kampfbereit, ihr Küchenmesser vom besten Schliff, das, mit dem sie auch schlachtet.

Jetzt sinkt es ihr aus der Hand und fällt scheppernd zu Boden, während sie das Licht hochhebt und das Gesicht ihres Gegenübers beleuchtet.

»O ihr kleinen Götter Roms«, flüstert sie vor sich hin. »Das ist Fillo. Pamphilus. Er ist zurück.« Und sie lehnt sich gegen den Türrahmen, die Fackel noch immer vorgestreckt, aber den Blick nach innen gerichtet.

Es ist ganz still. Einfach still. Kein Mucks kommt mehr von der eben noch total durchgedrehten Ziege. Und es gibt außer dem Licht des Spans auch gar kein anderes. Nichts leuchtet aus der Ecke. Offenbar hat sich das Ding selbst ausgepustet beim Eintritt der jungen Frau.

Flaute im Stall. Bunaza lada.

Tawa, nun auch noch den Kopf hingelehnt ans Holz des Rahmens, beginnt, wie mit tauben Lippen, undeutlich zu reden.

»Sie haben mir gesagt, daß dich die Skythen gefangen haben. Daß du gefoltert wirst. Daß du sicher tot bist. Pamphilus. Fillo. Aber da bist du. Du warst nur ein bißchen weg.« Sie lacht leise. »Ich bin froh. Du bist wieder da.«

»Sie soll reden, daß ich's verstehe«, knurrt Ocha tiefstimmig in diesen lateinischen Monolog hinein.

Dadurch wird sie wahrgenommen. Ocha steht außerhalb des Lichtkreises. Sie ist nur was Dunkles und Großes und Weibliches – daran hat Tawa keinen Zweifel, als sie feindlich fragt: »Wer ist die da? Etwa eine Skythin?«

»Was denn sonst, da ich ja bei den Skythen war«, sagt

er, und zu Ocha: »Sie spricht kaum getisch. Ich will vermitteln. Hab Geduld.«

Sie knurrt wieder. Es paßt ihr überhaupt nicht.

Daran haben sie noch gar nicht gedacht – an Tawas mangelnde Sprachkenntnisse. Endlich ein neues Problem, wir haben ja sonst keine. Er wird also die ganze Zeit dolmetschen müssen.

»Wozu ist sie hier? Gehst du mit ihr ins Bett, mit der Barbarin, oder was?«

Wenn du wüßtest, denkt er, und er sagt: »Sie ist zu meinem Schutz bei mir. Meine Helferin und Leibwächterin, wenn du es so nennen willst.«

Tawa guckt feindselig und stumm die Fremde an. Dann sagt sie: »Schick sie nach Hause. Du brauchst sie nicht.«

Er schüttelt den Kopf und sagt schnell und halblaut zu Ocha: »Sie fürchtet sich vor dir.« Ocha macht verächtlich: »Ph!«

»Was redest du zu ihr?«

»Ich rede zu ihr, wie ich auch zu dir rede, da du wie sie keine andere Sprache gelernt hat«, sagt er und bemüht sich um Ruhe. »Damit wirst du auskommen müssen. Und auch damit, daß sie bei mir ist.«

Sie stehen sich noch immer gegenüber, haben sich bisher nicht berührt.

»Ich muß dir etwas sagen, das soll sie nicht hören.«

»Ich brauche es ja nicht zu übersetzen.«

Sie geht auf ihn zu, den flammenden Span an ausgestreckter Hand von sich gereckt, und nah vor seinem Gesicht flüstert sie mit großen, glänzenden Augen: »Fillo, ich bin schwanger.«

Und dann lehnt sie ihre Stirn gegen die seine, und er, während er vorsichtig seinen Arm um sie legt, erschrickt in tiefster Seele, denn alles ist ja offenbar noch schlimmer, als es bisher schien.

»ER ist zu mir gekommen«, murmelt sie, »denk dir, Fillo, er hat mich gefunden und ist wieder da, ich bin seine Erwählte und Braut.«

»Wer ist wieder da?«

»Er, du weißt, wer. Der Heros. Mam.«

»Es ist, wie ich dachte«, sagt er zu Ocha. »Er erscheint ihr in der Gestalt des Geliebten von einst.« Die erste Hälfte ihres Bekenntnisses erwähnt er nicht.

»Laß uns sprechen«, sagt er zu Tawa. »Aber nicht hier. Im Haus.«

»Aber die nicht!«

»Die auch.«

»Nie kommt die Wilde über meine Schwelle.«

»Es ist auch meine Schwelle, Tawa.«

»Tabea!« verbessert sie.

»Wie auch immer. Wir sind viele Tage unterwegs gewesen durch den unendlichen Schnee, der jenseits der Berge ist. Wir hatten lange Zeit kein Bett und kein richtiges Essen und nie ein Dach überm Kopf, und wir sind deinetwegen gekommen. Laß uns in dein und mein Haus gehen, Tawa. Tabea.«

»Wir werden von denen bedroht!« sagt sie und zeigt mit dem Finger auf Ocha. »Die bringen Siedler um. Sie wollen uns ins Meer jagen! Ich weiß, wovon ich rede!«

Er bemüht sich, weiterhin freundlich und ruhig mit ihr zu sprechen. Wie mit einer Kranken.

»Du weißt sicher vieles. Aber nicht alles. Hör mich doch bitte an. Komm, laß uns hineingehen.«

Jetzt atmet sie stoßweise, gehetzt. »Ja. Du ja. Aber wenn ich diese Skythin hereinlasse ... Wir römischen Siedler halten alle zusammen. Wenn man erfährt, daß ich den Erzfeind eingelassen habe ...«

»Uns sieht keiner!«

»Wenn ER es erfährt ... Wenn ER kommt ...«

Ocha macht eine ungeduldige Bewegung. Ihre Waffen klappern und rasseln.

»Sie hat Bedenken wegen der Siedler«, übersetzt er. »Die haben ein Bündnis. Und sie fürchtet Ihn.«

Ocha stöhnt. »Er kommt nur bei Neumond. Das weiß sie doch besser als alle.«

»Was sagt die?«

»Daß Er nur bei Neumond kommen kann.«

Tawa sieht von einem zum anderen. »Woher weiß sie das?« Sie preßt die Hände auf ihren Leib. Ocha deutet die Geste ohne Vermittler. »Aha«, sagt sie. »Auch das noch.«

Sie geht an Fillo vorbei auf Tawa zu. Die weicht ein paar Schritte zurück, die Augen weit vor Angst. Aber die andere nimmt ihr nur ruhig den Kienspan ab, der sowieso fast runtergebrannt ist, und geht an ihr vorbei aus der Tür.

»Kommt endlich«, sagt sie.

Die beiden Römer folgen ihr zur Hütte.

Sie haben gegessen und getrunken, sie haben das Bett vor Augen gesehen und der Versuchung widerstanden, sich einfach darauf auszustrecken, nur ein paar Augenblicke. Sie wußten, daß sie, erschöpft, wie sie waren, bis zum Morgen weiterschlafen würden.

Heldenhaft sind sie wach geblieben und haben die letzte Kräuterrolle aus dem Skythenland gekaut. Tawa ist in so einem Zustand fiebriger Erregung, daß sie dergleichen nicht nötig hat, selbst wenn sie es nehmen würde – was sie ohnehin nicht täte. Was man nicht kennt, das kaut man nicht.

Statt dessen ist sie in eine alte Unsitte aus römischer Zeit zurückgefallen, die Fillo gleichzeitig zum Erbarmen stimmt und erschreckt: Sie lutscht hingebungsvoll am Daumen.

Nein, sie will nichts verstehen und nichts glauben, und ihm schmerzt der Kopf, so wie ihm die Zunge im Mund klebt von dem Hin und Her der Sprachen und der Denkweisen. Aber natürlich merkt er auch, was das für Vorteile bringt. Er kann verkürzen oder erklären, er kann nach Belieben weglassen oder ausschmücken, abschwächen und aufbauschen, wie es nützlich erscheint. Nicht schlecht, aber sehr ermüdend.

Kurz vor der Morgendämmerung ist er manchmal

schon so weit, daß er Lateinisch mit Ocha redet und Getisch mit Tawa, und als das erste Grau in den Raum dringt, geschieht seiner Kriegerin das Unvermeidliche: Ihr Kopf sinkt auf die Tischplatte und sie schläft ein.

Tawa gähnt und reißt verzweifelt die Augen auf. »Fillo, Fillo«, sagt sie verzagt. »Das ist alles so fremd und so schrecklich, und ich kann es nicht verstehen und nicht glauben. Lauter Zauber – guter Zauber, böser Zauber, mir schwirrt der Kopf. Und wenn die da wirklich keine Zauberin ist, wie du sagst, so ist sie doch eine Feindin.«

»Sie sind keine Feinde«, versucht er weiter zu erklären.

Nun, da Ocha schläft und sie nicht mehr anschaut noch ihr zuhört, ist Tawa zu ihm gekommen. Sie sitzt auf seinem Schoß, den Kopf auf seiner Schulter, und ihr warmer Atem hält ihn davon ab einzuschlafen. Er wiederholt zum -zigsten Mal. »Du willst den Siedlern helfen, du willst, daß Friede ist. Aber was auf deinem Feld heranwächst, das ist die Zwietracht. Das sind die Krieger, denen kein Feind widersteht. Denk an die Geschichten, die du kennst. Denk an Iason und Medea. Denk an Aietes und die Drachensaat und das Goldene Vlies.«

»Ja klar«, sagt sie müde. »Meine Ziege. Sie haben ihr das gute Futter beschert. Und ich habe die bösen Männer ausgesät. Du hast es mir gesagt. Die Männer werden gegen Rom kämpfen. Aber ER hat es mich geheißen. Er ist doch auf meiner Seite, und er ist selber Römer. Warum sollte er das tun?«

Er verschluckt seine wahre Meinung über das Unwesen.

»Weil er den Kampf liebt. Aber der Kampf ist nicht zu gewinnen. Von keinem. Tawa!«

»Tabea«, verbesserte sie lustlos. »Ich will ihn selber fragen«, beschließt sie und nimmt den Daumen in den Mund.

»Du willst ihn fragen?« wiederholt er entsetzt. »Wie denn? Willst du ihn beschwören? Meinst du, er kommt, wenn du ihn rufst?«

»Er kommt bei Neumond. Neumond ist bald. Obwohl ...«

»Obwohl was?«

Die Müdigkeit läßt sie sagen, was sie sonst verschwiegen hätte.

»Das letzte Mal ist er nicht gekommen. Er hat unseren Nachbarn umgebracht, den Fabius. Auf meine Bitte.«

»Du hast ihn gebeten, jemanden umzubringen?«

»Nein. Nein, so nicht. Ich habe ihm nur gesagt, daß der mir lästig ist. Da ist es gleich passiert.«

»Tawa! Vielleicht bin ich dir auch lästig. Oder noch schlimmer, Ihm! Du willst warten, bis er kommt? Daß er uns hier findet, mich und die Kriegerin? Was wird dann mit uns geschehen? Bricht er uns einfach das Genick, der – Heros?«

»Ach«, sagt sie ruhig und schon fast aus dem Schlaf. »Dazu brauchen wir ihn nicht. Wenn Publius und die anderen wüßten, daß die da ihre Füße bei mir untern Tisch steckt – nicht auszudenken. Und du ... der tote Märtyrer, das Opfer, und auf einmal putzmunter. Das geht alles nicht zusammen. Fillo, ich muß schlafen.«

Ja, schlafen muß er auch erst mal. Er hebt sie von seinem Schoß, ohne daß sie die Arme von ihm löst; ein großes, verwirrtes Kind, sie hat den Daumen im Mund. Bettet sie und legt sich zu ihr, sein Körper fühlt sich erlöst, das ist sein altes hartes Bett, wohlvertraut, endlich wieder nach Mondumläufen, alles andere kommt auf einmal gar nicht mehr vor. Das ist ihr Hauch, ihr Dunst, ihr Fleisch und Bein.

Er schläft sofort.

Er ist wieder in der Höhle, bei der Frau, die nur ein Fetisch ist, ein warmes, atmendes Knäuel, Gebär-Mutter, aufgehängt an vielfach gedrehten Nabelschnüren, leise schaukelnd im Rhythmus des Herzens und des Meeres. Alles ist hell und dunkel zugleich. Er ist wieder angekommen am Ausgangspunkt – wo sonst sollte man hingelangen? – und gar nichts geht weiter, jedenfalls nicht nach den Maßen von draußen. Alles braucht unendliche Zeit, unendliche Lieder, deren Strophen sich ineinander verschlingen.

Er lächelt. Angelangt ist er in Schlaftiefen, die der Ohnmacht gleich sind. Kein Lärm und kein Geschrei dringen zu ihm vor. Morpheus und seine Helfershelfer gewähren ihm eine Atempause, die durch keinen Donnerschlag zu beenden ist.

So soll Odysseus geschlafen haben, als ihn die Phäaken an Land trugen im ersehnten Ithaka, so daß er weder den Heimatboden erkannte noch die Göttin, als sie zu ihm trat. Bedauerlich, daß er auch die Versteinerung des Schiffs seiner freundlichen Seefahrer durch Poseidons Wut nicht zur Kenntnis genommen hatte – und selbst wenn? Was kann man gegen Gottheiten unternehmen?

Nichts hören, gar nichts, außer dem, was man kennt und gewohnt ist. Nicht Donnerhall noch Geschrei, aber das Klappern der Töpfe auf dem Herd, das Knistern des Feuers, das Knarren des Fensterladens, Tawas Schritte …

Er setzt sich auf.

»Wo ist Ocha?«

Tawa hantiert am Herd, dreht sich nicht zu ihm um.

»Sie hat genauso fest geschlafen wie du. Das haben die Götter gefügt, hat Publius gesagt. Sie konnten ihr die Waffen wegnehmen, noch im Schlaf. Sie hatten sie, eh sie richtig wach war.«

In der Ecke, neben ihrem langen Bogen, dem Köcher, dem Speer, liegen ihrer beider Fell- und Wollhüllen und bilden einen so üppigen Knäuel, daß er einen Augenblick denkt, darunter liegt die Frau, und Tawa macht nur einen gräßlichen Scherz. Aber nein. Es ist die Wahrheit.

Er ringt nach Worten. »Du hast sie verraten«, sagt er.

Sie schüttelt energisch den Kopf, immer noch, ohne ihn anzusehen.

»Die Siedler hätte ich verraten, wenn ich es nicht gemeldet hätte. Publius hat mich gelobt«, entgegnet sie. »Das ist doch eine Wilde, ganz in Waffen! Die ist gefährlich!«

»Gefährlicher als deine Dummheit kann gar nichts sein«, entgegnet er wütend und verzweifelt. »Was habt ihr mit ihr angestellt?«

»Gar nichts, Fillo. Und schimpf nicht mit mir. Ich weiß, daß ich es richtig gemacht habe.«

Er ist aufgesprungen, hat sie bei den Schultern gepackt und zu sich herumgedreht. »Wo sie ist, will ich wissen!«

Ihre schwarzen Augen, viel zu groß in dem kleinen, dreieckigen, von Narben entstellten Gesicht, sehen ihn an, ohne zu blinzeln. »Publius hat sie in Gewahrsam genommen. Ihr geschieht nichts. Ein Tribunal soll einberufen werden, sie zu verhören.«

»Ein Tribunal!« Er schlägt sich mit der Hand vor die Stirn. »Wie denn? Wer redet mit ihr? Mit mir als Vermittler, oder? Und überhaupt: Was ist mit mir? Verhört ihr auch mich? Bin ich vielleicht ein skythischer Spion?«

»Du gehörst zu uns. Du bist heimgekehrt«, sagt sie ruhig. »Sei doch jetzt nicht so aufgeregt. Vorhin, als man sie überwältigt und entwaffnet hat, da hast du geschlafen. In einem Schlaf, sagt Publius, der von den Göttern kam. Du hast sogar gelächelt. Nichts hat dich erreicht. Das war ein Zeichen, sagt Publius. Er will bald mit dir sprechen. Er will alles wissen.«

»Das kann er haben!« sagt er grimmig und greift sich eins der getischen Kleidungsstücke von dem Haufen und den Speer gleich noch dazu.

»Wie du aussiehst!« ruft sie, mehr belustigt als erschreckt. »Selbst wie ein Wilder!«

»Vielleicht bin ich einer!« entgegnet er. »Tawa, warum hast du das getan? Hast du gar nichts von dem verstanden, was ich dir heute nacht gesagt habe?«

»Ich hab es nicht geglaubt«, sagt sie und führt den Daumen zum Mund. »Und ich will es auch weiterhin nicht glauben. Es ist Blendwerk.«

»Hast du es deinem Dichter erzählt?«

Sie schüttelt den Kopf. »So was kann man keinem erzählen.«

Immerhin etwas.

Er findet den Poeten über seinen Schreibtafeln.

Rufo hat ihn hereingeführt. Da sitzt dieser Mensch in einer Bauernkate, schiefer und baufälliger als ihre eigene, hat das wacklige Tischbein mit einem Holzklotz abgestützt und die Stuhllehne mit Bast in abenteuerlichen Knoten festgeknüpft, trägt eine Clamys mit Metallschnalle über seinem grobgewebten Hemd und füllt die Zeilen, während seine Linke das Versmaß skandiert. Offenbar arbeitet er an einem großen Werk.

Bei Fillos Eintritt erhebt er sich, breitet pathetisch die Arme aus und ruft: »Willkommen zu Hause, verlorener Sohn Roms!«

Fillo ignoriert diese Begrüßung. »Wo ist sie?« fragt er.

»Meinst du die Eingeborene? Entschuldige, aber bei dieser Bewaffnung hatte unsere Sicherheit Vorrang. Ein Glück, daß wir sie im Schlaf überraschten. Ist sie deine Sklavin? Du wirst sie selbstverständlich zurückerhalten, nachdem wir sie zur Befragung überführt haben.«

»Zur Befragung?«

»Nun, sie muß natürlich in die castra gebracht werden. Der Praefect, der den Oberbefehl führt, hat bestimmt einige Fragen. Zuerst wollten wir ein Bürgertribunal einberufen. Aber dann erschien uns diese Variante doch korrekter.«

Natürlich, weil hier keiner Getisch kann, denkt er und fährt den Dichter an: »Wo sie ist, will ich wissen!«

»Liegt dir so viel an ihr?« fragt der andere und kneift verschwörerisch ein Auge zu. »Eine stattliche Person …«

Fillo sieht ihn fest an.

»Ich bin gerade dabei, die ganze Begebenheit zu einer Ode zu formen. Ein Morgen, der es verdient, in Versen festgehalten zu werden ... Wo sie ist? Wir haben sie in den leerstehenden Stall des Fabius gebracht. Die festeste Örtlichkeit, die wir kennen. Der hat solide gebaut. Hast du schon gehört, daß der Centurio von Skythen ermordet wurde?«

Fillo läuft den Weg zurück. Das hätte er sich eigentlich von allein denken können, daß sie da ist.

Natürlich gibt es auch eine Wache vor der Tür, die man überzeugend belügen muß, daß man von Publius geschickt wurde, und dazu muß man ruhig und selbstsicher auftreten, den Speer in der Hand halten wie jemand, der sich darauf versteht, damit umzugehen und gegen Widerstand die Autorität eines Höhergestellten einsetzen, so wie man sich das hat abgucken können bei den Hohen Müttern.

Sie haben ihr die Sachen weggenommen bis auf das buntgesäumte Hemd von seinem Webstuhl und haben sie, zusätzlich zu Wächter und Riegel, auch noch an Händen und Füßen gefesselt und an der Krippe festgebunden. Sie sieht ihn an, die Augen düster vor Zorn.

»Ich habe bei ihr gegessen und getrunken. Sie hat mir Zuflucht gegeben. Ich wußte nicht, daß Römer den Brauch nicht kennen. Bei uns heißt er Gastfreundschaft (sie sagt: Fremdenerbarmen).«

»Es gibt ihn auch bei uns«, sagt er. »Alles ist durcheinander. Und ich habe geschlafen.«

»Ich habe auch geschlafen«, erwidert sie und zeigt ihre Zähne in einem Lachen, das keines ist. »Und nun bin ich in Fesseln.«

»Sie werden mich hier nicht ewig mit dir reden lassen«, sagt er. »Wir müssen uns beeilen. Spätestens morgen wollen sie dich zu den römischen Kriegern im Lager bringen, die sollen dich befragen. Und bald ist Neumond. Bei Neumond kann ER kommen. Es muß vorher geschehen, denn wenn Tawa von uns erzählt, wird Er uns mit Sicherheit vernichten.«

»So?« gibt sie zurück. »Und wie soll es geschehen?«

Sie weist mit dem Kopf auf ihre gefesselten Hände. Die Knöchel sind geschwollen und rot. Diese einstigen Legionäre tun sich hervor beim Zusammenschnüren gefangener Feinde.

Er macht sich daran, mit Nägeln und Zähnen die Knoten zu lockern, behindert durch ihr heftiges Zerren an den Banden.

»Wart doch mal ab und halt still«, knurrt er, »du störst.«

Schließlich hat er ihre Hände los. Gemeinsam lösen sie ihre Fußfesseln. Dann legt er ihr seinen Mantel über, denn sie bebt vor Kälte. Sie hockt sich auf den Boden und zieht das Kleidungsstück über den Kopf.

»Ich werde denen irgendeine Lüge erzählen. Harre noch aus!« beschwört er sie. »So oder so mußt du freikommen. Am besten, du fliehst. Wie ich das mit Tawa mache, ist meine Angelegenheit.«

Sie schüttelt ihr vermummtes Haupt, schweigt.

Er kniet vor ihr nieder, schiebt den Stoff auseinander, um ihr ins Gesicht zu sehen. Ihre Augen sind finster und feindlich.

»Hör zu«, sagt er eindringlich. »Du hast mir beigestanden, und jetzt helfe ich dir. Versuch, mir zu vertrauen. Es wäre leichter für dich.«

Sie wendet den Blick ab. Dann murmelt sie: »Du mußt sie rufen heute abend. Wir brauchen ihren Beistand.«

Er erschrickt. »Ich? Aber wie denn? Ich kann das doch nicht.«

Sie lacht kurz auf. »Eben das ist es ja. Daß du es nicht kannst. Sie werden erkennen, daß ich es nicht vermag und es bedenken und dann handeln – so hoffe ich.«

»Was habe ich da zu tun?«

»Mach irgendeinen Lärm. Gleichmäßig und eine Weile lang. Das wird genügen.«

Mehr sagt sie nicht. Schließt den Mund, zieht den Mantel vors Gesicht.

Auch das noch.

»Was hat euch bewogen, sie so zu verschnüren und zum

Erfrieren anzubinden? Wißt ihr nicht, wie empfindlich diese Skythen sind!? Die laufen doch nur in Pelzen herum! Die hier hättet ihr nicht mehr lebend ins Lager gebracht«, sagt er und versucht, kühl und sachlich zu reden.

Der Wächter glotzt ihn an. Zum Glück scheinen sie den Posten nicht dem Hellsten gegeben zu haben.

»Ich hab sie schließlich gebracht, ich verantworte das«, quatscht er weiter, und dieser Trottel nickt.

Fillo rennt über den Hof – mächtig kalt ohne Umhang. Aber je näher er seiner Hütte kommt, desto langsamer geht er.

Tawa sitzt da drin, seine Verräterin, sein verführtes Kind, und die Mühe mit ihr steht ihm bevor.

Er hat auch daran gedacht, sie am Abend, gemeinsam mit Ocha, einfach zum Feld zu schleppen. Wahrscheinlich muß man sie zwingen zu der Tat. Und doch sitzt er nun da und redet.

Er sitzt ihr gegenüber, und je mehr er sagt, je sanfter und überzeugender ihm die Worte von den Lippen kommen, desto mehr entfernt er sich vom Eigentlichen. Denn natürlich kann sie diese Dinge nicht verstehen. Er versucht, sich an ihre Stelle zu versetzen. Wahrscheinlich würde er genauso ungläubig lächeln und den Kopf schütteln wie sie. Auf keine Weise kann man ihr verständlich machen, daß Skythen und Skythinnen etwas ganz anderes wollen. Daß die Männer Krieg herbeisehnen und die Frauen sich dagegenstellen. Unbegreiflich. So was geht nicht.

Er lügt sich ein. Inzwischen muß er nicht einmal mehr auf den Blick warten, der ihr Unverständnis oder ihre Skepsis zeigt, um seine Sätze in eine andere Richtung zu wenden. Er weiß schon, was sie schluckt und was nicht. Und während er redet, bemerkt er, daß genau das eintritt, wovor er sich so sehr gefürchtet hat: Er belügt und betrügt sie aufs schändlichste.

In seiner Geschichte ist nun Ocha zu einer Abtrünnigen ihres Volkes geworden, eine, die aus Liebe mit ihm geflohen ist und ihn gegen die Verfolger verteidigt hat. Er bemüht alle Klischees der griechischen Trivialmoritat, wie sie in Rom an den Straßenecken von Erzählern dargeboten wird, und hat dann irgendwann erreicht, daß Tawa mit Tränen in den Augen erklärt, wenn sie das alles gestern gewußt hätte, hätte sie die bestimmt nicht verpfiffen. Statt dessen mußte er ihr ja unbedingt irgendwelchen Unsinn über ihr Feld erzählen und versuchen, den Heros bei ihr anzuschwärzen.

»Nie und nimmer tu ich das!« sagt er ausnahmsweise einmal ehrlich. »Das weiß ich, daß ich gegen IHN nichts vermag. Aber das letzte Mal, sagst du, ist er nicht gekommen?«

»Ja«, erwidert sie, und ihre Augen verschleiern sich noch mehr. »Das letzte Mal ist er nicht gekommen. Ich weiß nicht, warum. Wenn er diesmal wieder ausbleibt …«

Hoffentlich. Betet er. Hoffentlich bleibt er aus. Sonst hängen Ocha und ich überm Gartenzaun wie der Centurio Fabius.

»Siehst du«, sagt er heuchlerisch. »Wäre es denn nicht deine Pflicht, in seiner Abwesenheit einmal nach der Saat zu schauen?«

»Ich war schon mal da«, sagt sie und legt abwägend den Kopf schief. »Gestern abend hast du aber anders geredet. Gestern hast du was von schlechtem Zauber gesagt, von Zwietracht, die auf dem Acker wächst.«

»Ich denke, ob das, was da wächst, gut oder schlecht sein wird für die Siedler, das hängt sehr von dir ab, Tawa«, sagt er und redet auf sie ein und windet sich zwischen Wahrheit und Lüge durch, als schlängele er sich durch ein Feld von Fallen und Annäherungshindernissen vor einem römischen Lager. »Du hast das Beste gewollt und wirst auch das Beste für alle erreichen, bestimmt.«

»Ach wo«, entgegnet sie und betäubt ihn gleichsam mit ihrer Ehrlichkeit. »Ich hab' es nur getan, weil er es mich geheißen hat. Wenn er mir befohlen hätte, Publius die Hütte überm Kopf anzuzünden, hätte ich das auch gemacht. Das weißt du doch. So, wie er dafür hingeht und beseitigt, was mich stört und kränkt.«

Die Angst sitzt in ihm wie ein Brocken, den er unzerkaut heruntergeschluckt hat. Immer aufs neue beweist sie ihm in ihrer Hingabe und Geradheit, wie gefährlich sie ist.

Er versucht es wieder anders. »Das Wichtigste ist doch, daß du nun schwanger bist.«

Nicken.

»Und daß du nichts tun wirst, was dem Kind schadet.«

Erneutes Nicken.

»Es ist Sein Kind, und du mußt es vor Schaden behüten.«

»Mir kann nichts schaden. Er behütet uns beide.«

Sie ist ganz ruhig, ganz zuversichtlich. Er findet keinen Weg.

Ihr nächster Einfall treibt ihm den Schweiß auf die Stirn. »Heute abend befreist du dein Getenweib. Ich gehe zu Publius und sage ihm, wie sich die Sache wirklich verhält.«

»Warte doch bis morgen«, sagt er gepreßt. »Warum sollen wir uns Ärger einhandeln? Die Siedler verstehen das bestimmt nicht ...«

»Das ist mir ganz egal«, erwidert sie fast heiter. »Ich tue, was ich will. Aber wir können auch bis Neumond warten. Dann tut er es selber. Ich bringe ihr bis dahin Essen und Trinken.«

»Aber sie soll ja in die castra gebracht werden ...«

»Dann holt er sie eben da raus.«

Familienidylle mit dem Monster. Die Zeit verrinnt und verrinnt ...

Die Tage sind länger geworden, und heute scheint sogar eine blasse Sonne. Am frühen Nachmittag begibt er sich nach draußen und fängt zu Tawas Erstaunen an, Holz zu hacken, eine Beschäftigung, die er immer gehaßt hat, weil man sich dabei Blasen an den Handflächen holt. Aber er ist ja gehalten, eine Weile einen gleichmäßigen Lärm zu machen.

In Wald und Hain bleibt alles stumm, kein Zeichen, daß da wer zuhört oder gar versteht. Kann sein, daß Ochas Hilfe weiter entfernt ist, als sie erhofft.

Im Dämmerlicht geht das Gespräch mit Tawa weiter, zermürbend, ohne Ergebnis. Sie drehen sich im Kreis. Er hat es falsch angefangen, gestern, als er noch nicht lügen wollte. Nun sitzen sie fest.

Bei all dem hat er noch nicht einmal erwähnt, daß da im Ziegenstall das Ding ihrer harrt, das er auf ihr Geheiß damals, bevor alles begann, beseitigen sollte. Wenn sie jetzt davon hörte, könnte es durchaus sein, daß sie hingeht und es mit jenem Messer aufschlitzt, das noch da im Stall liegen muß, wo es ihrer Hand entfiel.

Drüben bei Fabius ist Wachablösung. Fillo wirft beunruhigte Blicke durchs Fenster. Soweit er das sehen kann, geht der neue Mann nicht hinein. Essen gibt es offenbar nicht für Skythen – und hoffentlich vergißt Tawa, daß sie etwas bringen wollte.

Und er redet sich weiter den Mund fußlig, beschwört sie, doch wenigstens *einmal* mit ihm zum Acker zu gehen und nachzuschauen. Sie sitzt, die Hände im Schoß, legt Holz nach, und wenn er sie zu sehr bedrängt, nimmt sie den Daumen in den Mund.

Schließlich steht sie auf. »Morgen vielleicht. Oder übermorgen. Er kommt ja bald. Ich geh jetzt in den Ziegenstall, ehe es ganz dunkel ist.«

Sie geht hinaus in den letzten Funken Helligkeit, und er bleibt zurück und fühlt sich sehr schlecht.

Unruhig geht er im Raum hin und her. Da steht sein Webstuhl, aufgezogen ein angefangenes Stück, das ihm ein mitleidiges Lächeln entlockt. Da seine beiden Tunicen auf dem Regal, sorgfältig zusammengelegt. Seine Sommersandalen. Sie hat darauf gewartet, daß er wiederkommt.

Der irdene Napf für die Katze – wo ist die eigentlich? – steht ausgedörrt, mit einem weißlichen Milchrand. Vielleicht hat sie nicht dran gedacht, dem Tier Milch zu geben, und es hat sich weggewöhnt. Schade.

Draußen ist es fast dunkel. Was macht sie so lange bei der Ziege? Plötzlich fällt ihm wieder ihr Messer ein und das Ding. Das Ding, das leuchtet. Ihm wird siedend heiß.

Mit zittrigen Fingern entzündet er einen Span am Herdfeuer und verläßt die Hütte.

Es gibt eigentlich nichts, was er nicht falsch gemacht hat.

Er stößt die Stalltür auf.

Die Römer hatten recht: Man darf eine Skythin nicht ungefesselt lassen, auch nicht in einem verschlossenen Raum.

Die Ziege ist noch nicht gemolken worden. Sie trippelt unruhig hin und her, meckert aber nicht.

Tawa hockt auf dem Krippenrand, hinter ihr Ocha mit dem Messer, das hier gestern fallen gelassen wurde. (Was mit dem Wächter ist, daran wagt er im Moment gar nicht zu denken.)

»Wo bleibst du denn?« sagt die Skythin unwillig. »Sag der hier endlich, was zu tun ist. All deine Reden sind umsonst. Wir müssen es jetzt machen, und wenn sie nicht gutwillig geht, dann so. Und sofort.«

Sie hat recht.

Er streicht Tawa übers Haar, nimmt ihren Kopf in die Hände und zwingt sie, ihn anzusehen. »Hab keine Angst. Dir und deinem Kind geschieht nichts.« Und das ist auch schon wieder eine Gaukelei, denn er hat überhaupt keine Ahnung, was geschehen oder nicht geschehen wird.

»Ich muß aber die Ziege melken«, sagt sie, und ihre Lippen zittern.

»Das machen wir nachher«, verspricht er heuchlerisch. (Falls es eine Rückkehr gibt.)

Er geht an den Frauen vorbei zur Heuraufe, löst die letzten Hüllen von dem Ding, und das entfaltet sofort sein Licht. Tawa stößt einen rauhen Ruf aus. Die Augen der Ziege glimmen wie feurige Kohlen.

Er tritt seinen Kienspan auf dem Stallboden aus und streckt beide Hände nach der leuchtenden Kugel aus, und das Ding scheint ihm entgegenzuhüpfen. Es liegt auf seinen Handflächen, leicht und warm, pelzig, atmend und leuchtend und erfüllt ihn mit Ruhe und Kraft. Er wird es tragen. Sie muß es einpflanzen, sicher, aber er wird es tragen.

»Kommt, Frauen«, sagt er.

Ocha muß Tawa nur ein kleines bißchen mit dem Messer anstoßen.

Sie machen sich auf in die Nacht hinein, er vornweg mit der leuchtenden Kugel in Händen, Tawa, die keinen Mucks sagt, und der skythische Geleitschutz mit dem Eisen in der Hand. Auf zum schrägen Feld.

Sie hatten es nur bei Tageslicht gesehen. Der Nebel beginnt so abrupt, als habe jemand eine unsichtbare Wand erbaut. Auf der einen Seite ist es klar und auf der anderen verhangen. Sie tun einen Schritt ins Graue und sind verschluckt, sind im Innern einer Brutglocke, die verhindert, daß man anderswo merkt und sieht, was hier vor sich geht.

Sicher treten die Kolonisten selten vor ihre Türe des Nachts. Aber das hätte doch jemand bemerken müssen!

Es ist sehr, sehr warm unterm Nebeldach. Aufsteigende Dämpfe kommen aus brodelnden, glucksenden Schlünden. Eine Küche, in der etwas gebraut wird.

Die Hügel, diese Maulwurfskuppeln, sind innerhalb der paar Stunden, seit sie hier waren, aufgegangen wie Hefekuchen und atmen, ja sie atmen. Dies Feld ist von einem rhythmischen Pfeifen und Stöhnen erfüllt, als wenn ein Drache unter der Erde schnarchen würde.

Tawa ist wie angewurzelt stehengeblieben, mit steifen Schultern, den Kopf im Nacken. Das Messer hinter sich hat sie offenbar vergessen. Sie sagt mit fremder, tiefer Stimme, die jemand anderem zu gehören scheint: »Nein. O nein. Nein, nein, nein«, und beginnt den Kopf zu schütteln. Dann wendet sie sich zu Fillo und murmelt: »Laß uns weglaufen von hier. Laß uns ganz schnell weglaufen.«

»Was sagt sie?« fragt Ocha, und auch ihre Stimme ist rauh vor Entsetzen.

»Daß sie fort will.«

»Sag ihr: Das ist ihr Werk!«

»Sie weiß es, Ocha.«

»Wir geh'n wieder weg, ja?« fährt Tawa fort, und ihre Stimme ist jetzt klein und bittend wie die eines Kindes. »Wir verstecken uns. Wir warten, bis ER kommt. Ich bitte ihn dann, das hier wegzumachen. Er erfüllt mir meine Wünsche, vielleicht, bestimmt, er hat mir schon einmal einen Wunsch erfüllt ...«

Sie plappert. Sie stammelt.

»Steck das Messer weg«, sagt er auf Getisch, während er den Arm behutsam um seine Römerin legt. Das Ding in seiner Hand ist weiter warm, lebendig und leuchtend.

»Nur du allein kannst alles gut werden lassen«, redet er auf Tawa ein. »Komm. Fürchte dich nicht. Berühre dies hier.«

»Ich kann nicht –«

»Du kannst. Streck nur deine Hand aus.«

Er läßt den Ball erst über ihre Fingerspitzen gleiten, rollt ihn vorsichtig auf ihre Handfläche, führt ihre Linke dazu, stützt ihre Arme, damit sie zugreift. Läßt dann los.

Sie hält stand, mit stockendem Atem, den Mund offen. Das sanfte Licht in ihren Händen erhellt ihr angstvoll verzerrtes Gesichts.

»Sie muß in die Mitte des Feldes gehen und es dort einsenken, am besten in eine Spalte oder Grube«, läßt sich Ocha vernehmen. »Sie braucht keine Angst zu haben. Ihr kann nichts geschehen.«

»Was sagt sie?«

»Trag das Ding aufs Feld und pflanze es dazu. Sie sagt, du sollst es in eine der Spalten versenken. In eine Spalte oder Furche.«

»Da ist ein Fuchsbau, ich kenne die Stelle. Ich soll da hingehen?«

»Dir geschieht nichts.«

In dem Augenblick setzt es ein. Holz zu hacken war also doch nicht vergebens. Oben auf dem Berg trommelt es, jault und rasselt es, gellen Stimmen, wirbeln Instrumente.

»Nein!« schreit Tawa. Um ein Haar hätte sie die Hände zu den Ohren gehoben und den Fetisch fallengelassen. Es ist ein schrecklicher Lärm.

Ocha schreit dagegen an: »Es ist für uns! Es ist Hilfe! Es ist für sie!« und er, dicht an ihrem Ohr, wiederholt: »Es ist für uns!«

»Für *die*! Für *die*! Aber nicht für mich, doch nicht für uns!«

»Tawa, glaub ihr! Es geht um unser aller Leben!«

»Ihr Mütter aus der Tiefe und von oben!« schreit die Skythin. Sie hat das Messer weggeworfen. Sie ist außer sich.

»Warte hier, Mann! Wir kommen zurück!«

Sie packt die andere von hinten an den Schultern, greift stützend um ihre Arme herum, den Zauber zu halten, und stolpert mit ihr gemeinsam auf den wabernden, kochenden, dampfenden Acker. Fillo sieht das Licht zwischen Dünsten, es leuchtet, wird schwächer, blitzt auf, verschwindet.

Auf einmal ist es unendlich finster.

So jäh, wie er begann, verstummt der Lärm von draußen. Kein Ton, kein Lufthauch, nichts. Nur Wärme und Dünste.

Angst packt ihn an der Kehle wie eine große Hand. Wo sind die Frauen?

»Tawa! Ocha!« ruft er. Der Nebel scheint seine Stimme zu verschlucken. Er will ein paar Schritte vorangehen, aber das unter seinen Füßen ist wie Moor, es klebt zentnerschwer an ihm.

Er ruft noch mal. Nichts.

»Frauen, wo seid ihr? Um der erbarmenden Götter willen und bei all den Müttern Sarmatiens, kommt zurück, gleich, ob ihr die Sache verrichtet habt oder nicht! Das ist nicht zum Aushalten! Ich hab Angst um euch und um mich. Kommt, wir machen uns aus dem Staub, wie wir hier sind, zu dritt, laßt sie sich doch die Köpfe einschlagen, wenn sie unbedingt wollen – warum sollen ausgerechnet wir unsere hinhalten, sind wir Volk und Senat von Rom und Hoher Rat der Mütter in einem? Wir kleinen Lichter! Warum wir?«

Ob dieser Redeschwall in Latein oder Getisch aus ihm hervorbricht oder ob er vielleicht keinen Mucks sagt, sondern das alles nur denkt, weiß er nicht, als ihn irgendwann, nach einer der Ewigkeit verwandten Zeit, eine Stimme erreicht, die zwar ziemlich atemlos, aber in verständlichem Skythenlaut sagt: »Was hast du, Fillo? Hier sind wir doch. Das Werk ist getan.«

Auf welche Weise sie durch den Nebel den Berg herunter und nach Haus gekommen sind, weiß er nicht zu sagen.

Zogen sie, eine kleine, wenn auch nur zum Teil freiwillige Prozession, das Zauberlicht voran, zum schrägen Feld hinauf, so stolpert nun jeder für sich in der Finsternis nach unten und sie treffen sich beim Schein des Herdfeuers wieder, wo Fillo aufschreit vor Schrecken, denn beide Frauen sind verrußt und angesengt und sehen aus wie die Töchter des Hephaistos. Aber während Tawa heil und unversehrt ist, hat die Skythin Brandwunden an Händen und Armen und Ellenbogen. Sie atmet schwer.

»Waschen«, sagt Tawa müde. »Sie zuerst. Ich geh die Ziege melken. Die schreit ja wie am Spieß.«

Und draußen ist sie.

Fillo mischt sorgfältig Heißes vom Herd mit Kaltem und macht zudem noch eine extra breite Schüssel zurecht, worin Ocha die Verbrennungen kühlen kann. Sie hat solche Schmerzen, daß sie sich nicht waschen kann. Er entkleidet sie und befreit sie vorsichtig von Schweiß und Ruß und Dreck.

»Aber wieso?« fragt er. »Wieso hat es dich erwischt und Tawa nicht?«

»Ich hatte mit angepackt, damit sie es schafft«, sagt sie und beißt sich auf die Lippen, als er aus Versehen ihre Hand berührt.

»Was angepackt?«

»Das Ding natürlich«, entgegnete sie.

»Aber«, sagt er erstaunt, »ich habe es doch auch gehalten und getragen!«

»Alle Winde des Himmels, Mann! Geht das nicht in deinen Kopf? Du bist erwählt und geweiht.«

»Und sie? Tawa?«

»Sie auch. Geweiht und verdammt, wo ist da der Unterschied. Eben erwählt«, sagt sie, und ihm fällt ein, daß selbst in seinem logischen Latein da kein Unterschied existiert: sacer bedeutet beides. Er und Tawa, zwei Schmuddelkinder aus Rom – Sacri. Und Ocha, die tapfere Kriegerin? Fußvolk. Macht die Dreckarbeit. Verbrennt sich die Pfoten.

»Ich hab eine Heilsalbe«, sagt er und verschweigt, daß er damit die Striemen der Fabia verarztet hat, bevor sie in den Brunnen ging, aber Ocha sagt: »Wasser reicht.«

Ihm fällt was ein und er fragt: »Was ist eigentlich mit dem Wächter?«

Sie erwidert: »Ich denke, daß er denkt, er ist eingeschlafen.«

Also kein Toter. Sehr erleichternd.

»Wir müssen uns was ausdenken«, sagt er. »Über deine Brandwunden. Daß du nicht weg kannst ins Lager.«

Sie streckt sich auf dem Bett aus. »Ja, Fillo. Denk dir was aus«, erwidert sie. »Du kennst sie ja am besten, deine Römer.«

Und damit hat sie ja auch recht.

Tawa steht auf der Schwelle mit ihrem Milcheimer.

»Diese Ziege ist völlig aus dem Häuschen«, bemerkt

sie, und dann sieht sie die Skythin auf ihrem Bett, wendet sich ab und füllt die Milchschalen für die Käsebereitung. Fillo richtet ihr frisches Wasser, und sie taucht Arme und Hände hinein, reibt das Gesicht ab und wischt den feuchten Ruß in das Tuch, das er ihr reicht.

»Sie ist verletzt«, sagt er. Sie nickt. »Ich schlaf dann im Stall. Da hab ich das Vieh im Auge.«

Er schüttelt den Kopf. »Hier ist Platz für euch beide. In den Stall kann ich gehen. Oder ich mach mir eine Schütte von Stroh vorm Herd, wie früher, wenn du mich nicht haben wolltest.«

Er lächelt ihr zu, aber sie kann das nicht erwidern. Ihre Augen sind so erloschen wie damals, als er sie auf den römischen Straßen fand, müde, ausgelaugt und verzweifelt, mit der Narbe im Gesicht.

»Einen Schluck Wein«, sagt sie heiser. »Dahinten ist ein Balg. Nur heute.«

Sie trinkt langsam, in kleinen Schlucken, verzieht das Gesicht. Dann legt sie sich neben Ocha aufs Bett und läßt es zu, daß er ihr die Schuhe auszieht und sie zudeckt.

Die Skythin hat die Augen geschlossen, ob sie schläft, weiß man nicht. Beide liegen jeweils auf einer Seite des Bettes, die Köpfe weggewendet. Eigentlich wäre zwischen ihnen noch Platz für ihn.

Er macht sich sein Lager vorm Herdfeuer und geht noch mal nach der durchgedrehten Ziege gucken, die nun ganz allein ist, ohne magisches Futter und ohne Gesellschaft des Dings. Aber jetzt scheint sie doch ruhiger, obgleich sie nichts gefressen, sondern ihr Futter nur durch den Raum verteilt hat.

Bevor er das Feuer mit Asche zudeckt im Haus und sich zur Ruhe legt, sieht er die Frauen noch einmal an, wie sie da liegen, voneinander abgekehrt, gleich den Schneiden der Prätorianeräxte, und schlafen.

Ach ja, richtig. Und beide sind sie schwanger.

Wegen des Verschwindens von Ocha muß er sich nichts ausdenken. Die Mühe kann er sich sparen. Der Wächter hat bereits überall herumerzählt, daß sich die skythische Hexe mittels mächtiger Zauberkraft ihrer Fesseln entledigt und in Luft aufgelöst hat, und das wird rundum mit größter Bereitwilligkeit geglaubt.

Sie müssen nur ein bißchen aufpassen, daß sie sich nicht blicken läßt – aber da ihre Brandwunden noch heftig schmerzen, hat sie dazu auch keinerlei Neigung.

Und sonst warten sie voller Bangen auf den Neumond.

Zum Feld hinaus hat sich niemand mehr gewagt, auch nicht am hellichten Tage. Wenn Fillo an diese Nacht denkt, bekommt er eine Gänsehaut. Sie reden kein Wort darüber. Sie reden überhaupt nur das Nötigste miteinander.

Gar nichts geschieht. Die Sonne guckt ein bißchen mehr über den Bergrand, und plötzlich beginnt aus dem heiteren Himmel Metemmia zu wehen, der süße Zephir, der das Eis hinschmelzen läßt und den Frühling verkündet.

Wenn Metemmia weht, ziehen die Fischer ihre Boote an Land. Sie, die sonst selbst bei Grejus ausfahren und die Netze werfen, fürchten nun Bunaza lada, der sie bewegungslos auf dem Meer festhält.

Aber entgegen den hier gültigen Wetterregeln erlischt der Wind nicht, sondern frischt gegen Abend auf, verwandelt sich in einen heulenden Südsturm, der dem Scirocco in Rom gleicht, wenn er von Afrika herüberweht. So was gab es nicht seit Menschengedenken, sagen die Alteingesessenen, soweit es hier Alteingesessene gibt.

Die Wellen branden über den Strand, es heißt, einige der Seeleute hätten ihr Boot verloren, weil sie es nicht hoch genug hinaufgezogen hätten.

Es faucht und jault den ganzen Abend. Die Schindeln prasseln von den Dächern. Unmöglich, in den Hütten ein Feuer anzuzünden. Die Kolonisten sind auf kalte Küche angewiesen.

Gegen Morgen wird die gesamte Population der Siedlung aus dem Schlaf geschreckt.

Die Erde bebt.

Es ist kein großes und gewaltiges Erdbeben, wie der eine oder der andere es wohl in Italien erlebt hat, keins, bei dem Bauwerke einstürzen oder der Boden aufreißt zu tiefen Spalten, aber man muß es schon zur Kenntnis nehmen. Geschirr geht zu Bruch, Holzstapel stürzen ein, sogar ein nachlässig ausgeführter Schuppenbau fällt in sich zusammen. Natürlich flüchtet alles aus Katen und Hütten ins Freie, barfuß und im Hemd.

Was sie da sehen, veranlaßt sie, so schnell wie möglich in ihre Schnürschuhe und Pelzmäntel zu kommen, falls sie dergleichen haben, denn da oben auf Tabeas Feld ist etwas los. Ein Feuerschein steht zwischen Hang und Berg, Rauch steigt auf, es grollt, es knurrt, es donnert.

Alle miteinander und alle durcheinander keuchen sie nach oben, keiner guckt, wer neben wem läuft, da kann Ocha getrost mitkommen, eingehüllt in einen Mantel von Fillos Webstuhl, Kapuze überm Kopf. Sie wird es sich doch nicht entgehen lassen.

Da oben am Feld stellt sich heraus, daß sie durchaus nicht die einzige Eingeborene ist. Es sammelt sich was an, keine Ahnung, woher die kommen, aber das ist ja jetzt auch nicht so wichtig.

Das Feld ist gleichsam von innen erleuchtet. Flammenbündel schießen aus Erdlöchern hervor, Schollen heben und senken sich unter Murren und Knurren, in der Mitte bäumt sich was wie ein Buckel auf. Es scheint, als wäre da ein kleiner Vulkan im Entstehen, Erde im Jugendalter.

Dämpfe schießen hoch, Wasserfontänen sind brühend heiß.

Das waren dann wohl die Wehen.

Pünktlich mit Sonnenaufgang setzt das Schauspiel ein, das sie von vier Seiten umstehen. Ein strahlender Sonnenball erhebt sich hinterm östlichen Bergmassiv und beleuchtet gnadenlos den Abort von verkrüppelten Ungeheuern. Drachensaat, die es nicht mehr geschafft hat, zu gewappneten Männern zu werden.

Was da aus den blubbernden Hügeln hervorkriecht, wittert, mit aufgerissenem Maul nach Luft schnappt, die Augenhöhlen gen Himmel wendet und mit den Schaufelhänden um sich greift, das ist so abscheulich, daß Frauen kreischen und in Ohnmacht fallen und Männer sich vor Ekel übergeben.

Fillo hat seine arme, bebende Tawa an sich gezogen und preßt ihren Kopf fest an seinen Hals. Das muß sie nicht sehen. Sie atmet stoßweise, hält still, die Arme hängen ihr herab.

Er aber muß hingucken. Er muß es wissen.

Diese Wesen haben kurze Säulenbeine und riesige plumpe Füße, weiß wie Engerlinge, ohne Zehen und Nägel. Sie sind nicht größer als zweijährige Kinder. Das Erdreich hängt in den Falten ihrer schlaffen Hoden und runzligen Schwänze. An ihrem gedrungenen Leib sprießt der Panzer in schuppigen Platten. Die Köpfe sind klein, aber üppig behaart. Mit den Klauen greifen sie blindlings ins Leere, taumeln herum, und wenn sie sich gegenseitig erwischen, beginnen sie sogleich, aufeinander einzuschlagen und sich zu zerfleischen. Dabei knurren sie wie große Hunde.

Fillo hat so zu tun, seine Römerin zu beschützen, daß er gar nicht mehr richtig auf seine Skythin achten kann. Dennoch glaubt er, daß sie es gewesen ist, die sich als erste gebückt hat und mit ihren verbrühten, verbundenen Händen einen Stein ergreift, um einem dieser Monster den Kopf zu zerschmettern.

Dann ist kein Halten mehr.

Mit Steinen und Stöcken, mit Speeren und Pfeilen und allem, was zum Schlagen oder Schießen da ist, machen sich Römer und Skythen über die Abscheulichkeit her und verkürzen die Agonie der um sich hauenden, beißenden, schlagenden und grunzenden Embryonen.

Keiner sagt dabei einen Ton.

Als alles vorbei ist, als nur noch die zerstückelten Teile dieser Ungeschöpfe herumliegen – hier noch eine zuckende Schaufelhand mit gebogenen Krallen, da ein Torso mit hörnernen Platten, da ein blutrot erigierter Penis, dort ein Engerlingsfuß –, da lassen Siedler und Einheimische ihre Waffen einfach fallen und gehen auseinander, ohne sich anzusehen.

Fillo und Ocha wechseln sich ab an Tawas Bett.

Die liegt, die Augen zugedrückt, als wolle sie sie nie mehr aufmachen, den Daumen im Mund wie festgewachsen, seitlich zusammengerollt und mit angezogenen Knien. Fieberröte fleckt ihr Gesicht.

Sie machen ihr kalte Wickel um die Beine, besonders Ocha, für deren Brandwunden das kalte Wasser ebenfalls linderndes Labsal ist. Fillo bietet ihr immer wieder seine Salbe an, doch sie schiebt ihn weg. Nur Wasser bei Verbrennungen. Wissen die Römer denn gar nichts?

Dafür hat sie nicht die leiseste Ahnung, wie man mit einer Ziege umgeht, noch dazu mit einer so hysterischen, wie es dies Tier im Augenblick ist, nach all den Zaubermitteln.

Eier sammelt Ocha gern ein. Freilich trinkt sie die meisten roh aus. Sie zu kochen, findet sie albern. Man kocht nur Fleisch, Absude und Wurzeln. Daß ihr die Blätter zum Kauen ausgegangen sind, macht sie für mindestens einen Tag so unruhig wie Tawas Ziege es ist. Dann probiert sie den Wein aus dem Bocksbeutel und findet ihn ein höchst vergnügliches, anregendes Getränk.

Fillo kriegt erst ein bißchen Angst, aber sie findet schnell ihr Maß.

Von Publius keine Spur und keinen Ton.

Statt dessen kommen zwei Siedler von weiter am Meer vorbei und erklären, sie gemeinsam wollten ihm, dem aus dem Land von hinter den Bergen Heimgekehrten, und seiner Frau, ein Anerbieten machen: nämlich den schrägen

Acker am Hang zwei Fuß tief umzupflügen mit einem guten Ochsengespann, ohne daß es sie einen roten Heller kosten solle.

Das findet Fillo günstig – immer unter der Voraussetzung, daß sie am Leben bleiben, denn die Neumondnacht naht.

Wundersam freilich erscheint ihm, daß kein Mensch des Ereignisses da draußen auch nur mit einer Silbe gedenkt. Als hätte es nicht stattgefunden. Da bessern sie ihre eingekrachten Schober aus – aber es gab kein Erdbeben. Da setzen sie ihre Holzstapel neu und bestellen Töpferware in der Garnison und haben ihre Knüppel irgendwo verloren – aber jene Nacht ist aus ihrem Gedächtnis offenbar getilgt; oder doch zumindest aus ihrem Gespräch. Es hat nie eine Drachensaat gegeben.

Nun kommt sie heran, die Nacht des Neumonds. Tawa wird es nicht erspart bleiben. Bisher blieb ihnen gar nichts erspart. Was sind sie? Sacri. Erwählte, Verfluchte. Keine Gnade, da rauszukommen. Und keiner weiß, wieso.

»Was kann man tun?« fragt er die Skythin. »Tür und Tor verrammeln, Tawa am Bett festbinden? Gibt es denn keinen Gegenzauber?«

Ocha schüttelt zu dem allen den Kopf. »ER hat ja schon verloren«, sagt sie. »Es muß nur zu Ende gehen.«

»Vielleicht bleibt er fort«, mutmaßt er. »Auch voriges Mal ist er nicht gekommen.«

»Voriges Mal war er nicht vonnöten. Ich hoffe, er kommt. Denn wenn er es nicht tut, versucht er vielleicht etwas anderes.« Sie zieht die Stirn kraus. »Nein, das glaube ich nicht. Seine Stärke ist dahin. Er muß wieder zu den Elementen – bis zum nächsten Mal.«

Das nächste Mal! In tausend Jahren vielleicht? Von so etwas will Fillo nichts wissen. »Wenn seine Stärke fort ist – was wird dann hier auftauchen?«

»Ich weiß es nicht. Keiner weiß es.«

Zumindest Tawas Leib und Sinn wissen unter all ihren Fieberverstecken, welche Nacht heranrückt.

An diesem Abend steht sie auf. Sie verlangt, sich zu waschen. Erklärt, sie sei nun gesund. Steckt Wachskerzen auf und bereitet, taumelig in den Bewegungen, ein Mahl. Der noch immer weißschäumende Pontus hat ungemeinen Fischsegen gebracht, die Händler sind bis hierher gekommen, ihre Ware loszuwerden. So kocht Tawa Fisch, und Ocha hilft ihr dabei mit Wurzelwinterwürzen, die die andere nicht kennt. Einträchtig, als ob sie Schwestern wären.

Fillo verkriecht sich hinterm Webstuhl. Diese unerwartete Harmonie beängstigt ihn zusätzlich. Die Augen der Römerin sind fieberumflort. Ocha dagegen blickt so scharf wie ein Adlerweibchen auf der Jagd.

Als es vollends dunkel ist, wird die Besessene unruhig. Sie verlangt, daß die beiden anderen die Hütte verlassen. »Kümmert euch um das Vieh!« rät sie.

»Nein«, entgegnet Fillo so ruhig wie möglich. »Wir werden hier mit dir warten. Schließlich stecken wir mit drin in der Geschichte.«

Röte überzieht Tawas Gesicht. »Es ist zwischen ihm und mir! Verschwindet, eh er euch das Genick bricht!«

Das ist bestimmt keine leere Drohung, und Fillo hätte sicher bereitwillig das Feld geräumt, wenn es nicht um seine arme Frau ginge, die man, so oder so, nicht verlassen darf. Ocha indes legt ihre Waffen an. Dies Vertrauen in ihre Kampfkraft beruhigt ihn etwas, denn schließlich würde sie ja nicht gegen Allmächte der Nacht antreten.

Der Abend vergeht, es vergeht die halbe Nacht; nichts geschieht. Gegen Tawas Protest essen sie von dem Fisch, damit er nicht auf dem Herd zerfällt. Ocha trinkt zwei, drei Becher Wein und bekommt glänzende Augen, lehnt ihren Speer zum Besen in den Winkel und nickt ein.

Fillo zieht eine neue Kette auf den Webstuhl, wobei er die letzten Reste aufbraucht; er hat überhaupt kein Garn, etwas zu weben, tut aber, als müsse er bis morgen eine Senatorentoga fertigstellen.

Tawa jedoch sitzt auf der Bettkante, den Daumen im Mund, und lauscht nach draußen. Fillo beobachtet sie verstohlen durch die Kettfäden hindurch und bemerkt, daß sie inzwischen nicht mehr saugt, sondern nagt und sich offenbar den Nagel abbeißt.

Die Lichter brennen herunter. Er füllt die kleine Öllampe neu auf und erneuert den Kienspan am Webstuhl. Und irgendwann muß auch er eingeschlafen sein, den Kopf an den Rahmen des Webstuhls gelehnt. Er fährt auf, weil die Tür geht – sein Kienspan ist fort und Tabea auch.

Der Span wäre unnötig gewesen. Es wird Tag.

Auch die Kriegerin ist aufgewacht, steht auf dem Sprung und lauscht nach draußen. Ihre Waffen hat sie nicht aufgenommen.

Dann hört er es auch: ein Schlurfen, ein Ziehen, als würde etwas über den Boden geschleift, ein Röcheln, ein Ächzen. Und dann Tawas gellender Aufschrei.

Da liegt ER. Da liegt es. Das, was übrig ist von dem Wesen, dessen sich die Nachtgestalt bemächtigt hatte, um darin zu hausen. Die verbrauchte Hülle. Und dahingestreckt über diesen Körper, heulend, brüllend, immer wieder den Namen rufend, die Frau.

Das da liegt im Sterben. Wie es beschaffen war, wie es aussah, als der Mann der Finsternis es in Besitz nahm, ist nicht mehr zu erkennen. Hier jedenfalls verröchelt ein greisenhaftes Geschöpf, ausgezehrt und ausgelaugt, die welke Haut hängt in Falten um die spitz hervortretenden Knochen, das Gesicht ist schon wie ein Totenschädel – tiefe Augenhöhlen, Zähne gefletscht, kein Fleisch mehr zwischen Knochen und Fell. Lange, einzelne weiße Haare sprießen auf dem kahlen Kopf und an den Händen gebogene, bläulich verfärbte Nägel.

Und doch könnte er es gewesen sein, er, dessen Namen Tawa immer wieder schreiend hervorschluchzt. Eine blasse Spur von Zeichen umrahmt sein rechtes Handgelenk, eine Markierung, wie er sie trug, der Profitotschläger und verschollene Legionär, der Waldkönig vom Nemisee, der Bruder und Geliebte. Der Heros.

Die Schreckensgestalt krächzt und furzt. Sie öffnet den Mund, bleckt die Zunge, verdreht die Augen. Dann ist es vorbei.

»Hol sie weg da«, sagt Ocha, »und laß es uns begraben, bevor es ganz Tag ist.« Sie muß es zweimal sagen, eh er es versteht.

Tawa wimmert nur noch. Er geht zu ihr und zieht sie an den Schultern hoch. Sie hängt ohne Willen in seinen Armen.

»Wer auch immer das gewesen sein mag«, sagt er und bemüht sich, ruhig zu reden, »er ist nun tot, Tawa. Es ist vorbei. Du bist frei. Bist nur einfach du – Tabea. Tawa, eine Bäuerin auf der Kolchis.«

Sie läßt sich fortführen und aufs Bett legen. Hält die Augen geschlossen. Vielleicht ist sie ihrer Sinne nicht mehr mächtig, so plötzlich wurde sie still.

Er und Ocha hacken und graben im Schweiße ihres Angesichts, während das Licht rasch zunimmt. Dann schleifen sie den federleichten Kadaver zu der Grube und werfen Erde darauf, noch eh die Sonne ihn beschienen hätte, stampfen den Boden fest und reinigen sich am Brunnen mit eiskaltem Wasser.

»Du hast die Erscheinung erkannt?« fragt Ocha, als sie zur Hütte zurückgehen.

Er zuckt die Achseln. »Ich weiß nicht. Sie kam aus ihren Wünschen. Vielleicht hat der Nächtliche sie nach dem Bild geschaffen, das Tawa in sich trug.«

Ocha nickt. »Meist nimmt er etwas, das schon da ist. Er findet es und benutzt es als seine Form. Vielleicht war dieser – Mensch hier in der Nähe, ohne daß ihr es wußtet?«

»Das wollte sie immer so«, entgegnete er. »Aber für mich ist es, als sei er aus ihrem Kopf gestiegen.«

Es schüttelt ihn. Ocha legt ihm die Hand auf den Arm.

»Wie tapfer du bist«, sagt sie zärtlich. »und wie sehr du die Frauen liebst.«

Drinnen liegt Tawa wie vorher, aber sie hat die Augen aufgeschlagen.

»Und nun?« sagt sie tonlos. »Welche Sorte Monster werde ich gebären? So was, wie auf dem Feld geschlüpft ist, oder eher etwas wie diesen da?«

X

Viel zu früh ist es Frühling geworden, sagen die Leute. So was kann nicht gutgehen. Metemmia in dieser Stärke und Dauer, das gibt einen Rückschlag, wir werden noch klappern vor Kälte. Aber solcher Prophezeiungen ungeachtet, bleibt es warm.

Von den Bergen stürzen ungeheure Wassermassen herunter. Der Schnee, der viele Schnee jenseits schmilzt mit Macht und verwandelt Bäche in reißende Ströme. Es rieselt und gluckert, wo man geht und steht, man versinkt bis zu den Knien im Schlamm, wo sonst ein gangbarer Weg ist, und sogar um den eigenen Hof zu überqueren, braucht man Holzpantinen.

Im Römerlager kommen sie aus dem Schanzen nicht heraus. Die Zelte rutschen einfach weg, versinken im Morast. Außerdem werden die Legionäre von Husten, Gliederschmerzen und Fieber geplagt. Keine sehr schlagkräftige Truppe, aber gegen wen auch?

Die Wehrgemeinschaften haben auch kein rechtes Feindbild mehr. Provokante skythische Reiter lassen sich nicht mehr blicken. Die kommen auch gar nicht durch. Nur ein paar Frauen tauchen von Zeit zu Zeit auf, um was zu tauschen. Aber wer sieht schon in Frauen eine Gefahr, selbst wenn sie bewaffnet sind.

Nach den Ereignissen auf dem schrägen Feld, nach der gemeinsamen Vernichtung der Ausgeburten durch Römer und plötzlich aufgetauchte Sarmaten hat sich der kriegerische Elan der Siedler merklich abgekühlt. Übrigens redet weiterhin niemand mehr davon. Das ist vergessen.

Publius geht es gar nicht gut im Augenblick, was weniger mit seiner Stellung in der römischen Defensivbewegung zusammenhängt als mit der Tatsache, daß seine Bude da oben im Schatten eines Felsüberhangs liegt. Der hat sich über Nacht in einen Wasserfall verwandelt, und wenn der Stall des Mulis der Stall des Augias wäre – vielleicht ist er's, so selten, wie Rufo ausmistet –, dann hätte jetzt Herkules seine Arbeit getan. Das arme Vieh muß bis zu den Fußgelenken im Wasser stehen.

Zu alledem gibt es noch einen Erdrutsch. Der Berg fängt an, ganz friedlich und sacht in den Hof des Poeten hinunterzuwandern, und Rufo muß schippen, graben, stützen und abteufen, als wäre er für die Schanzwerke in den castra auserwählt. Der Dichter macht, wie meist, selbst keinen Finger krumm, sondern gibt nur neunmalkluge Anweisungen, die der Sache nicht dienlich sind, und zieht sich, wenn er sieht, daß er nichts bewirkt, schnell wieder an seinen Schreibtisch zurück, um Briefe an bedeutende Leute zu schreiben, sei's nun in der Garnison oder in Rom; Briefe, die unbestellt bleiben müssen bei den Wegverhältnissen und die, selbst wenn sie ihren Adressaten jemals erreichen, das mangelnde Interesse dieser Leute an ihm auch nicht beheben werden.

Einer Römerin kann ein Messer entfallen vor Schreck und eine Weile unbeachtet liegenbleiben.

Einer Skythin passiert so was nicht. Selbst wenn sie voller Angst und Schmerz über ein Feld stolpert und sich die Hände voll Brandblasen holt, wird sie einen so kostbaren Gegenstand wie eine geschliffene Eisenklinge nicht zurücklassen, sondern finden und mitnehmen, so daß sie an ihrem Platz in der Kate liegt, als Tawa sie braucht.

Zuerst versteckt sie das Messer. Warum, wüßte sie nicht

zu sagen. Wie sie dann überhaupt kaum etwas zu sagen weiß in diesen nassen und warmen Tagen, außer das Nötigste. Sie laufen alle drei wie betäubt herum nach diesem schlimmen Neumond, keiner sieht den anderen an, keiner achtet so recht auf das, was der andere macht.

Tabea geht melken wie immer und kommt nicht zurück. Fillo hat einen kleinen Posten Wolle gefunden, den er glatt vergessen hatte, und unterrichtet Ocha auf ihre Bitte hin im Weben. Da vergeht die Zeit.

Irgendwann schreit ein Huhn entsetzlich, und die Skythin meint, das hört sich an, als wenn Raubzeug über die Vögel gekommen wäre.

Es ist aber Tawa, die am Hackklotz steht, blutverschmiert bis zu den Ellenbogen, die Tunika voll feuchter dunkler Flecke, und sich gerade anschickt, ein Huhn zu köpfen – ihre beste Legehenne.

Fillo ist in ein paar langen Sätzen bei ihr, entwindet ihr das Messer und das Tier, das aufgeregt spektakelnd entweicht, und schreit sie an: »Was tust du? Was machst du?«

»Die Ziege hab ich schon abgestochen«, sagt sie ohne eine Spur von Aufregung. »Die Hühner müssen auch noch dran glauben. Alles muß weg, was damit zu tun hatte. Es kann sowieso nicht leben. Das mußt du doch einsehen, Fillo!«

Ihre Augen sind starr, die Pupillen groß und dunkel.

»Gar nichts sehe ich ein«, erwiderte er heftig, »weil das nämlich hirnverbrannter Unfug ist!« und sie: »Kann schon sein, daß mir das Gehirn verbrannt ist.«

Inzwischen ist Ocha dazugekommen. »Was hat sie gemacht?« fragt sie.

»Sie will all unsere Tiere umbringen. Die Ziege ist schon tot.«

Ocha sieht von einem zum anderen. Dann nickt sie langsam. »Vielleicht macht sie das richtig«, bemerkt sie, und ohne auf Fillos empörten Einwand zu achten: »Aber vielleicht reicht die Ziege.«

Sie redet jetzt Tawa direkt an: »Komm, wir gehen in den

Stall. Wir reinigen, wir besprengen mit Blut. Dann häuten wir die Ziege ab. Wir singen, wir machen unseren Frieden mit ihr. Wir hängen ihr Fell in die Bäume, damit der Wind es liebt und streichelt und erhöht.«

Da sie ihre getischen Worte mit Gesten begleitet, scheint Tawa sie zu verstehen. Ocha streckt die Hand aus, und sie legt ihre blutige Faust hinein. Gemeinsam gehen sie zum Stall.

Fillo steht wie vom Donner gerührt. Ocha wendet sich über die Schulter und bestimmt: »Mach Wasser heiß. Viel Wasser. Mindestens zwei Kessel. Und bring es zu uns hinein.«

Er geht zur Hütte, verstört.

Als er den ersten Kessel heißen Wassers, in die Eimer des Brunnenjochs umgefüllt, anschleppt und damit den Stall betritt, dreht sich ihm der Magen um. Es riecht nach warmem Blut und Gedärm. Die Kriegerin versteht das Messer zu handhaben. Über der Raufe hängt das Fell der Ziege samt Hufen und metallisch glänzenden Hörnern. Der nackte Kadaver und die dampfenden Eingeweide sind bereits voneinander geschieden. Tawa hat das Blut im Melkeimer aufgefangen und ist gerade dabei, einen Strohwisch hineinzustecken und die geweißten Wände des Stalls damit zu röten.

Aber vorher müssen sich die beiden Frauen förmlich darin gebadet haben. Beide sind bis zu den Augen bespritzt, und ihre Hände und Füße triefen von Blut.

Er preßt die Hände vor den Mund und läuft hinaus, hört aber noch Ochas Befehl: »Mehr heißes Wasser, Mann! Und reine Leintücher!«

Er nimmt sich reichlich Zeit.

Als er wiederkommt, scheint der magische Teil überstanden. Nur die blutbeschmierten Wände und der mit einem Strohgebinde gekränzte Kopf des Tiers erinnern noch daran. Jetzt ist es eine ganz normale Schlachtung. Die Frauen zerlegen den Körper, waschen die Stücke, breiten sie auf den Tüchern zum Trocknen aus.

Es gibt viel Arbeit. Das meiste muß eingesalzen werden. Zum Glück hat Tawa viel Meersalz eingetauscht auf ihren Verkaufs- und Werbezügen durchs Land.

Dann gilt es, das Fell zu schaben, von den Sehnen zu befreien und zu reinigen, wozu man wieder Salz und Asche braucht. Und während Tawa die besten Stücke zur Hütte trägt, um ein schönes üppiges Essen zuzubereiten, wie sie es verdient haben nach diesen Anstrengungen, tragen Ocha und Fillo das Fell zu den Spitzeichenbäumen im hinteren Ende des Hofs, die mit ihrem vorjährigen Laub die Grenze zur Einöde bilden, und spannen das Vlies zwischen dem Geäst aus.

»Es war eine gute Milchziege«, sagt Fillo bedrückt, während er die Kupferstifte ins dürre Holz schlägt. »Sie hätte uns noch eine Weile versorgt.«

Ocha bündelt ihr Haar im Nacken und hilft, das Fell straff zu halten. An ihr ist noch immer der Blutgeruch.

»Immerhin sind die Hühner auf diese Weise davongekommen«, bemerkt sie ruhig. »Ist es nicht besser, eine Ziege zu opfern und sich dabei zu reinigen?«

»Besser als was?« fragt er besorgt.

»Sie ist schwanger von dem. Es ist da. In ihr.«

»Du meinst das Blut der Ziege ...«

»Das Blut der Ziege ist ihr Blut«, sagt die Skythin mit Ernst. »Wo ist eigentlich das Messer?«

»Noch im Stall, denke ich.«

»Hol es. Tu es weg. Tu auch die Axt weg und was sonst zum Töten taugt. Hoffentlich haben wir genug getan.«

Sie essen zu dritt reichlich von der guten Mahlzeit, die sie ebenfalls alle drei bereitet haben. Jeder gab etwas anderes dazu, und gemeinsam schmeckten sie ab, der Holzlöffel ging reihum.

Zuerst schlürfen sie die Suppe und essen danach von dem Fleisch, und als sie beginnen, die Knochen abzunagen, steht Ocha auf und geht da hin, wo der Bocksbeutel hängt, schenkt einen großen Mischkrug voll, nimmt als erste einen tüchtigen Schluck und reicht ihn dann weiter. Tawa trinkt gierig.

Fillo runzelt die Stirn. Ihm gefällt das nicht. Und ein Mischkrug heißt deshalb Mischkrug, weil man darin den Wein mit Wasser mischt. Pur trinken ist saufen.

»Soll ich Wasser holen?« fragt er, und obwohl er Latein gesprochen hat, versteht ihn auch Ocha. Beide Frauen schütteln den Kopf und tauschen spöttische Blicke. Und beide trinken weiter.

Ochas Wangen röten sich. Sie schüttelt ihr Haar auf, das im Feuerschein glänzt, und öffnet ihr Hemd. Das Blut des geschlachteten Tiers klebt noch in ihren Poren und dessen Fleisch und Säfte beleben ihr die Adern, und sie hat unverkennbar den Wunsch, Fillo heute abend ins Bett zu kriegen.

Besorgt blickt er zwischen den Frauen hin und her.

Tawa achtet auf nichts. Sie lauscht in sich hinein, wiegt sich hin und her – geht's ihr gut, geht's ihr schlecht, das weiß er nicht. Sie scheint ganz woanders zu sein. Aber wenn sie mitkriegt, was Ocha will, würde das bestimmt nicht gutgehen.

»Du kennst nicht die Bräuche bei den Römern«, warnt er seine Skythin leise, und sie lacht tief und langt sich einen weiteren Knochen aus dem Topf, reißt das Fleisch mit den Zähnen ab, ohne ihn aus den Augen zu lassen, schlingt und schluckt, und das Fett läuft ihr übers Kinn. Er schlägt die Augen nieder.

Ocha stößt die andere mit dem Ellenbogen an, um ihre Aufmerksamkeit zu erregen, zeigt mit dem abgenagten Knochen auf ihn und lacht, und er wird langsam ärgerlich. Er hat nicht die geringste Lust, zum Gespött dieser beiden Blutschwestern zu werden und überlegt gerade, wo er denn heute nacht schlafen könnte, also hier drin nicht! Aber vor dem Stall, halb Schlachthaus und halb Weiheraum, graust es ihm. Da klopft es kräftig gegen die Tür.

Alle drei springen sie auf. Die leicht angetrunkene Barbarin scheint im Nu wieder nüchtern. Sie greift nach ihrem Speer und schiebt die beiden »Sacri« hinter sich, wie ein Muttertier, das sich zwischen seine Jungen und die Gefahr stellt. Tut ihre Arbeit.

»Was ist da? Wer will zu uns?« ruft Fillo, erleichtert und verschreckt zugleich, und zu seiner weiteren Beruhigung hört er die Stimme des Poeten, die allerdings sehr aufgeregt klingt: »Ich bin's, Publius. Bei den unsterblichen Göttern, habt ihr es schon gesehen?«

»Was sollen wir gesehen haben?« fragt er zurück, und von draußen kommt: »Das Goldene Vlies!«

Sie treten vor die Tür, er als letzter.

Der römische Dichter steht da, das Haupt zurückgebogen, der Hut ist ihm in den Nacken gerutscht und hängt am Band über seinem Adamsapfel, und seine Nase weist dramatisch in die Richtung, in die man sehen soll.

Da hängt ihr Ziegenbalg zum Lüften und Trocknen zwischen dem Spitzeichenlaub. Gut, also sie hatte ja ein ungewöhnlich langes, dichtes und glänzendes Fell. Und der letzte Strahl der untergehenden Sonne reflektiert wirklich rotgolden in den langen Strähnen.

Fillo muß freilich sagen, daß er in der letzten Zeit in puncto wundersame Erscheinungen derart überfüttert wurde, daß ihn dergleichen nicht sonderlich aufregt. Merkwürdig. Publius muß doch zumindest die allergrauslichste davon selbst miterlebt haben, er war doch bestimmt beim Schlüpfen der Drachensaat auf dem Feld, wie sie alle! Tut aber – wie alle – so, als hätte das nie stattgefunden. Angesichts von ein bißchen leuchtendem Ziegenfell deklamiert er verzückt was von Metamorphose und Götterzeichen. Bei seinem rednerischen Talent wird er die Sache bestimmt unter die Leute bringen. Endlich mal wieder eine Gelegenheit, sich in den Mittelpunkt zu spielen.

Tawa steht da, die Hände auf den Bauch gepreßt, und schüttelt den Kopf. »Wird man es nie los?« murmelt sie. »In den Orcus mit all dem Zeug!«

Ochas Augen sind nachdenklich. Sie legt den Arm um die andere und geht mit ihr ins Haus.

Fillo steht noch ein bißchen neben dem aufgeregten Publius und versucht, ihn auf die Erde zu ziehen. Aber das einzige, was er erreicht, ist, daß der Meister nicht gleich und sofort die Nachbarn zusammentrommelt, sondern sich bereit erklärt abzuwarten, ob das Phänomen morgen wieder auftaucht.

Eigentlich, erfährt Fillo, hätte er ja nur Rufo geschickt. Sie hätten mitgekriegt, daß man geschlachtet habe, und der Adlatus sollte einen Topf Brühe für ihre Rüben erbitten. Aber als der dies Leuchten gesehen habe, sei er sofort umgekehrt und habe dem Patron davon berichtet.

Seine Brühe kriegt er und sogar noch einen Fleischknochen dazu, Hauptsache, er hält heute noch den Mund. Morgen kann es ja schon ganz anders sein.

Tawa murrt. Kann der bloß immer schnorren? »Nicht, daß sie uns das Fell auch noch wegklauen, bloß, weil's ein bißchen leuchtet im Abendlicht!«

Aber da weiß Ocha zu beruhigen. An so was wagt sich keiner ran.

Heute abend sind die beiden Frauen ein Herz und eine Seele. Sie liegen zusammen auf dem Bett und flüstern miteinander in einem Gemisch aus Getisch und Römisch. Scheinen sich irgendwie zu verständigen.

Er legt sich dann vor die glimmende Asche des Herds und macht die Augen zu. Tawa schläft schnell. Ocha erhebt sich und geht an ihm vorbei nach draußen. Bald hört er die Rufe, das Klappern und Rasseln und Singen, das Hin und Wider von den Bergen. Offenbar informiert sie das Hauptquartier und holt sich Instruktionen. Tawa wacht zum Glück nicht auf.

Auch nicht, als seine Barbarin zurückkommt und sich, nach kalter Luft und Laub und Weib riechend, auf ihn setzt, als sei er eins dieser struppigen Pferdchen, die sie haben, immer willig, den Reiterinnen zu Diensten zu sein.

Solange die Nässe hier draußen Wege und Stege unpassierbar macht, solange die Legionäre schanzen müssen wie verrückt und zum Castellum kein Durchkommen ist, kann sich jedermann vorstellen, welche Schlamm- und Wassermassen da hinter den Bergen vorherrschen.

Bewegung kommt erst wieder rein, wenn's trocken wird. Wenn die Erde alles geschluckt hat oder – durchaus denkbar in Sarmatien – ein neuer Frosteinbruch die Wasser wieder erstarren läßt. Dann werden sie wohl aus ihren Löchern hervorkommen, auf dieser und jener Seite des Gebirges. Dann wird man ja sehen.

Wenn es doch noch ein bißchen so bliebe wie jetzt, wünscht sich Fillo. Noch ein bißchen Ruhe. Zeit zum Atemschöpfen. Die Spannung zwischen den beiden Frauen hält sich auch in Grenzen. So kann man alles ertragen.

Inzwischen ist der Hof von Fillo und Tawa, oder, in diesem Fall ganz römisch, von Pamphilus und Tabea, zu einer Art Pilgerstätte geworden, soweit man zu Fuß laufen kann, ohne einzusinken. Sogar Legionäre aus den castra kommen. Dem Fell der Ziege, aufgespannt zwischen den Spitzeichen, gilt die Wallfahrt. Ja, ja, es leuchtet. Es leuchtet golden oder gülden, wenn die Sonne abends im richtigen Winkel draufscheint und man den nötigen guten Willen mitbringt.

Fillo hat ihn nicht. Er kann gar nicht genug darüber staunen, was für Belanglosigkeiten man zu Wundern hochjubeln kann – da ist er anderes gewohnt. Für ihn ist das ein besonders schönes, besonders seidiges, üppig gelocktes Fell, dem das magische Futter aus dem Skythenland seinen Glanz verliehen hat. Ocha meint, nachdem er ihr die Geschichte von Iason und diesem König Aietes erzählt hat, es habe ja eigentlich ausschließlich mit Sarmatien zu tun und vielleicht noch ein bißchen mit den Griechen, und was die Römer nun damit wollten, kann sie gar nicht begreifen. Zumal ja auch in dieser Sage die Eindringlinge, die mit dem Vlies abziehen, ganz eindeutig nichts weiter sind als Diebe.

Tawa schweigt sich aus zu der ganzen Sache. Sie hat zu Anfang mit Heftigkeit die Leute vom Hof gejagt, die sich das Palladium angucken wollten, und erklärt, sie wolle in Ruhe gelassen werden. Allerdings nimmt sie das Fell auch nicht fort. Wer nimmt schon ein Fell fort, ehe es richtig trocken ist. Und es gibt immer wieder Regenfälle ...

Fillo fand ihre Haltung ganz richtig. Aber jetzt sieht er, was der agile Dichter aus der Angelegenheit macht, und es reut ihn eigentlich. Publius nämlich hat sich zum Sachwalter der Neugierigen gemacht und veranstaltet nun regelrechte Führungen, bringt die Andächtigen von außen an den günstigsten Punkt heran, gibt wie immer beschaffene Erklärungen ab, rezitiert was aus seinen Werken, während die Sonne den richtigen Stand erreicht und läßt sich hinterher von den Leuten beschenken – das heißt, der lange Rufo geht mit einer umgedrehten Kornschwinge herum und sammelt ein.

Nicht, daß Fillo derartigen Aufwand selbst hätte betreiben wollen, aber man hätte doch zum Beispiel durch ein Imbißangebot einen bescheidenen Verdienst erlangen können. Das denkt er, bis er mitkriegt, daß sich das Interesse der Leute beinah genau so stark wie auf das Ziegenfell auf seine Person richtet: den Heimkehrer aus der Barbarei mit dem kriegerischen Weib als Mitbringsel.

Wie man weiß, dauert beim Militär alles ein bißchen länger. Aber irgendwann ist die Kunde von seiner Person denn doch vom einfachen Legionär bis zur Führungsspitze der castra durchgedrungen, und es erstaunt ihn eigentlich nur, daß es allein um ihn geht und nicht auch um Ocha: Ein Decurio überbringt stramm die Aufforderung, er solle sich zu der und der Zeit beim Kommandierenden der zeitweilig hier stationierten Streitkräfte einfinden.

Ob er das denn auch schriftlich habe, fragt Fillo den Soldaten, und als der verneint, erklärt er, dann täte es ihm leid. Er sei Zivilist. Man könne ihn freundlich einladen oder hinbitten, und das auf einer Schreibtafel. Hinbeordern könne man ihn nicht.

Der Decurio ist bloß ein kleines Licht. Er nimmt das verblüfft zur Kenntnis und zieht wieder ab. Aber natürlich werden sie nicht locker lassen.

Noch am gleichen Tag redet er mit Ocha. Sie hört ihm sehr aufmerksam zu und ist am Abend reisefertig.

»Du willst das wagen?« fragt er erschrocken. »Die Flüsse führen noch immer Hochwasser. Keiner weiß, wie es hinter den Bergen aussieht.«

»Ich komme durch, Fillo«, erklärt sie ruhig. »Es muß sein.«

Gewaffnet und verhüllt steht sie vor ihm, die Handschuhe baumeln ihr am Gürtel. Sie blickt spöttisch und freundlich. So ein Skythinnenblick. »Ich hoffe, ich sehe dich wieder, Mann«, sagt sie. »Es war erfreulich mit dir. Oder doch meistens. Paß auf deine römische Frau auf. Sie hat schwere Gedanken.«

Von Tawa nimmt sie nicht Abschied, und die fragt auch nicht nach. Nun hat er wieder seinen Platz im Bett, und sie liegen da, so wie die beiden Frauen nebeneinander lagen: Rücken zu Rücken gekehrt, die Köpfe zur Seite gedreht.

Er sorgt sich um sie. Sie tut nichts. Meist sitzt sie auf dem Bett, sieht vor sich hin und kaut an ihren Nägeln. Sie fragt nichts und sie sagt nichts. Für alle seine Versuche, sie aufzumuntern oder zu einer Beschäftigung zu bewegen, hat sie nur ein Achselzucken.

Die Hühner legen immer schlechter, normal im Frühling. Als er eines Morgens hereinkommt mit nicht mehr als drei Eiern im Bastkorb, steht sie mitten im Raum, die Hände auf dem Bauch, im Blick helles Entsetzen.

»Es bewegt sich in mir«, sagt sie tonlos. »Da drin wohnt es und bewegt sich.«

»Es wird einfach an der Zeit sein«, bemerkt er beruhigend. Er hat inzwischen seine skythischen Erfahrungen und weiß so viel über Schwangerschaften wie sie. »Es ist da und sagt, daß es lebt. Sei fröhlich!«

Sie starrt ihn an, als käme er aus einer anderen Welt. »Fröhlich? Weißt du, was ich da in meinem Bauch habe?

Weiß ich es selbst? Wer hat mich geschwängert? Die wandelnde Leiche, die ihr verscharrt habt? Das Phantom, das sich ihrer bemächtigt hatte? Zappelt ein Ungeheuer in meinem Bauch herum? Fillo, ich glaube, mein Kopf muß mir zerspringen. Oh, wenn ich doch leer wäre – leer – wie ein Nest ohne Brut!«

Ihr Blick fällt auf seinen Korb. Mit gespreizten Fingern fährt sie hinein und, das Gesicht zu einem Lächeln verzerrt, zerdrückt sie die Eier. Dotter und Weiß tropfen ihr von den Händen.

Er führt sie zum Tisch, reinigt ihre Hände und ihr Kleid. Gibt ihr Wasser zu trinken.

Sie läßt es geschehen, und ihre Augen sind stumpf. Wie ist ihr zu helfen?

»Tawa, meine Frau«, sagt er und legt den Arm um ihre Schulter. »Wir wollen einmal gehen und uns das schräge Feld ansehen.«

Sie duckt sich unter seiner Berührung, und ein zitternder Atemzug bewegt ihre Brust. »O nein. Nein, nicht dahin«, flüstert sie.

»Aber die Nachbarn haben es inzwischen gepflügt, um uns eine Gefälligkeit zu erweisen.«

»Warum? Warum haben sie es gepflügt?«

Er will keinen neuen Schrecken heraufbeschwören. Im Gegenteil.

»Nun«, sagt er und tut arglos, »sie glotzen Abend für Abend unser Ziegenfell an, als wäre es eine Laterne. Da können sie schon mal was für uns tun.«

Er bringt ihr Schuhe und Umhang, zieht sie an, streichelt dabei ihren Bauch. Dann nimmt er sie an der Hand und führt sie nach draußen. Das Wetter ist ruhig, man kann unbedeckten Hauptes gehen und braucht die Handschuhe nicht.

Kein Nebel ist über dem Feld. Die vom Hakenpflug schön tief und gleichmäßig aufgeworfenen Schollen glänzen vor Feuchtigkeit. Es ist Erde, gute, gesunde, gedüngte Erde.

Tawa schaut sich um. Sie atmet kurz von dem Aufstieg. Ihr wachsender Bauch beschwert sie. Schließlich bückt sie sich mit Mühe und nimmt eine Handvoll auf, riecht daran, läßt die Krume durch die Finger gleiten.

»Gut«, sagt sie. Es klingt erstaunt.

»Wenn wir die Nachtfröste abwarten, könnte man Bohnen setzen dies Jahr«, schlägt er vor. »Der Boden ist sehr verbessert.« Sie nickt.

Da, wo sie stehen, gluckst es, und die Erde schmatzt zu ihren Füßen. Bei zwei Bodenerhebungen hat sich ein kleiner See gebildet. Zwischen den Steinen dort kommt es hervor, fließt als Rinnsal auf den Rain zu, staut sich überm vorjährigen Gras.

»Sieh da, Wasser!« sagt er erfreut. Er kniet und schöpft mit beiden Händen.

»Fillo, nein!« schreit sie angstvoll.

»Was hast du?« fragt er.

Sie preßt die Fäuste vor den Mund. »Es ist bestimmt verflucht!«

Er schüttelt den Kopf. »Ich denke, es ist einfach bloß eine Quelle. Eine Quelle ist kein Fluch, sondern ein Segen.« Er trinkt. »Es ist sehr gutes Wasser. Probier doch.«

Er hält ihr die Hände hin wie eine Schale, und schließlich berührt sie es vorsichtig mit den Lippen. Die Augen hat sie geschlossen dabei.

»Es werden Gräser hier wachsen und schönes Kraut«, sagt er. »Wir werden ein paar Sträucher anpflanzen, Kapern vielleicht. Im Sommer hast du Schatten und kannst trinken. Wir können Gemüse bauen und es ohne Mühe wässern. Kohl und Schoten. Es ist sehr gut. Wir haben eine Quelle gewonnen.«

Plötzlich bricht sie in Schluchzen aus. Es ist wie ein Krampf. Ihr ganzer Körper krümmt sich.

»O Fillo, Fillo! Ich war froh, und so voll Zuversicht! Warum mußte ich derart betrogen werden? Warum steckt in mir nun ein Monster, wo ich ein Kind der Liebe wollte?«

Er streichelt ihr Haar, das sie weder heute noch gestern oder vorgestern gekämmt hat.

»Was redest du, Mädchen«, sagt er. »Sieh dir doch dein Feld an! Es wird gut werden. In Rom, ja, da denken sie, die Männer machen die Kinder, und die Frauen sind bloß wie Gefäße, in denen der Samen sich ausbildet. Aber da, wo ich den Winter über war, da gilt eine ganz andere Meinung. Da ist es die Frau, die das Kind macht. Unwichtig, daß da einmal ein Mann beteiligt war. Ein Feuer entzündest du auch mit einem Kienspan. Aber wie schön und hoch es brennt, das hängt nicht davon ab, ob dieser Span lang oder kurz, dick oder dünn, naß oder trocken war. Diese Frauen da meinen, in den neun Monaten, in denen das Kind in dir ist, machst *du* das Kind mit deinen guten Gedanken und deinen guten Säften. Du mußt essen und dich freuen auf das in deinem Bauch, und dann wird es auch gut. Zu Anfang warst du doch voller Freude. Also, was soll da Schlimmes geschehen?«

Während er so auf sie einredet, hat sich ihr Schluchzen langsam in ein sanftes Weinen gewandelt und hört schließlich auf. Er merkt, daß sie ihm zuhört.

»Und was ist?« fragt sie. »Wenn es nun doch eine Mißgeburt wird?«

»Wir wissen gar nichts, Tawa. Aber wir glauben einfach an ein schönes Kind.«

Sie beugt sich jetzt auch zu der kleinen Quelle, hält die Hand hinein, riecht daran, probiert. »Ja«, sagt sie still, »es ist wahr. Das ist gutes Wasser.«

Sie gehen nach Haus. Manchmal ist sie ein bißchen schwerfällig, und er muß sie stützen. »Das mit den Bohnen werde ich gar nicht mehr schaffen. Ich kann mich nicht mehr bücken. Das mußt du machen«, sagt sie, und er erwidert »ja« und denkt: Ich werde nicht mehr da sein.

»Das, was ich verdient habe, als ich mit dem Dichter unterwegs war, müßte für eine neue Milchziege reichen«, redet sie weiter. »Dann könnte ich noch ein, zwei Schaflämmer aufziehen. Ich kenne eine Frau mit einer hübschen Herde, die gibt sie billig ab. Dann kannst du auch mit eigener Wolle weben.«

Und er nickt.

»Publius hat mal Verse aufgesagt«, erinnert sie sich. »So was Schönes. Was vom Verwandeln.«

»Möchtest du die Verse haben?« fragt er. Sie versteht nicht. »Wie denn: haben?«

»Ich kann zu ihm gehen und ihn bitten, sie mir aufzuschreiben, oder er diktiert sie mir für dich.«

»Aber Fillo, du weißt doch, ich kann nicht lesen.«

»Was macht das? Ich lese sie dir vor, bis du sie auswendig kannst.«

Doch dazu kommt es nicht mehr.

Fillo bekommt zwar die bewußte Ode vom sehr geschmeichelten Dichter in den Griffel diktiert und trägt sie einmal seiner Bäuerin vor (»Bei Publius klang alles viel erhabener!«), aber dann ist es soweit.

Der Kommandierende der castra hat sich leider doch nicht für die freundliche schriftliche Aufforderung an einen Zivilisten entschieden, sondern eine Zehnerschaft ausgeschickt nach dem Unbotmäßigen, um ihn zum Verhör abzuholen.

Tawa läuft zu Hochform auf und belegt die einigermaßen verdutzten Soldaten mit allen Schimpfworten der römischen Gosse, die ihr einfallen – und das ist immerhin noch einiges. Vor allem tobt sie, als sie hört, daß die Legionäre Order haben, das merkwürdige Ziegenfell, von dem allüberall geredet wird, zu konfiszieren und ins Lager mitzunehmen.

Fillo bleibt ganz ruhig. Wenn das eben bloß ein Stück Tierhaut ist, dann sollen sie es nehmen und damit abziehen. Aber wenn die Mütter doch ihre Hand im Spiel haben, dann ...

Sie haben ihre Hand im Spiel.

Die Soldaten können sich der Spitzeichengruppe überhaupt nur auf zehn Schritt nähern. Dann stehen sie gebannt und kriegen keinen Fuß mehr hoch.

Niemand ist erstaunter als Tawa, die freilich, aufgefordert, hinzugehen und es abzunehmen, die Arme kreuzt und erklärt, das kommt nicht in Frage. Schließlich ist es ihr Vlies. Sie denkt nicht daran, sich von der Attraktion ihres Hofes zu trennen. Vor einer Woche vielleicht noch. Jetzt nicht mehr.

Ihre Achtung vor dem Fell steigt weiter, als sie erlebt, was geschieht, als die wütenden Legionäre anfangen, darauf zu schießen: Die pila schwirren irgendwo durch die Gegend, als wenn diese Typen nie zielen gelernt hätten, und ein Geschoß kommt magischerweise sogar zurück und verletzt den Decurio am Fuß.

Da ist sogar Fillo erstaunt.

»Sag mal«, fragt Tawa ihn mit gesenkter Stimme, damit die nichts mitkriegen, »*kann* ich es überhaupt abnehmen, wenn ich wollte?«

»Natürlich«, erwidert er. »Ich glaube, jede Frau. Und ich auch. Ich hab's schließlich aufgehängt.« (Aber er weiß, daß das nicht der wahre Grund ist.)

»Ist das wirklich das Goldene Vlies, Fillo?«

Er zuckt die Achseln. »Wenn genug Leute dran glauben, wird es dazu werden«, erklärt er und gibt ihr damit nur ein Rätsel auf.

Sie küssen sich zum Abschied. »Mach dir um mich keine Sorgen«, sagt sie und hat den Daumen am Mund. »Ich komme zurecht. Bleib nicht so lange wie beim letzten Mal.«

Als wenn er darauf Einfluß hätte. Er verschwindet mit militärischem Geleit in Richtung Lager.

Die Verhaftung mit ihren Begleitumständen verbreitet sich natürlich wie ein Lauffeuer.

Poet Publius hat am Abend ein noch breiteres Auditorium, Neugier und Andacht vermischt, die Spenden fließen reichlich.

Am nächsten Tag geht Tawa zu ihm.

»Gut, einverstanden. Ich hab nichts davon wissen wollen, was dies Fell angeht, ich meine das Vlies, und Sie haben die Sache in die Hand genommen und verstehen das ja auch besser als unsereins«, sagt sie. »Aber daß ich nun dabei ganz leer ausgehe, das ist nicht einzusehen. Wir sollten uns einigen.«

Publius macht Einwände. Sie zuckt die Achseln.

»Dann nehme ich es eben ab«, sagt sie. »Es dürfte ja trocken sein.«

»Das kann niemand! Das ist ein Heiligtum!« ruft er, und sie: »Wetten, daß ich es kann? Schließlich ist es meine Ziege!« Und sie vertraut einfach auf das, was ihr Fillo gesagt hat.

Der Poet läßt es zum Glück nicht darauf ankommen. Man wird handelseinig.

»Ach, übrigens«, fragt sie schon im Gehen, »dieser Rufo kann doch schreiben, nicht wahr?«

»Natürlich. Er arbeitet ja nach meinem Diktat.«

»Schicken Sie ihn bitte mal zu mir. Er soll mir die Buchstaben beibringen.«

Publius sieht sie an, als ob sie nicht bei Trost wäre.

Rufo, als er dann kommt, trägt eine Miene zur Schau, als wolle man ihm die größte Kränkung antun. Einer Bauerntrine die Buchstaben beibringen! Er macht nicht viel Umstände. Vogel friß oder stirb. Er paukt ihr das Alphabet ein, und als sie das auswendig aufsagen kann, schreibt er die Buchstaben untereinander auf eine Tafel.

»So«, sagt er, »das wär's. Du weißt ja nun, welcher Laut an welcher Stelle steht. Nun übe schön. Mußt bloß richtig zählen, damit du nicht denkst, du schreibst ein A, wenn es ein Z ist.«

Er lacht gemein und läßt sie mit dem Kram zurück.

Manchmal sitzt sie nur ein paar Augenblicke, weil es so mühsam ist und sie den Bettel am liebsten wegschmeißen möchte. Manchmal auch einen halben Abend. Ob man ungekonnt webt oder ungekonnt buchstabiert, ist auch egal. Endlich kann sie die Ode des Publius entziffern, so mühevoll, als grübe sie Sandflöhe aus. Irgendwann hat sie die erste Zeile rausgekriegt:

»Nichts bewahrt die Gestalt, und stets nach Veränderung trachtend …«

XI

Immer noch hatte er auf irgendwelchen spirituellen Beistand gerechnet, das muß er sich jetzt eingestehen zwischen all diesen Kerlen. Ob das nun eine Botschaft Weißbraues hätte sein können oder ein Traum, in dem ihn seine tote Geliebte – eine seiner toten Geliebten – ihre Hilfe versichert, oder einfach bloß ein bißchen Getrommel und Gesinge von den Bergen herunter, alles wäre ihm recht gewesen. Aber da passiert nichts. Rein gar nichts. Offenbar ist man der Meinung, er sei ausreichend gerüstet. Er müsse sich nur auf das besinnen, was er gelernt hat.

Und es kann auch sein, daß die Frauen im Land da hinten das, was ihm noch zu tun bleibt, für gering halten gegen das, was er bereits vollbracht hat. Schließlich ist er nach den Worten seiner Mentorinnen ein »Macher«. Worunter sie gewiß etwas anderes verstehen als die römischen Männer. Ja, was kann er denn machen? Kinder. Oder Gleitschuhe. Möglich, daß sie das so nebeneinander stehen lassen, wie er es hier denkt. Und er kann jemanden zu etwas bringen. Zwei Frauen, miteinander zu leben. Indem er zwischen ihnen die richtige Sprache findet.

Vielleicht ist es das überhaupt, was von ihm erwartet wird. Die richtige Sprache zu finden. Oder zu erfinden, so wie sein listiges Dolmetschen aussah.

Was also bleibt zu tun? Gar nicht so viel. Ein Macher. Ein Finder. Ein Mittler oder Vermittler.

Jemand, der hat, was andere brauchen.

Aber er fühlt sich sehr merkwürdig in dieser Rolle. Vor allem deswegen, weil es nun niemanden mehr gibt, der ihm vorschreibt, was er zu tun hat. Nun muß er von allein drauf kommen und es hinter sich bringen. Mit all der Gelassenheit und Freundlichkeit und List, deren er fähig ist.

Wie man sich bei Frauen aufzuführen hat, das hat er ja gelernt. Nun entsinnt er sich, daß er ja eigentlich schon seit eh und je wußte, wie man sich bei Männern aufführt. Das läßt ihn ruhig bleiben, und unbeeindruckt zieht er durch die perfekten Männerspielereien hindurch – dies Lager! Solche Befestigungen! Und wie die herumhampeln, als wenn man sie gleich Puppen an einer Schnur zöge!

Sie machen Meldung und reichen ihn weiter an die nächsten, und die nächsten machen Meldung und reichen ihn auch weiter, und alle stellen sie sich hin, ziehen den Bauch ein und gleichzeitig den Hintern, drücken die Brust raus und recken das Kinn hoch, als wollten sie verhindern, daß ihnen jemand zu nahe tritt, und statt zu reden, bellen sie. Soldatenbräuche, so ziemlich das Lächerlichste, was es gibt.

Immerhin entnimmt er ihrem Gebelfer, daß durch die mißglückte Konfiszierung des »Vlieses« er und sein Fall gleich an die höchste Stelle verwiesen werden. Das spart Zeit. Wobei er sich keinen Illusionen hingibt über den Wert der hiesigen höchsten Stelle: Eine kleine castra, vielleicht dreihundert Mann Besatzung, also ist der Kommandierende so was wie drei Centurionen …

Der Praefect Afranius Curio ist ein schöner Mann im klassischen Sinn, eine gerade Nase senkt sich wie ein Schnabel auf einen üppig geschwungenen Mund, sein Brustpanzer sitzt ihm wie angegossen. Aber weder seine Schönheit noch sein altberühmter Adelsname haben ihm was gebracht. Ein Kommando bei den Hinterwäldlern.

Fillo beobachtet ihn genau, so wie er gelernt hat, in den Gesten und Mienen der Skythinnen zu lesen, ihr Wohlwollen und ihren Unmut zu erforschen.

Der hier ist noch nicht alt, und es ödet ihn an. Kein Grund, sich vor ihm hinter Demut zu verstecken. Als der Praefect ihn nach seinem Namen fragt, benutzt er das erste Mal seit der Eintragung in die Bewerbungsliste für die Kolonie seinen vollen Namen: Gaius Pamphilus Arruntius.

Arruntius? Der Militär horcht auf. Er verfällt sofort in eine respektvolle Anredeform. »Arruntius? Was haben Sie mit dem Haus der Arruntier zu tun?«

»Ich bin nur ein Freigelassener des Hauses und wurde von einem seiner Mitglieder adoptiert«, sagt er beiläufig und mit einem schönen Augenaufschlag. Daraus kann sein Gegenüber nun machen, was er will, und es ist ja nur halb gelogen.

Afranius Curio lächelt.

Ein römischer Siedler, offenbar weder Bauer noch Armeeveteran, verwickelt in diese merkwürdige Angelegenheit, und hat mit dem Haus Arruntius zu tun – da muß man behutsam vorgehen.

»Eine Frage vorab«, sagt er und neigt den militärisch kurzfrisierten Kopf verschwörerisch zu Fillo hinüber. »Was hat es mit diesem Fell auf sich? Wenn ich meinen Legionären glauben darf, ist es eine Art Pilgerstätte hier in der Gegend. Und es soll Schwierigkeiten gegeben haben, es zu konfiszieren.«

Fillo gibt nicht weniger höflich Auskunft. »Das kann ich bestätigen, Praefect. Aber sonst kann ich nur sagen, daß es nichts ist als ein Ziegenfell, das da zum Trocknen hängt. Für den Rest habe ich auch keine Erklärung.«

»Könnten *Sie* es denn entfernen?« fragt sein Gegenüber beiläufig.

Fillo zuckt die Achseln. »Ich sehe keinen Grund, es zu versuchen«, sagt er. »Es hängt da zum Trocknen, auf meinem Grund und Boden.«

Der Offizier macht sich ein paar Notizen – es ist kein Zeuge bei dem Gespräch anwesend.

Dann wechselt er das Thema.

»Sie wurden von skythischen Kriegern entführt und monatelang gefangen gehalten. Was hat man von Ihnen gewollt?«

»Praefect, ich war in einem Lager, in dem ausschließlich Frauen lebten, und Frauen hatten mich auch entführt. Man hat mir bestimmte Fertigkeiten abgefordert ... zum Beispiel habe ich den Bewohnerinnen das Weben beigebracht. Mitgenommen wurde ich übrigens, um das zu klären, weil ich im Besitz einiger stählerner Nähnadeln war.«

Afranius Curio sieht ihn einen Moment starr an. Er erwidert den Blick groß und offen.

»In der Zeit Ihrer Abwesenheit lagen hier Klagen von Siedlern vor: Skythische Krieger würden sich in bedrohlicher Weise Ortschaften und Gehöften nähern, offen provozieren. Es gab sogar Tote. Können Sie uns dazu etwas sagen? Gab es Bewegungen von Kämpfern hinter den Pässen? Wie sind sie bewaffnet? Wie viele sind es? Was haben sie vor?«

»Ich habe nicht die leiseste Ahnung. Ich war nicht an den Pässen, sondern im Innenland, und kann Ihnen versichern, daß es dort äußerst friedlich zugeht. Die Frauen ...«

»Die Männer, Arruntius! Ich rede von Männern!«

»Die Frauen, Praefect, sind dort ebenfalls bewaffnet, und es täte Rom vielleicht gut zu wissen, daß *sie* es sind, die in den Stämmen hier die Macht ausüben. Wäre ich ein Mann Ihres Ranges, würde ich immer nur mit einer Frau verhandeln, denn die Krieger haben nur untergeordnete Bedeutung.«

Der Befehlshaber sieht ihn an, als habe man ihn zu einer Märchenstunde gebeten.

»Ich halte fest: Sie haben keinerlei offensive Aktivitäten festgestellt. Sie waren die ganze Zeit bei Frauen, die Ihre ... Fertigkeiten ausgenutzt haben. Es gab nichts Auffälliges, nichts, was auf Kampfwillen hinweist.«

»Richtig.«

»Sie waren sehr lange dort. Blieben Sie freiwillig oder wurden Sie gewaltsam festgehalten?«

»Ich wurde festgehalten, Praefect. Durch Unmengen von Schnee, der im Landesinnern fiel und zweimal meine Flucht verhinderte.«

»Schnee? Es war ein ungewöhnlich milder Winter.«

»Hier in der Ebene vielleicht. Nicht hinter den Bergen.«

Afranius kritzelt eifrig, dann sagt er nebenher: »Sie sprechen ausgezeichnet Getisch, wird berichtet.«

»In der langen Zeit, in der ich dort war, hätte es jeder erlernen können.«

»Was haben Sie, in Ihrem ausgezeichneten Getisch, den Eingeborenen berichtet über römische *praesens,* römische Truppenstärke, römische Vorhaben?«

»Gar nichts, Praefect. Aus zwei Gründen gar nichts: Erstens, weil ich darüber genauso wenig weiß wie Sie, sagen wir mal, über das Weben eines Kleides. Zum anderen, weil niemand dieser Eingeborenen auch nur das geringste Interesse daran gezeigt hat. Die Skythen, so wie ich sie kennengelernt habe, sind bereit, mit den Siedlern zu leben. Die Römer in der Ebene stören sie nicht.«

Afranius lacht gereizt auf. »Sie stören nicht! Lieber Arruntius, ich glaube, bei Ihnen sind die Prioritäten ein bißchen durcheinander gekommen. Die römische Zivilisation, diesen barbarischen Völkern himmelhoch überlegen, hat nicht nur das Recht, sondern die Pflicht, ihren Bürgern neuen Lebensraum zu verschaffen und dabei Kultur zu denen zu bringen, die in der Dumpfheit ihrer primitiven Vorstellungen und Lebensweisen befangen sind. Ob das von den Betroffenen als Störung empfunden wird oder willkommen ist, das können wir nicht berücksichtigen. Rom hat eine Aufgabe in der Welt.«

Das ist die offizielle Predigt, die könnte auch von Publius stammen. Fillo hört sich das an, ohne ein Zeichen von Zustimmung oder Ablehnung zu geben.

»Also«, faßt Afranius zusammen, »Sie haben nichts Auffälliges gesehen und beobachtet und nur mit Frauen zusammen gelebt. Sie haben nichts von römischer Militärtechnik oder -stärke verraten und es hat Sie niemand danach gefragt.«

Er hebt die eindrucksvollen Augen von seinen Notizen und fragt in anderem Ton: »Es ist bekannt, daß die Skythen ihre Gefangenen foltern. Hat man Sie gefoltert, Arrunti mi?«

Diese Frage verwirrt Fillo. Hat man ihn gefoltert? Eigentlich müßte er lachend den Kopf schütteln. Aber aus römischer Sicht waren seine Gefangenschaft in der Wasserhütte und sein Leben als verschnürter Kokon sicher so etwas wie eine Folter.

»Ich weiß nicht«, sagt er nachdenklich. »Ich glaube, einiges, was ich beängstigend fand, haben die Frauen nicht so angesehen. Wissen Sie, es gibt dort kein Wort für Grausamkeit.«

Der Praefect nickt langsam und bedeutungsvoll. »Ich sehe schon«, bemerkt er. »Wie war es mit Drogen? Hat man Ihnen Absude und Elixiere eingeflößt, hat man Ihnen was ins Essen gemischt? Haben Sie bestimmte Blätter gekaut? So was hier?«

Er greift ein hölzernes Kästchen, das auf dem Tisch bereitstand, öffnet den Deckel und zeigt Fillo die belebenden Rollen. Der möchte am liebsten zugreifen. Er hatte sich ziemlich an das Zeug gewöhnt, es machte so schön wach.

»Hören Sie, Praefect«, sagt er. »Ich könnte doch genauso gut sagen: nichts dergleichen! Wenn ich es nicht tue, dann deshalb, weil mir daran liegt, Ihnen einen Begriff davon zu geben, daß man hinter diesen Bergen einfach anders denkt und lebt als bei uns. Anders! Nicht besser und nicht schlechter. Und nur, wenn man das weiß, kann man zusammenkommen. Es geht wirklich nicht um Barbarei und Zivilisation.«

Afranius kritzelt und seufzt. »Unsere Experten haben

da so ihre Theorien«, bemerkt er. »Was das Verhalten von Gefangenen in extremen Situationen angeht. Der große Caesar hat auch darüber geschrieben, glaube ich. Gallische Häuptlinge, die vor ihm in Tränen ausbrachen und ihm die Füße küßten. Umgekehrt ist es natürlich genauso. Römer und Barbar, Barbar und Römer. Es soll Opfer geben, die sich in ihre Kerkermeister verlieben ...«

»Ich war in keinem Kerker, und ich wurde nicht gefoltert, wenn ich auch Prozeduren ausgesetzt war, die mich ängstigten, weil ich sie nicht verstand.«

»Welche Rolle spielte die Barbarin, die mit Ihnen kam, und wohin ist sie entwichen?«

»Sie hat mich zurückgeleitet, denn allein hätte ich es nicht geschafft. Und sie ist nicht entwichen, sondern wieder nach Hause gegangen.«

»Nachdem sie unsere Truppenpräsenz registriert und überall herumgeschnüffelt hat?«

»Wie sollte sie das, Praefect?« beteuert Fillo und setzt seinen schönsten Augenaufschlag ein. »Sie hat sich nur bei mir ausgeruht und meinen Hof und meine Hütte nie verlassen.«

»Ja, so gesehen schon«, sagt Afranius und guckt zurück. »Trotzdem wäre es Ihre Pflicht gewesen, der örtlichen Heeresleitung diese Person vorzuführen.«

»Sicher haben Sie recht. Ich wußte das nicht. Ich war ihr sehr verbunden, wegen des Geleitschutzes, Sie verstehen.«

Merkwürdig, daß der kein Wort über die Vorkommnisse auf dem schrägen Feld verliert. Ist offenbar der Legion entgangen. Na, er wird es ihnen nicht unter die Nase reiben.

»Und nun zu Ihrer Frau. Was ist mit Ihrer Frau?«

»Meine Frau steht treu zur römischen Sache«, sagt er. »Übrigens, sie ist schwanger.«

Afranius wirkt bekümmert. »Was hat Sie eigentlich bewogen, ausgerechnet zu diesem Zeitpunkt Ihr ... Quartier im Sarmatischen aufzugeben? Und wieso ließ man Sie plötzlich gehen?«

»Ich war am Ende meiner Fertigkeiten. Ich konnte den Frauen nichts mehr geben.«

Das protokolliert der Befehlshaber nicht. Er mustert den anderen ausgiebig. Es ist ziemlich klar, daß er kein Wort glaubt. Aber das scheint nicht so wichtig. Er ist nicht unempfänglich, denkt Fillo. Gleich wird er mich zu einem Becher Wein einladen. Nehme ich an oder lehne ich ab?

Aber Afranius bleibt korrekt. Er erhebt sich.

»Ich für meinen Teil habe keine weiteren Fragen. Aber sicher verstehen Sie, daß man sich auch anderenorts für diese ... diese Merkwürdigkeiten interessiert. Ich lasse Sie morgen zur Garnison eskortieren. Für heute gebe ich Order, daß es Ihnen an nichts mangeln soll. Wenn Sie noch etwas zu sagen haben – falls etwas vergessen wurde –, ein Wort an die Wache genügt.«

Das Wort wird er wohl kaum sprechen.

Natürlich war das nur die erste Runde. Die Sache geht weiter. Hauptsache, sie lassen Tawa in Ruhe.

Es war nicht zu erwarten, daß es so lax weitergeht wie bei dem schönen Praefecten der castra.

Noch vorm Einzug ins Castellum sieht man sich bemüßigt, ihm die Hände zu fesseln. Und gefesselt wird er auch dem Kommandierenden vorgeführt.

Primus Aemilianus ist ein Herr reiferen Alters mit eisgrauem, ebenfalls militärisch gestutztem Haar und einem langen Gesicht. Seine Nase ist entzündet. Er studiert das Schriftstück, das ihm Afranius Curio mitgeschickt hat, mit viel Mißmut. Wiederholt schnauft er und schüttelt den Kopf.

»Gaius Pamphilus Arruntius«, sagt er heiser. Offenbar bekommt ihm der milde Winter nicht. »Freigelassener der Arruntier, wie?«

»Ja, Propraetor«, sagt Fillo sachlich. Hier ist nichts zu machen mit Augenaufschlägen. Hier wird man auch nicht mehr gesiezt.

»Deinen Aussagen zufolge hast du dich während deines monatelangen Aufenthalts beim Gegner ausschließlich mit Spinnen und Weben beschäftigt. Kriegerische Präsenz ist dir nicht aufgefallen. Ebensowenig hast du irgendwelche Auskünfte über Roms Stärke gegeben.«

»Was im Bericht des Praefecten steht, entspricht meinen Aussagen.«

»Das setze ich voraus«, sagt der Befehlshaber nicht ohne Schärfe. »Ich will wissen, ob es die Wahrheit ist.« Er läßt Fillo nicht zu Wort kommen, sondern schlägt mit der flachen Hand auf den Tisch. »Ich traue dir nämlich nicht über den Weg, Bürschchen. Weißt du, wie die Armee mit Kundschaftern verfährt?«

»Sie meinen: mit fremden Kundschaftern?«

Jetzt läuft sein Hals auch rot an. »Willst du mich zum Narren halten? Hier wird nicht herumgewitzelt! Ein römischer Siedler im Feindesland, der sich monatelang auf der anderen Seite aufhält – wie sollte ich den anders einstufen? Das ist für mich zunächst mal ein Verräter.«

Fillo wartet ab, bis der Hals wieder seine normale Farbe hat. Dann bemerkt er: »Ich wußte nicht, daß wir uns im Feindesland befinden, Propraetor. Ich dachte, wir leben friedlich mit den Skythen. Daß ich mich so lange aufgehalten habe, hat einen Grund, der sicher auch in dem vortrefflichen Bericht steht: der Winter. Richtig ist, daß ich nicht freiwillig gegangen bin. Aber es ist auch richtig, daß niemand etwas über Roms militärische Stärke von mir wissen wollte.«

»Wie erklärst du dir, daß die Siedler nach deinem Verschwinden stärkerer Bedrohung ausgesetzt waren?«

»Ich kann es mir gar nicht erklären und sehe keinen Zusammenhang mit mir. Seitdem ich zurück bin, haben diese Bedrohungen doch aufgehört, nicht wahr? Was sollte das für einen Sinn ergeben?«

»Ich stelle hier die Fragen«, sagt der Magistrat übellaunig und wischt sich die Nase mit einem großen Leinentuch. »Man hat dich eingeschüchtert und mit Drogen vollgestopft? Zu welchem Zwecke, außer, um aus dir Informationen herauszuholen?«

»Ich glaube, da dramatisiert Afranius Curio ein bißchen«, sagt er und ist über sich selbst erstaunt, wie gelassen er das alles macht. »Ich war nur etwas verblüfft über Bräuche, die ich nicht kannte; und gewisse Kräuter, die anregen, müssen ja nicht gleich zum Ausplaudern führen – vor allem, da ich ja gar nichts weiß. Ich bin ein armer Weber aus einer kleinen Siedlung da ganz hinten. Damals gab's da noch nicht einmal die castra.«

»Aber du kamst hier aus der Garnison, als sie dich wegfingen!«

»Das stimmt. Es ging den Frauen um meine Einkäufe – Stahlnadeln, Wolle und Garn.«

Der Kommandant schnauft unzufrieden durch die Nase. »Und das sollen wir glauben?«

Abrupt schiebt er den Bericht beiseite. Er stützt sich mit den Händen auf die Tischplatte, lüftet den Hintern vom Stuhl und starrt Fillo ins Gesicht.

»Was ist mit dem Vlies? Er ließ sich nicht entfernen?«

»Ja, das habe ich auch gesehen«, entgegnet Fillo harmlos. »Ich kann mir das nicht erklären. Es ist bloß ein Ziegenfell.«

Der Propraetor schüttelt den Kopf. »Entweder, du bist so naiv, wie du tust, oder du bist der gerissenste Typ, der mir seit langem vorgekommen ist. Es gibt bei uns auch andere Befragungsmethoden, das laß dir gesagt sein! – Abführen!«

Aber das Gefängnis, in das man ihn bringt, ist beileibe kein mamertinischer Kerker, sondern ganz leidlich ausgestattet. Man nimmt ihm die Fesseln ab, und das Essen ist normal – was es hier bei der Legion so gibt.

Das Ziegenfell bewegt auch die Gemüter der einfachen Soldaten. Mehrmals versuchen seine Bewacher ihn auszufragen, ob es denn stimmen würde, daß in seinem Hof das Goldene Vlies hängt. Natürlich sagt er denen auch nichts anderes als ihren Chefs.

Er wird noch ein paarmal verhört, auch von zivilen Magistraten. Etwas anderes fragen die auch nicht.

Dann wird er eines Morgens angehalten, sich zu waschen und zu rasieren, er bekommt eine griechische Synthesis zum Anziehen, die für das Wetter viel zu leicht ist und in der er erbärmlich friert, und wird zu seinem Erstaunen in das ihm wohlbekannte (und gut beheizte) Stadthaus des Bankiers Plotius jr. gebracht, der ihn mit zwei anderen Herren, an die er sich undeutlich zu erinnern glaubt, äußerst aufgeschlossen empfängt. Kein Gedanke, daß man mit »Junge« angeredet wird wie damals, sondern man heißt Pamphilus. Allerdings vermeidet der Finanzmann die direkte Anrede, weil er sicher nicht weiß, ob er sich zum Sie oder zum Du entscheiden soll.

»Wer hätte gedacht«, sagt der grauhaarige Herr mit der Halbglatze und den buschigen Augenbrauen, »daß wir uns so bald und unter so merkwürdigen Umständen wiedersehen würden! Meine Herren, darf ich bekanntmachen: Das ist Gaius Pamphilus Arruntius, zur Zeit in militärischer Obhut, ein Mann, der in der Nachbarschaft eines gewissen Publius lebt und dem einiges zustieß. Ich setze voraus, es ist bekannt, um was es geht.«

Die Herren nicken, nur Fillo macht sein freundlich-abweisendes Gesicht, reißt die Augen auf und sagt: »Nein. Keine Ahnung.«

»Aber Pamphile! Man macht sich rar, ich merke schon. Eins hübsch nach dem andern. Zunächst mal eine kleine Erfrischung, ja?«

Gegen eine Erfrischung hat Fillo nichts. Die Kost im Carcer der Legion ist reichlich eintönig.

Damals standen bei Plotius jr. Trauben im Spätherbst herum. Heute gibt's Meeresfrüchte, Gewürzbrot, Wein, einen Kräuteraufguß nach Landesart und, o Wunder, da stehen auch die anregenden Blattröllchen der Skythen herum, an denen man hier offenbar Geschmack gefunden hat. Im Hinterkopf registriert er sie gleich als Handelsware.

»Diese Herren hier und meine Wenigkeit«, plaudert Herr Plotius, während Fillo erst einmal zulangt und sich stärkt, »haben natürlich etwas anders gelagerte Interessen als die Offiziere der Legion. Wir für unseren Teil haben die Informationen des ehemaligen augusteischen Hofdichters, der so eifrig bemüht ist, immer mit einer gewissen Skepsis betrachtet. Patriotischer Übereifer, der Wunsch als Vater des Gedankens, respektive der Realität. Im Verlauf dieses Winters schienen sich seine Visionen ja fast zu verwirklichen. Aber auch das hat sich letzten Endes als blinder Alarm herausgestellt. Ein paar mysteriöse Tote, ein paar Reiter in Waffen – meine Güte, wir leben im Grenzland, das sollte zum Alltag gehören und nicht gleich ganze Heeresgruppen in Bewegung setzen. Der gute Publius kann also immer noch nicht auf eine Bürgerkrone rechnen – ganz zu schweigen von seiner Heimreise.«

Er lacht und bietet seinem »Gast« von den Blattröllchen an, und der läßt sich das nicht zweimal offerieren. Plotius jr. ist ihm heute zwar kein Stück sympathischer als beim ersten Mal, aber er ist bereit, sich auf das Spiel einzulassen.

Während er gekonnt an den Blättern herumkaut und lutscht und den belebenden Saft schluckt, überlegt er, worauf es wohl hinausläuft. Und da muß er nicht lange warten.

»Es gibt unklare Gerüchte von Vorkommnissen auf einem Feld«, sagt der römische Herr. »Merkwürdigerweise hat unser Inform … hat unser Publius uns davon nichts berichtet.« Der Versprecher war gezielt, so ein Lapsus unterläuft einem Plotius nicht. Er wendet sich zu den anderen Herren, deren Beitrag an der Unterredung bisher nur in zustimmendem Kopfnicken bestand: »Jemand wie unser junger Freund hier müßte doch davon wissen. Es war ja in nächster Nähe.«

»Vorkommnisse?« Fillo ist ganz Einfalt vom Lande. Er trägt so dick auf, daß jeder merken muß, daß er spielt.

Plotius redet auf ihn ein wie auf einen lahmen Schimmel, ermuntert ihn: »Gemeinsame Aktionen von Römern und Skythen. Vernichtung von – wir wissen nicht so recht, wovon. Von einer Plage womöglich?«

»Ach, das meinen Sie«, sagt Fillo eifrig. »Ja, das war unser Feld. Das heißt, eigentlich macht meine Frau die Landwirtschaft. Ich bin mehr für die Feinarbeit.« (Die Herren wechseln genau den Blick, auf den er gewartet hat.) »Das lag an diesem milden Winter. Mehr Ungeziefer als sonst. Da haben sich die Nachbarn bereiterklärt – sie haben auch umgepflügt danach –, also dem Boden hat es sehr gut getan. Aber wieso hat die Garnison Interesse an diesen ländlichen Vorfällen?«

Plotius jr. sieht vor sich hin. Die Muskeln an seinen Wangen zucken. Offenbar läuft das Gespräch nicht ganz nach seinen Vorstellungen.

Jetzt mischt sich ein anderer der Notabeln ein, ein Mensch mit rötlichen Haaren und frischer Gesichtsfarbe – Fillo erinnert sich, in Rom Galliern begegnet zu sein, die sahen so aus.

»Das ist ein gerissener Hund. Vielleicht sollte man andere Seiten aufziehen, Ploti mi ...«

Plotius macht eine abwehrende Handbewegung. »Meine Herren, ich bitte! Überlassen Sie mir die Gesprächsführung. Verzeihung, Pamphile. Die Partner sind ungeduldig, und das ist vielleicht auch verständlich. Dies militärische Hin und Her, gut und schön, aber damit ist unter den speziellen Bedingungen dieser Provinz nicht mehr als ein Taschengeld zu machen. Spielen wir mit offenen Karten. Was sich in diesem Winter keine hundert Meilen von hier abgespielt hat zwischen Skythen und Römern, was da passiert oder nicht passiert ist, wo Pamphilus Arruntius war und weshalb – das ist ehrlich gestanden ganz nebensächlich. Uns interessiert das Vlies.«

Na, nun ist es endlich heraus. Arme kleine Tawa, was hast du nur angestellt.

»Was verstehen Sie unter ›Vlies‹, domine?«

Es scheint fast, daß er den Bogen überspannt hat. Die

Gesichtsmuskeln von Plotius jr. zucken wild, und an seinem Hals treten die Sehnen hervor. Aber er beherrscht sich.

Im Gegensatz zu dem Rotschopf, der jetzt den Dritten einbezieht, einen dünnen Menschen mit schmalen Lippen, und fast schreit: »Sollen wir hier für dumm verkauft werden?«

Der legt ihm begütigend die Hand auf den Arm: »Ruhe, Vesutio.«

Vesutio? Fillos ausgezeichnetes Gedächtnis, durch die wunderbare skythische Blattroulade noch gesteigert, reproduziert diesen Namen aus der Begegnung im Herbst. Da hieß es, Vesutio sei ein Waffenlieferant? Wieso denn nun das? Durch seinen Kopf geistern ganze Ketten von Kombinationen ... Abwarten.

Fast hätte er den Anschluß ans weitere Palaver verpaßt. Plotius ist wieder dran. »Meine Herren! Meine Herren! Im Hof des Pamphilus Arruntius hängt ein goldglänzendes Schafsfell und wird zum Wallfahrtsort für die Einfältigen dieser Küste. Der uns sattsam bekannte Publius spielt sich zu einer Art Hohepriester dieses Sanctuariums auf. Bitte, jetzt ohne Drumherum: Was ist das für ein Ding?«

Fillo senkt die Lider.

»Sie sagen ganz richtig, domine: Es ist ein Wallfahrtsort für die Einfältigen. Meine Frau hat ihre Milchziege geschlachtet, ein wirklich prächtiges Tier. Wir haben dann das Fell zum Trocknen zwischen die Bäume gespannt. Publius ist ja Dichter, nicht wahr? Vielleicht ist einfach seine Muse mit ihm durchgegangen.«

»Es heißt doch aber«, läßt sich jetzt auch einmal der Dritte vernehmen, mit verschleiert leiser Stimme, hier kränkelt alles am Klima, »daß es den Legionären nicht möglich war, sich des goldenen Dings zu bemächtigen, ja, daß es sogar Verletzungen gab.«

»Meine Herren! Es ist wirklich und wahrhaftig nicht golden. Es glänzt ein bißchen, und besonders in der

Abendsonne. Zum zweiten: Ja, das stimmt mit den Legionären.«

Diese Antwort wird mit Schweigen quittiert. Dann stößt der Heisere hervor: »Hexerei?«

Fillo schüttelt den Kopf. »Ich glaube nicht an Hexerei.«

»Und die Erklärung?«

»Ich kann eine für mich versuchen. Ich weiß nicht, ob Sie etwas damit anfangen können. Ich denke, daß die Dinge so sind, wie die Menschen es wollen. Daß sie sozusagen durchs Anschauen zu verändern sind. Hexerei gibt es nicht. Aber es gibt Magie. Ich weiß nicht, ob bei den Römern. Da, wo ich war, schon.«

Er hat ohne Maske geredet. Die Herren sehen nachdenklich vor sich hin. Dann sagt Plotius jr. halblaut: »Habe ich zuviel versprochen?« Als habe er seinen Geschäftsfreunden eine Circusattraktion angekündigt, die nun eingetreten ist.

Hier wird die Unterredung abgebrochen. Die Herren erheben sich grußlos, und Fillo wird in den Carcer der Legion zurückgebracht. Zum Glück war er wendig genug, sich noch mit ein paar Krautrollen vom Tisch einzudecken.

Verhört wird er nicht mehr. Es ist ziemlich langweilig. Alles braucht seine Zeit. Tawa geht es hoffentlich gut.

Tawa weiß nicht, wie's ihr geht.

Das Wesen in ihr tritt sie immer häufiger und schmerzhafter. Aus ihrem Leib wölben sich dann groteske Hörner heraus, als sei da drin eine Nachbildung ihrer Ziege versteckt, oder solche Buckel, wie sie auf dem Feld waren. Jedesmal muß sie nach Luft ringen und die Zähne aufeinanderbeißen, nicht wegen des Schmerzes, sondern um des Entsetzens Herr zu werden, das sie dann packt.

Aber dafür hat sie Nächte mit tiefen, bunten, wunderbaren Träumen. Sie konnte sich früher nie ihrer Träume erinnern und behauptete, sie würde gar nicht träumen.

Jetzt erwacht sie oft lächelnd, voller Glück, kommt von einem Ort, an den sie immer zu gelangen hoffte. Was für Gegenden – die hat sie noch nie gesehen. Das ist weder Rom noch die ländliche Heimat ihrer Kindheit, das ist nicht der liebliche Hain am Nemisee, wo sie auf den Tod verwundet wurde und glücklich war, und das ist schon gar nicht dies hier. Aber vielleicht sind es König Aietes geheimnisvolle Reiche mit den vier Bächen, die im Palast entspringen, der eine führt Wein, der andere Milch, der dritte Honig und der vierte kristallklares Wasser. Vielleicht ist es die wahre Kolchis.

Sie fühlt sich morgens oft wie in einer großen Wiege und wird sanft geschaukelt, und der Daumen in ihrem Mund, mit dem sie einschläft und wieder erwacht, ist von warmem Speichel aufgequollen und fühlt sich an wie ein Euter, wie der Lutschbeutel mit Brot und Milch, mit dem ihr Bruder Mam sie in der Hütte ihrer Kindheit nährte – so hat er ihr erzählt.

Nachts saugt sie wonnevoll. Tagsüber aber nagt und kaut sie an ihren Nägeln, die schon ganz herunter sind und rot entzündet, und dann sitzt sie über den hingeworfenen Buchstaben des mürrischen Rufo und über der Ode des Publius und lernt Worte, Sinn, Lesen.

Beinah jeden Abend gibt es die Prozession der Schaulustigen zum Ziegenfell. Außer bei Regenwetter, da leuchtet es nicht. Klar, wenn keine Sonne draufscheint … Es regnet in der letzten Zeit recht häufig. Frühlingsregen vom Meer, der alles wachsen läßt. Aber das Geschäft des Poeten ist zurückgegangen, und dementsprechend mager fällt die Abrechnung aus, die Rufo vornimmt. Als er schon im Gehen ist, fragt er hämisch, was die Lektüre mache.

Statt einer Antwort nimmt sie den Text her und, mit dem Finger den Zeilen folgend, liest sie ihm langsam, bedächtig, kindlich genau vor, was da steht.

»Du bluffst!« sagt er. »Du hast das auswendig gelernt und tust so, als wenn du wirklich liest.«

Sie schüttelt den Kopf. »Du kannst mir ja was anderes Geschriebenes bringen.«

Die Nachricht ruft sogleich den Dichter persönlich auf den Plan, der ihr was vorlegt und baß erstaunt ist, als sie behutsam und stockend beginnt: »Andre laß schwelgen im Alten, ich wünsche mir Glück zu dem Heute / Das mich umfängt ...« Sie bricht ab, atmet tief durch und sagt, einmal mehr überwältigt: »Götter, ist das aber schön.«

Wasser auf Publius' Mühle! Daß Tabea eine kluge und feinfühlige Person sei, habe er ja schon immer gewußt, erklärt er. Und daß sie, seit sie ihn kennen würde, bedeutende Fortschritte in ihrer geistigen Entwicklung gemacht habe. Wenn sie es wünsche, solle Rufo ihr sofort auch diese Ode abschreiben.

Sie nickt und fordert: »Aber anständig! Nicht so geschmiert! Ich muß es rauskriegen können!« Auch das wird ihr zugesichert. »Gewiß war Rufo dir ein guter Lehrer!« bemerkt der Poet.

Sie schweigt verächtlich. Wozu soll sie den verpfeifen. Das bringt nur Unfrieden.

Schon seit Tagen brennt und juckt ihr Gesicht, und sie schiebt es auf die unerwartete Kraft der Frühlingssonne. Als sie sich aber zufällig im Wassereimer spiegelt, entdeckt sie, daß ihre Haut mit eitrigen Bläschen und Pusteln bedeckt ist wie bei einem römischen Bengel, dem die Säfte schießen und der sich nicht traut, ein Mädchen anzuquatschen, um sie zu ficken.

Sie erschrickt. Wie sie aussieht, ist ihr egal, aber da kann doch was nicht stimmen. Vielleicht ernährt sie sich falsch. Das viele Pökelfleisch von der Ziege, das Öl, das Mehlschrot aus vorjährigem, muffigem Getreide, die paar Oliven und Bohnen ... Sie geht zu den Nachbarn, um zu kaufen oder einzutauschen: frische Milch, Mandeln und Rosinen, getrocknetes Johannisbrot und Most. Manche Bäuerinnen haben Kohl gesäuert. Sie fand das immer eklig, aber jetzt verschlingt sie ihn ungekocht, mit Heißhunger.

Die Frauen ringsum sparen nicht mit guten Ratschlägen, sowohl was die Pickel als auch ihre Schwangerschaft überhaupt angeht. Sie hört es sich an, sagt danke und denkt sich ihren Teil. Vogelmist und Kröteneier auf die Fresse schmieren, na fein! Und was sie sonst noch Unappetitliches vorschlagen, damit alles gut verläuft – Frauen, die auf diese Weise angeblich ein Dutzend Kinder gekriegt haben. Also das läßt sie lieber bleiben.

Sie reibt sich das Gesicht mit jener Salbe ein, die Fillo gegen Wunden aller Art gemixt hat und die, wie sie weiß, von Sklaven gegen Peitschenstriemen erfunden worden ist. Ob es das ist, was hilft, weiß sie nicht. Jedenfalls geht der Ausschlag zurück.

Aber ein, zwei Abende später ertappt sie sich dabei, daß sie intensiv an sich herumkratzt. Es juckt eigentlich überall, vorzüglich aber an Bauch, Beinen und der Innenseite der Schenkel, als wenn die Hütte voller Flöhe wäre. Ist sie aber nicht. Es müßte ja auch Einstiche geben und Rötungen. Gar nichts. Es juckt nur. Es juckt von innen heraus.

Die Nächte werden qualvoll. Vorbei die schönen Träume. Falls sie die noch hat, sind sie beim Erwachen vergessen, denn sie wacht nach drei oder vier Stunden davon auf, daß sie sich kratzt. Obwohl sie kaum Nägel an ihren abgekauten Fingern hat, reibt und scheuert sie, bis das Blut kommt. Sie kann nicht aufhören. Sie wandert durch die Hütte, öffnet die Tür, tritt nach draußen, um zu frieren, kühlt sich mit Wasser. Nichts hilft. Keine Salbe, kein Wasser, kein Öl, kein Mehl. Manchmal streut sie reines Salz auf die blutende Stelle, in der Hoffnung, daß der Schmerz den Juckreiz betäubt. Sie krümmt sich vor Schmerz, aber wenn er nachläßt, beginnt es an einer anderen Stelle ihres Körpers zu kribbeln und zu pochen, bis sie erneut schabt und kratzt.

Anstelle der Fingernägel hat sie sich ein Büschel stachligen Heus bereitgelegt. Das ist nun anders schlimm. Heufasern bleiben an Haut und Wunden hängen. Es eitert.

Sie sieht entsetzlich aus. Ihr ganzer Körper ist voll blutiger Male. Sie verhüllt sich von Kopf bis Fuß, damit niemand sie dumm anquatscht.

Am Tag ist es erträglich, da kann man es vergessen. Aber nachts gibt es keine Rettung. Manchmal kniet sie auf ihrem Bett und heult und ruft nach Fillo und fragt: »Warum? Was habe ich getan?« Gegen Morgen schläft sie ein vor Erschöpfung.

Und in diesen Morgenstunden, kurz vorm Einschlafen, so tödlich ermattet, wie sie ist, fühlt sie, daß es so sein muß. Daß es zu ihrer Hilfe geschieht. Gift ist in ihrem Leib, und das verläßt sie. Damit das Kind davon verschont bleibt.

Manchmal wünscht sie sich diese Barbarin zur Seite. Reden konnten sie nicht. Aber die hätte bestimmt gewußt, was es bedeutet. Und vielleicht auch, was heilt.

Sie müssen doch Dolmetscher haben in diesem Nest! Es geht doch nicht an, daß so eine Garnison mitten im fremden Land keinen hat, der zu übersetzen in der Lage ist! Dabei leben doch sogar romanisierte Skythen in diesen Mauern. Aber die behaupten einfach, sie würden ein anderes Idiom sprechen, obwohl Fillo weiß, daß das eine glatte Lüge ist, denn es gibt eine gemeinsame niedere Sprache mit ganz wenigen Abweichungen, nur die hohen Dinge werden jeweils anders verhandelt, weil sie ja geheim sind.

Und der Militärübersetzer? Soll krank geworden sein. Oder heiser. Irgend so etwas.

Jedenfalls ist Pamphilus Arruntius der einzige, der in der Lage sein soll, mit einigen Amazonen zu verhandeln, die vor den Toren sind und etwas wollen. Was sie wollen, glaubt er zu wissen. Unter anderem: ihn.

Sie haben sich Zeit gelassen. Aber sie sind gekommen.

Sie patroullieren da draußen, wundervoll und wehrhaft, in ihren Pelzen, geschmückt mit Federn, Knochen, Holz und Hörnern, maskiert und bewaffnet, und schon von weitem erkennt er die Pferde und ist sich der hohen Ehre bewußt, daß Speermutter selbst, klein und krummbeinig auf ihrem zottigen Gaul, diese Aktion befehligt.

Bevor man mit vereinter römischer Heeresmacht gegen sie antritt – die Tuben krähen schon den ganzen Morgen zum Sammeln –, will man doch wenigstens nachfragen, was sie vorhaben. Auch gibt es Erfahrungen: Die sind weg, ehe man recht aufmarschiert ist, tauchen dann an einer anderen Ecke wieder auf, und die Großmacht steht dumm da.

Während man sich am Tor sammelt und fasziniert dem reiterlichen Imponiergehabe der Frauen zuguckt, sieht Fillo einen Mann, den kennt er doch. Richtig, das ist der Prokurist des Bankhauses Plotius, der ihn im Herbst so unwirsch abgefertigt hat. Wenn der da ist, hat man wohl an entscheidender Stelle Sinn für Realität entwickelt. Jemandem ist eingefallen, daß er bei Frauen gefangen war.

Nur die Vertreter von Heer und Verwaltung ziehen keine solche Schlüsse. Der Propraetor fragt genervt, warum zum Geier denn da nur Weibsbilder seien. Gäbe es keine männlichen Anführer, mit denen man vernünftig verhandeln könne?

»Die Bräuche der Sarmaten unterscheiden sich in vielem von denen der Römer – ich merkte das schon beim Praefecten Afranius an«, sagt Fillo bescheiden. »Wenn nur Frauen auftreten, ist es nicht geraten, nach einem Mann zu fragen. Es wäre wie eine Kränkung. Dort gibt es so etwas wie eine Autonomie der Geschlechter.«

Der Befehlshaber macht dies ihm nun schon sattsam bekannte Gesicht, als wenn er behauptet habe, der Mond sei aus grünem Käse. Der wird sich wohl noch öfters wundern.

Wir ziehen ihnen entgegen, natürlich auch beritten; nicht, daß wir uns irgendwie unter Wert verkaufen; gleich eine ganze Hundertschaft muß da im Laufschritt und marschmarsch dabei sein, indes die Magistrate den kleinen Fillo auf seinem Gaul, auf dem er sich noch immer genauso ungeschickt bewegt wie vor einem halben Jahr, in die Mitte nehmen. Und die Frauen erkennen ihn und pfeifen schrill und trillern Schreie, die aus der Tiefe ihrer Lungen kommen.

Parlamentäre. Leute, die miteinander reden wollen.

Beide Seiten halten erst mal ein ziemliches Brimborium bereit – präsentieren die Feldzeichen und Waffen. Man muß wohl kundtun, daß man wer ist.

Die Römer tun den ersten Schritt. Propraetor Aemilianus reitet in den freien Raum zwischen den Parteien, und Fillo, brav bemüht, eine halbe Pferdelänge hinter ihm zu bleiben, folgt ihm.

Auf der anderen Seite setzt sich ein Weib in Bewegung, an das er sich überhaupt nicht erinnern kann, eine lange Latte mit drahtigen Beinen und Knotenwaden, die dürren Arme trotz der Jahreszeit nackt und mit Knochenschmuck versehen, Federn auf dem Kopf. Eigentlich muß er sie kennen, denn sie ist schwanger. Wie dem Gros der Frauen wölbt sich ihr Bauch. Sechster Monat, sie alle. Er muß in sich hineingrinsen.

Den anderen bleibt das natürlich auch nicht verborgen.

»Sind die noch zu retten, daß sie uns eine Delegation hochtragender Weiber schicken?« knurrt der verschnupfte Kommandierende. »Oder hat das bei denen was zu bedeuten? Wollen die sich lustig machen über uns?«

»Ganz und gar nicht«, versicherte er eilig. »Es ist nur so, daß sie im Sommer die besten Bedingungen haben, Kinder auszutragen und aufzuziehen, denn da gibt es genug zu essen. Darum ist es Brauch bei den Stämmen, daß sich die Frauen alle zur gleichen Zeit schwängern lassen.«

Er lächelt harmlos und der Römer schüttelt den Kopf.

Während er geläufig und ohne viel nachzudenken Begrüßungsformeln in beiden Sprachen aufsagt und sie dabei vernünftig modifiziert, weiß er auf einmal, was das

Besondere an diesem Land ist. Es ist gar keine richtige römische Kolonie. Das bilden sich die Römer bloß ein. Es ist ein Landstrich, den die Anwohner geräumt haben, als diese lästigen Leute mit den Schiffen ankamen. Sie schicken von Zeit zu Zeit jemanden vorbei, um zu gucken, was die so treiben, und ein paar haben sich auch angepaßt. Zauberfrauen oder Männer der Finsternis machen Stippvisiten. Ansonsten bleiben sie hinter den Bergen.

Die Lange mustert ihn und den Propraetor aus schmalen beerendunklen Augen, deren Ausdruck Fillo sehr gut kennt: freundlicher Spott und Erstaunen über diese Männer, die sich anmaßen, zu kämpfen, zu kommandieren, überhaupt sich einzumischen. Während sie ihr Pferd Volten machen läßt, eröffnet sie die Runde: »Ich sehe, du sollst den Mittler spielen beim Hin- und Hersingen. Tu es also und sage ihm, daß wir gekommen sind, etwas zu holen und etwas zu bringen. Das kann für beide Völker gut sein. Wenn sich diese Männer allerdings weigern, zu tun, was wir wollen, werden wir sie bekämpfen, besiegen, ihre Stadt anstecken und ehe sie ihre Kriegerinnen gerufen haben, werden wir fort sein.« Sie wirbelt ihren Speer.

Ein sehr verheißungsvoller Anfang.

»Die Abgesandte der Skythen grüßt den Vertreter Roms«, übersetzt Fillo und hofft inständig, daß keine der beiden Parteien auch nur den leisesten Schimmer von der Sprache der anderen hat. »Die Frauen kommen in friedlicher Absicht und wollen einen Tausch vorschlagen oder auch einen Vertrag machen.«

Der Propraetor nickt gemessen. »Wir erwidern die Grüße und erwarten Vorschläge. Aber sie sollen auch wissen, daß wir unnachsichtig gegen diese Weiberhorde vorgehen werden, ohne auf ihr Geschlecht Rücksicht zu nehmen, wenn sie sich nur den leisesten Übergriff erlauben.«

Und Fillo erklärt, daß der Vertreter der Römer sehr beeindruckt ist von der Stärke der Frauen und sich geehrt fühlt, daß sie zu Gesprächen bereit sind.

Römer haben einen Haufen Erfahrung mit dem diplomatischen Protokoll, einiges davon ist wirklich nützlich. So schlägt Aemilianus vor, in Sicht-, aber nicht in Hörweite der beiden Delegationen ein offenes Zelt zu errichten, worin die Abgesandten sitzen und verhandeln können: Jede Seite sieht, daß alles richtig zugeht, und man ist doch unter sich.

Der Vorschlag findet Billigung.

Während das Verhandlungszelt aufgebaut wird, wechselt Fillo ein paar Worte mit der Sprecherin. »Sage mir deinen Namen«, bittet er, »damit ich dich respektvoll ansprechen kann.«

»Ich heiße Bitani und bin zur Vertretung der Stämme gewählt, weil mir die Rede leicht von den Lippen fließt. Mich wundert, daß du mich nicht kennst. Ich erinnere mich sehr gut an dich. Ich war viermal bei dir.«

Sie grinst und senkt den Blick auf ihren Bauch.

»Was ist mit euren Männern geschehen?«

»Oh, die haben zu tun!« erwidert sie. »Wir haben uns versöhnt, denn wir brauchen sie gerade. Du wirst es noch erfahren.«

Sie holt zwei Kräuterröllchen aus dem Pelzgewirr und bietet ihm eine an. »Dieser Mann, mit dem ich rede – hat er bei eurem Volk etwas zu sagen?«

»Hier am Platz das meiste«, versichert er, und sie ist befriedigt.

Und dann sitzt Fillo – Gaius Pamphilus Arruntius – brav und bescheiden zwischen dem Standortkommandierenden der Weltmacht rechts und der Bevollmächtigten der sarmatischen Landeskinder links und weiß, daß dies hier seine Arbeit ist, denn von dem, *wie* und vor allem, *was* er übersetzt, hängt sozusagen das Wohl und Wehe der Völker ab.

Was die langgliedrige Bitani nun zu sagen hat, ist schon aufregend.

Sie beginnt mit der Mitteilung, daß seit Beginn der Schneeschmelze eine Horde von Steppenbarbaren aus dem Osten (Fillo: »Wirkliche Barbaren, Propraetor!«)

auf sarmatisches Gebiet vorzudringen versucht. Das passiert nicht zum erstenmal. Sicher haben sie diesen Winter ihre Vorräte aufgezehrt, und dann müssen sie wandern. Sie sind wie die Ratten, fressen alles kahl und ziehen weiter. Bisher leisten die Krieger der vereinten Stämme ihnen Widerstand. (Aha! Deshalb die Versöhnung mit den Männern!) Es sei aber sehr schwer, denn in diesem Frühling müßten sie allein kämpfen. Die Frauen würden gebären.

Die vereinten Stämme bieten den Römern nun Schutz vor diesen Steppenhorden. Sie werden die Ebene nie behelligen, wenn Rom den Skythen zwei Dinge gewähre: Wirkungsvolle Eisenwaffen, die sie den Eindringlingen gegenüber siegreich machen, und Erlaubnis für die Frauen, in der Ebene ihre Hütten aufzuschlagen, um in Ruhe, fern vom Kriegslärm, zu gebären und im Herbst, nach Vertreibung der Barbaren, zurückzugehen.

Der Propraetor macht sein grämlichstes Gesicht. Er wittert einen Trick. Sollen sie sich doch gegenseitig den Schädel einschlagen, was geht das Rom an? Die wollen sich nur in der Ebene breitmachen. Wer weiß, ob das überhaupt stimmt mit dieser Bedrohung aus dem Osten …

Darauf ist Bitani bestens vorbereitet, wie sich zeigt. Sie läßt einen Korb herbeibringen, dessen Inhalt bewirkt, daß Fillo vorübergehend die Verhandlungen unterbrechen muß, weil sich sein Magen hebt. Es sind abgeschlagene Köpfe. Gelbe Gesichter mit schiefen Augen, kahl geschoren, die Ohren zerfetzt und zerschlitzt vom Gewicht riesiger goldener Scheiben, die sofort das Interesse des römischen Militärs erwecken.

Auf Anfrage versichert Bitani wegwerfend, daß sich all die fremden Krieger mit dieser Glanz-Erde schmücken, die in Sarmatien aber keine Bedeutung habe, weil nur ein einziger kleiner Stamm sich mit dergleichen ziere. Falls den Römern also an diesem Beuteschmuck läge, stünde dem sicher nichts im Weg.

Der Propraetor leckt sich die Lippen. Warum nicht?

Warum kein Schutzvertrag mit den Eingeborenen unter diesen Umständen?

Pfui Teufel. Das Gold in den Ohren dieser grausigen Köpfe ist also der ausschlaggebende Faktor für ein mögliches Abkommen. Fillo schüttelt es vor Ekel. Beutegold gegen Eisenwaffen. Was die Evakuierung der Frauen angeht, da müsse man sehen.

Bitani nickt befriedigt. Dann gäbe es noch etwas.

Fillo schwant schon, daß sie auch hinter diesem blöden Fell, also dem Vlies, her sind, und so ist es. Und es kommt, wie er's erwartet hat. Aemilianus erklärt energisch, das sei kein Verhandlungsgegenstand. Das Goldene Vlies sei Eigentum Roms. Basta.

So weit sind sie am Ende des ersten Verhandlungsabschnitts. Fillo ist todmüde von der Arbeit – von dem, was er gesagt und vor allem, von dem, was er weggelassen hat. Er dankt den Göttern, daß morgen Konferenzpause ist, denn natürlich muß sich der Magistrat erst einmal mit den Leuten zusammensetzen, die das eigentliche Sagen haben, das heißt, mit dem Bankhaus Plotius und den Waffenlieferanten.

Die schwangeren Amazonen biwakieren vor den Toren des Castellum.

Aemilianus dankt Fillo mit keinem Wort. Warum auch, die eigentliche Leistung kennt er ja nicht. Und wenn, würde er sie wohl auch schwerlich gutheißen.

Als man nun ihn aber, als sei gar nichts geschehen, einfach wieder in der Carcer zurückbringen will, protestiert er. Er fände nicht, daß er nach dem heutigen Tag diesen Platz verdiene.

Der Propraetor sieht ihn von der Seite an und sagt nichts. Aber am nächsten Morgen wird er entlassen. Einfach so. Ohne Erklärung rausgeschmissen.

Sein erster Gang ist zum doppelt und dreifach verriegelten Stadttor. Man hat sich auf Belagerungszustand eingerichtet, und er verlangt, hinausgelassen zu werden.

Es gibt das übliche Hin und Her, eine Kompetenz nach

der anderen wird bemüht, und schließlich ist er, wo er hin wollte, nämlich bei Aemilianus, der höchst ungehalten aus einer wichtigen Besprechung kommt, heute noch verschnupfter als gestern (der Tag im Zelt!) und ihn anfährt: Ob er den Verstand verloren habe? Er sei ja nun auf freiem Fuß. Sollen sie ihn nun auch noch mir nichts, dir nichts in die Arme des Gegners spazieren lassen, ihn, der ja doch immer noch überaus der Kollaboration verdächtig sei?

»Domine, Sie haben recht«, sagt er. »Ich will zum Lager der Skythinnen. Sie werden ja bemerkt haben, daß diese Amazonen nur über mich verhandeln wollen. Ich denke, daß ich gestern Loyalität gezeigt habe. Wäre es nicht wünschenswert, wenn ich heute noch einmal Positionen klären und Verschiedenes erfragen könnte?«

Aemilianus schneuzt sich und murmelt so was wie »warten«, während er zu seiner Unterredung zurückgeht – mit wem die stattfindet, kann man ja unschwer erraten.

Binnen kurzem kommt ein Zivilist raus – der Hauptbuchhalter des Herrn Plotius jr., der ihm stumm eine Schreibtafel mit Magistratssiegel übergibt – den Passierschein fürs Tor.

Freudig und zärtlich ist das Wiedersehen mit seinen Skythinnen. Die Vertreterinnen anderer Stämme, Speermutter und zwei oder drei ältere Frauen sind die einzigen, die nicht schwanger sind. Man ist sehr stolz auf ihn.

Ocha ist auch unter den Frauen. Sie funkelt ihn an, öffnet ihr Oberkleid und zeigt ihm ihre Brüste, und die anderen lachen.

»Jetzt nicht!« sagt er und runzelt die Brauen. »Wir haben zu reden!«

Und da stimmen sie ihm freilich zu und setzen ihn – Speermutter, Bitani, Ocha und noch zwei – in ihren Kreis und zu ihren Füßen, wie es sich gehört.

Sie wären bestimmt gekommen, auch ohne den Anlaß, um ihm zu danken und ihn wegzuholen von den Römern, erfährt er und kriegt im Nachhinein einen Schrecken. Er, der nicht nur ihre Leiber geschwängert hat, sondern den Mann der Finsternis und die Drachensaat zu vernichten half, er verdient ihren Beistand, sagen sie. Vielleicht hätten sie ihm erst die Kinder gezeigt. Doch nun bringt sie der Einfall der Fremden nicht gerade in Not, so tapfer wie sie seien, aber doch in eine dumme Lage. (Sie sagen: in ein Schweben dazwischen!)

Natürlich würden sie nie zugeben, daß es ernst ist für sie. Außerdem sorgen sie sich um das Vlies.

Das mit dem Vlies läßt er erst mal dahingestellt und fragt nur: »So habt ihr mit den Männern Frieden geschlossen?«

O ja, das hätten sie. Die Männer seien sehr beschämt gewesen. Einmal wegen ihrer ohne ihre Mitwirkung gefüllten Bäuche, zum anderen wegen des gescheiterten Versuchs, sich selbst zu vermehren und einen Streit vom Zaun zu brechen. Aber da kamen nun diese Steppenhorden, und die lieben Männer bekamen genau das, was sie wollten: Einen Krieg, den sie weitgehend allein bestreiten können, denn die Frauen würden erst einmal nicht in der Lage sein, zu kämpfen und wären auf ihren Schutz angewiesen. Da waren sie sehr froh. Und zu ihren Spielzeugen, den römischen Waffen, würden sie nun auch kommen, ohne Dummheiten zu begehen.

»Und so sind sie denn doch zu sehr viel nütze!« sagen sie und lachen.

Sie haben eine Feuerstelle angelegt auf dem freien Feld und kochen von den Dingen, die sie so haben, und als er das ißt, merkt er, wie sehr er es vermißt hat.

Erst nach dem Essen fragt er: »Frauen – Mütter – was wollt ihr mit dem Ziegenfell? Es ist wahrhaftig nur ein Fell. Bei den Römern und Griechen gibt es ein Lied über so etwas, und ein besessener und im Kopf verwirrter Mann hat den anderen eingeredet, das Fell wäre das aus dem Lied, und sie kommen und glotzen. Aber ihr, Mütter und Kriegerinnen? Was habt ihr an dem Ding verloren?«

Sie machen ernste Gesichter. Was wurde denn gesungen in dem Lied? Was für ein Zauber ist in dem Fell für die Römer? fragen sie.

»Gar keiner!« sagt er aufgebracht. »Das ist es ja gerade! Nur daß es die Farbe von Glanzerde hat! Darum müssen es irgendwelche Heroen – das sind bedeutende Männer – mit übers Meer nehmen.«

Heroen – bedeutende Männer – das finden sie ganz und gar zum Staunen. »Also du bist ein Heros, nicht wahr?« fragen sie im Ernst, und er wird richtig wütend. So ein Unsinn. Aber wie es ihnen erklären? Zudem ist anderes wichtiger.

Wie hätten diese Heroen denn das Ding abnehmen können?

»Keine Ahnung«, entgegnet er. »Ist das wichtig?«

»Na«, sagt jetzt Ocha, »stimmt es oder stimmt es nicht, daß sie nicht rankommen an das, was bei dir zwischen den Spitzeichen hängt?«

»Ja doch«, gibt er widerwillig zu. »Aber wie wollt ihr daran gelangen? Wenn es unberührbar ist?«

Sie lächeln. Ocha hat es doch mit aufgehängt, nicht? Na also.

Und warum das Brimborium um das Ding?

Bei ihnen sei das klar. Wenn jemand wie Tawa, der heilig-verflucht (sacra) sei, eine Ziege opfere, die mit einem bestimmten Futter ernährt worden sei, so bringe der Anblick des Tiers oder des Fells glückliche Geburten und schöne Kinder, fast nur Mädchen, und wende Schaden ab.

»Was für ein Glück für Tawa!« entfährt es ihm. »Hat Ocha von diesem Glauben gewußt?«

Ocha schüttelt den Kopf.

Er sieht in die Runde. »Haben andere Frauen und Mütter früher davon gewußt?«

Schweigen. Dann sagt Bitani: »Wir wissen es jetzt. Es ist uns gesungen worden.«

»Wer hat es gesungen?« Er sieht Speermutter an.

»Kommt es von der großen Zauberfrau? Von der, die Oben und Unten regelt?«

»Männer müssen nicht alles wissen.«

Er sieht vor sich hin. »Jetzt gebt mir Auskunft, was mit ihr ist«, sagt er plötzlich. »Sie, die es nicht mehr gibt, die nur noch etwas ausbrütet. Hat sie schon geboren? Ist es gereift? Und sie?«

Die Frauen haben die Augen weggewendet. Dann erwidert Speermutter leise: »Es braucht die Zeit, die alles braucht im Innern des Schoßes. Frag nichts weiter, Fillo, unser Freund.«

Bitani schlingt ihre hageren, ringgeschmückten Arme um ihn. Ocha streichelt sein Haar. Eine Dritte berührt ihm Lippen und Augen. Er muß sich sehr zusammennehmen, um nicht zu weinen.

Er verzichtet darauf, daß sie ihm das Geleit zurückgeben. Bloß kein Aufsehen, und schon gar nicht um seine Person! Zu Fuß schlendert er übers Feld, auf die römischen Palisaden zu und in mancherlei Gedanken.

Es ist schon merkwürdig, daß sich alle um etwas reißen, worauf die, die es haben, Tawa nämlich und er, so gut wie keinen Wert legen. Die ideale Voraussetzung für einen Handel eigentlich. Und ihm fällt ein Haufen dummer Sprichwörter ein, die diesen Fall alle treffen und trotzdem daneben liegen, zum Beispiel: Wenn zwei sich streiten, freut sich der dritte. Fragt sich nur noch, worüber.

Er wird sich in den Mauern ein Quartier suchen müssen, wer das bezahlt, weiß er im Augenblick noch nicht, aber er hofft doch zuversichtlich auf Plotius jr.

Und während das Lager der Frauen, zu dem er sich noch zwei-, dreimal umdreht, immer kleiner wird und die Römerstadt an Größe gewinnt vor seinen Augen, fühlt er sich sehr allein hier draußen und sehr außerhalb, hin- und herlaufend zwischen den Welten, Mittler, Überbringer. Aber vielleicht auch Einiger?

Er wird ja noch Zeit haben, ein bißchen nachzudenken über das alles. Über Skythen und Römer. Über sich selbst. Und über dies verflixte Vlies, das ja zu irgendwas gut sein muß.

Die Verhandlungen ziehen sich hin. Die römische Seite ist wirklich sehr motiviert, den Goldschmuck abgeschlagener Barbarenköpfe als Entgelt für ein paar Waffen zu erhalten, das stimmt schon. Aber solche Waffen bleiben ja dann doch in der Hand dieser Verbündeten. Und wie dauerhaft das Bündnis ist, wer weiß? Die Vorstellung, ein Lager für die Niederkunft der Eingeborenen im Römerterrain zu errichten, stößt nach wie vor auf Mißtrauen. Und dies Vlies? Keine Einigung.

Fillo zerbricht sich den Kopf, was die damit wirklich wollen. Jedes Heiligtum hat sein Palladium, Sammlerwert hat es auch nicht, wer weiß denn, ob es echt ist? Ist es einfach nur, daß man aus der Kolchis mit dem Goldenen Vlies nach Haus kommen muß? Jeder möchte gern Iason sein.

Inzwischen verhandelt man in erweitertem Kreis. Plotius jr. läßt sich vertreten, und Speermutter gibt sich die Ehre, manchmal teilzunehmen und flüsternd mit Bitani zu beraten. Ein Schreiber wird hinzugezogen und protokolliert die Punkte, über die Einigkeit besteht. Die Skythinnen lernen es auswendig. Er hat viel Mühe, einen Text zu finden, der beiden Seiten recht ist, denn hier kann er ja nicht mogeln.

Die Gespräche stocken trotzdem. Trotz aller diplomatischen Bemühungen stocken sie, und einmal geraten sich Propraetor und Bitani fürchterlich in die Haare, denn über alle Worte hinaus gibt es ja die Sprache der Gesten und Gebärden. Beide brüllen, und er weigert sich zu übersetzen. Dies blöde Vlies! Gut, wenn man sich nicht versteht, schweigt man irgendwann, und Aemilianus fragt schließlich, was ihm das unerträgliche schwangere Weibsbild noch zu sagen habe.

»Im Moment sagt sie nichts«, bemerkt Fillo. »Aber mit Ihrer Erlaubnis, Propraetor, ich glaube, die Stunde ist gekommen, daß ich etwas sage. Ich werde es auch gleich ins Getische übersetzen.« Er sitzt ganz gerade und sieht vor sich hin. »Ich muß darauf hinweisen, daß die hier anwesenden Parteien eine Sache für sich beanspruchen, die ihnen nicht gehört. Das Vlies ist weder römisch noch skythisch. Es ist im Besitz einer einzigen Person, einer Frau namens Tabea oder Tawa. Sie ist« (dies sagt er für den Römer) »als einzige in der Lage, das Ding vom Ort zu nehmen und anderswo hinzubringen, und so kann auch nur sie entscheiden, ob es da verbleiben soll bei den Spitzeichen oder ob es, ein Zeichen für den Vertrag, den wir hier schließen, in einem von Römern und Sarmaten gleichermaßen erbauten und gestifteten Tempel auch von beiden Seiten verehrt werden soll. Ein Tempel, wo man sich in Frieden begegnet. Dort werden unterm Segen des Palladiums die Kinder des Getenstammes geboren, und römische Frauen, die es wünschen und daran glauben, kommen ebenfalls. Dort werden die neuen und die alten Bürger der Kolchis miteinander Waren tauschen, sich kennenlernen und begreifen, wie man miteinander redet. Und es soll schnell gehen, denn die Barbaren stehen draußen.«

Ein gewisses Pathos ließ sich nicht vermeiden. Während er übersetzt, kritzelt der römische Schreiber eifrig, und Aemilianus bemerkt verschnupft: »Man spielt sich ja ziemlich in den Mittelpunkt.«

Ich bin von Anfang an im Mittelpunkt, denkt Fillo und sagt zurückhaltend: »Es geht nur um eine für beide Teile günstige Lösung.«

Die Parteien schließen die Sitzung, um sich zu beraten. Sie sind nachdenklich. Es wird vielleicht noch dauern, aber sie werden es machen. Es ist vernünftig, und es ist für beide vorteilhaft.

Schon am übernächsten Tag teilen Römer und Skythen mit, daß sie den Vorschlag wohlwollend in Erwägung ziehen.

Gut und schön. Das war zu erwarten. Aber nun geht die eigentliche Arbeit los. Tausend Einzelheiten. Er muß abwehren, einlenken, umdichten, aushandeln, abwiegeln, übertreiben.

Austausch von Waffen gegen Beutegold, das ist ja eine ganz leichte Übung. Aber dem Herrn Propraetor klarzumachen, daß dort keine römische Gerichtsbarkeit ausgeübt wird, sondern beide Parteien autonom ihr Recht haben, das ist schon bedeutend schwerer. Ein Vertrag, keine römische Dominanz. Und der Speermutter beizubringen, daß dort nicht die Macht skythischer Kriegerinnen vorgeführt wird, sondern man friedlich und bescheiden kommt, um zu gebären und handeln, ist fast genauso schwierig.

Wir machen hier etwas Neues, etwas, was es zwischen Römern und den von ihnen unterworfenen Völkern nirgendwo gibt. Aber die hier sind ja nicht unterworfen.

Und bloß kein Kontakt nach Rom! Augustus wird alles erfahren, wenn es fertig ist. Der hat bestimmt andere Sorgen. (Zum Glück sind die Herren von Handel und Bankwesen da der gleichen Meinung!)

Nein, Mütter! Keine Selektion der männlichen Kinder! Ihr fragt im Ernst, was ihr mit soviel Männern anfangen sollt? Aber so denkt doch nach! Wenn eure Krieger an der Grenze fallen, werdet ihr froh sein über Söhne.

Als sie soweit sind, daß sie über den Standort des Heiligtums und die Herbeischaffung der Hölzer für den Bau reden, weiß er, daß nichts mehr zu verderben ist. Jetzt kann er sie allein lassen. Er ersucht bei Plotius jr. um einen anderen Dolmetscher. Er wolle das Vlies und seine Hüterin einholen.

Plotius sieht ihn nachdenklich an. »Der Armeedolmetscher ist wieder gesund«, sagt er. »Ach wissen Sie«, erwidert Fillo, »ich denke, einer, den Sie bestellten, läßt besser mit sich reden.«

Das läßt der Bankier durchgehen.

Der Kollege hört Fillo mit großen Augen zu, als der ihn

einweist: »Nur sachliche Angaben sind Verhandlungsgegenstand. Dinge, bei denen es um unterschiedliche Verhaltensweisen von Männern und Frauen geht, einfach unter den Tisch fallen lassen! Nichts übers Staatswesen, nichts Militärisches übertragen! Ja, und Beleidigungen grundsätzlich auslassen.«

»Was hat das mit Dolmetschen zu tun?« fragt der Neue, ein dicklicher Junge, der genau wie der Chef der Delegation unter Erkältung leidet.

»Ziemlich wenig«, gibt Fillo zu. »Aber wenn du geschickt bist, zeigt sich der Bankier bestimmt erkenntlich. Es geht ums Geschäft. – Bist du Römer?«

»Grieche. Sieht man das nicht?« Und er zeigt sein Profil mit der verschwollenen Nase. Fillo lächelt ihm aufmunternd zu. »Da bist du bestimmt ein beweglicher Geist und begreifst, auf was es ankommt. Du wirst es schon machen!«

Und so zieht er denn los mit einem Geleitschutz kriegerischer Schwangerer – der Rest verhandelt weiter. Damit die Anwohner nicht in Panik geraten, ist eine Zehnerschaft Legionäre dabei. Beide Formationen halten auf Distanz.

Sie reiten ins frühlingshafte Land, vorbei an jener Stelle im Fichtenwald, wo gebaut werden soll; von beiden Völkern gleich günstig zu erreichen. Auch sind die Lichtverhältnisse am Abend ideal.

Vorbei am Paß, der ins Skythenland führt, wo man ihn mitnahm. Hin zur Siedlung. Hin zum Fell und den Spitzeichen, zu Tawa.

»Sacrilegium!« wettert der Poet. Niemand dürfe den geheiligten Gegenstand entfernen. Völlig klar, er fürchtet um seine Einnahmen.

Fillo hält ihm freundlich entgegen, daß derjenige, der nach der Götter Willen in der Lage sei, den Gegenstand zu berühren, ihn gewiß auch entfernen könne. Zum Beweis läßt er es von Tawa gleich zwei-, dreimal vorführen. Sie nimmt das Fell ab, rollt es zusammen oder schüttelt es aus wie einen Bettvorleger, und spannt es wieder auf.

Freilich hat er das mit ihr geübt, und es bedurfte einiger Überredung, bis sie sich im Dunkel, nachdem die Prozession der Gläubigen unter Publius' Führung das Weite gesucht hat, an das schwach metallisch leuchtende Ding heranwagte und Hand daran legte.

Sie hatte sich gewehrt. »Ich will das nicht! Mich geht dieser Rummel nichts an! Laß mich in Ruhe hier auf dem Hof und bei dem, was ich mache.« (Daß sie Lesen lernt, verschweigt sie zunächst.)

Er war entsetzt, als er sie sah – der ganze Körper mit schwärzlichen Schorfen bedeckt, hager bis auf den Bauch, Ringe unter den Augen, aber er sagt nichts. Wenn sie abends anfangen will, sich zu zerkratzen, hält er stumm ihre Hände fest und pustet auf ihre zerschundenen Armbeugen und den Hals. Ob es das ist, was hilft, weiß er nicht. Aber es geht dann besser, und sie kann schlafen.

Behutsam überredet er sie. »Du hast dich nun einmal darauf eingelassen. Auf halbem Weg umkehren – wozu soll das gut sein? Die Skythenfrauen sind dir wohlgesonnen seit jeher. Haben sie dir nicht das wunderbare Futter für die Ziege beschert? Das war die Quelle des Gedeihens. Es heißt, das Fell hilft Schwangeren zur glücklichen Entbindung von schönen Kindern. Du wirst ein schönes Kind, ein schönes Mädchen haben – gleich, wer es in dich gepflanzt hat. Tu es und vertrau mir diesmal.« Und er streichelt ihren Bauch, kniet vor ihr und legt das Ohr daran, den Herzschlag zu spüren.

»Du wirst noch behaupten, du bist der Vater, was?« sagt Tawa rauh. Ihre Lippen zittern. Wenn sie die Hände zum Mund führt, um an den Nägeln zu nagen, greift er vorher zu und leckt sanft über die entzündeten Ränder.

Und schließlich gehen sie zu dem Fell, und er zeigt ihr, daß sie es kann. Er kann es auch. Daß auch Ocha dazu in der Lage ist, verschweigt er.

Die römischen Legionäre haben das schon im Abbau begriffene Lager noch einmal belebt, die Skythinnen – von den Anwohnern ziemlich aufgeregt wahrgenommen – wohnen in Fabius' Stall und ihre Pferde grasen vor der Tür die dürre Vorjahrsweide ab. Fillo und Tawa aber sitzen in ihrer Hütte, als wäre das noch immer ihr Zuhause.

»Warum ich? Warum gerade ich?« fragt sie immer wieder, während er den Tisch deckt wie in alten Zeiten, das Leinen nicht vergißt, das sie für sich allein nie benutzt, und das Geschirr gefällig hinstellt. Er lächelt ihr zu.

»Wir sind hineingeraten«, sagt er. »Auf einmal waren wir mitten drin, du und ich auch, jedes an anderer Stelle. Und wir haben gelernt. Wir haben mächtig viel gelernt. Sie haben mir erzählt, wie du hier mit Publius durch die Orte gezogen bist, um sie zum Kampf gegen die Skythen zu bringen, und wie sehr sie dich bestaunt haben. Nun wirst du noch einmal losziehen, damit sie sich vertragen. Gefällt dir das nicht?«

Der Gedanke an damals muntert sie auf. »Es hat mir Spaß gemacht«, sagt sie. »Sie haben die Mäuler aufgerissen. Sogar einen Bauch hatte ich mir ausgestopft.«

»Na, das hast du nun nicht mehr nötig.« Er küßt sie, und sie hält still.

»Fillo, schlaf nicht mit mir. Ich kann es nicht. Nicht, bis das Kind da ist. Ich weiß nicht, ob ich nicht verflucht bin.«

»Verflucht und heilig – das bin ich auch. Das macht nichts. Aber ich kann auch so bei dir sein.«

»Wie soll ich durch die Gegend ziehen, so schrecklich wie ich aussehe?« fragt sie, während er sie zu Bett bringt.

»Die Leute sehen nur, was sie sehen wollen«, erwidert er. »Du wirst schön sein. Keiner wird deine Schrammen bemerken.«

»Es war das Gift, das in mir gewohnt hat. Das mußte weg. Jetzt ist es besser.«

»Ja«, sagt er. »Schlaf jetzt.«

Er ist es ja gewohnt, vor dem Feuer herumzuliegen.

Und am nächsten Tag führt sie das Kunststück vor und macht sich bei Publius unbeliebt.

Fillo zitiert seinen eigenen Text: »Es ist der gemeinsame Wunsch der Römer und der sarmatischen Stämme, daß die Herrin des Vlieses zustimmen möge, ein Heiligtum für ihr Palladium zu schaffen, bei dem sich beide Völker friedlich begegnen und Dinge tauschen und in dessen segensreicher Aura die Frauen niederkommen.«

»Die Feinde des Imperiums und dessen Verteidiger gemeinsam?« Publius ist ganz blaß geworden.

»Man sieht das beim Propraetor anders, und auch beim Bankhaus Plotius jr.«, bemerkt Fillo.

Publius stöhnt. »Das ist eine antirömische Intrige! Das gehört dem Augustus gemeldet!«

»Wenn Sie das Ohr des Augustus haben, steht es Ihnen frei, es zu melden«, sagt er herausfordernd.

Tawa, sehr fröhlich nach ihrem geglückten Kunststückchen, kommt dazu. »Sei nicht so streng zu Publius«, sagt sie. »Vielleicht soll er mitkommen, wenn wir losziehen zu der Stelle, wo ich das Ding hinbringen soll. Er kann sich alles angucken. Vielleicht ändert er dann seine Meinung und macht das weiter, was er hier angefangen hat, bloß mit viel mehr Zuhörern: die Sagen erzählen, und was es für eine Bewandtnis hat, und seine Verse aufsagen. Na, und vielleicht lernt er dann Getisch und macht es in zwei Sprachen.«

»Das Vlies ist rein römisch!« begehrt er auf. »Ich sollte in Barbarenzunge reden? Nie!«

»Das Fell, also das Vlies ist eine Sache der Kolchis«, erwidert Fillo ruhig. »Ihre Bewohner sind Geten und Römer, und sie verehren es in gemeinsamem Heiligtum.«

Publius wendet sich ab und geht.

»Er trotzt«, sagt Tawa, und Fillo nickt.

Übrigens stimmt es, daß alle anderen vor diesem Ding erstarren und ein paar Schritte davor nicht die Hand heben können. Natürlich hat sich die Sache mit den Legionären herumgesprochen. Keiner traut sich so recht. Aber es ist doch ganz einfach. Er macht es. Tawa macht es. Ocha kann es auch.

Irgendwie ist es für ihn immer noch ein besonders schönes, gepflegtes und glänzendes Ziegenfell, aber eben nur ein Ziegenfell.

Für ihn, der schon andere Wunder gesehen und am Leibe erfahren hat.

Sie wollen es hinter sich bringen.

Tawa bestellt ihr Haus. Sie gibt die Hühner fort, das war ja das einzige Viehzeug, das geblieben war. Legen übrigens wieder sehr gut. Das wird wohl am Frühling liegen.

Die restlichen Hafer- und Kornbestände schenkt sie Rufo, für das ewig unterernährte Maultier des Dichters. Der ist so erschüttert darüber, daß jemand was wegschenkt, daß er sich bereit erklärt, die Bohnen auf dem schrägen Acker zu pflanzen, falls Tawa zur gegebenen Zeit noch nicht zurück ist. Durch die Quelle gibt es ja eine Möglichkeit, die Saat ohne viel Mühe zu wässern. Wenn Tawa und Fillo vielleicht erst mit dem Kind wiederkommen, sind die Erträge da.

»Wenn das klappt, kriegst du einen Anteil. Sagen wir, ein Drittel«, verspricht Tawa großzügig.

Kurz vor ihren Aufbruch kommt noch einmal der Poet.

»War das ein ernsthaftes Angebot«, fragt er lauernd, »daß ich mitgehen und mich da beschäftigen soll?«

»Von mir aus schon«, erwidert Tawa. »Warum nicht? Sehen Sie mal, Sie haben es doch selbst geschrieben.«

»Was habe ich geschrieben?«

Sie kramt in ihren Schreibtafeln und liest dann flüssig vor: »Denn an uns selbst vollzieht leibhaftig sich die Verwandlung, ohne Ende. Und was wir waren und sind / werden wir morgen nicht sein ...«

Er sieht sie verwundert an. »Aber das ist Poesie«, stottert er. »Hohe Kunst. Es geht um Werden und Vergehen.«

»Na, ich kriege demnächst ein Kind«, sagt Tawa und packt sorgfältig ihren Schreibkram ein. »Wenn das nicht Werden ist. Also überlegen Sie sich das.«

Publius beißt sich auf die Lippen. »Ich bin römischer Dichter«, sagt er frostig. »Ich lasse mich nicht darauf ein, Quiriten und Barbaren in einen Topf zu werfen.«

»Na ja, dann nicht«, sagt Tawa zu Fillo. »Dann bin ich wenigstens sicher, daß die Bohnen gepflanzt werden. Dieser Rufo allein ist völlig unzuverlässig. – Was ist mit dem Webstuhl?«

»Ach«, sagt er ausweichend, »der steht ganz gut hier.«

»Ich möchte noch mal hoch zum schrägen Feld. Kommst du mit?«

»Natürlich komme ich mit.«

Maistrus weht, der heftige, warme, und läßt ihre Kleider flattern, als sie bergan gehen. Möglich, daß es in den nächsten Tagen hier Nebel gibt, wenn warme Luft und kalte Strömungen von den Bergen sich vermischen. Heute ist es noch klar.

Das Feld liegt friedlich da, schwarz glänzen die Erdschollen, so gut wurde hier noch nie geackert. Die Quelle sickert zwischen den Steinen hervor und bildet bei den Furchen kleine Teiche. Man kann bis aufs Meer sehen, ein schmaler Streifen da hinten. Und irgendwo liegt Rom.

»Du meinst, es wird gut?« fragt sie.

»Gut? Tawa, das weiß ich nicht. Es ist das, was jetzt geht. Für wie lange, weiß keiner. Aber es ist erst mal das Beste.«

Sie hat die Hände um ihren Bauch gelegt. »Auf die Helden hab' ich gewartet hier. Auf die mit den Schwertern.«

»Laß uns das vergessen. Wir packen jetzt das Fell ein und ziehen los. Sie warten auf uns. Die ersten Pfosten für das Heiligtum werden schon aufgeschlagen sein.«

Denkt sie wirklich, sie sieht das Feld wieder und ißt von den Bohnen darauf? Sie, Priesterin eines glänzenden Ziegenfells, die sie sein wird, Sacra, verflucht und heilig zugleich, und mit einem Kind aus den Tiefen der Nacht.

Und er geht mit ihr hin, wo man römische Waffen gegen den Schmuck erschlagener Feinde verhökern will, so lange, bis auch die Skythen wissen, was »Glanzerde« wert ist, und wo ein Weiberstamm die Kinder des römischen Freigelassenen Pamphilus, vormals Strichjunge in den Gärten des Sallust, in die Welt setzen und aufziehen will.

Sie laufen fröhlich vom Feld, stolpernd und einander stützend.

Tawa läßt sich auf das Pferd heben, das ihr die Skythinnen schön geschmückt haben mit Federn und hölzernen Perlen und poliertem Lederzeug. Sie hat sich das Vlies um die Schultern drapiert wie der Herkules das Löwenfell – die Hörner glänzen neben ihrem Kopf, die Hufe klappern ihr um Schultern und Hüften. In ihrem zerschrammten Gesicht spiegelt sich die Spiellaune, mit der sie auszog, für den Heiligen Krieg Roms gegen die Barbaren zu werben. Das hier ist sicher besser.

Ocha drängt ihren Gaul neben sie. Die beiden betrachten sich, insbesondere ihre Bäuche. Müßte zur gleichen Zeit passieren. Kaum ein Unterschied.

Sie brechen auf mit ihrer zweifachen Eskorte, Römermänner, Skythenweiber.

»Wie sind jetzt die Wege jenseits der Berge?« fragt er Speermutter, als sie am Paß vorbeireiten, und sie antwortet: »Wir sind ja durchgekommen. Passierbar für uns, nicht für einen Römer. Außerdem brauchen wir dich noch.«

Er lächelt sie an. »Ich singe das Lied zu Ende, keine Sorge. Aber es gibt noch ein anderes, eins für mich allein. Das muß auch gesungen werden.«

»Ph«, macht die alte Frau auf ihrem Pferd verächtlich und streift ihn mit jenem Blick, der das ganze Erstaunen einer Großen Mutter enthält, wenn ein so geringes Wesen wie ein Mann extravagante Wünsche äußert.

Ihre Reise ist angenehm und ruhig. Sie machen sogar noch einen kleinen Umweg, weil man in zwei, drei Siedlungen auch den heiligen Gegenstand und dessen Hüterin sehen will. Tawa empfängt Verehrung mit zusammengelegten Händen, und sie lächelt. Wer weiß, wann man zwischen den Ziegenhörnern und um ihren Kopf die nächste Aura sieht.

Ja, sie haben die Pfosten schon aufgeschlagen. Tawa kann ihr Palladium in einem Zelt unterbringen als Provisorium, das klug so eingerichtet ist, wie es sein muß: Die Abendsonne kann hineinscheinen.

Große Präsenz von Römern und Skythen schon jetzt, der Handel mit Gold und Waffen wird wohl losgehen. Er kann nur hoffen, daß man hier bald was Vernünftiges eintauscht, zum Beispiel Blattröllchen zum Kauen gegen Nähnadeln oder skythische Teppiche gegen römische Kleider.

Aber das ist ja nun nicht mehr seins. Er hat seine Arbeit getan. Er ist kein Praetor, kein Aedil und Bankier und auch kein Repräsentant skythischer Mütter. Er ist, nachdem Tawa mit allen Ehren in ein anderes Zelt geleitet worden ist, umsorgt von den Frauen, nur noch *er.*

»Ocha«, bittet er seine Kriegerin, die gerade schwerfällig absteigt, »achtest du mir ein bißchen auf Tawa? Sie weiß vieles nicht. Hilf ihr. Versucht, eure Sprachen zu lernen.«

»Gewiß, falls sie mir nicht die Augen auskratzt«, entgegnet sie spöttisch, und dann: »Du willst fort?«

Er nickt. »Sag ihr, ich komme wieder. Sag ihr, ich hoffe, ihr Kind wird ein schönes Mädchen.«

»Und kommst du wieder?«

»Ich weiß nicht, was mir zustößt.«

»Es gibt keine Schneehosen mehr.«

»Nein, Schneehosen nicht. Andere Erscheinungen.«

Sie sehen sich an. »Vielleicht ist es bloß Neugier. Vielleicht was anderes. Aber mir ist, als wenn mein Herz da mit hängt zwischen den Nabelschnüren, wo das, was von ihr übrig ist, den neuen Fetisch gebiert, oder irgend etwas anderes. Da muß ich hin.«

»Männer dürfen nicht an diese Brutstätten. Du wirst umgebracht.«

»Vergiß nicht, man hat es mir schon einmal gezeigt.«

»Ich werde es Speermutter sagen, daß du fort willst.«

»Ach, sie weiß es. Ich denke, sie weiß auch, wohin.«

»Vielleicht fangen dich die Menschenfresser aus der Steppe.«

»Vielleicht treffe ich eure Männer und ermuntere sie, eure Kinder zu verteidigen.«

»Vielleicht kommst du nicht mal über den Paß hinaus.«

»Vielleicht.« Er hebt die Hand und streichelt ihre Wange.

Sie ist plötzlich sehr zornig. »Geh doch endlich, geh!« sagt sie. »Wie schön du doch mit ihr schwebtest.«

Sie beginnt zu weinen. »Geh!«

Das tut er.

Nachbemerkung

Böhmen liegt am Meer. Macondo in Südamerika. Mittelerde liegt nah bei unseren Träumen.

Wo liegt Kolchis?

Fillos und Tawas Kolchis liegt da, wo sie sie erträumen. Jedes Land ist Kolchis für sie.

Die Autorin läßt sie in keiner geographisch exakten Welt siedeln, jedenfalls in keiner, die auf einer Karte der antiken Landschaft zu finden ist.

Auch die Frauenreiche des Buches suche man nicht im Raum der Geschichte.

Der Ort des Spiels ist überall da, wo wir ihn erfinden.

Dies ist kein historischer Roman. Auch wenn er manchmal damit spielt, einer zu sein.

Waldtraut Lewin

Waldtraut Lewin im dtv

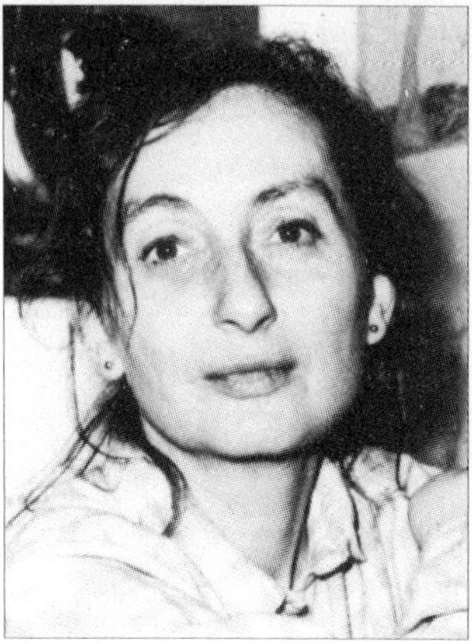

Foto: Helga Golz

Federico
Roman
dtv 11946

Friedrich II. von Hohenstaufen, der Enkel Barbarossas, römisch-deutscher Kaiser, König von Sizilien und Jerusalem – das »Staunen der Welt«. Die Machtkämpfe des Hochmittelalters bestimmen das Leben des Stauferkaisers, aber auch Liebesfähigkeit, hohe Intelligenz und pralle Sinnenfreude. Der »Mann aus Apulien«, gesehen von einer Frau.

Die Ärztin von Lakros
Roman
dtv 12023

Bis zu dem Tag, an dem ein Hirt einen Goldklumpen fand, kamen Fremde nur selten nach Lakros. Nun, da Reichtümer zu erwarten sind, gerät die friedliche kleine Insel in die Intrigen der Weltpolitik. Die Ärztin Leukotris und ihre Tochter Kreusa werden in einen Strudel von Erpressung, Gewalt und Mord gezogen …

Herr Lucius und sein Schwarzer Schwan
Roman
dtv 12146

Lucius entdeckt, daß sein geliebter Erzieher, ein wunderschöner dunkelhäutiger Sklave aus Alexandria, von seinem Vater mißbraucht wird. Jahre später versucht er das Unrecht wieder gutzumachen. Aber es ist schwer, ein menschlicher Sklavenhalter zu sein. Und über Rom braut sich der Spartacus-Aufstand zsammen.

Die stillen Römer
Roman
dtv 12201

Im Rom des Kaisers Augustus beherrschen Mord, Gewalt und Gier die Straßen. Dort stranden Tabea und ihr Bruder Mamercus, nachdem man sie von ihrem Hof vertrieben hat. Um zu überleben, verdingt sich Mamercus als Messerstecher, Tabea wird Hure. Gemeinsam mit einem entlaufenen Sklavenjungen finden sie Unterschlupf bei einer geheimnisvollen Frau, die man im Viertel nur »die Königin« nennt …

Max von der Grün im dtv

Foto: Isolde Ohlbaum

Männer in zweifacher Nacht
Roman · dtv 11829

Als Werkstudent auf einer Zeche im Ruhrgebiet.

Stellenweise Glatteis
Roman · dtv 11830

Für Karl Maiwald, Arbeiter in einem Dortmunder Betrieb, sind Moral und Gerechtigkeit noch Werte, die er auch von seinem Arbeitgeber fordert. Doch er macht bittere Erfahrungen, als er einen Abhörskandal aufdeckt …

Leben im gelobten Land
Ausländer in Deutschland
dtv 11926

Menschen verschiedener Nationalitäten, die in Deutschland arbeiten, erzählen von ihren Heimatländern und der Bundesrepublik, von ihrer Arbeit, von ihren Erwartungen und Enttäuschungen.

Fahrt in den Morgen
Erzählungen · dtv 11994

21 Erzählungen aus dem Ruhrgebiet.

Zwei Briefe an Pospischiel
Roman · dtv 11996

Paul Pospischiel, Arbeiter in einem Dortmunder Elektrizitätswerk, erhält einen Brief von seiner Mutter, der existenzbedrohende Folgen hat.

Wie war das eigentlich?
Kindheit und Jugend im Dritten Reich
dtv 12098

Max von der Grün, Jahrgang 1926, erzählt seine Jugendgeschichte, die Geschichte seiner Familie und darüber hinaus die Geschichte einer Epoche totalitärer Herrschaft.

Späte Liebe
Erzählung · dtv 25061

»Warum ist die Liebe für junge Menschen ein Glück und für uns Alte eine Torheit?« Zwischen der siebzigjährigen Witwe Margarete Gmeiner und dem ebenfalls verwitweten ehemaligen Schneidermeister Wolfgang Burger hat sich eine herzliche Freundschaft angebahnt, die beiden ein neues Lebensglück verheißt …

Gudrun Pausewang im dtv

Foto: Kaufmann + Scheerer

Kinderbesuch
Roman
dtv 10676

Ein deutsches Ehepaar besucht seine in Südamerika lebende Tochter. Verständnislos sehen sie sich größtem Reichtum und bitterster Armut gegenüber.

Aufstieg und Untergang der Insel Delfina
Roman
dtv 11218

Eine einsame, bildschöne Insel – ein Paradies auf Erden?

Rosinkawiese
Alternatives Leben in den zwanziger Jahren
dtv 11489

Fern von der Rosinkawiese
Die Geschichte einer Flucht
dtv 11636

Plaza Fortuna
Roman
dtv 11690

Menschen am Rande der Gesellschaft in einer südamerikanischen Großstadt.

Geliebte Rosinkawiese
Die Geschichte einer Freundschaft über die Grenzen
dtv 11718

Fast zwanzig Jahre nach der Flucht sieht Gudrun Pausewang den Ort ihrer Kindheit in Ostböhmen wieder.

Bolivianische Hochzeit
Roman
dtv 11798

Guadalupe
Roman
dtv 11879

Überleben im südamerikanischen Urwald. Ein Plädoyer gegen den Krieg.

Rotwengel-Saga
dtv 12140

Eine Familiengeschichte in Ostböhmen.

Peter Härtling im dtv

Nachgetragene Liebe
dtv 11827

Die Geschichte einer Kindheit – und die Geschichte eines Vaters.

Hölderlin
Ein Roman
dtv 11828

Härtling folgt den Lebensspuren des deutschen Dichters Friedrich Hölderlin.

Niembsch oder Der Stillstand
Eine Suite
dtv 11835

Ein erotischer Roman um den Dichter Nikolaus Lenau.

Ein Abend, eine Nacht, ein Morgen
Eine Geschichte
dtv 11837

Eine Liebesgeschichte als Grundlage einer Geschichte.

Eine Frau
Roman · dtv 11933

Die Geschichte einer Frau – ein Roman über das deutsche Bürgertum.

Der spanische Soldat
Frankfurter Poetik-Vorlesungen
dtv 11993

Härtlings Poetik-Vorlesungen aus dem Jahr 1984.

Felix Guttmann
Roman · dtv 11995

Der Lebensroman eines jüdischen Rechtsanwalts.

Schubert
Roman · dtv 12000

Ein empfindsamer Schubert-Roman von großer Musikalität der Sprache.

Zwei Briefe an meine Kinder
dtv 12067

Zwei Briefe von einem Vater, der seinen Kindern Rede und Antwort steht.

Herzwand
Mein Roman
dtv 12090

Ein autobiographisches Buch, dessen Anlaß eine Herzuntersuchung ist.

Christine Nöstlinger im dtv

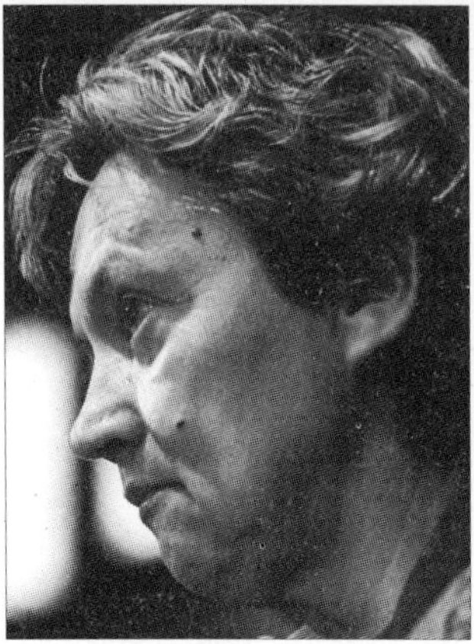

Foto: Klaus Morgenstern

Haushaltsschnecken leben länger
Mit Illustrationen von Christiana Nöstlinger
dtv 10804 / großdruck 25030

Werter Nachwuchs
Die nie geschriebenen Briefe der Emma K.
dtv 11321 / großdruck 25076

Das kleine Frau
Mein Tagebuch
dtv 11452

Manchmal möchte ich ein Single sein
Mit Illustrationen von Christiana Nöstlinger
dtv 11573

Einen Löffel für den Papa Einen Löffel für die Mama
Mit Illustrationen von Christiana Nöstlinger
dtv 11633

Streifenpullis stapelweise
Mit Illustrationen von Christiana Nöstlinger
dtv 11750

Salut für Mama
Mit Illustrationen von Christiana Nöstlinger
dtv 11860

Liebe Tochter, werter Sohn!
Die nie geschriebenen Briefe der Emma K.
Zweiter Teil
dtv 11949

Mit zwei linken Kochlöffeln
Ein kleiner Kochlehrgang für Küchenmuffel
Mit Illustrationen von Christiana Nöstlinger
dtv 12007

Erich Loest im dtv

Es geht seinen Gang oder Mühen in unserer Ebene
Ein Mann verweigert sich dem Leistungsdruck in Gesellschaft und Familie. DDR-Roman.
dtv 10430

Schattenboxen
Gert Kohler wird nach zweieinhalb Jahren aus dem Gefängnis entlassen. Die erträumte Freiheit…
dtv 10853

Zwiebelmuster
Roman
dtv 10919

Froschkonzert
Satire auf bundesdeutsche Krähwinkelei
dtv 11241

Durch die Erde ein Riß
Ein Lebenslauf
dtv 11318

Pistole mit sechzehn
Erzählungen, autobiographisch
dtv 11431

Swallow, mein wackerer Mustang
Ein Karl-May-Roman
dtv 11488

Wälder, weit wie das Meer
Reisebilder
dtv 11507

Fallhöhe
Roman aus den letzten Tagen der Deutschen Demokratischen Republik
dtv 11596

Der Zorn des Schafes
Nach der »Wende« erhält Erich Loest einen Teil seiner Stasi-Akte
dtv 11698

Katerfrühstück
Roman
dtv 12060

Irmgard Keun im dtv

Foto: Isolde Ohlbaum

Das kunstseidene Mädchen
Doris will weg aus der Provinz, die große Welt erobern. In Berlin stürzt sie sich in das Leben der Tanzhallen, Bars und Literatencafés – und bleibt doch allein.
dtv 11033

Das Mädchen, mit dem die Kinder nicht verkehren durften
Von den Streichen und Abenteuern eines Mädchens, das nicht bereit ist, die Welt einfach so zu akzeptieren, wie sie angeblich ist.
dtv 11034 / dtv großdruck 25050

Gilgi – eine von uns
Gilgi ist einundzwanzig und hat einiges satt: die Bevormundung durch ihre (Pflege-)Eltern, die »sich ehrbar bis zur silbernen Hochzeit durchgelangweilt« haben, die »barock-merkantile« Zudringlichkeit ihres Chefs und den Büroalltag sowieso. Da trifft es sich gut, daß sie sich in Martin verliebt. Doch als sie bei ihm eingezogen ist, kommen ihr Zweifel...
dtv 11050

Nach Mitternacht
Deutschland in den dreißiger Jahren. Ein Konkurrent hat Susannes Freund denunziert. Als er aus der »Schutzhaft« entlassen wird, rächt er sich bitter, und Susanne muß sich entscheiden...
dtv 11118

D-Zug dritter Klasse
In der Zeit des Nationalsozialismus treffen in einem Zug von Berlin nach Paris zufällig sieben Menschen aus unterschiedlichsten Gesellschaftsschichten und mit unterschiedlichsten Reisemotiven zusammen...
dtv 11176

Ich lebe in einem wilden Wirbel
Briefe an Arnold Strauss 1933 bis 1947
dtv 11229